滴泪痣

李修文 著

上海文艺出版社

上穷碧落下黄泉，两处茫茫皆不见。

白居易《长恨歌》

目　录

第一章　　　花火 …… *1*

第二章　　　起初 …… *13*

第三章　　　心乱 …… *37*

第四章　　　迷离 …… *64*

第五章　　　卧雪 …… *90*

第六章　　　水妖 …… *112*

第七章　　　短信 …… *134*

第八章　　　樱时 …… *156*

第九章　　　空无 …… *184*

第十章　　　刹那 …… *209*

第十一章　　惊鸟 …… *233*

第十二章　　莫愁 …… *259*

第十三章　　首都 …… *282*

第十四章　　上坟 …… *305*

第十五章　　渔樵 …… *330*

第十六章　　再见 …… *354*

第一章　花火

　　一只画眉，一丛石竹，一朵烟花，它们，都是有来生的吗？短暂光阴如白驹过隙，今天晚上，我又来到了这里，走了远路，坐了汽车，又换了通宵火车，终于来到了这里，被烟火照亮得如同白昼的新宿御苑。在我耳边，有烟花升上夜空后清脆的爆炸声，有孩子兴奋的跺脚声，还有癫狂的醉鬼将啤酒罐踢上半空的声音。但是，扣子，蓝扣子，没有了你的声音，没有了，再也没有了。

　　我是摸黑进来的，进来之后，也不想和众人挤在一起凑热闹，就想找个幽僻的地方坐下来，抽支烟，喝完手里的啤酒，再和被我抱在怀里的你随意谈些什么。可是，御苑里的人太多了，不久前又下过雨，草地上太潮湿，我怕你着凉，正在茫然四顾之际，看见了一棵低矮但堪称粗大的樱树，计上心来，便干脆抱着你爬了上去，坐下来，继而躺下去——即便此时也没忘记给自己找个舒服的姿势——扣子，如果你还活着，一定又会厉声呵斥我是恶霸地主转世了吧？

　　可惜你已经不会再说一句话了。

　　你已经死了，化为一堆粉末，装进一个方形盒子，被我抱在怀里了。

　　躺在冠盖如云的树丛里，喝下一口啤酒，我就难免猜想起你会怎样训斥我，想着想着就不敢再往下想。如果我没猜错，你一定会顺手抓过可以抓到的任何东西朝我砸过来："不要问我，我是聋子，是哑巴，什么也不知道！"即便时至今日，一想起这句话，我也竟至于手足冰凉。迷离之中，心里一紧，险些从树冠里栽倒在草地上。

我也有些醉了。我已经喝了七罐冰冻啤酒，手里还拿着第八罐。冰凉的风从东京歌剧城、都厅大楼和高岛屋时代广场这些摩天大楼之间的空隙里吹拂过来，穿过御苑上空的烟花，穿过此起彼伏的兴奋的尖叫声，降临在我拿着冰冻啤酒的右手上，使凉意更加刺骨，我也唯有竖起衣领而已。

可是，扣子，我还是想问，我怎么会走到这里来了呢？我明明记得自己是要去秋叶原，而不是这里。实在想不通，我的脚怎么会把我带到这里来。上午九点，在新宿警视厅，我从一个年轻警察手里接过了装着你的那个方形盒子，抱着，便上了山手线电车，满东京乱转，什么也不想，只看着车窗外的东京发呆。终了，临近十二点，我又在新宿站南口下车，在光天化日之下闭着眼睛往前走，全然不怕满街疾驶的汽车。那一刻，我真正是对世间万物都不管不顾了。扣子，我不敢睁眼睛，原因你自然知道：我闭目走过之地，即是你灰飞烟灭之处。

我的手里还一直攥着一张落款为新宿警视厅的信纸，都已经快被揉烂了：

> 本年度八月二日，新宿车站南口发生车祸，一不明身份女子当场死亡。遗物为一只亚麻布背包，包中计有手持电话一只、现金三百五十元、卫生棉一袋。因该女子手持电话中储存有阁下电话号码，特致函阁下核实该名女子身份，热忱

期待阁下回音。

后来,在从新宿开往成田机场的机场班车停靠站台附近,我感到自己有些累了,便背靠大街上的栅栏席地坐下。对面是一堵墙壁,在我和墙壁之间不断有人来来往往,即使闭着眼睛,我也能感觉出来来往往的人经过时在打量我。是啊,他们定然奇怪眼前这个年轻的流浪汉为什么会手捧着一只骨灰盒。但是我都不管了,扣子,说来你也许不会相信,此刻我竟想大睡一觉——不如此,就有一股看不见的魔力逼迫我回头,好好去看一看你灰飞烟灭的地方,那地方离我不过两百米而已。可是,我根本就不敢看!

我只能故伎重演,就像过去我无数次对付你那样,表面上看起来不动声色,脑子里却在神游八极:从莫高窟岩画到亚马逊热带丛林里的猩猩,从太平洋上的一艘白色轮船到遥远的白垩纪山冈上的一只恐龙蛋,再从水彩画般的普罗旺斯小镇到银河系里孤独巡游着的大小星球。每每这样,尽管你说的话也会飘进我的耳朵,但我只需稍加留心,就不会让脑子里的所想被你的话带走。

当然了,这些你都是知道的。我根本就没有任何秘密可以瞒得过你。

如此一来,在光天化日之下,我竟真的抱着你睡着了。

现在想起来,莫不是我睡着的时候你给我托了梦——你从那个最阴冷最孤单的地方偷空跑出来,来到新宿车站的南口,把嘴巴凑到我的耳朵边上:"还是到御苑里去看看吧。"于是我就来了。是这样吗,扣子?

回答我吧,扣子。既然敢斗胆相问,我就不怕你的惩罚,没什么大不了的嘛。尽管抓住你可以随手抓住的所有东西朝我砸过来,我全然不在乎,反正我已经醉了。

是啊,我醉了,而你也已经死了。

有梦不觉夜长,躺在树冠里的我没有梦,但是也没觉得夜就多么短。扣子,我抱着你,懒洋洋地打量着漫天的花火,懒洋洋地打量着那些被漫天花火照亮的脸,渐渐地,突然发现花火会已经行将结束了,意犹未尽的人们正在陆续退场。漫天的花火也在不被我注意的时候由繁华转为了寂寥。那么,我又该去往何处呢?

——自然是继续在东京城里游荡下去,一直到给你找到下葬的地方为止。

也只有到了此刻,我才在蒙眬中意识到,今天似乎是一个节日。对了,假如我没猜错,今天应该是日本人的"月见节",和我们的中秋节差不多。总之是别人的节日。在茫茫东京,世间万物大概都是属于别人的,属于我们自己的唯有我们的身体。

不要训斥我,我的这个说法一点错都没有:无论你如何糟蹋自己的身体,它也属于我。我无法不想起我们初来新宿御苑,在这里捡了一个摆地摊的人遗落的手铐。并不是一般的手铐,而是摆在情趣用品店里那种专供闺房之用的情趣手铐,裹着一圈皮毛。那天还下着大雪,你倒是什么也不管,被我的三言两语惹恼之后,干脆就用那只手铐将我铐在了樱树林边的长条椅上,铐了我一个下午。

在表参道的婚纱店里,一天晚上,这只手铐再次派上过用场。此前几天,也是在新宿,在那家名叫"松花江上"的歌厅里,你刚刚用刀子刺伤了一个人的脸。尽管隐约知道刺伤这个人的脸会让我们承受多么严重的后果,但是那天晚上,我们将不快和隐忧全都抛掷在脑后。摆完地摊,回到我们的寄身之地婚纱店,我们做爱了。

屋外刮着风,雨点也轻敲在屋顶上。在地铺上,在被子里,你的舌头就像一条小蛇般和我的舌头绞缠在一起。我无法再压抑住,侧过身去,怕压着你,还有你肚子里的孩子,就蜷在一边,将头埋进你的双乳之间,去亲你的乳头,去闻你乳沟里的体香。不觉中,我的手已从你的小腹处向下游移了过去,越过湿润的毛丛,停下来。你一阵哆嗦,失声呻吟着紧紧夹住了我的手。突然,你"啊"了一声猛然坐起来,将我推翻,也去亲我的耳朵、眼睛和那颗滴泪痣。我看着你,急促地喘息,你也看着我,喘息声比我更重。

还是在突然之间,你从地铺上站起身来,赤裸着身体跑到样品室里去。我只能听见你在翻箱倒柜,就闭上眼睛等着。一小会儿之后,你拿着一个手铐跑过来,二话不说就把我铐在旁边的博古架上。之后,你坐到我身上,我们开始做爱。我使出全身力气配合你,你也同样,嘴巴里一直在喊着什么,我听不清楚,我们流出的汗很快就打湿了已经变得皱巴巴了的床单。后来,每次起落之间,你问我:"爱我?"

"是的。"

"再说一次。"

"是的,我爱你。我爱蓝扣子。"

"是我一个人的?"

"是的,我是蓝扣子一个人的。"

高潮来的时候,你再也支持不住,颓然朝我的胸口上倒下,身体在激烈地战栗,双乳也在我的胸口上跳动。我知道,那其实是你的心在跳。

你不抬头，头发垂在我脸上："我这一辈子，除非你每天和我睡在一起，否则我每天都不会放过你。"

可是，也有过这样的时候：在秋叶原的那间公寓里，我们做爱的时候，你将那只手铐递给我，命令我把你铐在床头上。我依言而行，之后，你一边使出全身力气来配合我，一边却再次对我发号施令："快，用巴掌抽我！"

"……"一时之间，我不知所措了，停下来看着你。

"快抽啊！对一个婊子有什么好客气的？"

我顿时瘫软下来，侧过身去，在你身边躺下，点上一支七星烟。尽管身体里就像有一股滔天巨浪在翻涌不止，但是终了却一句话也说不出，只赤身裸体地和你并排躺在一起，疯狂地盯着头顶上的天花板发呆。良久之后，悲从中来，赤身裸体地起床，在黑暗中掀开窗帘，看着窗外的满城灯火。每逢此时，我的心里都会涌起一股如此致命之感：我越把你搂得紧，就会感到你离我越远。

必须承认，我无时不在希望有一个人来帮帮我，挡住你的去路，果有此人，他就是我的万岁万岁万万岁。

扣子，已经是后半夜了，新宿御苑总有关门的时候，我也已经从御苑里的樱树冠里下来，出了门，走在此前从未踏足过的一条小巷子里了。

下起了雨，我倒是仍然走得不紧不慢。我希望一出这条巷子就能给你找到一个下葬的地方，但是我也知道，不会有那么容易的事情。不要紧，扣子，反正我有的是时间。你也有的是时间，再也不用工作，再也不用害怕追捕你的那些人了，你大可以心安理得。那么，我们就一路走一路聊着吧，累了就找地方坐下来歇一歇。对了，你要是不想听我说了，就干脆闭上眼睛睡觉，怎么样？

不过，暂时我还不想歇一歇，也不想让你睡觉，我还想和你说说画眉。对，你没听错，是画眉。

现在我的眼前就有一只画眉，一只使我竟至于全身战栗的画眉。

无论何时，我相信自己都不会忘记记忆里的一只画眉——

那大概是在我们搬去秋叶原之后不久。一天晚上，扣子郁郁寡欢，我就逼着她和我一起去看电影。原本是想一起看场恐怖片，但是从秋叶原一直跑到新宿，也没有电影院放恐怖片。好歹发现东京歌剧城对面的一家华人开的电影院里正在放周星驰的电影《唐伯虎点秋香》，倒也将就，便径直进去了。一进去才发现，里面的人竟然为数不少，大概也是如我和扣子一般的中国人，笑声此起彼伏。扣子也哈哈大笑，但是，她总是在别人都不笑的时候突然大笑起来，唯一合上别人拍子的笑声发生在这一时刻——屏幕上的唐伯虎被关进柴火房之后，秋香偷偷前去探望，就像今天的记者采访般问唐伯虎："作为江南四大才子之首，你是否经常会感到很大的压力？"一言既出，我自然忍俊不禁，扣子也大笑着一声声地说着"靠"，一声声地说着"真是 I 服了 You"！

就在我笑着看她的时候，她却收住笑转而问我："这位客官，喜欢上一个婊子，你是否会经常感到很大的压力？"

一下子，即便眼前并没有镜子，我也可以感觉出我脸上的笑意全都凝结住了。但是扣子却没有，她继续在哈哈大笑，笑得眼眶里流出了眼泪。我没有丝毫怪罪她,而是发疯般紧紧攥住了她的手,随即,将她搂进自己的怀里。

即便将她搂进怀里好一阵子之后,我仍然能感觉出她的身体在轻轻但却是激烈地颤抖。

从电影院里出来,天上下起了小雨,因为小,竟至于若有若无。反正也不想回秋叶原,就在新宿地界信步闲逛着。我从自动售货机里买来两罐啤酒,一人一罐。行至东京都厅大楼前的树荫里,我灌下一口啤酒后,懒洋洋地打量着这座形似教堂般的摩天高楼,"哎呀——"身边的扣子叫了起来。

"怎么?"我心里一惊,赶紧掉转身来看她。

也就是在此时,我见到了永存于记忆中的那只画眉,它就蜷缩在扣子的肩膀上。似乎是从一棵榉树上飞来的。可是,实在奇怪,可供它停靠的地方那么多,它怎么就单单飞到扣子的肩膀上来呢?我暗自诧异着。扣子倒是立刻把它捧在了手里,对我兴奋地叫喊起来:"你快看呀,你快看呀!"

她终于真正地高兴起来了。

捧在手里之后,她的惊奇和激动都难以自禁,眼神里满是孩子般好奇的光,像是捧着什么奇珍异宝般东看看西看看,也不管我了,兀自说:"真是邪了门儿了。"

"真是邪了门儿了。"京片子,她的话里流露出了标准的北京口音。我非常喜欢听她这句话:"真是——邪了——门儿了。"我心里一动,想伸出手去摸摸她的头发。她的头发染得黄黄的,在微光的衬照下,使我莫名其妙地想起了夏天原野上的麦穗。

想起来,这都好像是昨天的事。

这么长时间以来,当我偶尔想起那个下着小雨的晚上,就一定会先想起那只画眉,继而便是扣子黄黄的头发。我还记得,似乎在我们捧着画眉要去坐电车回家的时候,在我们的远处,从犬牙交错的摩天高楼之间升起了几朵烟花,兀自上升,兀自绽放,又兀自熄灭,似乎根本就没把小雨放在心上,也仿佛这短暂的过程就是它们的命运。

今天,此刻,我又见到了一只画眉,它就站在我身边的一座自动售货机的顶端,蜷缩着,似乎是受了伤,再也飞不起来了。扣子,假如你在天有灵,能否告诉我,这一只是否就是永存于我记忆中的那一只?

你总归是不说话了。

呵呵,扣子是个哑巴,扣子是个哑巴。

在秋叶原的那间公寓里,你曾经逼着我用油漆写满了整整一面墙——"蓝扣子是个哑巴"。

那也是一只受伤的画眉。事实上,那天晚上,扣子捧着那只画眉刚刚往前走了几步,我们就一起发现它的左腿上正在淌着血。

"呀!"扣子叫了一声,又对我说,"走,赶快去给它买药!"于是,我们一起疾步朝前走。但是,穿过了好几条街道之后,并没有找到一家药店。夜已经很深了,接连穿过几条巷子,路上都没有什么了,在不夜城的东京,这倒是很少见的事情。"难道今天又是一个什么节日?"想起刚才天空里的几朵烟花,我便在心里嘀咕了起来。没办法,日本就是这么奇怪的国家,奇怪之一,就是名目繁多的节日堪称亚洲之最。没有办法之后,我们只好坐JR电车回秋叶原。所谓JR电车,全称是Japan Rail,亦即日本国立铁路公司。我们住的那条巷子口上是有几家药店的,此时应该还没关门。在电车上,扣子的脸紧紧贴在车窗玻璃上。玻璃、玻璃外面一闪而过的霓虹、玻璃上的水珠，还有扣子的脸，使我眼前一阵迷离，也许这就是"不知今夕是何夕"之感吧。扣子在想什么呢，一句话也不说，倒是她手里的画眉，好像终于缓过劲来了，有了几分力气，便想跳出扣子的手掌心。也可能是因为恐惧，它挣了几下，就不挣了，安静了。

"喂。"她叫了我一声。

"怎么？"

"凑近点。"

我便朝她凑过去，近得不能再近了，她才一只手捧着画眉，一只手凑到我脸上，用一根手指定在我眼睛下面的那颗痣上。其实，这颗淡淡的痣不是很注意根本就无法清晰地辨认出来，她的脸上也同样有这样一颗。

"我看过卦书了。"她说，"长我们这种痣的人，卦书上说得好干脆。"

"怎么说的呢？"我的脑子里不再有不相干的画面了。

"只有十四个字。"她抬起头，喝完最后一口啤酒，告诉我，"一生流水，半世飘蓬，所谓孤星入命。"

停了停，她又补充了一句："这是卦书上的原话，我一个字都没记错。卦书是我下午去吉祥寺那边找工作的时候在一个中文书报摊上看见的，你不信可以自己去看。那个书报摊离井之头公园的大门不远，台湾人开的。"

其实，一直到此刻为止，我才知道她一整天的郁郁寡欢所为何事，也只叹息着伸手去摸了摸她的头发。

从秋叶原车站出来，穿过站口花坛里的一丛石竹，扣子突然停下了，眼睛直盯盯地看着那丛石竹，突然问了我一句话。

我大概是一辈子也不会忘记这句话了。

"画眉，这些石竹，还有刚才那些烟花，都是有前世的吗？"停了停，她接着说，"要是真有个前世的话，我倒想看看自己上辈子到底犯了什么罪，这辈子才会混得这么惨，呵。"我也想问问你，扣子。我从来没忘记你问我的这句话。我没有回答你，也回答不出来。倒是今天晚上，我想问问你，我的问题有关我们的来生，只是你也同样不可能回答我了。你已经死了，而且，直到现在，你仍然死无葬身之地。

我还记得，那天晚上，在巷子口的药店里买来创可贴给画眉贴上之后，你摊开手掌，将它放走了。但是我们还不想回去，就站在过街天桥上发呆，突然，你把我往天桥下推了一把，我一惊，接连往后退了几步，你就咯咯咯地笑着对我说："开个玩笑而已，怎么样，还是怕死吧。别怕死啊，放心，你死了我会找块好地方埋你的。"

扣子，一想到这里，我就忍不住想笑，可是又不能笑，一笑就有眼泪涌出来。

最后一班电车。雨虽然止住了，但寒意却在逐渐加深，地上也升起了弥天大雾。尽管还是八月的天气，夜深之后，如果不加衣服，也难免会打冷战。这个自然不用我多嘴，对东京的天气你要比我了解得多。如果你还活着，看见我不加衣服，一定会呵斥我的吧。没办法，大千世界，茫茫东京，偏偏就只剩下我一个人了。

再也没有人做出一副凶相来命令我加衣服了。

就仿佛有一只看不见的巨手在冥冥之中安排着一切，昔日重现：今天晚上，我又捧着一只受伤的画眉坐上了最后一班电车，只是你再也不坐在我的身边了，而是化为一堆粉末被我捧在了手里。

　　扣子，我没死过，也不知道自己到底怕不怕死。你已经躺在了那个地方，那么，你怕吗？你说假如我死了，你会给我找块好地方埋下去，我绝对相信，你总是比我有办法，可是，现在要去找块好地方的是我，我也不知道能不能给你找到一块好地方。我从北海道来到东京，为的就是要给你找这么一块好地方。无论如何，请你保佑我。

　　扣子，我还想问你一个问题：一只画眉，一丛石竹，一朵烟花，它们，都是有来生的吗？我不问它们的前世，我只问它们的来生。呵呵，你又要戳穿我的阴谋诡计了吧。是的，我其实是想问你和我的来生。在来生里，上天会安排我们在哪里见第一次面？是在中国，还是在日本？是在东京秋叶原电器街附近的那条巷子，还是在遥远的北海道富良野？

　　上天还会让我们在来生里再见面吗？

第二章 起初

除了眼角上的滴泪痣,我的左手上还有一道清晰的断掌纹。在中国繁多的卦书宝典里,无一例外,它们都被认定为不祥之兆。很凑巧,这两种不祥之兆竟集聚在我一人身上,那么,关于我从来没见过亲生父母这件事情,大概也是命中注定的吧。

我的确倒是有父亲的,那是一个不可思议的男人。只可惜,我年仅八岁就已经知道他并不是我的亲生父亲。没有办法,我成熟得实在过早了。假如下辈子我仍然一出生就遭遗弃,仍然在医院门口被那个具有不可思议的透明感的男人抱走,我希望自己不要再从那么早就开始懂事。

现在想起来,我的养父实在奇妙,我还有这种记忆:当我还是个孩子的时候,他经常把我最希望得到的玩具藏在我最想不到的地方,然后不动声色地吩咐我去做一件事情,当我跑到他吩咐的地方,往往第一眼就看见了我最希望得到的玩具。当然,这些玩具无非是他自己用纸叠成的风车、用木头削成的陀螺之类。那时候,他还很穷,他自己根本就无法想象后来的他会有那么多钱,最终,因为这些钱,他也送了命。

有一次,那大概是我和他倏忽不见好几年之后的一天,他来我的学校看我,带我去一家不错的餐厅吃饭。在餐厅门口,我们看见了一个乞丐,他盯着那个乞丐看了好久之后,突然就哭了,除了留下吃饭的钱之外,他把其余的钱都给了那个年轻的失去双腿的乞丐。

他是一个经常泪流满面的走私犯。

那时候,我仍然待在他当初把我抱回家的那座城市,而他已经去了南方某个中等城市。其间,他平均半年给我寄来一次生活费。偶尔,遇到他顺路,他也会到我念书的那家戏曲学校来看我,或者派人来把我接到他住的宾馆里去洗澡、吃饭。我当然也会惊讶,常常猜不透他怎么会变得如此有钱,也不知道他在南方的那个中等城市里到底在忙些什么,只知道他像当初一样爱流泪。有一次,我到他住的宾馆里洗澡,当我洗完后从盥洗间里出来,看见一屋子的人在高声谈笑着打扑克,而他却一个人坐在角落里的沙发上对着电视流眼泪:电视里正在放着一个流落在中国的韩国慰安妇离别家乡几十年后重新回家给死去的弟弟上坟的故事。

对于我当初的选择——舍弃上高中,以至于将来不能够上大学这件事情,他多少有些不满意,但他从来也没有说过我什么。他倒是经常奇怪我怎么如此着迷于戏曲和写作——我在戏曲学校学的是编剧专业。我常常能从他的眼神里看出他对我的疑惑,但我既然没有解释,他也就不问。

在我快要从戏曲学校毕业时,有个人到学校来找我,告诉我,我的养父已经死了。这时我才知道,他其实一直在南方走私汽车。不久前的一个晚上,他们的船在海上被缉私队拦截了,他在仓皇中跳进了海里,但是他根本就不会游泳,于是就死了。自从他去南方之后,几年里与我一直疏于联络,其实是他不想让他的事情有朝一日连累我。

"不过,一年多以前他就为你准备好了这个。"来找我的人从包里掏出一张存折递给我,"这上面的钱是他用你的名字存的。"

这张存折上的钱,假如我仍然待在这座城市哪儿也不去,足够我充裕地活上十年。

那时候我还根本就不知道有一天会来日本。当天晚上,我作为唯一的亲属被来找我的人带到了南方那个中等城市。然后,我一个人去缉私队领回了他的骨灰盒,把骨灰盒带回了我最初和他相遇的城市,安葬在郊区的公墓里。我一直蒙他照顾,在这个城市里并不认识什么人,更不认识公墓的人,付了钱后,只好听凭他们把他埋在一块水洼边。水洼旁边是一座土丘,正好将他的墓遮掩了,不仔细就不容易找见它。不过,这样也好,我想,经常有鸟飞到水洼边来喝水,葬在这里他毕竟可以经常听见鸟叫声。

那段时间我是怎么过来的?现在想起来,大概也和以往差不多,不过我喝啤酒的习惯就是在那个时候养成的。半夜里,我大汗淋漓地从闷热的蚊帐里醒来时,总是会呆坐在床上想起他。我一个人轻手轻脚地走出寝室,又从走廊上一扇被损坏的窗子里翻下楼,再翻出学校的大门,买几罐啤酒,回到学校里,在足球场边丛生的杂草里坐下来喝。经常是这样:喝着喝着,天就亮了。

毕业后没几天,我还没去接收了我的一家小剧团报到,仍然住在学校。一天下午,我单独一人去看一场日本武藏野哑剧团的访问演出。散场后,我坐上出租车回学校,突然听到电台里正在播一则留学顾问公司的广告,"那么就这样吧。"在出租车里我对自己说,"我就去留学吧,去日本。"

三个月后,当我背着两包简单的行李从北京出发,最终站到东京成田机场出口处那几扇巨大的玻璃门前时,我不禁怀疑这一切不是真的。经常听见有人说"像做了一场梦一样",说的大概就是此刻如我般的情形。

尽管我一句日语也不会说，但是由于我在办留学手续时所出费用不低的关系，我还是顺利地被一所大学的语言别科录取了。以通常的情形来看，和普通语言学校相比，语言别科的学生被本校大学部录取的机会要大得多。另外，在留学顾问公司的安排下，我在到日本的同时就得到了一份中文家庭教师的工作，实在要比许多初来日本的人幸运得多。

我被安排在东京市郊吉祥寺地区的一处破落的庄园里住下。关于我住的房子，实际上是一位中产业主在二十世纪七十年代盖来专门出租给学生的。时至今日，这座取名为"梅雨庄"的庄园虽说已经破败，倒还不失小巧和精致。内有小楼六幢，每幢小楼分为三层，每层各有一间寝室、一间厨房和一间盥洗间，我就住在离梅雨庄院门处不远的一幢小楼的第一层。我的同屋，是一个和我一样来自中国的硕士生，名叫阿不都西提，新疆人，却自幼生活在天津，从来没去过新疆。

我来东京后认识的第一个中国人，就是阿不都西提。当我从成田机场巨大的玻璃门里走出来，茫然不知往何处去的时候，其实我已经看见了他，但因为他的新疆人脸孔，我一时还是把他当成了西方人。他却一眼就认出了我，用熟练的汉语问我："北京下雨了吗？"那时候，东京正下着瓢泼大雨，天地之间一片阴沉。

给我办留学手续的顾问公司，实际上，它在日本的合作伙伴正是梅雨庄的主人。我来东京的那天，这位中产业主的手下人打电话给阿不都西提，问他愿不愿意去机场接我，报酬是一千日元，阿不都西提当即答应下来。所以，当我们坐上从机场开往市区的机场班车时，阿不都西提笑着对我说："我的报酬是从你办手续时花的钱里支付的。没想到吧,你来日本后的第一笔钱就被我赚了。"

我马上就喜欢上了他,这个从小生长在天津、东京大学在读的农林硕士有一排洁白得足以耀眼的牙齿。在机场班车上,想起以后与阿不都西提同居一室,我不由感到高兴。

如此这般,我就算在梅雨庄这个"沙家浜"住下来了。每天早上坐电车去学校上课,下午回家看书听音乐,当然只能听电台里的音乐,每周三和周六的晚上则要坐电车去品川,给一个刚上大学名叫安崎杏奈的女孩子教中文。我的日语当然不够好,或者说,我根本就没好好念过日语,也不知道为什么,真的到了日本,我学日语的愿望反倒不怎么强烈了。

在日本,我甚至想写小说了。小说,当我还是戏曲学校的学生时,曾经写过一些,后来渐渐疏淡下来。现在,在东京,写小说的欲望倒是时而强烈起来,非常强烈。

阿不都西提教会了我一些对付生活的好办法,使我在不懂日语,甚至懒得去猜测对方在说什么的情形之下,尚能勉强应付生活里的不便。比如坐电车,以从品川到上野为例,他告诉我,其间一共要经过八个站,"你只要数数就行了",于是,一上车我就开始数数,数到电车第九次停在一处站台上,我就径直下去,那准保就是上野车站。依照阿不都西提教我的办法出门,竟然一次也没出过什么差错。

关于我的学生,那个名叫安崎杏奈的日本女孩子,我必须承认她的可爱。当听说我的学生是一个妙龄少女之后,阿不都西提对杏奈报以了强烈的好奇,再三追问我:"她可爱吗?"

"嗯,可爱。"我已经记不清楚自己是第多少次对他重复这句话了。

"那么，下次，找个机会让我也见见她？"他也仍然一再重复着那个对我提起过好多次的请求。

"嗯，好吧。"我再次认真地答应了他。但是说实话，我不知道什么时候能够让他实现这个愿望。

和从前一样，阿不都西提兴奋了，对我说起了他的计划："要不下次你请她来我们这里玩，我们烧中国菜给她吃，我还可以给她做手抓羊肉。哦，不过你放心——我是不会耽误你们的，吃完了我马上就出去，房子和时间都留给你们。"

"想什么呢你！"我笑着回答他。

阿不都西提，这个二十八岁的小伙子有着别人难以想象的天真。他瘦削的身材、古波斯人的脸孔和一排浓密的胸毛，正好是我最欣赏的男人的那种美，我想女人对这种男人的感觉也大抵差不多吧，可是很奇怪——"我还是个童男子。"他对我说。

看着阿不都西提，我经常会想起遥远的唐朝。在一片无垠的沙漠中，一位年轻而英俊的使节率领一支庞大的马队行走在烈日之下，虽说风沙弥漫，但他的一袭白袍却一尘不染。他坐在汗血宝马上，一边行走，一边往嘴巴里灌下鲜红而甘醇的葡萄酒。在他身后的马匹上，端坐着他送给大唐君王的礼物：堆积成小小山丘的奇珍异宝和丰满妖娆的鲜衣胡姬。

每当我眼前出现这一幕，我都能很快地确认，那位年轻而英俊的使节就是长着一张阿不都西提这样的脸。只能是想象。阿不都西提的真实情况却是：除了身为东京大学在读的农林硕士之外，他还是三份短工的拥有者——建筑工地上的油漆工、一家私立医院的守夜人和他导师急需资料时的助手。后一份工作是时有时无，毕竟他的导师也不总是急需资料。

他每天早出晚归，所以，我们能坐在一起交谈一下的时候，差不多都是夜里十二点都快过了的时候。

"老实说，你和多少女人做过？"

"两三个吧。"这我说的倒是真话，只有两三个，其中应该还有一个我们从来就没有真正做成功过。

"做爱，那种感觉，到底是种什么样的感觉？"

"也没太大的意思。"我说，"很虚无，非常辛苦地做完之后，当你点上一支烟，会觉得做爱的快感并不比抽支烟大多少。"

"这，怎么可能呢？"阿不都西提满面狐疑地看着我，眼睛里却很清澈，绝对没有一个成年人的混浊，或者说没有一个成年人的复杂，"你肯定是在骗我。"

"不相信的话，你可以自己去找机会试试啊。"我说。

阿不都西提却有点不好意思地笑了起来，脸上隐约有一丝红晕："去年冬天的时候，我生了场肺炎，很严重，觉得自己好像就要死了，突然特别想做爱，要不然死了后阴曹地府的阎王都有可能笑话我的吧，我想。其实倒不是怕别人笑话，就是特别想做爱，于是就打电话找了应召女郎——"

我注意地听他讲着自己的事情，没插嘴，不时喝两口啤酒。

"挂下电话，我大概在这间屋子里等了一个小时。很奇怪，这一个小时我突然紧张得觉得天都快要塌下来了，摸摸这里，又摸摸那里，情绪还是没办法平静下来，我只好去冲了个冷水澡。你想想，一个得了肺炎的人去冲冷水澡，不是不想活了吗？我一边冲一边对自己说：'我就要做爱，死了也要做。'后来，冲完澡，我终于觉得好过了一些，心里也没那么慌张了，可是，当我坐在榻榻米上，我突然发现自己不知道什么时候哭了。"

"你没想到我这么好笑吧？"讲到这里，阿不都西提停下来问了我这么一句。他问得倒有几分认真，全然不是故意去揶揄自己的那种语气，像是一个犯了错误后又不知道错误犯在哪里的孩子，认真地对父母说着"事情本来就是这个样子的呀"之类的话。

"怎么会呢，你接着说吧。"

"当然，也不是真的哭，就是鼻子发酸那种感觉。这时候，门铃响了，门外响起一个女孩子的声音——'对不起，打扰了。'那个女孩子一边按门铃一边说，是标准的日本式礼节，也是标准日本女孩子的语气。可是，你猜，我听到这个女孩子的声音之后怎么样了？"

"怎么样了呢？"

"我跑了，从盥洗间的窗子里翻出去了。"说到这里，阿不都西提从榻榻米上站起来，走到窗子前，推开窗户，把我也叫过去，指着窗外的一排市内电车铁轨说，"看到这排铁轨了吧。当时，我就站在那排铁轨里面紧张地朝房子这边望，耳朵还能听见那个女孩子按门铃的声音，也能听见她还在继续说着'对不起，打扰了'。过了一刻钟吧，那个女孩子从梅雨庄里走了出去，不过，她好像并没有多么懊恼，大概这种事情她也见得多了。她看上去怎么也无法和我想象中的应召女郎对上号，一点儿也不妖冶，还可以算得上清纯，年纪并不大，嘴巴里嚼着口香糖，耳朵里塞着随身听的耳机，一边走，脑袋和身体还一边随着随身听里的音乐节拍有节奏地动着。

"我跟住了她，我想看看她到底是谁，过着怎样的生活。说起来，真有点鬼使神差，对吗？她像是住得离我并不远，因为路过车站的时候她没有上车,可能也正是这个原因,应召公司才派她来。就这样,我一边跟着她往前走,一边猜测着她的性格啊内衣的颜色啊什么的。她的性格应该是有些暴躁的,从一些随意的小动作就可以看出来:有人撞着她了,她会很生气地瞪一眼撞她的人,还有沿街的醉鬼们前一夜留下的空啤酒罐,当她经过它们,会一脚把它们踢上半空——她对怎么把它们踢得更高仿佛很有心得,反正无一落空。

"不过,更有意思、让我吃了一惊的事情还在后面。你应该还记得,那段时间正流行着周星驰的电影《大话西游》,里面有一句台词,周星驰扮演的那个古代山大王对自己的同伙说'靠,真是 I 服了 You',这个你一定还记得吧。当时,这部片子在日本也可以轻易从音像店里租到。我跟着这个女孩子走到一个自动售货机旁边时,她像是要买点什么东西,掏出一张纸币塞了进去,继续摇着脑袋往四下里看。奇怪了,她等了半天也没等到她要买的东西从自动售货机底下滚出来,她和我一样都惊讶地盯着它。她又举起手猛拍了几下,根本没有反应,她就生气了,吐出口香糖,抬起脚就踢了上去。仍然没反应。于是,她在这边踢了几下之后,又换到另一边去猛踢了一脚。这一次,自动售货机像是睡醒了,非常听话地给她送出了一瓶柠檬汁。这个女孩子笑了起来,不是轻微的那种笑,而是突然一下子,像憋了很久之后再也忍不住了,她笑着对自动售货机说:'靠,真是他妈的 I 服了 You!'

"这下子我明白过来,她并不是日本人,而是和我一样的中国人,她说那句台词时的麻利,是日本女孩子无论如何也学不出来的。还有,她的身材也很好,两腿修长,胸部也很丰满——倒不是说日本女孩子的腿就不长、胸部就不丰满,但在这两点上能算优秀的女孩子也的确不多。这个可能你也发现了，反正我一来日本就发现了。呵，每天晚上下班以后，在回来的电车上我喜欢盯着她们看看。

"说起来，我已经跟着她走出去很远了，经过的很多小路我已经叫不出名字。终于，我跟着她走到了目的地，一幢街面上的三层小楼。假如我没猜错，她应该就住在这幢小楼上的某一间里。

"但她并没有急着进去，而是站住，警觉地朝楼上张望，眼神里有点慌乱，慌乱里又含着满不在乎。顺着她的目光，我发现三楼上的一间房子前站着两个戴墨镜的男人，那间房子想来就应该是她的房间了。对了，忘记告诉你，那幢三层小楼并不是很显眼的那种，而是和梅雨庄差不多破旧，楼梯和走廊都是外置的，所以她和我都能轻易地看见那两个戴墨镜的男人。我意识到，她肯定是有什么麻烦了，一眼看去就知道那两个男人不会是什么好人。她倒不急，站在那里想了想，扭头进了一家冷饮店。我也想了想，跟着她进去了。

"在冷饮店里，她不时走到门口朝自己的房子张望两眼，又买了张报纸回来耐心地翻着，似乎没什么事能让她放在心上。后来，天黑了，那两个男人失去了耐心，从冷饮店门口走过去，远远消失在了巷子口，她这才猛地从椅子上站起来往外跑去，我也随即起身。我跑出门，正好看见她已经踩着咣当响的铁皮楼梯上了三楼，刚准备掏钥匙开门，她又警觉地站住，趴在栏杆上往巷子口看了几眼，然后，竖起中指对着巷子口一晃，说了一句什么，似乎是'Fuck you'。

"她开门进房间里以后，我还站在那幢三层小楼对面的街上发呆，想着到底要不要上去。最后，我还是决定要上去，幸亏这里已经很偏远了，路灯也不亮，不会有什么人能看见我在干什么。当我轻手轻脚地爬上楼梯，走到她的房间前面，发现她的窗子已经损坏得很严重了，窗棂上满是缝隙，我就把眼睛凑到一条缝隙前面朝房间里看。你猜，我看见了什么？

"我看见她正在换衣服。我来晚了一点，黑色的内裤和胸罩已经被她换好了。她正拿着个电熨斗在熨一条裙子，只穿着内裤和胸罩，嘴巴里还叼着一支烟。天啦，我一下子就惊呆了，说有多慌张就有多慌张。她尽管也穿着胸罩，但是，她的乳房丰满得就像要从胸罩里挣脱出来。我的头都晕了，真的是晕了晕了，我感觉她的身体白得像一匹白马，你想想，月光下的草原上跑着一匹白马。就是那种感觉。

"我预感到她可能还要出门，生怕她突然开门，所以，我并没有在她的窗子前待多长时间，赶紧弯着腰跑下了楼梯，气喘吁吁地往梅雨庄这边跑。可能是因为慌张吧，跑出去好远之后，我才发现自己跑错了方向。

"我的腰没法不弯。"阿不都西提说，"那时候，我下面已经射了。"

"哦，这样啊。"我回应了他一句，脑子里却还在回想着他刚才跟我讲述的几幕场景——那个女孩子对自动售货机展开的拳打脚踢、拳打脚踢之后的那句"I 服了 You"，以及竖起中指对着巷子门说的那句"Fuck you"，想想这些，不禁让人顿生笑意。

"说起来，这就算是我和女孩子最深入的接触了。"阿不都西提说，"其实，没过多久我就认识了她，从北京来的，在北京的时候是马戏团的演员，叫蓝扣子。你想不到吧？'黑人'，'黑人'你知道是什么意思吧，就是护照上的签证过期的人，要么就干脆没有护照——抓起来就要坐牢的,你肯定也会认识她的。只不过,我到现在还没和她说过一句话。呵呵,尽管我也想过和她说句话,可每次碰面的时候人都很多,闹哄哄的。她的脾气也不好,遇到不高兴的事情,不管旁边是谁,她照样砸酒瓶摔碗。我就只好作罢。还有,可能是因为那天的关系,我也有点不好意思,常常一个人先走。

"对了,据说她还会请碟仙呢。"阿不都西提补充了一句。

——扣子,这就是我第一次听说你的名字。

第二次听见扣子的名字是在什么时候呢?我只记得那段时间我终日过得昏沉不堪,半夜里做梦的时候,经常看见我的养父:在黑茫茫的大海上,他沉默着来到了生和死的边缘,但他没有呼救,听任身体一点点往海水里下坠。这时候,我赶来了,死命往大海里跑去,我依稀看见他对我笑了一下,好像是在抱歉给我添了麻烦,但为时已晚,一个巨浪打来,他的踪影便再也消逝不见了。

醒来后,我就从榻榻米上爬起来,端着罐啤酒,点上一支烟,走到窗子前,掀开窗帘往外看。其实什么也看不见,大地一片黑暗,四下静寂无声。有时候,当我在窗子前站了好半天,能听见从遥远的地方传来的一声猫叫或者阿不都西提的一句梦话,几欲让我觉得自己仍然置身于国内。

在这期间,我越来越多地听说了"蓝扣子"这个名字。在我听到的各种关于她的传言里,许多事情越传越玄乎。有人说她能把真正的碟仙请来回答你提出的所有问题,有一次甚至把一个年过五十的老博士吓得心脏病都发了;也有人说她债台高筑,经常为了躲债不敢回家；还有人说她床上功夫堪称游龙戏凤，各种高难度动作她都运用自如，把一个叫老夏的开画廊的中国人都弄得倾家荡产了。一般而言，我总是不大轻易相信这些传言，西班牙谚语有云："人的嘴巴是世界上最靠不住的东西。"我想，扣子，哦不，那时候在我的脑子里她还叫蓝扣子，就依她在大街上对着自动售货机拳打脚踢来看，想必她也不会把这些传言放在心上。

倒是开画廊的老夏，那个传言里和蓝扣子瓜葛不断的中年男人，我没过多久就认识了他。

老夏是上海人，是二十世纪八十年代初第一批来日本的中国人，当过搬家公司的搬运工，在餐馆里刷过盘子，当然，也在一个三流大学里拿了个哲学学位，一切经历均属平常，和大多来日本的中国人并没什么不同。现在，他在浅草开了一家中国画廊，专卖中国古代山水真迹。在我们的几次碰面中，我并没有和他说上几句话，但我绝对可以感受得出，他不像其他来日本多年的中国人那般让人讨厌，至少在歌厅里喝醉了的时候，他会高唱"大刀向鬼子们的头上砍去"。当有人问起他店里的画到底是不是真迹时，他回答说："叫我怎么回答你呢？都有，真的假的都有。"很认真，像是在和对方探讨一个哲学问题。

老夏也有激动得说不出话来的时候，这种时候多半是因为我从来没碰过面的蓝扣子。有人问他："老夏，听说蓝扣子为了提高床上功夫，还专门复印了一本《玉女心经》带在身上，她看得懂吗？"

这时候，老夏就急了，双手在胸前胡乱摇晃，脸上也沁出了汗珠："不好瞎讲的，千万不好瞎讲的，人家孩子可怜嘛，我不过是帮帮人家孩子，人家孩子可怜嘛！"

假如这是在歌厅,老夏的辩白多半没用,因为没有人听他说话,对他提问的人根本就不关心他怎样回答,提完问题后,就和别人哈哈笑成了一片,老夏便只好寻找可以听他倾诉的人。有几次恰好我坐在他旁边,他就一把抓住我的胳膊,急切地对我说:"真不能乱讲的,人家孩子已经够可怜的了。"

我相信老夏的话,因为这个世界上所有的眼睛都不会说假话。老夏每次紧张地辩白的时候,眼睛里甚至有乞求之色,真正的乞求不是随意就能装扮出来的。

有一次,我差点就要见到蓝扣子了。大家约好去池袋那边一家中国人开的歌厅去唱歌,阿不都西提对我说蓝扣子也要去,我便打算放学后直接从学校去池袋。但是还没放学,教室外走廊上,我的日本学生,安崎杏奈,给我打来了电话,说她正好有几天假期,大学里给一年级新生放了假,让他们去做社会调查。"希望能过来给我补补课,要是时间晚了的话,但可以住下来无妨,正好父母都到巴西旅行去了。"杏奈在电话里用稍显生硬的汉语对我说。

她学的是艺术史专业,最感兴趣的是中国的敦煌美术,早就打算毕业后直接去敦煌艺术研究院学习。她的做油画家的父母显然十分支持她的计划,在她刚读大学一年级的时候就给她请了我这个中文教师。

"艺术史专业也用去做社会调查?"我在电话里问她。

"是呀,不过,调查地点由自己决定,到时候只需完成一篇调查报告交给老师就好了。"

"那么,打算去哪里呢?"

"浅草美术馆如何?听说那里有很多中国古代岩画,正好将来去中国时可以多点感受。假如方便，希望你这几天也能陪我一起做调查，可以吗？"

我想了想，答应了她："那么，好吧，只是我可能会晚一点过去。"

之所以说晚点过去，是想先到学校的图书馆去借点资料。认真说起来，我并不是个单纯的语言教师，杏奈的中文虽说稍显生硬，但作为日本人来说已经相当不错了。我们在一起的时候，谈得最多的话题，往往是中国的古代，古代的服装啊饮食啊园林啊什么的。这些我也大多一知半解，不得不去图书馆查资料才能回答她。毕竟她对中文还没熟悉到可以查资料翻词典的地步，要不然，我的这份工作恐怕就没做下去的必要了。

这么一来，我就错过了和蓝扣子见上一面的机会。从图书馆出来，天色已晚，我去买了个汉堡包，一边吃着一边坐上了去品川的电车。虽说在电车上也想起了池袋那边歌厅里此刻的热闹，终究还是没有觉得不舍，也许我去了还会惹人不高兴呢——几次聚会下来，已经有好几个人认为我是个白痴了。经常花不菲的钱去浅草听音乐会的人，在他们看来，如若不是矫情，就只能是白痴了。

好在我也懒得去分辨什么。

说实话，我的确喜欢杏奈的家。那是一幢典型的日本式黑顶小楼，有一个算得上辽阔的院子，院子里有几座假山，几丛绿竹隐约其中，还有几道细小的水流从假山的山洞里流淌出来。院子里有两个不小的水池，一个作游泳池来用，一个则是纯粹的池塘，里面开满了紫色的睡莲。满眼看去，院子里的景致使人顿觉神清气爽，一如置身于中国魏晋时代的某处场景。

我按响门铃，黑顶小楼的门打开了，门外绿油油的草坪被屋内散出的光映照得更加幽绿。杏奈赤着双足从门里出来，小跑着穿过假山边鹅卵石铺成的小路来给我开院门。她像是刚洗过澡，身上有一股幽幽的香波味道。

　　我从图书馆里借了两本关于中国佛教美术方面的书，果真没有借错，进门后不久，杏奈就端着一杯绿茶来问我："前几天看了一本佛经，佛经里说的'诸行无我，诸法无常'是什么意思呢？"

　　我正想着怎样回答，她又问了第二个问题："佛经里还有句话，叫'缘起缘灭'。那么，什么是起什么是灭呢？"

　　杏奈的问题可谓古怪：从和尚的袈裟为什么是红色，到中国武侠小说里的点苍派是否真的存在过；从为什么中国的音律多是五声而西方音律却多是七声，到狸猫换太子在遥远的宋朝是否真的发生过。"真是用狸猫换了太子吗？多残忍啊，那个太子的亲生母亲眼睛都哭瞎了吧——"我和杏奈从浅草美术馆出来，刚在一间咖啡馆里坐下来，她的问题就来了。

　　对于杏奈提的那些问题，我顶多只能说自己一知半解，这么说吧，那也正是我喜欢写作和学了戏曲的缘故。不过，每次她这样问的时候，我就觉得这个老师我真是做不下去了。我一点都不怀疑：她对那些古怪问题的答案，完全有可能知道得比我还多。

　　"没错，太子的生母眼睛都哭瞎了，幸亏遇见了包公包文拯大人。"

　　"就是那个黑脸的人吗？无论走到哪里都带着三口铡刀？"

　　"对，叫龙头铡、虎头铡和狗头铡。不过，这些都是野史，你别太当真。"

"哇，中国可真神秘、真有意思啊，故事那么多，不像日本。"杏奈喝了口咖啡，看了看窗外的街道，像是在想着什么，"可能是地域太小的关系，你看日本的《源氏物语》和《平家物语》，说的都是如何插花如何泡温泉如何乘凉啊什么的。"

"也不见得吧。"我笑着对她说，"在你们最动乱的那个幕府时代，应该也有很多故事吧。"

"故事的确也有不少，但日本的故事总是过于妖艳，或者就是太暴烈。说实话，我很不喜欢。和中国的故事相比，日本的故事总是少了许多细节。"

"可能吧，日本故事比中国故事也少了些情趣。"

我已经和杏奈在一起待了两天两夜，我们说好从咖啡馆出去后便分手，我回吉祥寺补上这两天和她聊天缺下的觉，她回品川去完成调查报告。她还有两天时间才去学校，调查报告应该会完成得不错。这家咖啡馆的主人显然是欧洲绒布的热爱者，将大量欧洲绒布缝制成了一只只可爱的动物玩偶，小至哈巴狗和迷你马，大至狮子和老虎，它们被最恰当地摆放在吧台上、樟木桌椅边和墙角里。在昏黄灯光的衬照下，使人几欲觉得自己置身于安徒生童话之中。这家咖啡馆的名字真是没有叫错——"Mother Goose"。

杏奈有和我一样的爱好，就是都喜欢听古典音乐。她家的唱片柜里收藏了足有两千张唱片，真让人艳羡不已。所以，这两天来，就凭音乐这个话题，我们相处得至少也不乏味。

我就是爱听古典音乐，没有办法，一点办法都没有。当我刚来日本，我被很多和我同样来自中国的人视为怪物，原因只有一个：阿不都西提不在的时候，我居然经常带上干粮去浅草剧场听音乐会。一个从东北来的留学生觉得我的行径太过古怪，他已经无法容忍，便径直对我说："我觉得你很矫情。"

"那你就当我矫情好了。"我回答他，"没错，我就是矫情。"

后来，当我再偶尔去浅草剧场听音乐会，散场后，坐上回家的电车，我也会对着窗玻璃里的自己说："你他妈的可真的是很矫情啊。"

"你能听见马蹄声吗？"在她家里，我们一起听理查·施特劳斯的交响乐的时候，她总喜欢端着杯绿茶问我，"每次听他的音乐，我好像都能听见他的音乐里有马蹄声，还有刮风的声音和羊群的叫声。"

我最喜欢的作曲家是德彪西，当然，可能主要是因为我喜欢德彪西的性格，比如他评论贝多芬："大师也会没有品位，比如贝多芬。"对于施特劳斯家族的音乐我则是姑妄听之，一般不会特别去想听一听。

这时候，咖啡馆里响起了红得发紫的女歌手仓木麻衣的歌 *Stay by My Side*。很突然，把我吓了一跳。此前咖啡馆里一直在放着几支苏格兰舞曲，店员们显然不喜欢。咖啡馆的主人，一位气度雍容的中年妇人刚刚从我和杏奈身边走出店去，店员们就赶紧把音乐换了。

"德彪西要是活着的话，现在恐怕要去找仓木麻衣小姐和店员们打架了，说他们比贝多芬都更没品位。"杏奈笑着对我说。

"是啊，呵呵——"我正要说话，却一眼看见了老夏，他正和一个年轻的女孩子走进店里来，像是热得快受不了了。不过刚入夏的天气，他却拿着份画报使劲对自己扇风，刚一进咖啡馆，就急着问店员是否可以把冷气打开。他身边的那个女孩子，胸前挂着一只小巧的手持电话，嘴巴里嚼着口香糖，一脸满不在乎地打量着店里的一切。其实我并不能看清她的脸,她的脸至少有一小半被染成淡黄色的长发遮掩住了,但是,有那么一种奇怪的吸引力却是长发遮掩不住的。说不清她脸上的神色是慵懒还是倦怠,无论看什么,她的目光都是轻轻地一触,不做过多停留。她的年龄应该和我差不多大,我估计着,身材也非常出色。还有,她的脸上有种自然、明亮的光泽,我想,那大概就是所谓的孩子气了。

老夏一落座就开始招呼这个女孩子和他坐到一起,她却没管,径直走向散落在各处的布娃娃和动物玩偶,眼睛里的光一下子变热切了,还有脸上些微的笑意,即使头发再长也遮掩不住了。她径直坐在了布老虎和布斑马的中间,揪揪老虎的耳朵,又摸摸斑马的鼻子。

其实,就连她自己,也像是个成熟了的布娃娃。

我的心一动,突然想起了什么——她,大概就是蓝扣子了。

我对杏奈说:"那边突然来了两个朋友,要不,我们就先在这里分手?"

"好的。"杏奈顺着我的手势看了看老夏,很灿烂地笑着点了点头,"那么,我们下星期再见?"

"好的,下星期见。"

杏奈站起身,店员赶紧走过来招呼她。她掏钱包的时候,我已经抢先一步把两个人的钱都付给了店员。她也没阻止,浅笑着问我:"还是中国的习惯?"

"是啊,这辈子怕是改不了了。"

"那么,再见?"

"好,再见。"

我和杏奈互相稍微欠了欠身算作鞠躬。她轻悄地转身,推门出去，像一朵清凉的莲花。走到大街上以后，她贴着咖啡馆的落地玻璃窗向我挥了挥手，我也向她挥了挥，她的身影立刻消失不见，我朝老夏他们走了过去。

看到我突然出现，老夏的脸色骤然紧张，打量了我身后好一阵子，又认真地环顾了一遍咖啡馆，这才压低声音问我："就你一个人吗？"

"是啊。"我也有些被他问糊涂了。

他这才像是放下了心，长舒一口气后瘫软在樟木椅子的靠背上。我注意到他的眼角上有几块淤青，嘴唇上也留有几丝血迹。他朝我苦笑了一声说："唉，都是家里那只母老虎干的好事。"

说着说着，他就更生气了，一把抓住我的胳膊："我哪儿做错了？你倒是说说，我哪儿做错了？母老虎竟然对我下这么重的手。我他妈的一辈子都没挨过这么重的手。我早就说了，人家孩子可怜，要帮帮人家，可那只母老虎就是不听。你说说，我有什么办法！"

我不知道到底发生了什么事情，也就不知道怎样去安慰他，只好站在那里听他倒出满腔苦水。

"哦，扣子啊——"他想起了什么，对着端坐在布老虎和布斑马之间的女孩子叫了一声，"快过来认识认识我的朋友吧，也是中国人。"

"你坐啊。"正叫着她，老夏看见我还站着，又忙不迭招呼我，"快坐下，快坐下。"

我依言坐下，蓝扣子——我现在已经完全可以肯定她就是蓝扣子了——也朝我们这边走过来，依然是一脸的冷淡，一脸的不耐烦。老夏好像也不忍说她什么，只好朝我苦笑。

"我可不想认识他。"蓝扣子淡淡地扫了我一眼之后说。

"怎么了?"老夏显然没想到她会冒出这句话来。

"你没看见他脸上的滴泪痣?我脸上也有一颗。两个长滴泪痣的人碰在一起绝对不会有什么好事情!"她也算对得起老夏了,还向他说明了不想认识我的原因。

"哟,你还这么迷信呐?"见她开了金口,老夏也想开个玩笑,好活跃一下气氛。

"不是迷信不迷信的问题,而是我的原则。我难道就不配有原则呀?"她定定地看着老夏,眼睛一动不动。

"配,你当然配。我们的扣子都不配的话,谁还配呀?"老夏连忙说,一边说,还一边朝我看,脸上分明有歉意,好像他自己犯了什么错误。

他当然没有,扣子,哦不,是蓝扣子,她也一样没有,我一点也不会把她的话放在心上,有时候我甚至想:这么多年下来,不管遇见什么事情,为什么我总是没有受伤害的感觉?总是感觉不到自己受伤害,其实绝对不能算是一件幸运的事情,但是既然已经这样了,那就由它去吧。

不过,她要是不说,我还真没看出来她脸上也有一颗滴泪痣。也难怪,她的头发很长,披散下来后几乎遮住了半边脸。反正也不知道该说什么好,我干脆就盯着她脸上的那颗痣看。说起来,这就是我和扣子的第一次相识了,我的脸第一次真正对准了她的脸。

才刚刚看呢,她就对我横眉冷对了:"看什么看,有那么好看吗?"

"好看,脸和痣都好看。"我笑着回答她,这就算是我和她说的第一句话了。

"那就再看看，看仔细点。"说着，她离开自己的座位，凑到我身边，撩起头发，直视着我。我也终于看清了她眼睛下的那颗痣，只是细小而微红的一颗，其实还真不容易看出来。一小会儿之后，她回到了她的座位上，仍然直视着我，问我："全都看清楚了？"

"全都看清楚。"

"有什么感觉？"

"还是好看，脸和痣都好看，除了说好看，呵呵，就不知道说什么好了。"

老夏显然有点被我们弄糊涂了，看看我，再看看她，突然，他又一把抓住我的胳膊，问我："能不能让扣子上你那儿住两天？"

"我才不去呢。"我还没开口，她倒先发话了，"谁说要和他住一起了？两个长滴泪痣的人住在一起要折寿，他不怕我还怕呢。"

"你呀你。"老夏着急了，语气却怎么也无法强硬起来，"扣子啊扣子，让我说你什么才好？"

下面发生的事情就更加让可怜的老夏不知道说什么才好了——

咖啡馆的门被粗暴地推开，一对中年男女叫嚷着走了进来，两个人的脸上都写满了气愤，而且全是衣冠不整的样子，和老夏一样，似乎都是才经历过一场规模不小的争斗。看他们愤怒地朝我们走来，我不禁有些迷惑，好在很快他们就将谜底揭晓了。中年男子用手一指老夏，对中年女人气咻咻地说："姐，你看，我没说错吧，我亲眼看到他和这个小妖精进到这里来了。"说完，他的手又顺带着指了指蓝扣子。

"说谁呢说谁呢！"蓝扣子一下子从座位上站起来，也伸出手来一指中年男子，"你妈才是小妖精！"

我即使再愚笨，也可以看出来这对中年男女就是老夏的妻子和他的小舅子了。

可怜的老夏，现在变得更加可怜，看看他的妻子，再看看蓝扣子和我，嘴唇动了动，却是一句话也说不出来，刚被冷气送走的汗珠又回到了脸上。看到此情此景，也不难想象老夏的眼角和嘴角处为什么有伤痕了。

"哟？"老夏的小舅子受了一点惊吓，他显然不会想到蓝扣子会这样对待他，他肯定以为她是不敢还嘴的。他愣了愣，又挺了挺脖子，重新找到了他觉得应该找回来的样子，厉声说道："说的就是你，小婊子你能把我怎么样？你不就是出来卖的吗！"

可能是出于想扭转不利局面的考虑，老夏的妻子也开口了，她显然把我也当成了老夏和蓝扣子的帮凶，一边不时地用眼睛瞟着我，一边对扣子说："那你说说，我们不把你当出来卖的，难道把你当观音菩萨？你自己说说吧，这几年你骗了他多少钱？"她的手一指老夏，愤怒就更加不可阻挡，"你有脸自己说出来吗？"

"要不——"老夏的妻子甚至放低了声音，上前一步拉了拉她的胳膊，"我们到外面大街上找个人多的地方去说？"

蓝扣子却笑了起来，她悠悠笑着看了看每个在场的人。这倒让老夏的妻子和他的小舅子吃了一惊，不知道接下来会怎样，都盯着她，看看她想干什么。只有我，当她笑着看了我一眼的时候，我记得我也对她笑了一下。

暂时并没有什么事情发生。笑完了，蓝扣子慢悠悠地朝吧台那边走了过去，走过去后，小声地在用日语和吧台里的店员说着什么。吧台上有个放冰块用的小冰箱，说小也不小，大概总有一只小型微波炉那么大。在场的人不禁感到奇怪，她轻松的神色看上去就像已经忘记了刚才的那场争吵。甚至连店员们也感到奇怪：刚才还在大声争吵着，现在却没了声音。

过了一分多钟，她，蓝扣子，抱着那只小冰箱走了回来，打开后，先放了一粒冰块在嘴巴里哂着，然后又给我、她自己还有老夏的杯子里各加了几粒冰块。在给我加冰块的时候，她问我："今天晚上我可以住到你那里？"

"行啊，没问题。"我回答她。

"那就好。"她又笑了，"好歹算是有个落脚的地方了——"

话音还未落下，她突然抱起那只小冰箱朝老夏小舅子的脑袋上砸去。我怀疑她使出了能使出的所有力气。老实说，这转瞬之间发生的一幕，除了她自己，谁还能想得到呢？小冰箱准确地击中了老夏小舅子的脑袋，又掉落在地，亮晶晶的冰块从冰箱里滑落出来，撒了一地，也发出了清脆的声响；还有另外一种声响也在我们耳边响了起来：老夏小舅子的惨叫声。

每个人都在发着呆的时候，扣子从桌子上拿起一张纸巾擦了擦手，又一指老夏，脸却对着老夏的妻子："看在他的面子上，今天我放你一马。"

我靠，她冷静得简直像个女王。

接着，她一转身，斜着眼睛对我一努嘴巴："走啊，发什么呆呀！"

这是一口标准的北京话。

第三章　心乱

晚上六点多钟的样子，天上下起了雨，下得倒不大，透过淡淡的雨雾和薄薄的云层，甚至仍然可以感受到夕阳的微光。这样，大地上所有的景物都披上了一层神奇的红晕，一切看上去就像一幅疏淡有致的水彩画。

尽管如此，在银针般的雨丝悄悄浸染下，梅雨庄里的楼房、草地和墙角里的花丛也还是湿漉漉的了。置身于如此静谧而有生机的环境之中，难怪我也会觉得自己与那些楼房、草地和花丛一样——比如我的眼睛、肺和耳朵——全身上下都透明而轻盈，都是湿漉漉的感觉。

得感谢蓝扣子的提议，是她说要到屋子外面的草地上坐一会儿的。此前的整个下午，我们一直在阿不都西提的电脑上玩挖地雷的游戏。其实，阿不都西提和她也算是颇有渊源了，只是她不知道，当然，我也只字未提。挖地雷游戏对扣子来说当然不在话下，仅从她身上最时尚的打扮也可以看出来，她应该是经常光顾电玩中心的那种年轻人，据她自己说，即使是最新的电玩游戏，比如《三角洲特种部队》，她也已经玩到第三代了。

当然，这倒不能说明我就有多么老土，事实上，尽管我不太喜欢电脑游戏和电玩中心，只愿意听听音乐看看书，但对于穿着我倒的确有几分在意。在穿着方面，也许我和扣子甚至还可以找到共同的话题。以司空见惯的时尚标准来看,扣子可能是正好合拍或者走得前一些的人,我则应该稍微退后了一些,但退得也不远。

在屋子里,扣子似乎早把咖啡馆里的不快忘得一干二净了,而且,对于挖地雷游戏的落后程度,她也没放在心上,好像确实没什么事情值得她放在心上一样。坐在那里,她一边心不在焉地嚼着口香糖,一边在几十秒钟之内就将游戏里的地雷迅速挖完了。我实在有些好奇,因为我还从来没有一次挖完过所有的地雷,就老老实实地坐在一边看她用鼠标迅速地在电脑屏幕上点来点去。

"闭上眼睛我都能把它们挖完。"她说。

我当然相信她的话。

"什么时候带你去个好地方?"她一边在屏幕上点来点去,一边斜过脸问我。她像是从来就不肯好好看着对方的脸再讲话的人,即使是问问题,她也只是把脑袋稍微侧一下,这就算是她已经和你打过招呼了。

"去哪里呢?"

"日光江户村。在鬼怒川那边,到那儿你才知道'刺激'两个字是怎么写的。"

"真有这么好玩?"

我追问了一句,她却没兴趣再理会了,只轻轻"嗯"了一声。我一时也找不到什么话来说,就坐回到榻榻米上寻出一本书乱翻起来,倒是想听她聊聊自己的事情,但恰如一句歌词所说:"你若不肯说,我就不问。"我喜欢这句歌词的句式和念出来时的语气。

看起来,扣子住在我这里显然没感到有什么不便的地方,该抽烟的时候就抽烟,该喝水的时候就喝水。我喜欢她这样,别人随意的话我也会感到自在些。其实，书我根本就看不进去，脑子里想的都是关于她的事情，比如，她怎么会这么安静，像是和咖啡馆里的她判若两人？还有，她一个字也没再提我眼角上的那颗滴泪痣了。

也巧了，我随意乱翻着的那本书，正好是一本关于星座方面的书，我想问问她的星座，于是就问她："扣子——"

话一出口，我发现她的脸色有几分惊讶，就想起自己只叫了她的名字，没有叫她的姓，可能是因为我已经在心里叫她名字了吧，还真是说不清楚。我多少有点局促，仓促中就补充了一句："哦，蓝——"

她盯着我看了一小会儿，便笑了起来："你傻不傻啊，扣子就扣子吧，你还不好意思了？"

"呵呵。"我也笑着向她承认，"的确有点不好意思了，想问问你的星座。"

"射手座，怎么了？不过，要是算命的话就不必了，我早算过一千五百遍了。"

"哦，这样啊，那就算了吧。"我苦笑着对她说。之后，屋子里又没有了声音，一切都回归了寂静，其中的转换倒也自然，至少我并没觉得有什么突兀和尴尬的地方。过了一会儿，窗外的天色逐渐昏暝下来，同时，一片雨丝也飘进了窗户。扣子不再挖地雷了，坐到榻榻米上来对我说："要不，我们干脆去院子里坐坐？"

"好啊。"我十分赞同。

往屋外的草地上搬椅子的时候，她像是在想着件什么事情，一脸的若有所思，想着想着便笑了起来："其实，想一想，你这个人倒也真是奇怪。"

"怎么呢?"

"你就这样把我带回家,也不怕引火烧身?"

"你既不是三头六臂的妖怪,我也不是手无缚鸡之力的赶考书生,怕什么?难道你是白蛇转世,喝点黄酒就会显露原形?"

"不是白蛇,是蜘蛛。"说着,她哈哈一笑,伸出双手比画着,脸上也故意做出某种可怖的神色,"专门吸人脑髓的蜘蛛精。怕了吧?"

在院子里坐下之后,我一边被墙角里的一丛月季所吸引——尽管已经没有了花朵,但只要是能开出花朵的植物,总能使我心醉神迷;一边想起了几部恐怖电影。大概是因为她刚才故意做出的可怖的神色,我才会突然想起这个来。

"你喜欢看恐怖片吗?"我随意问了她一句。总要找到话来说吧。

"喜欢呀!"没想到扣子的反应倒是很热烈,"我最喜欢的就是恐怖片了。你也喜欢?你最喜欢的是哪一部?"

我想了想,回答她:"大概还是那种比较传统的恐怖片,让人承受很大的心理压力,不是好莱坞的那种。对我来说,传统的恐怖片国家,比如英国和丹麦,它们的片子我更喜欢一点。"

"那你看过《看夜更》吗?"她问我,"是丹麦的,说一个大学生找了一份晚上十二点以后在医院太平间看更的工作。"

"看过看过!"我连声回答她,她不知道那正是我最喜欢的恐怖片。

我也问她:"英国有一部《今夜你会不会来》,说的是一个医生去一座乡间庄园给一个老太太治病——"

还没等我问她看没看过呢,扣子马上兴奋地从椅子上站起来说:"看过看过,恐怖极了,我是专门后半夜进电影院里去看的。"

看起来,关于恐怖片,我和扣子的口味的确差不多,喜欢的片子大多有一个严密的故事和精美的画面,还有一个让人越陷越深的圈套。我有过这种经验:在后半夜,你越往下看,就会在圈套中越陷越深,紧张得连气都喘不过来。和好莱坞的片子有所不同的是,这些片子并没有什么血淋淋的场景。

我没想到的倒是扣子居然也和我一样,喜欢专门把最恐怖的片子放在后半夜看。

"教你一个方法。"扣子说,"看恐怖片的时候含一粒冰块,这样,你会觉得身体里有湿气,就会觉得更恐怖。"

这我就更想不到了,竟然还有这样的女孩子:在本身就已经够恐怖了的气氛中,她还觉得不够,还在想办法加深自己的恐怖,我不禁又朝她多看了两眼。她又坐回了椅子上,缩在椅子里,像一只猫。她的眼睛微微闭着,脸也仰着,细密的雨丝使她脸上的胭脂洇开了,显得非常动人。她的脸上是动人的白和动人的红——肌肤的白又是胭脂的红无法掩饰的。

这样,我也就不再说话,和她一样闭上眼睛,使劲用鼻子搜寻满院植物在雨水里散发出的清香。因为正是黄昏,时间流逝得特别迅速,等我睁开眼,发现周遭的天色已由昏暝逐渐转为了黑暗。梅雨庄院门处那盏从树枝里探出来的路灯也亮了,院子里被笼罩上了一层淡淡的光晕,银针般的雨丝在路灯的照耀下更加夺目了。

"我去买个东西——"扣子说。她突然从椅子上跳起来,往院子外面跑去,都已经跑出院门了,这才想起来对我补充了一句,"你等着。"

那我就等着吧。

没过多久,她就跑回来了,一推院门,兴奋地问我:"你猜我买什么了?"

当然是啤酒,我已经听到了她跑进来时将两罐啤酒轻轻撞击着发出的声音。这声音对别人来说可能没什么特别的意义,对我则会感到相当熟悉。在国内的时候,我家中的冰箱里经常有成排的冰冻啤酒,有时候,我也会拿出两罐来轻轻撞击着,一边撞击一边看着啤酒罐上液化出的小水珠发呆。

也许,这辈子,可能就在这辈子的下半段,我会变成一个让人讨厌的醉鬼?我倒是经常这样想。不过,死在啤酒里也不错,还勉强能算不错的结局了吧。

出去买了一趟啤酒,扣子又变回了原来的样子。可能是买啤酒的路上听了舞曲的缘故,她一边进门一边摇着头。不奇怪,日本的舞曲总有这样的效果。进了梅雨庄,她干脆飞起两脚,将脚上的凉鞋都踢在草地上,赤着双脚朝我走过来。看着她,我觉得自己的脑子里一团蒙昧,想不清楚哪个扣子才是真正的扣子。杏奈问过我一句佛家偈语,所谓"诸法无常,诸行无我"——一天中,我做许多事,说许多话,也认识许多人,然而,哪一个行动中的我才是真正的我呢?这句偈语也正好说明我对扣子的想象:到底是此刻的扣子,还是咖啡馆里的扣子,或者对自动售货机拳打脚踢的扣子,才是真正的扣子?

"哎呀!"扣子突然叫了一声,就在我笑着去接她递过来的啤酒的时候。

"怎么了?"我问她。

"我真是受不了你!"她说,"你看看,你不光脸上有滴泪痣,手上还有断掌纹,这辈子你算是死定了。"

"是吗?"我接过啤酒,拉掉易拉扣,大大地往嘴巴里灌了一口,这才对她说,"哦,这个呀,那你说说我为什么会死定了?"

"大凶之兆。"她回答我,"谁都知道,你可别说你从来就不知道哦。"

尽管路灯有些昏暗,但我手掌上的那道断掌纹还能清晰看见,我就边喝啤酒边端详着它。在此之前,尽管也有不少人对这道神秘的掌纹表示过惊讶,多少都会对它说上一句什么,但是我也的确从来就没把他们说什么放在心上,今天倒是比往常看得仔细些。看着看着,一些古怪的场景就出现在了脑子里:唐朝的马嵬坡,唐玄宗正在凄惨地和杨贵妃相拥而泣,在他们的身边,是怒目而视着正要拔刀而出的三军将士;在遥远的曼谷,一个年轻的人妖正在疲倦地卸妆,她的双腿上躺着一只熟睡的猫;在一片神秘的江湖上,一个俊美的侠客正目睹他的仇人在侮辱自己的新娘,而他自己的身体上已经遍布了仇人送给他的八十八处刀伤。

真要命,我又走神了。

"喂!"扣子把我从胡思乱想中叫醒了,"叫你呢。"

"嗯?"

"你呀,我真受不了你,和你在一起的人都要倒霉的。"她对我做了个鬼脸,"看来我得离你远点。"

"好啊。"我笑着从椅子上站起来,"不过那也要等你从麻烦中解脱出来之后才可以吧?现在,我们还是先去吃饭吧。"

她显然是有什么麻烦,这个麻烦还大到了足以让她回不了家的地步。另外,那场咖啡馆里的争吵,到底是因何而起的呢?这些念头偶尔会在我脑子里萦绕一阵子,不过,还是那句话,"你若不肯说，我就不问"。

往院子外面走的时候，扣子回过头来看了看院子里面，对我说："这里真的挺不错的，其实我以前住得离这儿也并不远。"

我有点淡淡的紧张，因为想起了阿不都西提对我讲起过的她。不过很快就好了，我这人，向来不会对一件事情感到特别紧张：两个人，在彼此都不知道的地方生活着，都不知道会在某个地点某个时段遇见，既然遇见了，都长着眼睛和耳朵，自己去看去听才是最恰当的。

"我好像来过这里一样。"她说。

"那完全可能，我还经常觉得自己去过埃及，坐在金字塔上和法老们喝啤酒。真觉得去过，后来想想，全是做梦。"

我们去了一家寿司店，各自吃了一份青花鱼寿司，后来又各自加了一份海苔卷。没说话，因为店里柜台上的电视机里在放着《东京爱情故事》，扣子一直看得很入神。从寿司店里出来，我们在街上随意闲逛着。"要不我们去租个恐怖片，回去放在电脑上看？"扣子提议说。我当然同意，于是就去了一家音像出租店。可是很不幸，这里没有一部片子够得上我和扣子喜欢的标准。

"就这个吧。"最后，扣子拿着一部《我知道去年夏天你干了什么》对我说，"只好将就一点了。"

走出音像出租店，她突然对我说："能不能借点钱给我？"

"要多少呢？"

话出口后，我意识到自己可能问得不妥，就拿出钱包，掏出钱包里所有的钱给她递过去："暂时只有这些，你先拿着吧。"

她也没有推辞，接过去了。

再往前走。霓虹改变了黑夜的颜色，使暗中的一切变得明晰起来，缓缓行驶的汽车像遥远的太空里沉默着移动的小星球。我发现扣子的脸上被街灯的光亮笼罩了一层疏淡的格子状的光晕，我的脸上大概也差不多吧。由于日本国民性格的关系，东京的街灯，还有大小店铺前照明用的灯笼，除了新宿和银座这些被称为"不夜城"的地方，其实还透露着几分落寞和暗淡。

　　回到梅雨庄，扣子先去盥洗间洗了个澡，我便继续看那本星座方面的书，等她洗完了一起看恐怖片。她洗澡的时间真是长得可以，只怕够我在学校里上一节课了。她从盥洗间里出来后，一边用条毛巾擦着湿漉漉的头发，一边让我也去洗个澡，然后再坐下来清清爽爽地看片子，她还对我说："只可惜你这儿没有冰箱，要是有冰块的话就更好了。"

　　我当然不会想到，当我洗完澡出来，扣子已经不见了。榻榻米上留了一张她给我的字条：我走了，你这个家伙，我可不敢和你住在一起。要当心哦，当心别的女人也不敢和你住在一起。我笑着把字条拿在手里，踱到窗子前，掀开窗帘往外面看了看，雨还在下，比先前要下得大些了。我想，她的动作倒是真够快的。

　　《我知道去年夏天你干了什么》我自然也没兴趣再看，还是看书吧。一边看，一边想着自己是不是也该有冰箱和音响了，在国内的时候用惯了，现在没有了还真是不习惯。因为是躺在榻榻米上，看了一会儿觉得有些犯困，就双眼一闭，睡了过去。

　　中间，阿不都西提打了个电话回来，告诉我今晚他要到打工的那家私立医院看更，就不回来了。接完电话，我睡眼惺忪地打量屋内，不知道为什么，突然觉得有点凄凉。

　　接下来便一直睡得很浅，过一会儿就醒一下，我也就干脆不睡，决定到外面去走一走，胡乱套了件衣服就推门出去，绕到了梅雨庄后面的铁轨上。和世界上所有的铁轨一样，这条铁轨也被许多杂草环绕着，此刻，杂草里还有许多不知名的虫子在幽幽啼叫，反使人感到异常清净。虽说吉祥寺这边仍然还属于东京都内的地区，但无论如何也算是郊区了。因此，当我走在铁轨上，竟然有种在国内的哪条小道上走夜路的感觉。四周悄无声息。遇到有电车朝我行驶过来，悄无声息的四周才会被电车的呼啸声打破，与此同时，电车顶端的灯光发出了雪亮的光芒，照亮了夜空，也照亮了我的脸。不过，就算是电车的呼啸声也很轻微，像是故意放慢了速度，生怕惊扰了别人的梦。

不知道走了多远的路，我站住抽支烟，不经意中发现距铁路不远的地方有片不大的湖，于是就走过去。在月光下，湖面隐隐泛着蓝光，我这才看清楚，它其实是一家花卉公司的水池，在它的四周，正摇曳着许多我叫不出名字的花朵。它尽管不大，但作为花卉公司的水池来说又太大了一点，显然，它也正好适合游泳。

游泳的念头是一下子冒出来的，但我已经控制不住这个念头，于是，我脱去衣服，轻手轻脚地下了湖。湖水异常清冽，也非常温暖，我吸了一口气，慢慢沉入湖水，闭上了眼睛，真是前所未有的踏实。湿了。头发湿了，身体也湿了。湿了的感觉如此之好，像是未曾出生的婴儿，在母亲的子宫里迅速发育着。一下子，我的鼻子竟然一酸，四肢在水底尽力伸展，但仍然是悄悄地，声响还不至于惊动花卉公司的守夜人。我的确是哭了，全然没有任何缘由，就是想哭，那么，哭出来就是了。往前游着游着，忽然想起了一段故事。故事说的是一条哭泣的鱼对海水说，你看不见我的眼泪，因为我的眼泪在海水里；海水说，我看得见，因为你的泪水在我的心里。

这时候，扣子在哪里，又在干什么呢？

日子就这样一天天过去，我和扣子也再没有见过，我仍然沿袭着过去的生活：除了上学，就是每周去杏奈的家给她讲一讲中文。扣子却像是从东京消失了一样，尽管我也参加了好几次热闹的聚会，但是，从来也没见过她。偶尔也会听人提起她，有的说她在新宿歌舞伎町一条街上的一家"女学生制服俱乐部"打工，有的说她在原宿那边的竹下通车站出口摆了个地摊卖小杂货。我深知这些传言可能半真半假，也就没有完全相信。遇到聚会的时候，我便只顾着和阿不都西提喝下一罐又一罐的啤酒。

扣子那天跟我一起回梅雨庄的事情，是我后来说给阿不都西提听他才知道的。不用说，他很吃惊，不断追问我扣子来屋子里后的细节，还使劲回忆扣子来的那天屋子里放没放他的照片。他怕扣子看见他的样子，尽管他们以前也见过，但扣子显然对他没有留下什么印象。现在，当他听说扣子踏足过他的房间，还用过他的电脑，他却骤然紧张了，仿佛他曾经跟踪过她的秘密也就暴露无遗了。

"可是，她根本就不知道你跟踪过她呀。"我提醒他，"就算知道了也没什么吧，是人都有好奇之心。"

听我这么一说，他反而更加紧张，不断问我："那件事情，你真没有告诉她？"

"你放心，一个字也没有。本来就没有什么好说的嘛。"我说。

"那就好，那就好。"阿不都西提终于放了心，每到这个时候我总是会这样想：他可真是白白长了一张讨女孩子喜欢的脸。

"难道就没有一点接触女孩子的机会？"我问他，"在东京，找个女孩子过上一夜，应该不是什么很麻烦的事情吧？"

"是啊，在新宿那边，机会的确也多得很，经常有女孩子拦住我，问我是否愿意和她一起去汽车旅馆。"他不好意思地红着脸说，"可是不知道为什么，每次都想好了下次一定去，结果，事到临头了又发现自己根本就做不到。想一想，还是生活在古代比较好，不用自己操心，家里人就把媳妇娶回来了，拜完堂，灯一灭，该做什么就去做什么，我还是喜欢这样子。"

这种想法我倒是第一次听说，不由有几分好奇。

"不过，蓝扣子的胸是真的像我说的那样丰满吧？"阿不都西提还不等我继续表达自己的好奇，就把话题迅速转到了他最关心的地方，"她的胸，看清楚了吧？"

我喜欢阿不都西提的地方，就在于他的问题即使与扣子的胸部有关，也并不遮遮掩掩。尽管有点羞涩，但这羞涩也只是考试时偷看一眼别人的试卷时的那种羞涩。古波斯人的脸孔上是一层孩子气的笑，这种奇怪的融合使人不忍拒绝回答他的问题。"的确非常丰满。"我向他承认。是的，我也不是终年累月驾车漫游的孔圣人，自然也就没有在看见扣子的胸部时故意将眼光调往别处。

"其实，我前两天看见她了，在新宿那边的一家'女学生制服俱乐部'门口。我从那路过时，正好碰见她从里面走出来，不过，她没看见我。"阿不都西提说。

这样看来，那些聚会上关于扣子的传言，应该就不是太离谱了。老实说，对于她在"女学生制服俱乐部"上班这件事情，我也不会感到太吃惊，但终究还是不免想了又想：她为什么就不能去找一份正常点的工作呢？我知道，在新宿那边至少有十几家这样的俱乐部，里面的服务生全都是年轻女孩子，她们有的打扮成女学生的模样，穿着白衣蓝裙的中学校服去侍候客人；有的则穿上警察的制服和自卫队的制服去侍候另外一部分有这种古怪嗜好的客人。当然，在双方都愿意的时候，他们就会去酒店里开房间。

也就是想一想，我向来觉得不应该对别人的生活打探得太多，再说，在我认识扣子之前，她就是作为一个应召女郎出现在我想象中的画面里的，那么，无论她怎样生活，我也不应该感到过于吃惊：对一个女孩子来说，恐怕再没有比做应召女郎更糟糕的事情了。

不知道为什么，今天晚上，我突然想和扣子见一见，就干脆对阿不都西提说："想不想去一趟新宿，我们把她找出来喝啤酒？"

"现在？"他吓了一跳。

"对，就现在。"

"我会紧张的吧？要是真见了她的话——"

"没关系的，反正早晚要见，喝一次啤酒，说不定你就再不会紧张了。"

"真的要去？"

"真的，即使是我一个人，也仍然想去。"

"那好吧，我陪你去。"

即使是我们已经坐在了JR电车上，阿不都西提仍然笑着对我说："真要是找着她了，我可不敢跟她说话，你们就当我不在场好了。"

很遗憾，我和阿不都西提在歌舞伎町一条街上游荡了一个晚上，也没能找到扣子。当然，我们也没闲着，我和他找了一家啤酒屋，喝一会儿，再出来到街上张望一会儿。后来，各自干脆提着两罐啤酒专到那些"女学生制服俱乐部"门前游荡，结果，时间过了十二点，我们终于放弃了找扣子的打算。因为这些俱乐部几乎都是黑社会的产业或受黑社会保护的，总在别人的门前转，难保不会出什么麻烦。

到头来，我们只好坐最后一班电车回吉祥寺，我依稀记得，在站台上，阿不都西提看着远处一面巨大的电视墙对我说："我这个新疆人，说起来还没骑过一次马呢。"那时候，电视墙里正在播放着一部关于池袋赛马场的广告。

说来也怪，刚一到家，电话铃就响了，我拿起话筒，里面传来的竟然是扣子的声音。

"你最近干吗呢？"她问我。

"当然还是老样子了，倒是你呢？"

"我现在在秋田县。"

"是吗，怎么会去那里呢？"

"小白菜，地里黄，算了算了，还是不说这个了。"

"像是经历了很多事情——这段时间？"

"一个字：要命。"

我知道她是故意将"一个字"说成两个字的"要命"的。真是周星驰的发烧级影迷，连他的经典台词都被她运用自如了。我不禁在话筒这边微笑了起来。

"哎，打电话给你，不是对你说那些晦气的事情，是有东西给你听的。"她可能在想我是不是走神了，所以提高了声音。

"什么东西呀？"我问。

"你是不是聋子啊！"她训斥了我一句，"这么大的声音你都听不见？"

这时我才听清话筒里除了她的说话声和鼻息声之外，的确还有什么别的声音，可说不清楚究竟是什么，既像一支神秘的部队在夜行军，间歇还有马蹄声，又像是一台庞大的机器正在进行野外工作，轰鸣声忽远忽近。

"喂，想什么呢？"扣子又在那边喊了一声，"我就知道你又跑到九霄云外去了。告诉你吧，是瀑布。"

竟然是瀑布？这我可真是没有想到。

"怎么会在瀑布下面给我打电话呢？"我的好奇之感就更重了。

"本来是要回东京的，坐车路过这里的时候，一下子就被这片瀑布吸引了，就下了车。司机和车上别的人也感到奇怪，都劝我别下车，没劝住，可能他们到现在还在想一个单身女孩子怎么会在这个荒无人烟的地方下车吧。"

"什么，荒无人烟？弄了半天是这样啊，我还以为你在秋田县的哪个公园里呢。"我不禁为她感到担心，"你身边现在都有些什么啊？"

她却并不在意此时是一个人，在电话里还嘻嘻哈哈的："现在我这里可是好得很呐，告诉你了你可千万别羡慕得吐血。听好了，我这里有海，有沙滩，有瀑布，还有一个正在和你打手持电话的我。怎么样，够不错的吧？"

"那你有吃的东西，有火柴啊蜡烛啊什么的吗？"

"都有。哎呀，你怎么这么烦？要你听听瀑布，你倒好，尽在这儿叽叽歪歪。"

我便不再说，闭上嘴巴听瀑布奔流的声音。轰鸣声里，似乎还有一丝风声在其间穿过，从听筒里抵达了东京，我眼前立刻出现了这样一幕：沙滩上燃烧着小小的一堆篝火，距沙滩不远的地方，是白练一般的瀑布，扣子就赤着双足站在篝火边给我打电话，说不定，她脚下还有只有在夜晚里才会从海水中爬上岸的海龟和螃蟹呢。

倒也不错。我想。

我本来想告诉她，我今晚到新宿找她去了，终于还是没有说，便随口问她："怎么会突然想起给我打电话呢？"

"想起你来了呗。怎么，给你打电话还要小太监通报？"

正是扣子说话的方式和语气。我又笑了起来。这时候，她的语气却柔和了一些："也说不清楚究竟是怎么回事，这时候特别想和人说说话，就想起了你。怎么，打扰了吗？难道身边有个小娘子？"说着说着，话筒里就传来了咯咯咯的笑声。

"没有没有，下次还有这么好的事情一定还记得我，看看你下次再让我听什么。"我说。

"美得你吧。"她笑声小了些，转而说，"喂，上次跟你说过的日光江户村，还记得吗？"

我一时没想起来。

"真是受不了你，就是鬼怒川那边的日光江户村啊，我还对你说过，只有到那儿了你才知道'刺激'两个字是怎么写的。"

"哦——"我连忙说，"想起来了，想起来了。"

"明天下午，我请你去那儿玩。"

"好啊，那什么时候碰面？"

"下午一点吧。我们在鬼怒川车站门口见。至于现在嘛，我就挂电话了。"

"那么，好吧。"我想了想，又对她说了一句，"一个人在荒无人烟的沙滩上走着，真的不害怕？"

"真是奇怪了，有什么好怕的？那么多恐怖片你难道白看了呀。哎,不过,依我现在的状况,倒是特别适合从瀑布后面走出一个吸血僵尸来。哈哈,好了好了,不说了,我挂电话了。"

话筒里传来的顿时变成了一阵忙音。

第二天下午,我从学校里出来,在快餐店里吃了一份快餐,就坐上了去鬼怒川的电车。在路上,我的眼前不断出现扣子的样子。我这人总有这样一个毛病:无论再亲近的人,哪怕只两三天不见,我就会想不起他的样子,真是奇怪得很。因此,现在无论我怎样想,也还是想不清楚扣子的样子,便干脆不想,对着车窗里的自己、自己脸上的那颗滴泪痣发呆。

一出鬼怒川车站,我就看见了扣子,和我第一次见到她时的样子并没什么两样:嘴巴里嚼着口香糖,脖子上挂着一只贴着樱桃小丸子头像的手持电话,与上次不同的是,她身边有一只硕大的、鼓鼓囊囊的旅行袋。

"这么大的旅行袋干什么用啊?"我问她。

"等会儿你就知道了。"她对我一笑,心情似乎不错。

她的头发有些乱,天蓝色的短裙也多少有些皱了,另外,在她的胸口处似乎还沾着几粒沙子,太阳一晒,沙子便闪烁出金色的光泽。于是我问她:"你是直接从秋田县到这里来的?"

"是啊。"

"那,你现在住在哪里呢?"

我显然是多嘴了,问了不该问的问题。她脸色一奕,故意对我做出一副凶相:"小孩子怎么这么不懂事?什么事情都想知道是吧,好好在家给我做家庭作业!"脸色又是一变,变出了几分温柔和狡黠,"作业做好了阿姨买糖给你吃。"

我能怎么办呢？只有苦笑而已。

她提起那只硕大的旅行袋要往前走，我连忙接过来，一起走到一家小店里。她将旅行袋寄存在这家小店里，说好天黑后来取，寄存费是三百日元。办好这些后，我们就朝日光江户村走过去，她是一副轻车熟路的样子。我刚想和她说句话，她却回过头来嘻嘻一笑："不要问我，我来告诉你，我这是第九次来这儿了。"我目瞪口呆，她怎么会知道我正好要问她是第几次来这里呢？

步行了几分钟，我们就走到了日光江户村的门口。这里可真是一处堪称辽阔的地方：清一色的江户时代建筑，青砖铺就的小路两侧还隐约着连绵不断的竹丛和树林。怪异得很，这些日常里司空见惯的东西，在此刻的光天化日之下竟活生生渗出了一股阴森之气。

"可别走错了路哦，这里可到处都是迷宫。"进村之后，扣子提醒了我一句。

我有点心不在焉，眼睛被散落在身边的一幢幢不祥的房屋所吸引了。这些江户风格的房屋，清一色的青砖黑顶，窗子上全都挂着一面黑窗帘。正是这些黑窗帘一点点加重着我的不祥之感，使我感觉一下子就和村外的世界隔绝了，仿佛置身在了遥远朝代的某座古老凶宅里，顿时就感到自己血管里的血凉了下来，真不愧是闻名东京的主题乐园。

日本人做事情，好像什么事情都要尽量去接近他们心目中最真实的那个细节。这里也一样，为了这里的环境更像江户时代，整个江户村都密布着一层浓重的雾气，全然不似村子外面的光天化日。越往里走，气氛越来越诡异，雾气也越来越重，房屋渐渐少了，树林、竹丛和湖泊却多了起来。"这里到处都有机关，连树林和花圃也不例外，喏——"扣子的手一指眼前的一片湖泊，再次提醒我，"我要是没记错的话，这下面应该是座水牢。当然，我是不会记错的。"

我抬头看了看，发现天空也暗了下来，与其说是暗，还不如说是近似天刚刚亮的样子。远处的树林里似乎有人在活动，也有轻轻的咳嗽声传来，间歇还传来一声乌鸦的啼叫，像一声冷笑。我的心里不由骤然一紧。

尽管我也知道这里毕竟只是个主题乐园，但紧张感怎样也无法消退。不仅如此，接下来我还会更紧张，因为按照这里的规则，游戏开始之后，只能由每个人独立完成。主要任务就是由装扮成忍者的游戏者去这庞大庄园的某处解救一个人。一路上，要经过密室、暗器和武士的伏击才能最终完成任务。我们正往前走着，迎面从雾气里走来了两个人。"总算还碰见人影了。"我心里想着，也稍稍缓解了一点紧张感。可是，当他们真的从我们身边走过时，我倒真的宁愿自己从来没有看见过他们：一个男人，一个女人。男人身着青袍，戴高冠，一副古代公差的样子；女人则身着红裙，头上顶着一个高高的贵妃式发髻，红裙上绣着一条眼睛里泛出几许古怪之光的白蛇。他们都没有说话，女人还不时低下头去。我紧盯着她，发现她低头是为了涂指甲油。当他们从我和扣子身边经过时，那个女人对我们妖媚地笑了一下，而我到这个时候才终于发现，她给自己的指甲涂上去的根本就不是指甲油，而是猫的血。那个公差般的男人手里正抓着一只淌血的猫。

"喂！"有人突然拍着我的肩膀叫了一声，叫我的显然不是扣子，她就站在我的身边。我下意识地一回头，这下子，我无论有再大的胆子，对世间万物再无所谓，也仍然被眼前这骇人的一幕吓住了，心脏猛烈地狂跳，仿佛要挣脱出我的身体：一个戴着青面獠牙面具的人站在我身后，他手里的托盘上放着两件长袍，一件男式，一件女式，另外还有两个头盔。我清晰地看见，此人的左手没有小指，这只没有小指的手显得非常突兀和恐怖。

"傻瓜。"扣子喊了我一声，"接住啊，那是我们马上要换的衣服和头盔。"

原来如此，我接过了长袍和头盔。长袍散发着一股檀香，但这檀香并没能让我的头脑清晰一点，我仍然呆呆地站在那里，看着给我们送衣服和头盔的人渐渐走远，慢慢消失在一片影影绰绰的竹丛里。

游戏，这就算是开始了。

我和扣子分别换好衣服，戴上头盔，各自走进了挂着黑窗帘的房子里。我进去的这间好像是座佛堂，一推门就可以看见一尊正朝我微笑着的泥塑大佛。佛像下面是一张长长的供桌，桌上红烛高烧，红烛边堆满了献给大佛的贡果，供桌之下的地面上躺着一支泛着寒光的剑。看到这支剑，我才想起自己的手上还没有任何武器，那么，这支剑可能就正是我的武器吧。我正要上前去拿，扣子戴着头盔的脑袋从门外探了进来："哎，忘记告诉你，你是第一次来，只要能从出口里逃出去就行了，不必去救什么人。不过，真要逃出去也不是那么简单的哦。"说罢，她看了看我，又看看供桌下的那支剑，嘻嘻一笑，不见了。

我正要去拿那支剑，突然却想起了扣子的笑，觉得其中一定有什么问题，就留了心。先蹲下来，再取下头盔，用它去触动那支剑。我真是没有做错：头顶上那尊微笑的大佛突然一分为二，分成两半的身体赫然袒露出一个幽深的黑洞，一簇短箭，以闪电般的速度从黑洞里飞奔出来，像长了眼睛一样齐刷刷地刺进了对面的窗棂上，假如我不是蹲着，而是径直躬腰去取那支剑，那么，它们就会毫无疑问地刺在我身上。这时我才看清了机关所在，这支剑的剑柄上系着一根琴弦般的金属丝，而这根金属丝的另一端又系在佛像的底部上，哪怕就那么轻轻一触，机关也还是被牵动了。我不由吓出了一身冷汗，使劲盯着刚刚换上的那身长袍。我可以确信，它肯定是用什么特殊材料制成的，否则就很难抵御住刚才那簇短箭的攻击。

现在，我该怎么办呢？我手持长剑戴上头盔后茫然四顾，发现整个房间只有一条通道，那就是佛像一分为二后出现的黑洞。除了这个黑洞，找不出第二条路可走，我能怎么办呢？只好擦了一把汗，脚踩供桌，爬进了那个黑洞。

黑洞既低又窄，我一边蜷着身体往前爬，一边想起了我和老夏初见时老夏在咖啡馆里对扣子说过的话："扣子啊扣子，让我说你什么好啊！"

渐渐地，黑洞里的路稍微宽敞了点，我也终于可以直起腰来了。依照地势来推断，我感觉自己已经来到了地平线以下，也就是说，我正走着的这条路其实是一条地道。眼前一片黑暗，我脚底突然一滑，差点就没站住，踉跄着身体朝旁边的洞壁上扶过去，却突然触到了一个毛茸茸的东西。我心里一惊，赶紧把手缩回来，与此同时，一只蝙蝠从我刚刚触摸到的地方飞了起来。紧接着又是一大群，地道里到处都回响着蝙蝠们扑扇着翅膀的声音。

好半天之后，我终于来到了一片勉强能算得上宽阔的地方，是一个四四方方的小厅。厅的四周悬挂着从天而降的布幔，布幔背后有微弱的烛光，烛光背后是摇曳的人影。我定睛一看，发现那竟然是几个武士正在打斗。和中国的武士不同，日本的武士好像不会那些飞檐走壁的功夫，我的耳朵边间歇会传来刀剑的撞击声和他们粗重的喘息声，气氛简直令人窒息。一会儿，武士们全都消失了，微弱的烛光突然熄灭。在临要熄灭的一刹那，我清楚地看见从天而降的布幔被溅上了层层血迹，血迹溅上去以后，顺着布幔，一滴滴掉落在地上。

我索性闭上眼睛，什么也不管了，绝望地想，闭上眼睛往前走吧，走到哪儿算哪儿。

我的去路，显然就是那些武士消失的地方，除此之外别无他路。好吧，那就走吧。我闭上眼睛走了几步，手触到了布幔，也触到了布幔上的血。"管你是什么呢。"我心里想，"无论如何，我也不睁眼睛了。"没想到的是，我一脚突然踏空了，更加没想到的是，这踏空的一步，竟然把我带到了齐腰深的水里。还是不管。直觉告诉我，只要我一睁眼睛，一幕空前骇人的场景就会在我眼前出现。

不知道过了多长时间，我终于从齐腰深的水里上了岸，全身竟然冷得哆嗦起来，我隐隐感到，前方有一丝白光，我便再也把持不住，在几近疯狂的兴奋中睁开了眼睛。我注定要为自己睁开眼睛后悔：在齐腰深的水里，在我刚刚经过的地方，十几条鳄鱼正待在那里和我沉默地对视着。

事情却没到结束的时候，我的心脏注定还要再次狂跳不已：我的脖子上突然多出了一样凉飕飕的东西，假如我没猜错，那应该是一把刀。

在这一刻，我敢发誓我的确已经忘记了自己是置身在一场游戏之中，而以为来到了属于自己的穷途末路，更何况，用刀架在我脖子上的人还冷冰冰地对我说了一声："放下武器，缴枪不杀。"

见我没有反应，这个冷冰冰的声音一瞬间转为了笑声："早知道你的胆子都被吓破了，特意来救你的，傻瓜！"

这下子，我知道背后的那个人到底是谁了。

我发疯般地转过身去，又发疯般地紧紧攥住了她的手。

我还想亲她的头发、她的嘴唇，但是终于没有。

从日光江户村里出来好半天之后，我仍然心有余悸，大汗淋漓，而扣子却悠闲地吃起了香草冰淇淋。看着身边悠闲自在的她，我也不知道说什么好，相信别人的体验和我大致也会差不多：在经历了一件恐怖至极的事情之后，会虚弱得懒得说一句话。

"缓过来没有？"扣子神色自如，咂着冰淇淋对我说，"没缓过来也得赶紧缓啊，待会儿还要靠你帮忙呢。"

"帮什么忙？"我有气无力。

"卖东西。我从秋田县那边进了一批小杂货，招财布猫啊小钟表啊什么的，一大堆，装了满满一袋子。待会儿我卖的时候你帮我收钱。"

"哦，这样啊。"我这才知道她那个鼓鼓囊囊的旅行袋里到底装的什么东西。

"实话告诉你吧。"她压低了声音，嘴巴里只剩下一根冰淇凌的竹签，"我在这里有仇人，你的眼睛得放亮一点，碰到他们你和我都完了。一会儿你要是看到什么不对劲的人了，一定记得马上告诉我。"

"既然如此，为什么还要来这里卖呢？"

"生意好啊——真是问得新鲜！"

我就不再问了，跟在她背后往寄存了旅行袋的那家小店走过去。这时候，天已经黑了，霓虹将夜色浸染得仿佛一处太虚幻境，远处的二手衣店里传来了一段爵士乐，是 Fats Waller 的 *A-Tisket, A-Tasket*，一种久违的迷离之感便再次席卷了我，一边朝前走，我一边问自己："我怎么会出现在此时此刻呢？"

没容我多想，扣子已经从小店里取出了旅行袋，见我发着呆，就朝我一努嘴巴："我发现你这人怎么这么差劲呀，一点儿都不绅士，有看着一个女人提这么重的东西也不搭把手的男人吗？"我慌忙把旅行袋接过来，跟着她走到鬼怒川车站出口处，她先从旅行袋里找出一块蓝色格子布铺在地上，随后就把旅行袋里所有的东西都倒了出来，花样的确不少：除了招财布猫和小钟表，还有钥匙圈啊银饰啊超人气偶像的海报啊什么的。

生意的确相当好，我们身边立刻聚起了一群年轻人。扣子的日语说得实在流利，足以应付顾客的讨价还价。当价钱谈妥后，她又用流利的京片子告诉我该收多少钱或该找出去多少钱。热热闹闹的一阵子过去之后，我数着手里的钱，发现那些小东西已经卖出去了至少三分之一。从现在到十二点，离电车收班还有好几个小时，那么，这些小东西全部卖完应该就不是什么难事。扣子丝毫也没有放松警惕，等人少了点，她又抽空叮嘱了我一句："你千万注意着点儿我的仇人啊，要是被他们逮着了，我们不被打死也会被打个半死不活。"

"到底谁是你的仇人？"我问。

"说起来，也算不上仇人，是我借了他们的高利贷。"说着，她停下来往四周稍微打量了一下，"我借的钱，再加上他们的利滚利，只怕这辈子都还不起了。"

"那到底是多少钱呢?"

这下子,她又不耐烦了,正要训斥我一番,幸亏又一班人流从车站里涌了出来,她赶紧用熟练的日语去招徕他们。刚招徕了几句,她回过头来对我说:"不知道为什么,今天的感觉特别不好。"

她的预感,倒真是一点儿也没有出差错——

一拨人刚刚散去,另外一拨人就围了上来。扣子突然对我喊了一声:"完了,快跑!"我根本来不及反应,她已经发足狂奔起来了。我下意识地感到大事不好,想追随她一起往前跑,但脑子里一做闪念之后决定往与她相反的地方跑,也许这样可以使追她的人少一些,她也就能侥幸跑脱了。不过还是晚了,还没跑两步,我的身体被一脚踹翻在了地上。我踉跄着爬起来继续往前跑,也回头看了一眼,扣子已经消失不见,应该跑到安全的地方去了吧,我想。

我的心放安了一些,我的步子也放慢了一些。

我干脆站住了:不就是挨打吗?那么,来吧。

刚刚站住,一支木棍就朝我的脑袋上砸来,我下意识地一躲闪,也没躲闪过去,木棍还是砸在了我的胸口上。疼痛感如此巨大,还来不及承受,好几只拳头便紧随着朝我脸上猛击过来,我仰面倒在地上,嘴角也尝到了一丝咸腥的味道,我知道,那是血。

我躺着,两只手紧紧抱住脑袋,其余的地方再也管不了,索性也不再管,脸贴在地面上,喘着粗气。我想,打吧,不管打到什么时候,也总是会结束的吧。

是啊,总有个结束的时候。这一刻来了之后,我缓慢地从地上爬起来,手里还捏着几张纸币。只剩下这几张了,其余的都被搜刮一空。事情就是这样,我不光挨了打,卖那些小东西得来的钱,还有我自己的钱包,都被抢走了,只有几张纸币掉在了地上,我从地上爬起来的时候把它们也捡了起来。我往刚才和扣子分头跑开的地方走过去,只一眼我就看见了扣子,她正坐在地上收拾着剩下的小东西。不远处,一只滚到道路中央去的招财布猫正在被一辆行驶的汽车碾压,就在这时候,扣子突然将手里的一串钥匙圈朝着那辆汽车猛砸过去,又用双手捧住了自己的脸。她的长发散乱地垂在胸前,之后,又被风吹得飘拂起来。

我喘着粗气走到她身边,想了想,把手搭在她的肩膀上,这时候才看见她的衣服上留下了几个清晰的鞋印——她和我一样都没能逃脱挨打。

她在哭,她捧住脸是为了不让别人看见。

我的手,从她的肩膀上慢慢来到了她的头发上,她的身体像是一震,哭泣声便大了起来,嘴巴也在不断地说着:"他妈的!他妈的!"

我慢慢扶起了她的头,这下子,她的脸被霓虹照亮了,我终于能够看清楚,她其实已经鼻青脸肿了,除了鞋印,她的耳根处还在渗着血。我伸出手轻轻触了一下她脸上的伤处,顿时,她疼得咬紧了嘴巴,眼泪伴随疼痛从眼眶里涌出来,滑落到嘴角,也和伤痕一起被霓虹照亮了。

她打掉了我的手,把脸转往别处,看着远处的某个地方,不说话。

我不知道从哪里来的勇气,又把她的脸扶过来,对准我。我们就这样互相看着对方,她仍然在抽泣着。

看着看着,我们竟然笑了起来。我的笑是哈哈大笑,她的笑既不是嘻嘻的,也不是咯咯咯的,而是突然扑哧一下。

我笑着对她扬起手中仅有的几张纸币:"去喝啤酒?"

"去喝啤酒!"

她吸了几下鼻子,绕到我身后,红着眼睛,推着我往前走。

第四章　迷离

一天中午，风雨大作，我正在午睡，接到了阿不都西提的电话，他告诉我，梅雨庄的主人自杀了。事出突然，我们怕也只能搬家了。因为还沉浸在睡梦之中，我并没怎么听进阿不都西提的话。我这个人总是这样：再大的事情也上不了心。我肯定是听着阿不都西提的电话就睡着了，等我再次醒过来，居然发现连电话都没挂好。醒来后，一种强烈的、说不清缘由的悔恨绞缠着我，我点了支烟，随便翻着本画报，翻着翻着，这才想起阿不都西提打来的电话，就再给他打回去。

悔恨仍然在绞缠着我。

我抽烟的时候，我在悔恨；我洗澡的时候，我在悔恨；当我坐在酒吧里给啤酒加上一粒冰块，悔恨在冰块落入水中后迅速绽开的气泡里；当我百无聊赖地在铁轨上散步，悔恨在电车扑面而来时迅速生成的风里游荡着。

它明明在，我却看不见。

我到底在悔恨什么？我也说不清楚。它具体万分，却又消散于无形；我想抚摸它，可注定了抚摸它就像抚摸从手指处缭绕升起的烟雾一样虚妄。我猜想：一直到死我都会这样了吧？

电话接通之后，阿不都西提告诉我，事情实在发生得突然：梅雨庄的主人突发奇想，去非洲小国卢旺达买了一块地，准备在那里办英文学校。去银行贷款的时候,他拿梅雨庄作了抵押。结果,卢旺达发生了政变,一群军人推翻了原来的政权,他以前的土地现政府拒不承认,他只好冒着极大的战乱风险去了一趟卢旺达,终究没有用。回来后,银行几乎一天催他一次尽快还款。就在昨天晚上,他喝得醉醺醺的从小田急百货公司的第十五层楼上跳了下去。现在,只剩下几天的工夫,梅雨庄里的所有房屋就要被银行收走了。

那就搬走吧,接完电话后,我边翻着画报边想。

可是,搬到哪里去呢?我倒是好好想了一会儿,也没想出什么头绪来。那就别想吧,我对自己说,反正有的是中文报纸,中文报纸上也有的是房屋租赁广告,实在没办法了我就照着广告去找房屋租赁公司想办法,无非多出点介绍费。

窗子外面真算得上风雨大作,阴郁的天空被大雨拉近了和地面的距离,生硬地挤压在城市的上空,似乎从某幢高楼上脚踩一只梯子就可以上到黑压压的云层里去。还有闪电,它穿透云层,从高楼与高楼之间,从树杈与树杈之间当空而下,发出了夺目的光芒。

我感到焦躁不安,这种情形对于我倒是一直少有,今天却不知道为什么。难道焦躁感一直在我的血管里流淌着,我却没有发现,只是今天被阴郁的天气唤醒了?

此刻我希望身边有一个人,不管是男人还是女人,不管我和他说不说话,只要他坐在一边,我就会感到心安。原来,我也是这样喜欢凑热闹的人啊。

我突然想见一个人,扣子。

说起来,我和扣子已经又是好久不见了。上次在鬼怒川一起挨打之后，我们大概只见过两次面，后一次是她不知道在哪里挣了钱，请我去新宿的电玩广场打电玩。说是请我，其实整晚都是她一个人在玩，我多少有点无聊地在她身边看着，暗自惊异电玩对她怎么会有如此巨大的吸引力。不过她高兴就好，毕竟能找到一种可以诱惑自己的游戏也不容易，在我看来就是这样。

那么，她现在在哪里，又在干什么呢？

那晚从电玩广场分手后，她只给我来过一次电话，说是在歌舞伎町一条街上的一家脱衣舞酒吧里打工。在电话里，她对我说："我也不瞒你，我其实就是个下贱女人，说我是妓女也行，说我是婊子也没错。"

"别别，别那么说。"不知道为什么，我居然感到慌张，听到"妓女"两个字之后，就赶紧想阻止她说下去。

"怎么，怕了？要么就是觉得丢脸了？"

"没有没有，无所谓的——哎，下次你要是再进货的话，多进个招财布猫，最近我也突然想要一个。"我故意引开了话题。

"还进什么货啊？你这个乌鸦嘴，是想咒我再去挨顿打吧？良心简直大大地坏了。不过，我这里还有好几个呢，下次见面的时候送一个给你。"

"那么，我们什么时候再见见？"

"再说吧，最近挺忙的。"

"对了，你现在住在哪里？"

"小孩子问那么多干吗！"

她又半真半假地恼了，隔着电话我也能看见她发恼时眉毛一蹙的样子。

那么，今天，现在，她还是在那家脱衣舞酒吧里打工吗？到底是哪一家呢？我想见见她，想见见她像个小阿姨般训斥我的样子。是的，很想见。

我马上给阿不都西提打电话，要他帮我找找老夏的电话号码。号码很快就找到了，我立刻给老夏的画廊打过去。老夏却不在，电话响了半天之后，是老夏的妻子来接的，接电话时的那声"喂"是上海口音。我想了想，没说话就挂上了。

我得去新宿找她。

已经是入秋的天气，窗子外的风雨越来越大，但是我不想管这些了，套上一件薄薄的毛衣，我便推门而出。一出门，才知道风雨大得超出了我在屋子里的想象。尽管也打着伞，但是根本就起不了什么作用，等我好不容易坐上电车，全身上下已经几乎湿透了。好在车上的人特别多，我倒是没觉得有多冷，可能是因为雨太大之后人们都不愿意开车的关系，车厢里竟然想找个落足的地方都很困难。我站在车厢中部，也没有吊环可抓，就摇摇晃晃地看着电车外的景致发呆：秋天的确到来了，一闪而过的街心花园里正在开放着的已经不是夏天的花朵，而是金黄色的波斯菊，还有暗红色的百日草。

我也不知道今天自己是怎么了，反正，一种湿润的情绪正在慢慢浸湿我。我觉得自己孤单，哪怕身边站满了人。这种感觉，可以说是伤感吗？

像上次和阿不都西提来新宿找扣子一样，其实，这一次我也没抱太大的希望。新宿毕竟这么大，歌舞伎町一条街也毕竟这么长。下了车以后，雨渐渐小了，空气清新得使人迷醉，我就把雨伞收了，往歌舞伎町那边闲荡过去。路过"Times Square"这个以"吃喝玩乐"为口号的大楼时，我在玻璃窗外向大楼里面多看了两眼，扣子会不会正好在里面打电玩呢？当然看不见，即使她在里面，也被淹没在潮水般的人群里了。离"Times Square"大楼不远，便是著名的纪伊国屋书店，想想要是找不到扣子的话，去纪伊国屋书店买几本中文杂志回去看，倒也不错。

当然没办法找到她，况且我的日语也是半生不熟。一般说来，即便脱衣舞酒吧，也不会在店前的招牌上写自己是"某某脱衣舞酒吧"，对我来说，想要猜透招牌背后的隐秘含义，简直就是不可能的。闲荡了一会儿之后，我又在公用电话亭给老夏的画廊打了个电话，这次干脆没人接。放下电话，我想了想，便决定去纪伊国屋书店。

我能感觉到，自己身上的焦虑感放松了不少。尽管想见到扣子的念头一点也没减少，甚至当我走过一条巷子的时候，总是会不自禁地想一遍：她会不会正好从巷子里走出来？心里还是轻松得多了，更奇怪的是，我突然——几乎就在短暂的一瞬间，觉得自己今天一定能够和扣子见上。

在纪伊国屋书店，我只怕消磨了有两三个小时。下雨的缘故，书店里的人不太多，正好落得个清净，我找了两本中文书：一本是大陆出的《贵州民间剪纸》，一本是台湾出的《一九八六年优良诗歌选》。又去买了杯绿茶，就到阅读区去找张桌子坐了下来。我心想，这里要是允许喝啤酒的话，就真是再好不过了。

从书店里出来的时候，我还是买了一本香港出的中文杂志，一边随意翻着一边往歌舞伎町一条街走过去。此时天已经快黑了，街上的人却渐渐多了起来。东京这地方就是这样，尤其是新宿一带，夜越深人就越多。这样怪异的城市，全亚洲只怕也找不出第二个了。

正往前走着，眼前突然出现了个女孩子，我看了她一眼，绝然想不到她和我会有什么关系，但她却对我半欠着身鞠了个躬，接着，我便听到她用日语对我说了一声："打扰了，实在对不起。"

我下意识地也用生硬的日语想当然地问她："有什么事吗？"

从我生硬的语气里，她好像也明白了我是个外国人，微微张了张嘴巴表示惊讶，这惊讶在此时其实也算作是礼貌的一部分。不过，这并不妨碍她接下来说的话，大概意思是"您需要帮助吗"之类。我多少感到有些莫名其妙：正在大街上走着，突然被一个素不相识的女孩子拦住，而她又在问我是否需要帮助，我不得不再好好想想她到底在对我说什么。

没花多长时间，我突然明白过来，她是在问我是否需要援助。这里的"援助"和"帮助"的意思大有不同。我知道，在新宿这边，有许多女学生在放假或休息的时候，会在大街上寻找愿意让她们陪着进汽车旅馆的人，以此来赚回自己的学费和零用钱。这种情形在新宿这边十分普遍，这也就是所谓的"援助交际"了。

我来新宿也有不下几十次，从来还没碰到过寻找"援助"对象的女孩子，今天是第一次，我不由多看了这个女孩子两眼。无论从相貌还是身材看来，这个女孩子均属平常，倒让人更加觉得她就是一个上午还坐在教室的课堂里听课的女学生。

"走吧，你带路，我跟你去——"我突然说。

听我这样说，她好像还有点不太相信，轻轻地"啊"了一声，有点慌乱的样子，接着便微笑着对我欠了欠身，意思是把路让开，让我走在前面。我们同时迈开脚步，她虽然差不多与我平行着，但还是落后了我一个肩膀。一切和我平日里看见的日本女孩子的语气和神态并没有什么不同。

走了一段路，也没有说话，她可能觉得未免有些生疏，伸出手来，浅浅地靠近了我的手，不是握，是轻轻地一触，像是偷偷地，生怕别人发现了。我不禁又朝她看了一眼。她的脸红了，对我说了声："啊，真是不好意思了。"

汽车旅馆就在附近，转过几条街道便是，我交了钱，领了钥匙，打开了一个房间。房间实在太小了，不过也难怪，一辆并不算大的公共客车居然被分割成了四个房间。进房间之后，狭小的空间也让我不知道该怎样才好，就把电视打开了。电视里正放着一部关于野生动物的专题片。当电视屏幕上出现一头犀牛，和我同来的女孩子说："听说，一只犀牛角要卖好几万美元呢。"显然，为了使我们尽量避免尴尬，她也在寻找着适当的话题。

"是啊。"我也回应着她，"大概是用来制药吧。听说犀牛角是世界上最好的壮阳药。"

一时我竟忘了再次使用生硬的日语，不过要真是讲日语的话我也说不好，别的不用说，仅仅"壮阳药"三个字，我就不知道用日语该怎么说。她的脸上闪过一丝困惑，又红了脸问我："我们，现在，是该脱衣服了吗？"

"这样啊，那么——好吧。"我说着站了起来，准备脱衣服，而她却转过了身体背对着我，悄悄地。等我也脱完了再看她，她也一丝不挂。她有点瘦小，但肤色非常白皙，白皙到了借着房间里的灯光，可以隐约看清血管的地步。我先上了床，然后，她才转过身怯生生地问我："对不起，可以把灯关掉吗？"

"好的。"我去按电灯的开关，但开关却失效了。

"啊，这样的话，就不麻烦了。"她也注意到开关失效了，连忙对我说，"真是对不起了，一会儿，能用被单把我们罩住吗？总是害羞,以前虽说也有过两三次,但每次都对别人提出这样的要求,真是丢人死了。"

这时候,她也上了床,和我躺在一起,我已经能清晰地看见她的裸体:小巧的乳房,不盈一握;还有纤细的腰部,光洁得像是敷了一层水银;圆圆的肚脐之下,是黝黑的一丛,被她的手有意无意地挡住了。她没有挡住的时候,我就正好可以看见。奇怪的是,它明明是黝黑的一丛,我却无由想起了一片绿色的山谷,还有山谷里的流水、流水下的岩石和岩石上的青苔。

我不再想了,侧过身去搂住了她,亲她的乳房,也伸手扯过旁边的被单,将赤裸的我们包裹起来。被单里的微光刚好能让我看见她的脸和身体。我的嘴唇刚刚触及她的乳房,她的身体便是一阵轻轻的战栗,双手触电般抱紧了我的头。当我的手从她腰间滑落到她的双腿上,我能感觉出来,她已经湿润了。

我突然感到虚无。我知道这虚无必将到来,可竟然来得这么快。我一边使出全身力气进入她,一边像一条跃上岸的鱼般虚无地喘息着。我闭上了眼睛想躲避它,刚一闭上眼睛,脑子里却奇怪地出现了这样一幅画面:在一片漆黑的旷野上,年幼的我正在赤身裸体地奔跑,我的身边长满了比我的身体还高的芦苇,我不知道自己要跑到哪里去,只知道要往前跑。当我看不见前路的时候,闪电会降临,给我指出一条路来。辽阔的旷野上只有一个奔跑着的我。就是这样,当我大汗淋漓地进入到一个人的身体里去,却感到全世界只有我一个人。

可能是我心有所思的缘故,整个过程进行下来,竟然出奇地好。我的确在杂志上读到过类似的文章:做爱的时候,多想想其他的事情,时间就可以延长很多。在最后的时刻即将到来的时候,我看到她的脸上已经扭曲了,此前轻声的呻吟逐渐转为急促,被单里都是汗水,我和她的身体全都是湿漉漉的了。

她的身体突然猛烈地战栗起来,我能感觉到她的每一层肌肤都在不由自主地抖动。"天啦!"她叫出了声,"快,我要来了,亲亲我!"

我没有亲她,在一阵迷乱中,我也迎来了最后的时刻。之后,我仍然匍匐在她的身体上,我的头使劲往她的怀里钻,像是要重新回到母亲的子宫里去。

我想离开了。离开她,离开这家汽车旅馆。

稍微躺了几分钟,我起身对她说,我想出去买两罐啤酒来一起喝。穿好衣服之后,我没看她,从钱包里掏出几张日钞来放在电视机上,相信她也看见了。然后,我走出房间,拉开了汽车旅馆的门。见到我一个人先出来,汽车旅馆的人不禁有些诧异地多看了我两眼。

雨还在下着,没走出去多远,我就听到那个女孩子在背后叫我。我转过身,她正好匆忙跑上前来,喘着气对我说:"实在对不起了,能要你的电话吗?"

我略微一迟疑,答应了她。她匆忙打开包,取出圆珠笔和一个通讯簿递给我,我便接过来写了名字和电话号码。

把圆珠笔和通讯簿还给她以后,她并没有和我道别,而是有些窘迫地对我说:"真希望下次还能见上。说实话,以前也做过,感觉总是不好。今天,相信你也可以看出来,我没有演戏。你能看出来的吧?"

"是的。"我回答她。

"那么——"她的脸上又闪过一丝红晕,接连往后退了几步,对我微微欠身,"下次有机会的时候再见面?"

"好,再见。"

"再见了。"

她不知道,我给她留的名字和地址都是假的。

我悲哀地发现,一种占据了我全身的阴影,可能是伤感,可能是焦虑,可能是虚无,仍然没有从我身上消退——"它的影子遮满了山,枝子像香柏树。它发出枝子,长出大海,发出蔓子,延到大河。"假如我没记错,《旧约全书》的《诗篇》里似乎有这样一段话。

从CD店里飘来一阵歌声,只是短暂的一瞬,但我还是清晰地听见这正是吉本斯的圣歌,可能是顾客正在试音吧,连一支圣歌都没放完就戛然而止了,我却被击中了。在人头攒动的夜新宿,谁也不会注意到一个年轻男子站在CD店前发呆。他们也许更不会知道,刚才从店里飘出的那支圣歌正是最著名的教堂赞美诗之一:《这是约翰所记》。

我又走神了,想起了如下场景:在阴郁而泥泞的十八世纪的欧洲乡村,一群孩子正屏息静声地倾听一位长袍神父的祈祷,在他们身后,是堆积如山的垂危的伤兵;更遥远的中世纪,一位来自埃及的新娘正站在英吉利海峡的岸边对着漫天大雨发愁,她要赶到海峡对岸去举行婚礼,却不知道自己的未婚夫已经死在了前一夜的火灾中;在我的祖国,明朝,一个雏妓正蹲在一条河流边目送自己叠的纸船顺水漂流而去。

当我从这些场景里苏醒,意识到这是在新宿,竟没缘由地心里一动:现在去杏奈那里听几张CD如何?于是,我马上就去公用电话亭里给杏奈打电话。

电话接通之后,听到我的声音,可能是我很少给她打电话的关系——杏奈惊讶地"呀"了一声,便急忙对我说:"能听到你的声音太好了,你知道吗,明天我就要去印度了——"

我不禁感到突然,也有点诧异:"不是一直打算去敦煌吗?怎么突然要去印度呢?"

"电话里一时也说不清楚,要是没别的事情,能到我这里来一趟吗?很兴奋,还真想和你说说话呢。"

"是吗?那可真是巧了。不知为什么,现在特别想去你那里听德彪西,还想喝你家的茶。"

"这样啊。"杏奈在那边更高兴了,"那就请尽快来吧,放下电话我就去把院门打开,半个小时后见面没问题吧?"

"没问题。"我说。

半个小时多一点的样子,我站在了杏奈家的院门外。院子里的灯亮着,幽光下的院落和我上次来时并没什么两样。我一进院子,就听到德彪西的歌剧《圣塞巴蒂斯的殉难》隐约从房子里飘了出来。按响门铃之后,听见杏奈在里面说:"门没关,直接进来吧。"我推门而入,正好碰见她端着两杯绿茶从楼梯上下来,看到我,她有些调皮地对我做了个鬼脸,用手一指音箱:"已经开始了哦——你的德彪西,这可是我父亲千辛万苦从意大利搜罗回来的,我都还来不及听呢。"

"是啊,德彪西在天有灵的话,看到你父亲那么辛苦地找他的唱片,一定会后悔自己生错了时代。有你父亲这样的乐迷在,他也就不用靠写乐评过生活了。"我笑着说。

她把一杯绿茶递给我,坐下来,再从地板上拖过两个布垫来靠在背后,我也和她一样坐下。她显然特别高兴,一直在笑,是那种比平日里灿烂得多的笑。接着刚才的话题,她对我说:"德彪西要是活在今天的日本,依他时而狂妄的性格看来,倒是有可能变成另外一个麻原彰晃,也成立一个奥姆真理教之类的组织。果真这样的话,作为信徒的我父亲,说不定还有我,可就要遭殃了。"

她竟会有如此奇异的想法,真是我没有想到的。看来,快乐和想象力也是密不可分的,她的快乐显然来自她即将开始的印度之行。

"怎么会想到去印度呢?"我问她,"而且还这么突然?"

"说起来,可真够突然的,还得感谢我的父母。印度比哈尔邦的一家艺术基金会邀请他们去那里住一段时间,可是,他们要留在国内完成几幅作品,这些作品已经被订购了,必须尽快画出来。最后,商量的结果是让我替他们去。为了使主人不感到不高兴,他们明天会送我一起去,然后留下我单独在那边生活一段时间。从他们往常的经验看来,这种事情在别的画家身上经常发生,主人也往往会不以为怪。"一口气,杏奈对我说了这么多。

"那真是要恭喜你了。"我说,"可是,没听说你对印度感兴趣啊。"

"是的。"她回答我,"感兴趣是近来的事情。知道自己有可能去之后,就专门找了关于印度的书来看,还买了印度音乐的CD,听着听着就入迷了。你想想,在印度的有些地方,至今还有民间艺人用竖笛吹出的音乐使一条蛇爬上半空,多么奇妙啊,我希望明天就能看见。所谓的眼见为实,说的就是我现在这种感觉吧?"

"那么,我们换首曲子听吧——"我指了指音箱,"传说这首曲子有不祥的东西。换首热烈点的，比如施特劳斯。"

"曲子有不祥的东西？"杏奈马上问我，"是怎么回事呢？"

未经确切考证的传说：传说《圣塞巴蒂斯的殉难》这首曲子正式公演第一场后的当天晚上，唱女高音的演员便被一只从丛林里闯进城市的黑猩猩咬死了，不久，女中音也在自己的家中死于非命。更奇怪的是，这部作品有史以来最出色的指挥坎泰利，斯卡拉歌剧院的总监制，在德彪西死去近一百年后的1950年，一天，当他再次接受邀请去指挥这部歌剧的时候，在前往演出地的路上死于一场空难。也正是坎泰利的死，有关这部歌剧是不祥之曲的说法才再度传扬起来。不过，这个时候对杏奈说起这些，显然不够恰当。

"那么，你父母呢？现在不在家吗？"我连忙岔开了话题。

"啊，他们就在楼上，我父亲还说什么时候和你谈谈德彪西呢。"

"那可怎么敢啊。"

就这样，我边听曲子边随意地谈着什么，不觉中，两个小时过去了。我想起杏奈可能还要收拾行李，就起身告辞。杏奈也没有留，送我到院子门外，在道别的时候，她对我说："从印度回来后，我直接到你的住处去找你。到时候，只要听到房间外面有笛子声，就出门迎接我吧。对了，到了那时候，可千万不要被一条爬在半空中的蛇吓着哦——"

"呵呵，那我就吹口哨，搅乱你的笛子声，让它听不见。"我笑着回答她，也像她一样微微鞠了躬，就此别过。雨仍然在下，我的脑子里又浮现出了扣子的样子，只是我越想把她想得更清楚一些，她的样子就愈加模糊难辨。

扣子，今天晚上，我还能见到你吗？

在电车上，我还在想着扣子的样子，想着想着，一种空落之感便又回到了我身上，深入每一处骨髓。看着窗外的黑暗，我想：我和扣子，大概是一片大海上的两只帆船吧，在海面上越走越远之后，岸上的人看它们就像两个小黑点，还以为它们是同伴，实际上它们却并不是，尽管它们也互相知晓了茫茫大海上对方的存在。窗外的黑暗中，偶尔会有一幢高高的大楼出现在我视线里，我想，它大约也是孤单的吧。刚有这个念头，这幢大楼在我的想象中就变成了太空来的陨石，此刻正站在都市里沉默地回忆着它的前世；也会有一根电线杆被我看见，我仍想，它还是孤单的吧，马上，它在我的想象中就变成了上世纪的一艘沉船上的桅杆，当然，它有可能早就忘了自己的前世。

《旧约·以赛亚书》里说："耶和华使大地空虚，变为荒凉。那时百姓怎样，祭司也怎样；买物的怎样，卖物的也怎样。"还说，"那时候新酒悲哀，葡萄树衰残，心中的欢乐都止息，击鼓之乐止息，宴乐人的声音完毕，弹琴之乐止息了。人必不得饮酒唱歌，喝浓酒的，必以为苦。"

不过，我他妈的是不是有点矫情了？得打住了吧，我对自己说。

在吉祥寺站口的过街天桥上，我决定一回家就再给老夏打电话。茫茫东京，我也似乎只有通过他才能找到扣子了。假如再找不到他，我就要阿不都西提去帮我找到他的手持电话号码，今天晚上，我一定要找到扣子。

在国内的时候，当我看报纸，经常看见这样的话："我们的目标一定要达到,我们的目标也一定能够达到。"在过街天桥上,我也好玩地想起了这句话,还念出了声。整整一天的坏心情到这时候才真正好转了起来。

下了天桥,我找到一个自动售货机买啤酒,这里已经能看见梅雨庄了。我一边抄起啤酒一边往梅雨庄看了看,发现我和阿不都西提的房间仍然黑着。看起来,阿不都西提又到医院里守夜去了。当我喝着啤酒走到梅雨庄院门外,不禁吓了一跳——扣子就双手托着腮坐在我们门前的石阶上。我的脑子真是混乱了,一时间竟以为自己是走在新宿的哪条巷子口,正好碰见她也坐在巷子口上。但不是,她现在就坐在我的房间外面,真真切切。我急忙推开院门进去,这时她也看见了我,勉强对我笑了一下,也扬了扬手算作打招呼。我几乎是三步两步跑到她身前,她沙哑着声音告诉我:"我发了好几天烧,受不了了,没地方住,只好找你来了。"

她显然病得不轻,我拿起她丢在一旁的亚麻布背包,扶着她进了屋。我能感受到她的虚弱,她的身体一直在微微抖着。但是,扣子就是扣子,进门后的头一句话就对我说:"看到了吧,脸上长滴泪痣的人总是会混得这么惨,小心你也有这一天哪。"

接下来的几天,我不得不经常对着报纸找房子。在东京,除了阿不都西提,我并没有什么交往相对深入的人,所以,除了翻报纸,似乎也没别的办法可想了。有意思的是,自从我把扣子留在梅雨庄,当天晚上就在电话里把这个消息告诉阿不都西提之后,他就再没回来过。他显然还是有点不好意思见到她的。不过,在快放电话的时候,他在话筒那边笑着问我:"这下子你看清楚了吧，她的胸部可真是够标准的啊。美国的麦当娜，还有日本的饭岛爱，怕也就只够这个标准吧？"

看起来，我们从梅雨庄里搬走已经迫在眉睫，阿不都西提应该也在四处找房子。但他搬走的时候总是要回梅雨庄收拾他的东西，所以，我和他应该还能见上，扣子也就应该还是会和他遇见了。几天过去之后，扣子的身体好多了，当她得知我即将从梅雨庄里搬走的时候，和我开玩笑说："这就是你从此走上穷途末路了。怎么样，我没说错吧？"

"你这张嘴巴可真是张乌鸦嘴。"

"不过，东京这么大，找房子应该不是什么难事。"

"那你和我一起找吧，找到了我们就住在一起。"

"谁跟你住啊？我可没钱住梅雨庄这样的地方。"

"没关系，我有钱。"

她显然有些吃惊，盯着我看了一眼："你是说真的？"

"当然说真的啊。"我回答她。

"你为什么要这样？你这个人，说你古怪，你还真是够古怪的。"

"非要个原因吗？"我说，"非要个原因的话，我也有，这就是——我可能已经喜欢上你了。"

她呆住了，看着我，直盯盯地看。看完了，她走到阿不都西提的电脑桌前，从烟盒里抽出一支烟，仰起头，一口气吐了好几个烟圈，这才对我说："你这是在逗我玩呢？"

"没有——"

我刚说出"没有"两个字，她一下子封住了我的口。她用夹着烟的手对我一指，大声说道："你就是！"接着，她把刚抽了两

79

口的烟放进烟缸，用力掐灭，走到房门边，然后，我听到了她摔门而去的声音。

在屋子里愣了一会儿之后，我如梦初醒般地出门去找她。打开门，梅雨庄里已经没有了她的影子，我跑出院门外四下打量，也没有看见她。但是，她不可能跑得这么快啊，于是，我退回来在院子里找她。绕过我和阿不都西提的那幢小楼，我走到了靠后窗的铁路边。我没有再往前走了，因为我已经看见了她，扣子。此刻，她正背靠一扇墙壁面朝铁路哭着，头也仰着，泪水流了一脸，但她没有管，任由它流淌。在她身边，是一束连日来被雨水浇灌后正在妖娆盛开的美人蕉。

美人蕉下面是扣子，哭泣的扣子，泪水流了一脸。

有梦不觉夜长，我睡觉时不做梦也就没觉得夜有多长。对付漫长的夜晚，我和扣子都有一套方法，我找露天酒吧喝啤酒，她去打电玩，当然，我们得去新宿或者池袋那些夜晚比白天还热闹的地方。在那里度过喧闹的一夜之后，我们再坐电车回吉祥寺。回来之后，我仍然喝啤酒看书，她则在电脑前挖地雷，之后沉沉睡去。我睡阿不都西提的床，她睡我的床。一觉睡到日上三竿，我们才从昏沉中苏醒，她总是要比我早醒一会儿。当我在惺忪中感到有粒冰块在我的脖子或者额头上慢慢融化，不用问，这肯定就是扣子干的。每天早上，她醒后都要先出去买两罐啤酒，顺便就会找卖啤酒的人要几粒冰块回来。

"我说大哥，咱们得去找房子了吧？"中午在快餐店吃饭的时候，扣子问我。

"好啊，那就去找吧。"我懒洋洋地回答她。

于是，从快餐店出来，我回家去按报纸上的广告给房屋租赁公司打电话，扣子则到她熟悉的地方去找一找，毕竟，对于东京她要比我熟悉许多。据她说，在东京的许多地方都有地下室房间出租，价格和普通房屋比起来就要合算多了。"你可别找一间医院里当太平间用的地下室啊。"在快餐店外面分手的时候，我笑着对她说。

"放心吧你——"她对我一挥手，鼓起嘴唇吐出一个烟圈，"我会满足你的，至少给你找间毒气工厂的人体解剖室。"

刚一回梅雨庄，阿不都西提就打来了电话，第一句话就问我："她在吗？"

我回答说不在，他马上长舒了一口气："我马上回来收拾一下东西，顶多再过两天，银行的人就要把房子收走了。"

阿不都西提挂掉电话之后，我又按报纸上的广告给几个房屋租赁公司打了电话。开这些公司的都是中国人，所以沟通起来毫无困难，于是就和他们约好明天一起去看房子。剩下的事情，就是坐在房间里等阿不都西提和扣子回来了。

也就是二十分钟的样子，阿不都西提回来了，他马上就注意到了扣子挂在窗户外面晾晒的胸罩，对着它努了努嘴巴："我没说错吧，很够标准吧？"

"想什么呢你！"我笑着回应他。

他一下子忘记自己回来的任务，在我身边坐下。"真的，"他问我，"你，和她做了吗？"

"没有。"

"那也难怪，我听说这种事情，第一次好像是很难开口。"

"呵呵，还是说说你吧，你还没找到可以做爱的女孩子吗？"

"没有,还是经常有机会,还是始终都没能成。"

和阿不都西提聊天的有趣之处在于:无论说起多么直露的话题,他总是并不觉得有什么不妥的地方。假如一个并不了解他的人听到他提的问题,一定会以为他阅人无数。对于女孩子,他有过无数深入的想象,这些想象要是别人说出来,就足以称之为色情,甚至是下流了,但他说出来我却觉得很自然。他的非常认真的表情、紧紧盯住你的神色,还有等你回答完问题之后他羞涩的一笑,都会让你觉得自己就是一个正在给学生传道授业解惑的老师,这种感觉我一直觉得有些怪异。

我想起了房子的事情,问他:"那你以后准备搬到哪里去呢?"

"就住学校的研究所里吧。"他说,"我又找那家私立医院多加了几次班,这样,就能先打发一段,不用那么急着找房子了。"

他关心的话题还是扣子,我刚把话题岔开,他又绕了回来:"你喜欢上她了?"

"也许吧。"

"你先别急着回答,好好想想,我先去收拾东西。"他对我狡黠地一笑,"收拾完了我再来问你,那时候才证明你想好了。"

和每一个出门在外的人一样,我们的行李都不能算多,很快他就把自己的东西收拾好了,只剩下一台电脑,本来就已经快不能用了,他也就不打算再将它搬走了,留待以后的房客处理吧。收拾完东西后,阿不都西提提着两只大箱子站在房间中央问我:"想好了?"

"想好了。"

"真喜欢上她了?"

"嗯,也许吧。"

他不禁盯住我多看了几眼，擦了擦脸上的汗，然后笑了。他一笑，我便像看见了一个在夏天里踢足球的孩子，当有认识的人从他身边经过，他红扑扑的脸上就会是这样腼腆的笑。"在非洲，有一种蚊子，非常可怕，可以用毒针蜇死一头大象。"他说，"但是，它唯独只怕同类们发出的嗡嗡的噪音，要是多几只同类对它一起嗡嗡嗡，它就要自杀——"

我明白他在说什么，便回答他："扣子，我不管她以前做过什么，以后又会去做什么，现在我喜欢上她了，可能是喜欢的这一时段内的她。现在看来，我也有可能喜欢下一个时段内的她，也有可能是所有时段内的她。既然喜欢上了，我就不会在乎别人去说什么，别人也别指望他说什么我就去听什么，我根本就不吃这一套。"

"再说，"我又补充了一句，"在东京我也不认识什么人，以后，也不想再认识别的什么人。"

"呵呵，那就好。我想，你现在的心情一定不错吧？"

"的确很不错。"我向他承认。

"那好。"他提着那两只大箱子往门口走去，背对着门用腿把门打开，"我得赶紧走了，我可是怕见到她。"

"不会啊，你们总应该是会见上的吧。"

"没办法，倒不是胆子小，总是觉得那个秘密被她知道了，呵。"

他已经站在了门外，对着站在门口的我说："不用说再见了吧？应该还是经常能够见上的。"

"说什么再见啊，说不定明天我就叫你出来喝啤酒呢。"我说。然后，目送他出了院子。

大概只有两分钟之后，有人敲门。我还以为是扣子这么早就回来了，开门一看，竟然还是阿不都西提。"我已经走出好远了。"他说，"可是，突然又想起来一个问题要问你。"

"什么问题？"

"杂志上说，许多女人在性高潮快来的时候，经常会有让伴侣掐死自己的欲望。你说，这是真的吗？"

说实话，我真是不知道该如何作答了，好在这个世界上大多问题总有一个答案，再加上我的心情也很是不错，就没有吝惜胡言乱语："答案在音像出租店里，你只要租张色情片回去看就知道答案了。对了，别租欧美的，要租就租日本的，SM方面的，SM你知道是什么意思吧，就是性虐待。呵呵，日本人惯于精雕细刻，一定会给你一个让你满意的答案。"说完，我笑着关上了门。

扣子回来的时候已经过了晚上八点，好在她带回来了汉堡包，就不用再出去吃晚饭了。她一进门就对我笑，不光笑，而且还笑得很神秘，这可真是少有。但我故意没有搭腔，接过她递过来的汉堡包大吃一通。如此一来，她就忍不住了，坐到我身边，用力敲了一下我的头："今天成果喜人。"

"哦？难道大寨的粮食又丰收了？或者，辽阔的大庆油田上又钻出了一口油井？"

"什么呀，你就贫吧。告诉你，我给你找了一份工作，也给我自己找了一份工作。"

"不是说找房子吗，怎么找上工作了？"

"说成果喜人就喜在这儿啊——找到工作之后，就不用再找房子了。"

"是吗？那说来听听吧。"

"也是巧了，我今天去了原宿。原宿车站外面，有条路叫'表参道'，你总该知道吧？""就是从神宫桥到青山通的那段斜坡路？""哦，知道就好，我就是在那条路上找到的工作。那儿不是有很多露天咖啡座和婚纱店吗？对了，我给你找的工作就是在婚纱店，那家婚纱店正好前几天失窃了，想找个白天打完工后晚上还能守店的人。也是奇怪，店主竟然觉得日本人不够细致，只想找个中国人或者韩国人。这么好的事情，我一去就碰上了。后来，店主又指点我说街对面的露天咖啡座也需要人，还亲自带我过去。这样，我的工作也就找到了。"

"尽管这样，我们是不是还是要再找间能住下来的房子啊？"我想了想，告诉她，"我想租间房子住下来写作了，一直想写。"

她的神色突然就变奇怪了。"哦——"她拖长了声音，眼神里有点不相信，也有一丝揶揄，"想当作家？"

"这倒说不上吧。"我告诉她，"反正很想写。"

"反正很想写"几个字刚刚出口，我突然取消了再租间房子的打算。和扣子的不相信和揶揄没有关系，我就是这样，当致命的虚无感像落入水中产生的气泡般朝我涌来的时候，我就会否决一分钟前刚刚做出的决定。真的和扣子没关系，有关系的是气泡一般的虚无感。

"可别呀。"她说，"要是您成不了作家，叫我一个小女子可如何担待得起啊。"

"没关系没关系，你就当我说梦话吧。"我连忙告诉她，"我这是痴人说梦呢。"

她扑哧一笑，又用力敲了敲我的头。

第二天，我简单地收拾好行李，就和扣子去了原宿那边的表参道。我的行李比阿不都西提的要少许多，收拾起来只需几分钟而已。我必须承认,当我走出梅雨庄,心底里确实涌起过一阵不舍之感。扣子马上就看出来了,又数落了我一句:"知道什么叫痛苦了吧,您就悠着点吧,苦日子才刚开了个头。快走吧。"我呵呵苦笑一声,也只好随她而去。

和婚纱店的店主见面的时候,一切都相当顺利。店主姓望月,从前是个摄影师,二十世纪八十年代也曾到中国的西藏和云南拍过风景照片。后来,岁数大了之后,就在这边开了这间婚纱店。假如客人有需要,他也会接受邀请去给那些买他婚纱的人拍婚纱照。

"好了,你就在这儿好好待着吧。"我们和望月先生简单地交谈了一阵子之后,扣子对我说,"我也该到对面见工去了。"她抬起手往街对面指了指。我顺着看过去,发现对面散落着足有数十家露天咖啡座。

我目送她过街,又看着她和街对面咖啡座的店主寒暄,这时我突然觉得扣子的举止其实很像一个地道的日本女孩子,毕竟她来日本也有些年头了。不过,她到底来日本多少年了,说起来我还不知道。也许会问她,也许也不会问她吧,我想。

如此这般,我们的新工作就算开始了。婚纱店里的生意谈不上很好,却也绝对算不上坏。望月先生每遇空闲,便和我一起说说西藏和云南的风土人情,言语之间,也会有唏嘘之感。街对面咖啡座的客人也不算多,只有入夜之后,人才会逐渐多起来。表参道这地方,入夜之后被称为东京的香榭丽舍大道,自然就有这样叫的道理。

不过,白天里,街对面的扣子倒是经常进进出出,一会儿从咖啡座后面的店铺里拿出几只咖啡壶,一会儿又拿上几个小东西回店铺里去。遇到有客人来,她也总是会在最前面给客人鞠躬示礼，所以，她戴着绿格头巾的身影经常在我眼前晃来晃去。尽管隔了一条街，遇到空闲，她经常调皮地对我一招手，有时候还对我做鬼脸——真是奇怪，她那我早已习惯的满不在乎的表情都跑到哪里去了？

这样下来，一天时间便过得很快，四五天时间也就这样过去了。

晚上，我下班之后，便关了店门在表参道上四处闲逛着等扣子下班，她的工作是从中午十二点到晚上九点。在表参道上，打发时间的方法多种多样，我最喜欢的则是凑在人群里观看"利休流草庵风茶法"传人在茶艺学校门前进行的茶道表演。在日本，茶道流派多得不胜枚举，"利休流草庵风茶法"的开创者千利休是日本室町时代末期的茶道大师，被称为"茶道天下第一人"。当时，千利休在民间的威望竟然威胁到了当政者的权威，终了，还是被借口平乱的丰臣秀吉下令让他切腹自尽了。现在，在表参道，他的传人每晚表演茶道，以吸引更多的人进他们的茶艺学校学习。当然，只是一些粗略的表演，更细致的过程只有报名参加学习后才能亲眼看见，但是这对我来说已经足够了。不知道为什么，我看茶道表演就像在看一场法事，心里充满了神秘感。

晚上九点一过，一般说来，会有一根手指在背后抵住我的脑袋，与此同时响起了一个压抑住了笑意的声音："放下武器，缴枪不杀。"

不用回头我也知道是扣子，她下班了。

那就接着逛吧。往往又要在表参道上闲逛两个小时，我和扣子才会回婚纱店里去。回去之后，我还想和她谈点什么，她却横眉冷对，用手一指店堂里的一排博古架："还不进去睡觉，明天还上不上班了?"

婚纱店的布局是这样的:先是一个将近三十平方米的店堂,店堂的右边是一排柜台,左边的墙壁上挂满了望月先生拍的照片,有风景照也有婚纱照;往里走,是一排悬挂着的婚纱,它们都悬挂在一面考究的用巴西红木做成的博古架上。这些婚纱只是少量样品,因此,博古架上还有很多空格用来摆上花草和古砚之类的小玩意。在博古架背后,是另外一个将近二十平方米的照相室;与照相室平行着的,是真正用来让顾客仔细挑拣的婚纱样品室。进去样品室之后,可以看到墙角里有一扇小门,小门里面就是盥洗间了。总之,婚纱店的结构虽说不上复杂,但也绝对不能说简单。也难怪,表参道上的门面店大多是由老房子改建而成,总难免最大限度利用上门面店背后的民居。不难看出,婚纱样品室就是望月先生买来民居后和店堂打通的。

住到店里的第一个晚上,扣子认真地到店内各处察看了一阵子,然后一指那排博古架:"你睡里面的照相室,我就睡外面了。"

"凭什么啊?你一个小女子,我睡外面正好可以保护你,要不然,来个采花大盗可如何是好?"

"得了吧您呐,您还是好好管管自己,这一带同性恋可是多得很,难保同性恋里就没有采花大盗。"

"哎,你想没想过,万一我就是采花大盗呢,你一点也不害怕?"

"少废话吧你,快,关灯睡觉!"

于是只好关灯睡觉,她已经帮我打好了地铺,我多说也只能换来她的训斥,也想通了,老老实实地在地铺上躺了下来。透过博古架,我看见她手里的烟头还在一明一灭。可能是新工作第一天的关系,有点累,看着看着,我就睡着了。

　　半夜里,我醒了过来,是被店里的灯光弄醒来的。灯是扣子开的,可是,她这时候开灯干什么呢?我惺忪地透过博古架看去,看到了使我吃惊的一幕:她赤足坐在地铺上,两只手按住一只倒扣着的瓷碟,瓷碟又放在一张白纸上,我甚至能隐约看见白纸上写着两排汉字,在汉字下面,各有一个箭头指向它们,再一看,瓷碟上也画着两个箭头。扣子的口中还念念有词,我听不清楚她到底在说什么。"这大概就是所谓的请碟仙了。"我迷迷糊糊地想。

　　一般说来,满满一屋子人坐在一起时请碟仙效果才会更好,瓷碟下的白纸写满了各人所要问的问题的答案,大家把各自预先设定的答案,不外乎"是"和"否"之类,写在白纸上以后,就开始请碟仙了。据说在大风大雨之夜,事前先点上一支蜡烛,碟仙便会十请九到。碟仙来了之后,各人就开始向碟仙提出自己想问的问题。如无意外,那只被大家按在手掌下的瓷碟就开始自行运动,最后,当瓷碟上的箭头和白纸上那些答案下的箭头相对时,这也就是碟仙对各人的问题给出的答案了。

　　我只听说过,从来不曾亲身参与。我想,那时候也一定挺有神秘感的吧。说不定,周遭的空气里还充满了恐怖。但是现在,在后半夜的婚纱店,我却没顾得上好好体味一番恐怖,倒头就睡了。我的确是打算叫叫她的,想了想,也没叫。

　　第二天下午,我在店里打扫的时候,在废纸篓里发现了一张揉皱了的白纸,白纸上写着两排汉字,一句是"他真的喜欢我吗",一句是"算了吧,别做梦了"。

　　我朝街对面看去:扣子显然没有看见我手里的那张被她揉皱了的白纸,她正在一边给客人冲咖啡,一边对我做鬼脸呢。

第五章　卧雪

"吃，吃，吃你个头啊——"扣子一把夺过我的筷子，"去，洗碗！"

我只好去洗碗，没办法，约法十九章在三个月前就订好了，其中第三章就是规定了每餐饭后由我洗碗。起初只有约法三章，白纸黑字就贴在盥洗间的门背后。望月先生曾经问起过我那上面都写了些什么，我笑而不答，解释起来还要费不少工夫呢——现在，约法三章已经被扣子无情地增加到了十九章，而且，依现在的情形看来，这些条约还有继续增加下去的可能。

倏忽之间，我来日本已经八个月还多，大街上的树木已由青葱转为凋残，整个东京也就弥漫起了一股萧瑟之气，这个时候来用冷水洗碗，无论如何都是一件受罪的事情。受罪归受罪，碗还是得照洗不误，要不然，那个小魔头会对我施与加倍惩罚，哪怕她只是在盥洗间门背后的白纸上再加上一排黑字，比如"胆敢拖延洗碗时间，罪加一等，罚每天晚上睡觉前必须唱歌三首"，这对五音不全的我来说，也终究不是什么太好的事情。

我洗碗的时候，扣子就在我身边一边做鬼脸一边唱歌，她唱的是她自己给我制定的约法十九章，用的则是《三大纪律八项注意》的调子，间歇还伴以大合唱式的三重唱，叫我哭笑不得。

"看，看，看你个头啊——"有好多次了，半夜里，我佯装入睡,实际上却睁着眼看她在店堂里偷偷试穿那些婚纱。将婚纱穿好以后,她会像一个真正的新娘那样在店堂里优雅地走几步。走着走着,她就发现了我在偷看,跑上前来对我大声呵斥:"看,看,看你个头啊,还不快给我睡觉!"

我马上闭上眼睛,她也随之将灯拉灭,黑暗中传来了她脱婚纱时发出的轻轻声响。在梦境找到我之前,我在迷糊中总能听见她若有若无地哼着歌,当然,有时候也会听见她的一声叹息。

自从搬到表参道之后,我已经很少去学校上课。好在是语言别科,学校对于学生上课的时间并没有什么特别要求。尽管语言别科的学生被本校大学部录取要容易些,但是,假如和要求差得太远,那也是没有办法的事情,反正你的别科学费早就交过了。

"你到底打算怎么办呢?"有时候,在婚纱店里,我也偶尔会问自己诸如此类的问题,但我这人永远都不能自问自答。别人口中的"理性"二字,在我身上则找不到一丝踪影。我倒是经常会问自己一些问题,但是越想知道答案,我的脑子就会越糊涂。到现在为止,我还不是一个真正的"留学生"。按照日本人的说法,没有在大学的正式课程里就读的"留学生"一律被称为"就学生"。那么,我到底是否有必要让自己从"就学生"变成"留学生"呢?我想了半天也想不清楚。

每到这个时候,想写作的愿望就会很强烈。想一想,假如这一辈子能以此种方式度过:看书,写作,听音乐,该是多么惬意,我也的确心向往之。只是世界上从来就没有这样一个山洞般的地方供我穴居,即使真的有,又能怎么样?就像我们去到一个享有盛誉的风景区,就会发现它真实的风光总是不如我们此前从电视里或明信片上得来的印象,所以,罢了罢了,还是不想为好。

我是不想了，有人却想了起来。今天早晨，当我悔恨着坐在地铺上发呆，她突然对我冷笑一声："我差点忘记你已经好多天没去学校了，怎么，觉得我特别好骗吧？"

"没有啊，我自己也在犹豫还去不去呢。"我赶紧刹住悔恨，满面堆笑。

她正在弯腰拖地，听见我的话，眉毛一蹙，抬起手中的拖把指着我："你少跟我废话，从明天起，你老老实实地给我去学校上学！"

第二天一早，她径直找了望月先生，告诉了他关于我上学的事情。望月先生倒是好说话，他当初给我工作也是因为要找一个晚上可以守店的人，白天的事情他一人足可应付。于是，扣子和他商量好：从今天起我每隔一天便去一趟学校上课，自然，晚上还是住在店里。

对我来说，从前真是未见过扣子这样的女孩子，有时候我感觉她永远都长不大，有的时候，特别是当她和望月先生交谈、在露天咖啡座那边进进出出着招呼客人的时候，我又时刻能感觉得到她的成熟。她成熟得像我从未谋面的母亲。

望月先生在店里养了几条金鱼，当扣子入神地看着它们在玻璃缸的水草之间游弋，我能看见她的眼神里充满了惊异。当她给它们喂食，看它们争先恐后地浮出水面去追逐食物，却总也追逐不到的时候，她就扑哧一笑，对着其中的一条说："瞧你那傻样儿！"然后，她回过头看看站在一边的我说，"和你一样笨。"假如这时恰好有客人进到店里来，她又会放下金鱼不管，走上前去给顾客微微鞠躬："请多关照。"这种前后判若两人的差别，在别人看来或许并没有什么，但是却常常使我迷惑。我不知道这样的比喻是否恰当：客人进店之前，她像她的脸，年轻，充满了孩子气；客人进店之后，她像她的身体，成熟，错落有致。

我也想象过她的身体。

说起望月先生，倒是一个十分有趣的人，他有个和我一样的嗜好，就是都喜欢喝啤酒。店里清闲的时候，他就会买来一大堆啤酒和我一起喝，但是他不胜酒力，半罐喝下去脸就红了，人也会随之变得更加有趣：又是给我唱他关西老家的民歌，又是跳久已失传的"鬼太舞"。还有一次，他正高兴地跳着"鬼太舞"，正好扣子远远地从街对面走过来，望月先生突然盯着她看了好半天，眼眶就湿了。

后来他告诉过我当时为什么会哭起来：原来，当扣子刚一进门，她对我的轻轻一笑使他想起了自己四十年前初恋的姑娘，那时候，他和她都是关西乡下年轻的花农。他在恍惚中怀疑自己曾亲身经历过这样一幕——像扣子笑着从街对面走过来，他初恋的姑娘也正肩扛农具从花田里回来，他正坐在屋檐下喝着传统的日本清酒，而阳光打在姑娘的脸上后，从她的发根之下开始，一直到她下弦月般的嘴角，全都被笼罩上了一层美丽的阴影。

我完全能够理解这种感觉，我自己也时有如此这般的恍惚之感，只是我和望月先生都知道：再也回不到他的四十年前去了，现在从门外走进来的，是一个穿着一件紧身高领毛衣和一条白色牛仔裤，耳朵里塞着随身听耳机、嘴巴里嚼着口香糖的姑娘。

扣子。

望月先生的有趣，无疑为我和扣子提供了很多方便，甚至在我告诉他我们已经在店里自己做饭之后，他也丝毫不以为怪，甚至也不叮嘱我们一些"做完饭后一定记得打扫干净"之类的话。

我都有点怀疑他是否认真听完了我的话,"恍惚",这两个字真是再合适他不过了。每天下午,他把店交给我之后,说一声"拜托了",就会坐电车到池袋那边的高田马场去赌马。当扣子告诉他,以后我要每隔一天去一趟学校的时候,他爽快地答应了:"这样啊,嗯,那以后我也每隔一天才去一次高田马场吧。"

扣子于是连声说"对不起",望月先生倒是没把这件事情放在心上:"我也老了,每天去一次马场也真有点跑不动了。"

这样,我就只有在扣子的催逼之下每隔一天去一趟学校了。

只有坐在去学校的电车上,心不在焉地看着窗外依次闪过的景物,我才会真切地意识到,冬天是真的已经到来了,连我自己,也已经穿上了扣子给我买的半高领毛衣。

有天下午,我在学校里接到了一封信,信居然是杏奈写来的,因为在信封右下角的落款处我一眼便看到了"India"这个单词,不禁感到惊异:杏奈难道还在印度吗?于是急切地打开信来读——想起来,我的确已经很久没见过杏奈了,在我的想象中,她应该早就回日本了的啊。

信是这样写的:

> 九月初,我曾回来过,打你的电话始终未通,后来就直接去了你的住处,敲门不应,就在你门前放了一座小小的佛塔,当作送给你的礼物。现在想起来,你一定是搬家了,因为从前的电话到现在一直打不通,那么,那座小小的佛塔,只怕你也没收到吧?
>
> 我也没想到,我会在印度待上这么长的时间,而且,我还不知道自己到底要在这里待到什么时候,好在九月回来的

时候已经向学校申请了休学,那么,就待到不想待的时候再回去吧。现在的日本,应该是已经冷得厉害了,我这里可不是这样啊,现在我就坐在海边的沙滩上给你写信,只穿着T恤和短裤而已,够让人羡慕的吧。从前我一直羡慕南亚女孩子黝黑的肤色,一度还想去新宿那边的电烤房里把皮肤烤黑,现在当然不用了,我的皮肤虽说还谈不上多黑,但至少也是棕色的了。

一边写信,我一边就能想象得出此刻的日本人穿上棉衣后臃肿得像一只企鹅的样子。

其实,这次给你写信,是想介绍你认识一位你的中国同乡,她叫筱常月,在中国的时候曾是一个昆曲演员,现在住在北海道那边的富良野市。她的先生是日本人,已经故去了,现在只剩下她经营着富良野最大的薰衣草农场。因为最近她创办了一家剧团,专门给北海道那边的日本人唱昆曲,所以,在剧本方面,她需要你的帮助。她是我去年在北海道旅行时认识的,从此后就成了朋友。不管你是否能够帮助,你们是否可以先见一面再做商量?

也许你已经可以猜测出来,我待在这里不回日本是因为爱情。是的,我想我已经深深地爱上了他,一个印度人。不过,这种感觉写在纸上总不如藏在心里丰富,所以,还是有机会通电话或见面时再详说?

对了,请接信后按照信封上的地址给我回信,也请写上你的地址和新的电话号码。到时我再打电话给筱常月,让她和你联系。拜托了。

放下杏奈的信,我的脑子一下子就跑到了遥远的印度:遮云蔽日的丛林里,一群赤足的男女正围坐在一起观赏一个少女的舞蹈。少女的身材正是最典型的那种饱满得像是要溢出汁液来的南亚少女身材。在他们身边,有几头大象正在悠闲地散步;在看不见边际的沙滩上,某支神秘的宗教团体正引领信徒对刚刚升起的太阳狂热朝拜。他们的首领,是一个年轻的男子,他的眼睛深陷,释放出某种令人难以摆脱的魔力。比哈尔邦郊外的龙舌兰农场,一对年轻的恋人正在棕榈树下散步,一阵微风从远处山谷里吹来的时候,女孩子大胆地亲了亲男孩子的耳朵。

不过,我想象得最多的场景还是这样一幕:一条吵闹而潮湿的街道,远处是若隐若现的古寺庙轮廓。在一处古代祭台的遗迹下,集聚着潮水般的人群,有穿布裙的男人,也有戴面纱的女人,他们的身边散落着古代城邦遗留至今的十几根斑驳的石柱,石柱上刻着释迦牟尼舍身饲虎的图案。此时,一阵印度竖笛的声音悠扬响起,在众目睽睽之下,一条橙色的长蛇慢慢爬上了半空。

也不知道杏奈学会用音乐让蛇爬上半空了没有?

回到表参道,已经入夜了。扣子还在街对面忙碌着,我就隔着街对她招了招手,然后就进婚纱店里去给杏奈回信。提笔之后,一时竟不知从何说起,干脆就简单地告诉了她我的近况:搬到了表参道、仍然在去学校上课;又说,只要能帮得上筱常月的忙,但凭她来找我;最后再写上我的新地址和新电话,就上街去把这封简短的回信丢进了邮筒。

从街上回店里的路上,我进超市里去买了菜回来:一块伊豆豆腐、一束菠菜,还有一条秋刀鱼。秋刀鱼切成鱼片后,蘸一点作料就可以直接吃了。开门的时候,我又把手里的菜举起来朝街对面的扣子摇了摇,示意她我的任务已经完成,剩下的事情就全部都是她的了。

可能是咖啡座生意太好的缘故,晚上九点过了好长时间,扣子才急匆匆从街对面跑回来。这时候,我早就已经把饭做好了:精致的电铝锅里已经冒起了热气,秋刀鱼也切成了片,只等她调一点吃秋刀鱼的作料就可以开饭了。不料,她进门后吸着鼻子一掀锅盖,马上就训斥我:"是谁让你这么干的,居然把菠菜和豆腐放在一起煮?"

"是我自己让我这么干的啊。"我马上感到大事不好,突然想起来,在许多国家的饮食传统里,似乎菠菜和豆腐是不能放在一起煮的,据说对身体有害,但具体有害在什么地方,我相信大多数人都不甚明了。但是,我也只好强颜欢笑,"我犯了什么弥天大罪啊?"

"你怎么连起码的生活常识都不懂?你这个人,真是的,不会做就不要做,真是讨厌死了!"她放下锅盖往门外走,看样子是再去超市里买菜。临出门,她一回头,气恼地对我说:"我要是日本鬼子的话,就一枪毙了你!"

"那你舍得吗?"我笑着冲她喊了一句。

"切——"她说,"我为什么舍不得,你以为你是谁啊?"

"我是你的亲密爱人,我是你的护花使者。"

"你就发神经吧你,回头等我把饭做好了再收拾你!"

饭做完了就吃饭,吃完饭我便去洗碗,洗碗之后,我们就背靠一个布垫坐在地铺上聊天。她早就忘记要收拾我了。

"要是有点音乐就好了。"我说。

"我倒是想看恐怖片。好长时间没看,今天听喝咖啡的人说起几个最新的恐怖片,心里有点痒痒的了。"

"要不,我们再去租间房子?"我试探着说出蓄谋已久的打算,"那样的话就可以买套音响,买台电视,还有,再买个冰箱,也就可以喝得上冰冻啤酒了。"

"你就做梦吧你,你有多少钱啊?"

"租房子的钱,还有买电器的钱,总还是有的吧。"我更加小心翼翼,"再说日本的电器也不贵。"

"那也不行。"

"为什么?"

"少啰唆,等你有一天混到我这份儿上,就知道为什么了。"

我心里一动,连忙问她第二个我蓄谋已久的问题:"你到底到了什么地步,告诉我一点又能怎么样呢?也好一起想办法啊。"

"你少来!"她脸上一凶,盯着我看了短暂的一会儿,点上一根七星烟后神色又缓和了一点,"我不想等人拿刀砍我的时候你又在我旁边,像上次那样。"

"那又怎么样?两个人一起被砍比起一个人被砍,心里总是要好受些吧?"

"你是这么想的?"她有点认真地问我。

"是的。"

她又盯着我看了短暂的一会儿,扑哧一笑:"哦,原来你这么阴险啊,那就是说你被别人砍的时候希望我也在你旁边喽?"

"是啊,能那样当然再好不过了。"我接口说道,但终究没能控制住疑问,"你不就是欠了别人的高利贷吗?我这里也有些钱,不租房子不买电器的话,可以先拿这些钱去还他们。可能不够,但还一点总是一点吧。"

"行了,你还有完没完!"她像是真的发作了,我也就赶紧闭上了嘴巴。

这时候,屋外传来的风声很大,凉意也逐渐加深了,我们身上的毛衣已经快要抵挡不住寒冷的侵袭了。店里只有夏天用的冷气机,所以,我们也没有什么别的办法使自己更暖和一点。各自的地铺上尽管又被扣子加了一层棉被,但是,更深的凉意还是透出地面穿过被褥抵达了我们的身体。"这风要是再大一点,"扣子说,"咖啡座的淡季也就要来了。你说,我是不是得去再找份工作?"我没有回答她,我又走神了。使我走神的是门外大街上传来的啤酒罐被醉汉一脚踢出去后响起的叮叮当当的声音。

"要是有啤酒喝就好了,刚开始喝肯定还有点冷,喝着喝着身体就会发热了。"我看了一眼扣子,"要不,我去买?"

"去吧去吧。"扣子不耐烦地一挥手,"你根本就没听我到底在说什么。"

得令之后,我马上狂奔出去,找到一个自动售货机,抱回了四罐啤酒。一进门我就扔了一罐给她,她利落地只用一只右手接住。"我算是看出来了,你上辈子不是刘文彩就是黄世仁。哦,对了——"她突然想起了一件什么事情,赶紧找她的亚麻布背包,掏出一本杂志来,"我要看看你上辈子到底是刘文彩还是黄世仁。"

"好了,小朋友,给我坐好了,听阿姨给你提问。"她哗哗哗地翻动杂志,找到了她需要的那一页,又喝了口啤酒,"老老实实回答我提的问题,答好了阿姨就带你去公园里划船,还给你买果果吃。要是答不好,阿姨就罚你的站!"说着说着,倒是她自己没有忍住,咯咯咯地笑了起来。

我自然又是哭笑不得，脑子里不禁想起小时候在幼儿园里唱过的歌：《排排坐，分果果》。

我看清她手里拿的其实是本命理杂志，这种杂志在街上的报亭里司空见惯，我从来也没买过。扣子手里的那本，大概是喝咖啡的客人忘记带走的。"听好了啊，现在开始。"她说。

"开始吧。"我一边回答，一边觉得自己怎么突然像是个即将走上刑场的革命者，在临刑前对刽子手平静地说："此地甚好，开始吧。"

"第一个问题，假如你是很有钱的人，想在山上盖一座房子，你会把房子盖在山的什么位置？答案分别是：半山腰的地方，最高的山顶，山下的大草原，森林里面和山脚的湖畔。"

"嗯。"我认真地想了一下说，"大概会在山下的大草原上吧。"

"我就知道你会选这个，这个问题实际就是关于你在前世是干什么工作的。听好了——你的前世或许是艺术家，一生都在从事着自己喜欢的工作，但在金钱或恋爱方面，不会非常顺利，你所爱的异性最终会一个一个离你而去。"

越往后念，她就念得越慢，最后，她盯着我说："你还真够可怕的，离开就离开吧，还一个一个地。"

我的好奇心倒是被她的问题和答案牵起来了，问她："你这到底是算卦还是心理测试？"

"算心理测试吧应该，名字叫'入侵前世魔法水晶球'。"

"那水晶球呢？没看见呀。"

"水晶你个头啊，这里的水晶球就是打个比方而已。傻了吧？还不好好学日语！"

"那么，下一个问题呢？"

"下一个可是很重要哦。"她的语气里多出了几分认真,"是问你和你这辈子的爱人在前世里是否认识的。"

"赶紧说吧。"

"听好了:在一个寻宝游戏中,由你找到了藏宝的箱子,但是旁边一共有六种打开它的工具,分别是不起眼的钥匙、造型特殊的钥匙、斧头、撬子、遥控器和写有咒语的一封信,你会选哪个?"

"遥控器吧我想。写有咒语的一封信太恐怖,我倒不是害怕,而是懒得去体验恐怖。"

"我真是没有猜错。"她说,"下午我就猜你一定会选这个,不选这个才是奇怪了。"

"那么,快说说我和我的爱人在前世里是怎么回事吧。"

"急什么?"她朝我瞪了一眼,"你越急我还越就不念。"

"别别,还是念吧。"

她想了想,还是按照杂志上的答案念了出来:"你们两人在前世时可能是兄弟姐妹,感情虽然很好,但是因为个性的缘故,也会给对方造成不少困扰。在今世,当你们第一次见面的时候,就能给彼此留下不错的印象,但是最后却可能面临曲终人散的结局。"

"是这样的吗?"我马上接口说,"这简直就是在说我和你啊。"我甚至都有点嬉皮笑脸了。

"谁跟谁呀,瞎掺和什么呀?"她的脸色又是一凶,我却分明看到她的脸上闪过一丝阴影。她的眼神若有若无地盯住博古架上的婚纱发呆,过了一会儿,她侧过头来轻声问我:"你觉得这个准吗?"

"那得问你呀。"我说。

"再捣乱我把你耳朵揪下来!"她一脸忍不住笑的样子,却还是装作很生气的样子揪了一下我的耳朵。

"应该还是很准的吧,我们第一次见面时的感觉难道不好吗?反正我的感觉很好。"正说着,我突然想起她刚才给我念的那段话的后半截,什么"但是后来可能面临曲终人散的结局"云云,立刻意识到说错了话,又改口说,"所谓曲终人散,说的是前世做兄弟姐妹吧,这辈子再遇见当然就不止做兄弟姐妹这么简单了?"

扣子没搭我的话,仍然盯住婚纱中的某一件出神。屋外的风声越来越大,这太平洋上的风穿过了沉默的海岸、沉睡的平原和城镇,还有满城灯火,最终抵达了成千上万条街道的上空。仔细一点,便可以嗅到这海风中咸腥的气息。在冬天,这种气息愈加浓郁,和寒冷滋润在一起,成了我们身体的一部分,也就是说,寒冷成了我们身体的一部分。虽说扣子也在慵懒地吐着烟圈,但我还是能感觉出她握啤酒的手有点颤,天气毕竟太冷了。

"假若真的有个前世的话,"她用颤着的手往嘴巴里倒了一口啤酒,"那它到底是什么样子的呢?"

是啊,它到底是什么样子的呢?

当我们想起自己的前世,脑子里多半会出现天堂的景况:花草、美酒、美轮美奂的殿宇,还有载歌载舞着的欢乐的人群。天堂和前世混为一体,在我们的意识里是经常发生的事情。不过,这种蒙昧的意识似乎也给许多在今世里不快的人留下了指望:我们从天堂来到人间,不过是做短暂的停留,最后还是要回到天堂里去。只是,那个前世,那个每个人在一生中都会驻足想一会儿的前世,我们却不知道它到底深藏在哪一块神秘的地方。

后半夜，无论我怎样努力，就是无法闭上眼睛，我甚至讨厌自己的敏感：再微小的声音也能被我清晰听见。在扣子幽静的鼻息中，一些不相干的画面再次从我眼前依次闪过：我坐在戏曲学校的草丛里喝啤酒、我的养父正小心翼翼地为我叠纸鹞、大海被星光慢慢照亮、一根松枝正在被积雪悄悄地压断。

我突然好想抱抱扣子。

早晨，当我推开店门，不禁呆住了：铺天盖地都是积雪，满眼里银装素裹。隔壁店前的霓虹灯，因为承受不住雪的重量，在我刚推门的刹那正好掉落在地，但没有发出一丝声响。我兴奋地走出店外，往大街上高耸的雪丘上一站，发现表参道的两头几乎已经被雪堵塞了。好在这里是步行道，所以街道两头并没发生什么交通堵塞和意外。这时候，我突然感到脖子一凉，全身上下一激灵。回头一看，扣子正哈哈大笑着跑开了，她把一团不小的雪球扔进了我的脖子里。我蹲下身去迅速地捏好一个雪球朝她砸过去，准确无误，正中她的头发。

雪球在她头发上迸裂之后，像是铺了一层满天星。

她当然不肯就此罢休，呼叫着"好啊，你死定了"之类的话朝我再冲过来，我当然也要躲闪。她起码朝我砸了十几个雪球，一个也没命中，而我却能轻易使她的头发继续铺叠上好几层满天星。一个趔趄，她倒在了雪地上，半天没起来。我疑心她在迷惑我，故意不肯去扶她起来，但是，她总也不起来，我就只好充满了警惕朝她走过去。我刚伸出手要扶她，没想到，她突然站起来，怀里抱着一个硕大的雪球。我哪里来得及躲闪，被砸中之后，眼前顿时一片模糊，到底还是被她迷惑住了。

尽管我眼前一片模糊,也还是能清晰地看见她睫毛上的雪花,一朵刚刚消融,另一朵又轻盈地降落了上去。

我的心里一阵震颤。

我想,假如有人此刻恰好从我们身前经过,一定会驻足好好看看这个已经疯狂了的女孩子:飘散的淡黄色的头发、被雪浸湿了的旅游鞋、小小的微红的滴泪痣、宽松但合身的牛仔裤,还有贴着樱桃小丸子头像在胸前晃来晃去的手持电话和咯咯咯地嘹亮着的笑声。所有这些,一定会让路人驻足好好看看已经疯狂了的扣子。很遗憾,路上并没什么人,空荡荡的街道上回旋着的只有她一个人的笑声。

我不会忘记此刻她的笑声,一辈子都不会忘记,我确信。

在雪地疯闹了总有一个小时,店里的电话响了,是望月先生打来的。他在电话里说,因为昨晚东京满城的雪下得实在太大,估计今天不会有顾客,加上这么冷的天气他也不想出门,因此决定歇业一天。放下电话,我有几分兴奋地对扣子说:"亲爱的阿姨,昨天晚上不是说要带小朋友去公园里划船吗,那么今天正好了。"

随后,扣子也给咖啡座老板的家里打了电话,得到的消息和望月先生说的差不多,也不禁和我一样兴奋了:"唉,想起来,阿姨真是已经好久没带你出去玩了,今天不光带你出去玩,还买果果给你吃。说吧,想去哪儿?阿姨保证满足你。"

看她一脸的一本正经,看她满头的雪花和冻红的鼻尖,我忍不住想笑,就随口说:"只要不去日光江户村,哪里都可以呀。"

"怕再挨打?"她问我,笑意一下子就凝结了。

"不不不,我随便说说罢了,你可别瞎想。"我连忙解释,竟然有点结结巴巴,"我这人,你又不是不知道,要从我的话里找中心思想,再找段落大意,不是太冤枉我了?"

尽管心里在暗叫不好,但我仍然在嬉皮笑脸。

她没理我,径自在手里玩着一个雪球,雪球慢慢融化,一点点使她的手由白皙转为通红。她心不在焉地看着门外的街道,像是懒得听我的废话。一会儿之后,她冷不防把手里的雪球突然贴在自己脸上,低下头去,眼睛看着自己的脚尖,也可能是在看她手里的雪球融化后滴在地上的水渍。

"从一开始,你根本就不用理我的。"她说。

"可是,从一开始我就理了。"我盯着她,"以后恐怕还得继续理下去。"

"你不怕再挨打?"

"不怕。"

"也许还有比挨打更厉害的事情呢?"

"还是不怕。"

她像是不相信我的话,眼神里有狐疑之光,她就用狐疑的眼神盯着我看,翻来覆去地看,好像是在看一个手托破钵求路人行行好的乞丐。看完了,她摇摇头,叹口气说:"其实你这人真够古怪的。"

"哦?"

"我找你借过钱,你还记得吗?"

"记得啊。"

"那你为什么不要我还?"

别无退路了,我干脆咬紧牙关,愈加嬉皮笑脸:"看情况,我们反正迟早都是一个锅里吃饭的人。这不,现在就已经是了——

还用得着还吗?"

她一下子笑了起来,一下决心:"好吧,阿姨今天心情不错,就不找你的麻烦了。走吧,你说去哪里?"

"你说呢?"

"去新宿御苑吧。"她蹦蹦跳跳地往门外走,满脸灿烂地一拉玻璃门,"那可是日本天皇的御花园呐。"

来来往往,我也曾从新宿御苑门前路过许多次,只是一次也没进去过。当我们从丸线地铁上下来,步行了大约两三分钟的样子,新宿御苑便历历在目了。入冬之后,新宿御苑在我匆匆路过的时候,都会给我留下一丝半点的萧瑟之感,今天却全然不同往日:尽管往日农田一般辽阔的绿草全被冰雪覆盖,但是御苑内仍然喧闹着的人群却足以给我踏实之感。

几乎全都是年轻人,有的在疯闹着砸雪球,有的还搬来睡袋在雪地上搭起了帐篷,帐篷外面竟然还放着烧烤架。堆雪人的人自然也不会少,看起来全世界都一样。不过,御苑入口处西侧的一座雪人与别的雪人有所不同:它的下部不知道被哪个恶作剧的家伙插上了一根开演唱会时人们拿在手里摇晃的荧光棒。再往里走,热闹的地方就更多了,卖各种小东西的地摊分散在各处,也各自引来了簇拥在一起的顾客,顾客最多的是卖烟花的地摊。看起来,新宿御苑要迎来一个不眠之夜了。当然,也有散淡一些的地方,在一片凋残的樱树林里,就散落着几家小型的露天咖啡座。

也难怪,即使找遍全东京,只怕也再找不出一块像新宿御苑这样辽阔的地方了。

"你是怎么想到来这里的?"我问扣子,"下雪之后,这里恐怕是全东京最吸引人的地方了吧？"

"去年冬天我来过。"她抬手一指樱树林，"在那边摆地摊。"

"这里年年都是这样？"

"是啊，去年还有摇滚乐队在这里演出呢。雪一下，日本人的那个天皇似乎也格外开恩，人们都可以在这儿为所欲为了。"

说话间，我往樱树林那边看去，似乎看见去年的扣子正在那儿跺着脚，跺一会儿，再停下来往手上哈几口热气，哈几口热气之后，她又把冻僵的手贴在脸上，嘴巴里却在不断用日语招徕着顾客。

于是，我们信步朝咖啡座走过去，在长条椅上坐下来。扣子去端了两杯咖啡过来，我们便随意喝起来。平日里我不太喜欢喝咖啡，现在仍然谈不上喜欢，但是，今天的咖啡着实有几分特别：雪花飘进了杯子里，稍纵即逝，所以，除了喝咖啡，我们还在喝雪花。

空旷却喧闹的御苑里，不时响起溜冰的人摔倒后发出的尖叫声。扣子的眼神若有若无地落在樱树林的某处，忽然对我说："这样的日子，过到今天为止，以后再也不过，也可以知足了。"

"是啊。"我说，"要么过到今天为止，要么以后天天都这样过，只可惜，往往是一样也办不到。"

"也可以办得到。"她狡黠地一笑，"只看你敢不敢。"

"怎么才能办到？"

"你现在从这里出去，往大街上一站，车来了也不躲，就办到了。"

"哦，呵呵，要去我们也要一起去才好。大冬天的，一个人过奈何桥太冷。"

"不说这个了。你有没有这种想法——要么全世界只剩下两个人活着，要么两个人一起离开这个世界，走的时候还可以互相说一声'没关系，这个世界我们已经来过了'之类的话？"

"那倒没有，你有过？"

"嗯，有过。"

突然，我心里一热："怎么是两个人？不用说，还有一个人肯定是我了？"

"你就臭美吧你。"她笑着从长条椅上站起来，掸了掸身上的雪，"你就乖乖坐在这儿做个好宝宝，我去溜达溜达，看看有什么好玩的东西。"说罢便转身走开了。地上的积雪太厚了，她踩进去我连"嘎吱嘎吱"的声音都听不见。

她回来的时候，我却听见她在雪地里踩出了"嘎吱嘎吱"的声音，我扭头一看，发现她正费劲地搬着一个烧烤架，手里还提着一个纸袋。我接过纸袋打开一看，东西还真不少：切好的牛肉、一束海苔卷和密封在盒子里的鳗鱼片，另外，还有一副手铐，我不禁吓了一跳。

即使我再愚笨，也知道这只裹着一层皮毛的手铐是用来干什么的。当我从情趣用品商店旁边路过，偶尔也会往店里看上两眼，经常就会看见这种手铐，摆放它们的柜台上一般总贴着这样四个字作为分类标签：闺房之乐。

"我和你打赌，你这时候不是满脑子的春宫图才怪——"扣子放好烧烤架后，看我一直在盯着那副手铐，马上呵斥了我一声，但她的脸却还是不自禁地红了，"我可警告你不要往别的地方想，这可是刚刚有人收地摊的时候掉了，我才捡回来的。"

"你可真会捡东西啊。"我笑着对她表示赞美，笑容里肯定充满了暧昧。

"你还说！你还说起来没完了？"她三步两步跑到我身边来，脸虽然还通红着，但却出手迅速地把我按在长条椅上，又是一脸忍不住笑的样子，"我干脆实话告诉你——这个就是专门用来对付你的。捡它回来的时候我就在想，你要是敢不老实的话，我就把你铐起来！"

说话之间，我绝对不会想到，她居然当真一边按住我，一边从纸袋里掏出了手铐，还不等我有什么反应，她就把我铐起来了：手铐的一端铐住我，另一端铐在长条椅腿上。"这样的话，"我想，"那就铐吧。"这样想着，就干脆坐在长条椅上不动了。

"我可不喜欢 SM 啊。"我笑着对她说，脸上的笑容肯定更暧昧了。

"S你个头啊。"她手里正好拿着一把串鳗鱼片用的铁签，就做出一副要用它们来扎我的样子，"再废话我就给你来个五马分尸。"

这倒的确是一道怪异的风景：我被铐在长条椅上无法动弹，扣子悠闲地在给烧烤架上噼啪作响的鱼片撒上作料，间歇还命令我张开嘴来尝尝鱼片的味道是咸还是淡。这样的风景，总不免使过路的人多看两眼。看就看吧，我才懒得管你看不看呢，扣子大概也是这样的想法吧。当有人好奇地想离我们近点，好看看这里到底发生了什么，可是扣子朝他们一瞪眼睛，他们也就驻足不前了。

只是四周的寒气还在逐渐加深。

"就这样把你铐一辈子吧？"扣子离开烧烤架坐到我身边，一边吹着鳗鱼片的热气，一边随口对我说了这么一句。正说着，她把吹凉了点的鳗鱼片喂进我嘴巴里。

"好是好啊,只不过不能铐在这里,要铐就铐在床腿上。"因为在吞咽着鳗鱼片,我有点口齿不清,"要是铐在这里我不是变成古罗马的斯巴达克斯了吗?来往的人像是来观赏我和别人决斗的奴隶主。感觉不好。虽说他后来造反了,可我天生就喜欢清清净净的,才不想造反啊革命啊什么的。"

"哦?只怕还有一个原因你没说吧,干脆我替你说好了——不是还空着一只手吗,正好可以写小说当作家对吧?"她脸上的笑里有一丝开玩笑时的揶揄,"难怪你就这么坐着,也不求我开手铐。"

"不求。"我接口说,"坚决不求,准备给你当奴隶,任你呼来唤去。怎么样,我够矫情的吧?"

"不是矫情。"她从我身边站起来,扑哧一笑,"而是很矫情。算了算了不说了,你就留在这儿当奴隶吧,我这当主人的可要出去寻欢作乐了。"

这时候,天色已经过午了,雪花仍然在轻烟般地落下,快要落到身上的时候就消逝不见了,我知道,日本人将这种雪花称为"细雪"。扣子去"寻欢作乐"了,我就干脆闭上眼睛睡觉,突然想起一句话来,所谓"草堂春睡足",那么,此时的我只怕也可以算得上是"卧雪不觉寒"了吧。

似睡非睡之中,我也知道扣子回来过好几趟,有一次还凑到我眼前打量我。她的呼吸使我的脸发痒,但我闭着眼睛没理她,我要是一理她,她又会对我半真半假地发作:"你这人怎么回事,招呼也不打一个,眼睛说睁开就睁开了。"我都可以想象得出她会说什么。

时间就这么在我的昏沉中流逝过去,当我彻底醒过来,天色已经入夜，不远处，四十五层楼高的东京都厅大楼上的灯火已经亮了。可能是下雪的缘故，满城的灯火竟呈现出铺天盖地的幽蓝色。蓝光笼罩下的摩天高楼，变得像是一座座水晶山丘。在水晶山丘和水晶山丘之间的阴影里，行走着的人群仿佛置身于一场节日之中。我相信他们的心里都藏着一份莫名的欢乐，就像我一样。我突然发现身边有份报纸，不用问，那一定是扣子给我送来的了。当我打开报纸，看到了一排用唇膏写的汉字："我的奴隶，快撑不住了吧。"

当然还撑得住，我对这排唇膏写的汉字摇摇头笑了笑，开始读报纸。寒气仍在不停加深，但是没关系，我还挺得住。

直到御苑里升起第一朵烟花，扣子才回来了，我的手也才被她松开。她一边从包里掏出开手铐的钥匙，一边对我说："我算是领教到你的厉害了，I 真是服了 You 了——"

突然，她哭了起来，她哭着对我说："是你说让我铐你一辈子的，你可别忘了！"

一朵烟花升起，照亮了她的脸。

我看见了她脸上的雪，也看见了她脸上的眼泪，还有那颗隐约在头发里的滴泪痣。

第六章　水妖

"穿过县界长长的隧道，便是雪国，夜空下一片白茫茫，火车在信号所前停了下来。"这句话正是川端康成小说《雪国》的开头，我不知道已经读过多少遍，只是从未想到，有一天我也会遇见他描述过的情形——在从东京到箱根的火车途中，我和扣子从火车上下来，在一个信号所般大小的站台上漫无目的地往前走着。由于前方的一段铁路正在抢修，看起来只好在这里停留一阵子了。

这实在是真正的雪国：近处的站台和蜿蜒而平坦的山脉、远处山冈上的一座灯塔和灯塔下的村落，目力所及之处，不禁使人疑心这世界上只剩下了黑白两色。青砖堆垒而成的灯塔和灯塔下的村落在落寞地袒露着漫天白色中的一丝黑；更远的地方，天际处的薄云已经几乎和地面的雪连在了一起；尽管四周的暮色使一切看上去都显得如此迷蒙，但我有一种奇怪的感觉：越是迷蒙就越是清晰，清晰得像是从那座灯塔里泛射出来的灯火。

当背后小站上的广播里响起福山雅治的歌《抱歉吾爱》，我们离小站已经有相当远的距离了，脚底嘎吱嘎吱地响着，有时候，我们驻足回头眺望来时的方向：除去原野上孤零零的小站、看上去比小站更加孤零零的火车，似乎只能看见我们遗留在雪地上的两排脚印了。后来，我们走上了一座山冈，向前看，在四周簇拥着的山冈之下，离那座村落大概两公里的地方，有一片淡绿色的潟湖。说它是一片淡绿色真是一点也没错，即使有的地方已经结了冰，也掩饰不住湖面上的淡绿色。结冰的地方算得上是晶莹剔透、凝若玉脂。

"哎，我有个主意，就看你敢不敢了。"扣子的手交叉着放在我的臂弯里，歪着头问我，狡黠一笑的样子里像是又隐藏着一个几乎和"谋朝篡位"差不多大的阴谋。

"说吧。"我忍不住伸出手去刮了刮她冻红的鼻尖，"去阴曹地府我有准备，嗯，时刻都在准备着呢。"

"阴曹地府我不去，我要去的是那里——"她的手一指那片淡绿色的潟湖，指着远处灯塔的灯光投射在湖中央后聚起的一圈光影，"去游泳。不会不敢吧？"

"阴曹地府我都敢去，游泳当然不在话下。"听她一说之后，我的体内也不知道为什么会涌起那么大的冲动，甚至，在短暂的一瞬之间，我毫不怀疑我想跳进那片湖里去的冲动比扣子还要大出许多来。于是，我撒开腿往湖边跑过去。她没想到我跑得这么快，摔倒在了雪地上。我可是顾不上管她了，只在跑出几步之后招呼她快点。她迅速捏成一个雪球砸在我的身上，与此同时，她哈哈大笑了起来，我疑心方圆几里之内都可以听得见她的笑声。只有在不经意之间一回头，看见雪地上清晰的脚印，想着飞雪很快就会将它们掩盖，内心里才会颤动一下，不自禁想起了杏奈问过我的那句话，何谓"诸行无我，诸法无常"。是啊，哪一个时段、哪一个动作里的我，才是真正的我呢？

脱衣服的时候，我遇到了小小的难题：天气如此寒冷，假如穿着短裤下湖，那么上岸之后，穿着湿淋淋的短裤揣在棉衣里去坐火车，滋味恐怕会很不好受。我在犹豫着的时候，扣子那边已经有了答案：她的通体已经赤裸裸的了。也许可以这样说：到这时，她白皙的身体已经真正和雪花融为了一体。看着她的裸体，我不禁有些恍惚，几乎同时，我突然感到自己的下边慢慢坚硬了起来。扑通一声，她跳进了湖水之中。我却还蹲在原地——只能蹲着，因为现在站起来的话，下边那顶突起的帐篷正好昂扬着落入她的视线里。

她当然不知道我在顾忌着什么，兀自从一块巨大的冰排处掰下一块冰来砸进水里，水花飞溅在我的身体上。也是奇怪，竟不能使我更觉寒冷，反倒使我的下边更加兴奋了。"你干吗呢？傻了还是呆了？"扣子冲我叫道。她将头和身体扎入水面之下，游了好长一段距离之后，才刚刚从另外一块没有结冰的地方探出头。其实，我能从她冲我喊叫的声音里听出颤抖来，但她像是丝毫没有把寒冷放在心上，撸了一把湿淋淋的头发，冲淋浴一般不断抿着嘴角，又对我喊了一句："你就傻着吧！"

我也就干脆站起身来，对着湖面脱掉短裤，当然，也对着她。寒冷并没有使我下边有丝毫退缩，相反，它愈加坚硬。尽管天色已经接近黑暗，但我相信她已经发现了我身体上的这个小小真相，因为借着一点从灯塔里泛射出来的光影，我也能清晰地看见她嘴巴里呼出的白气。

她果然没再看我，迅速地、几乎就在我脱掉短裤的第一时间，她的身体往下一沉，我的视线里马上就没有了她，但我能感觉出她猝不及防的慌张。我跳进湖里，没在水面上待一分钟，便将身体沉入湖底，将四肢舒展开来，向着幽深不可及的地方游过去。要命地，我又一下子觉得自己就像还未曾出生，正安静地端坐在一片混沌之处，湿润的液体包裹着我，我感到踏实，心安理得。

湖水应该是寒冷的,我却觉得有一股莫名的温润;我明明是在伸展四肢向前游动,却又觉得自己就好好地坐在母亲的子宫里。母亲,我从不曾谋面的母亲,就让我沉睡在你的肚腹之中吧。这样想着,我便感觉到眼眶湿了,不是湖水打湿的。

我要找到扣子,我的小小母亲。

我猜我一定是哽咽了,喉结处抖动着,身体也在轻微地战栗,直至更加激烈。我拼了命想叫一声扣子,可是,嘴巴刚刚张开,水就涌了进去。我感到慌乱,感到自己正在被一双看不见的手操纵,我注定无法摆脱它。我也不准备摆脱。我拿定主意,绝不将身体浮上水面,我宁愿在水下的黑暗里看见我的命运。

就是这个时候,我的手被另外一只手抓住了,我赤裸的身体被另外一具赤裸的身体抱住了。我的鼻子突然一酸,终于没能忍住,号啕着打掉了她的手,疯狂地、不要命地将这具身体狠狠地抱在怀里,像抱着一个寂寞的水妖。

小小的母亲。寂寞的水妖。

后来,过了不短的一段时间之后,在一块巨大的冰排上,我们做爱了。到了这个时候,我才总算明白田径运动员们所说的"超越体能极限"是怎么回事了。冷到极处之后,反倒一点也不觉得冷。冰排随着我和扣子激烈的动作在水面上漂游起来,但是,我和扣子并不怎么感觉得出它的漂游,总是在快要离开冰排落入湖水的一刹那,我和她就顺利地找到了最适合的角度和姿势。我们安然无恙,我们正在安然无恙地使出全身所有的力气。由于冰块的关系,她的全身上下没有一处不是湿漉漉的了。

我们能够听见冰排的某处正在断裂,不时有清脆而细微的断裂声在耳边响起来,但是,我们都顾不上了,最后的时刻正在到来——她痉挛着对我叫了起来:"快,快拿冰块来冰我!"我战栗着从冰排的一角掰下一块来放在她的双乳之间,她几乎是倒吸一口凉气,紧紧抱住了那块冰,也紧紧抱住了我。

在最后的时刻到来一分钟之后,我们身下的冰排从中间悄然断裂,我们抱着,逆来顺受,一起落入了水底。

回到信号所般大小的站台,广播里正在播放着另外一首歌,我有时候也听扣子的随身听,所以知道这首歌是小田和正为电视剧《东京爱情故事》唱的插曲。列车员正在站台上远远地打着手势召唤我们,我们正好赶上火车重新启动的时间。

上车后,我们没在车厢里坐下,而是站在了两节车厢之间的过道里抽烟。各自刚点上一支七星烟,扣子就说了一句:"真希望没赶上车,想一想,在湖里冻死也算不错。"我没搭话,可能是累了的关系吧,也可能是突然想起了我和扣子此去箱根的任务——我们是代替望月先生去箱根取一批婚纱回东京的,此前已经约好了时间和地点与箱根的对方见面。现在时间耽误了,便只能给望月先生打电话,请他和对方重新确定时间和地点了。原本我们打算取完婚纱后就连夜坐通宵火车回东京,依现在的情形看来,是非要在箱根住一晚不可了。

用扣子的手持电话打给望月先生说明了这边的情形之后,我仍然没有搭扣子的话,抽着烟漫无目的地打量着车窗外的景物,全身慵懒。但是扣子怎么会放过我呢:"喂,我是不是不配和你一起被冻死?"不知为什么,现在,即使她冲我发作,语气也比从前柔和了许多。

我一惊,马上转颜为笑:"别呀,干吗要冻死啊,要活着,好好活着,将来到这里买房子建花园。"

116

她盯着我看，看完了，摇着头叹气说："我明明知道你说的都是没可能的事情，可是没办法，我就是爱听，这可能就是人家说的下贱吧。下贱就下贱吧，反正我只知道我现在很高兴。"说完，她将烟头扔掉，身体朝我倾过来，两只手环抱住我的腰，头使劲朝我怀里钻，就像一只猫。我也叹了口气，搂住了她。

——此时此刻，尽管只是此时此刻，但是，你又怎么能知道我搂住她的一瞬是不是我的前世和来生？

我希望是。

夜半三更之时，火车停在了箱根站的站台上。此前，望月先生已经有电话过来，告诉我，对方希望我们明天早晨直接前往箱根郊外的工厂里去取货，我也在电话里问明了工厂的具体位置，所以，从车站出来，我和扣子便找了一辆出租车往工厂所处的郊外开。这自然是扣子的主意："在郊区里寻一家旅馆总比在市区里便宜吧，小笨蛋？"

她的话想来自然不会有错，只是坐上出租车往前行驶了好半天之后，路边的建筑物越来越寥落了，我才觉得不安，不禁疑心我们的目的地是否有旅馆。"闭上你的乌鸦嘴吧。"扣子从我怀里仰起头，睁开惺忪的眼睛，"你的乌鸦嘴总是很灵验，我真是怕了。"我呵呵一笑，去询问出租车司机，这才知道，我们要去的地方其实是在箱根火山的芦之湖附近，因为是旅游胜地，倒是不用担心旅馆的问题。

终于到了。我们在一条安静得近乎沉默的街道上下了车，像是刚刚下过雨，踩在青石路面上发出的足音格外清脆，愈加说明满大街就只有我和扣子两人。街道两边散落着一些还未打烊的酒馆。这些小酒馆的门口都挂着不甚明亮的红灯笼，幽幽散着光。

在红灯笼的旁边，悬挂着写有"醇酒"字样的蓝色酒旗。只有偶尔的时候，酒馆的门会被推开，有中年妇人——自然是酒馆的老板娘，从门里探出头来张望一下夜空，回头对店里的客人轻声说："呀，雨真是停了。"

我和扣子也寻得了一家名叫"甘酒草屋"的小酒馆，就在箱根旧街资料馆的隔壁，室外也有座位，但我们还是推门而入了。不出意外，只好在这里消磨一个晚上了。不用说，这自然还是扣子的主意。我才刚刚说了一句赶紧找旅馆，她的巴掌就跟过来了："你傻呀，没看见那家酒馆门口写着'通宵'两个字吗？"

无论如何，和从前相比，她的语气是柔和不少了。她在爱我，我该知足了，不是吗？

第二天，天气好转了不少，在回东京的火车上，甚至有阳光洒进了车厢。应该许多人都有过这种体验：当阳光穿过玻璃窗映上你的脸，再加上雪地的反光，你的眼睛就别想再睁开了。我现在就是如此，干脆闭目养神，看看脑子里会不会再出现一幅幅不相干的画面。的确，那些不相干的画面对于我，就像打坐的僧人入定时念诵的经文。

可是根本就没有办法，我的脑子里全是扣子。她明明就坐在我身边，身体也钻在我的怀里，双手搁在我的腿上，可我就是忍不住去想她：她的脸、头发、洋娃娃般的脸和赤裸的身体。

我突然觉得和她隔了好远，我环顾了一遍空旷的车厢，只零散坐着不到十个人。罩着蓝色天鹅绒布的座位就像一座座孤零零的礁石，每个人的脸上都挂着日本人式的冷峻之色，即使是挤坐在一起的熟人，大多也在各不相干地喝咖啡看报纸。我觉得脊背上有点发冷，我控制不住地去想：有一天，我和扣子，会不会像他们那样各不相干地喝咖啡看报纸呢？这么一想，我便使劲攥住了扣子的手，把她往怀里拉得更近一点。可是，越是这样，越是觉得还不够，我和她之间还隔着相当远的距离。

我想，人之为人，可真是奇怪啊：两个人出生了，在各自都不知晓的地方生长，即使遇见，此刻也还都是不留印象的路人。有一天，两个人遇见了，仿佛对方是磁铁一般被吸引，在一起的愿望甚至变成本能，什么东西都阻拦不住。即使他们各自的身体，也觉得多余，两个人只有一具身体就够了。但上帝造人时就已经安排妥当，谁也改变不了，谁也妄想不了。那么，解决的办法，大概最直接的就是交欢了。通过交欢，两个人才能完全看清和占有对方，才能喘息着抛弃全世界，又走到世界的最后一日。

今天是世界末日吗？不是的话，我怎么会做如此之想：即使将扣子抱得再紧，也还是觉得没有彻底占有她。还有，要命地，我又兴奋了，我又坚硬了。

我把手伸进怀里，将扣子的头抬起来。她也觉察出了我的激动，她的胸也急促地起伏了，湿润的嘴唇微微张开着。尽管此前她一直在沉睡着，脸上残留着一丝慵懒，但我的激动也的确唤醒了她的身体，我已经不再管我们此时是置身何处了。我的舌头穿过了她的嘴唇，又穿过有几丝冰凉的牙齿，找到了她的舌头；我的手掀开了她的毛衣，再掀开贴身绒衣，从她胸罩的下方伸进去，终于触及了她未成熟的葡萄般大小的乳头。

火车突然咣当了一声，车身随之颠簸，十秒过后，重新恢复平静，在舒缓有致的节奏里向前行驶。而扣子的手，在最颠簸的时刻，掀开我的毛衣，再掀开衬衣，疯狂的游弋之后，最后在我最坚硬的地方停住了。

半小时之后，我终于一泻而出了，我们仍然抱着，能听见对方正在由粗重减为轻弱的喘息。由于没有列车员来巡查车厢，我干脆点了一支烟，先抽了两口，再递给她，然后，看着窗外稍纵即逝的景物发呆。脑子里终于不再有任何所思所想，像早晨的雾气一般空茫。

回到东京，我们找了一辆出租车，安然无恙地将婚纱运到表参道，正好碰上望月先生在锁婚纱店的门。见我们抬着装婚纱的箱子过来，就赶紧来帮忙，一边弯腰一边说："啊，老朋友打电话来，说是我押的那匹马今天跑了头名，正要去高田马场那边看看呢，你们能回来实在太好了。"

"啊，那么，请您只管放心去，这里有我们就好，请您放心。"我刚想和望月先生说话，扣子就微微欠着身抢先说了。实在是最恰当的姿势和最恰当的语气，以至于把箱子抬进店里之后，望月先生要离开的时候对我说了一句："你小子，好福气啊。"

"我是不是特别像个长工，名字就叫二栓或者狗剩？"我也对望月先生微笑着欠身，目送他出门，这才回过头去问了扣子一句。

"此话怎讲？"她一努嘴巴。

"感觉像是回到了旧社会，我在地主家的田里劳动了一天，正气喘吁吁地走在回村子里去的路上，一个老长工突然把我拦下来，伸出大拇指对我说'你小子，好福气啊'。为什么会这么说呢？自然是因为你了。我叫二栓或者狗剩的话，你就叫二栓媳妇或狗剩媳妇了。"

"谁是你媳妇啊？"她故意问我。

"你呀，还用问吗？不会是别人了。不出意外的话，你应该还是我儿子的妈吧？那时候，你就不叫什么二栓媳妇狗剩媳妇的了，那时候我得管你叫'他娘'，你得管我叫'他爹'。没说错吧？"

"切，谁说要做你的什么'他娘'了？"

"我说的，丫头。我已经给你做主了，你就认命吧。"停了停，我想想说，"果真如此活着的话，也实在不坏。只可惜这种故事里总有一个罪大恶极的地主，弄不好，他早就打上你的主意了，呵呵。"

话实在不该说到这里来，扣子的脸上刚才还是一副拿我没办法的样子，一下子就凝住了，叹了口气，眼睛盯着大街上的某处。我顿觉不好，正想着该怎样去把场圆回来，她却说："我太知道了。呵，《红楼梦》里有句话叫什么来着？小时候我爸爸念给我听的，反正是说鸟啊林子啊什么的。"

"好一似食尽鸟投林，落了片白茫茫大地真干净！"我说出来了。

"对对，就是这句话，我爸爸念给我听过。"

"哎，我还是第一次听你说起你爸爸呢。"

我说的是实话，时至今日，即使是在疯狂地做爱之后，我们都喘息着抚摸对方湿漉漉的身体，她也从没说起过关于她过往生活的一个字，自然，也没说起过与她过往生活有关的任何一个人，甚至都没说起过开画廊的老夏。

我从没问过，但我终于必须承认，我想知道。

此刻，她却根本没理会我的话题，只轻轻看了我一眼，继续刚才那个关于地主的话题："不过，想要霸占我只怕也没那么容易，我可能一刀捅了他哦。好了，不说了——"她一指街对面的露天咖啡座，"去上班了先！"

真要命，又是周星驰的语式。

当她推门而出，又转过头来，调皮地一皱眉头，眯着眼睛，抬起右手的拇指和食指，对准我，做出一副掏枪射击的样子，在用嘴巴发出嘭嘭嘭三声枪响之后，"哼"了一声，这才一甩头发，推门而出。

"无论什么时候也舍不得杀我吧？"我笑着冲她喊了一句。

"那可不一定，看你做什么了。有可能先杀你再杀我哟。"她一边奔跑着过街一边冲我喊了一句。

晚上，其实是后半夜，我从懵懂中醒来，伸手一触，却不见扣子的踪影，心里一急，猛然坐起来打量屋内，所幸在店堂里有一束微光。透过博古架上的空格子，我看见扣子又在念念有词地请碟仙了。可能是为了不影响她的双手去按住那只小瓷碟，她将手电筒打开后置于柜台之上，一束微光将她笼罩住，她披头散发的样子像一个神秘的中亚巫女。

我没过去影响她，重新睡下去，闭上眼睛陷入找不到具体目标的空想。

无论如何，我对周遭的一切都感到踏实。我知道世界的辽阔、月亮的圆缺和人心的软弱，但是它们无法让我再在它们身上多做思虑了，因为我同样知道：现在，在我身边的三步之内，就必有扣子的影子。比如此刻，我躺着，扣子在请碟仙，上帝在我和她寄居尘世的过程里安排了这一时段，我们在这一时段内过得心安理得，这就是踏实，前所未有的踏实。

应该可以这样说吧：与我的眼睛、耳朵和身体里的肺一样，她就长在我的身体上。

当她回到我身边躺下，我觉察到了几分异样，她的手在我的手腕处摩挲着，我也不想知道她要干什么，"一切全都任由她吧"，每逢这样的时候我便会做如此想。摩挲了一阵子之后，她安静下来，又往我怀里蜷缩。我正打算伸手让她枕着，却发现这只手不能动，被什么东西——好像是一根线绳——把我的手和她的手系在了一起。我心里一热，没有再动弹，只去听她在我耳边发出的潮热的呼吸。

中国农历大年初三的下午，扣子在经过涩谷那边时找了一份短期工作。一家华人商会打算在农历元宵节那天举行一次华人公园酒会，扣子找到的工作，就是帮他们做一些活动之前的准备工作。不出意外，她要在涩谷那边工作到元宵节过完为止。由于工作繁重，还要连夜加班，好在是待遇不错，算得上优厚。我正在婚纱店里忙着，扣子打电话回来，告诉我找到新工作的事情。咖啡座那边，自从入冬后生意就一直清淡，她不去也没关系。不过，她叮嘱我假如遇见咖啡座的人，就说她和朋友去了富士山游玩即可，反正到元宵节之前她也回不了表参道。

于是，晚上关了店门之后，我便坐电车去涩谷，也顺利地找到了扣子在电话里告诉过我的那幢她找到工作的大厦。在大厦下面我给她打了手持电话，告诉她我离她不过二十五层楼的距离。她倒是有几分气恼："越乱你倒是越会添乱，我这里忙得东南西北都找不到了。好了好了，服了你了，十分钟后在楼下大厅里碰面。"

挂下电话，我走进大厦的一楼大厅，果真等了十分钟，电梯门打开，扣子第一个从里面冲了出来。只有这个时候，别人才能看出她并非日本女孩子，日本女孩子即使跑起来也难免还有几分旧时代遗留至今的痕迹。

显然，她没有足够的时间来训斥我，就商量说去附近的博多天神拉面馆去吃一碗熬汤面，因为晚上她要到山手线和明治通之间的宫下公园酒会现场去摆放盆景，也只好趁着这会儿去吃点晚饭了，于是，我们就去了博多天神拉面馆。坐下后，我刚想起一件什么事情要说，她却突然站起来，将食指竖到嘴巴边"嘘"了一声对我说："赶紧闭上你的乌鸦嘴，先坐着，我出去一下马上回来。"

我能做些什么呢？看着她一把抄起座椅上的亚麻布背包，我唯有摇头苦笑而已。

她再回来的时候，手里多了一个棕黄色纸袋。她先将亚麻布背包往座椅上一扔，又从纸袋里掏出一件有掉色感觉的斜纹粗棉布衬衫，在我身上比画起来："就知道你能穿，下午就看好了。"她一边比画一边说，"还别说，幸亏你来了，要不我还真忘记了。"

"还是冬天啊，怎么买起衬衣来了？你可真是深挖洞广积粮。"

"你懂什么？这可是从45R专卖店里买的，夏天买的话，你能穿得起这么贵的衬衫？当然了，你肯定是舍得的，刘文彩黄世仁转世嘛，你舍得我可舍不得。"

"原形毕露了吧，说你是我媳妇你还不承认。"

"少废话，我才没工夫跟你在这儿斗嘴呢。快吃，吃完了快走。"

鲜美至极的熬汤面已经端了上来，我便闭嘴不谈，很快就把面吃完了。时间也的确是够紧的，扣子吃两口就去看一眼手表，见我吃完，她马上叫人过来结账，又把那个装了衬衫的纸袋递到我手里："该干吗干吗去吧，我可来不及了。"

走出博多天神拉面馆，我把扣子送到了宫下公园门口，就在涩谷信步闲逛起来。涩谷这地方，说起来也是全日本最吸引年轻人的地方之一，像著名的109大楼和EST广场，几乎每晚到深夜十二点以后都依然人头攒动，想来在涩谷的街头闲逛也绝不至于无趣吧。

走到最繁华的中央街和井之头通之间的那条街上时，我进了HMV涩谷店，这是一家堪称著名的CD店。进去之后，发现一支乐队正在做现场演唱，不是什么重金属乐队，他们唱的曲子也多有日本传统音乐之风，便停下来听了一小会儿。后来，我看清一面指示牌上写着三楼为古典音乐专卖区的字样，就径直上了三楼。

德彪西，又是德彪西。我记得刚上楼时店里还回旋着木村好夫的吉他曲《港町十三番地》，等我再去注意听的时候，响起来的却是德彪西的《佩利亚与梅丽桑》。据我所知，这好像是他一辈子中唯一的一部歌剧。此时正好是一段女高音，空灵的女声听上去既像是穿过云层前往大地的第一滴雨珠，又像是一朵正在旋涡中打转但最终必将冲破旋涡的浪花。真奇怪，我怎么会将声音想象成雨珠和浪花呢？不过，也正好记起德彪西的一段话来，似乎正可解释："音乐是由色彩和节奏组成的，反之则什么都不是。"

CD实在不少，几乎多得让我连路都走不动，巴赫、斯特拉文斯基、门德尔松等人的作品在这里真正是应有尽有，即使是许多遍寻不得的冷门，这里也完全有可能找得到。

今天晚上我倒是的确不用担心自己是否会太无聊，仅仅非常马虎地将感兴趣的东西拿在手里匆匆浏览一遍，也至少要花上三两个小时。

终了我还是一张也没有买。"以后吧，等有了音响的时候，无论花多少钱都要来买。"出门的时候，我几乎是贪婪地这么想着。没有一个人窥破我的秘密：我将几张冷门的偷偷藏在了一般很难找到的地方，我猜我的此等行径诡秘得就和一个战败的将军指挥下人往花园的一棵桑树下埋进成罐的珠宝差不多吧。

回到表参道，已经过晚上十点了。我手里拿着一罐啤酒，把夹克衫的衣领竖起来，虽说不时有些小杂物被风掀上半空，我倒是不觉得怎么冷。走到婚纱店门口，我正要掏钥匙开门，突然发现门上贴着一张字条。对于身在东京又几乎不认识什么人的我来说，这倒的确是头一遭，扣子并没有这样的习惯。于是，我便取下字条，借着路灯散出的微光来读：

你好，因为是同乡的关系，就不和你客气了。我是筱常月，苏州人，是杏奈小姐的朋友，也是从她那里，知道你也许能在昆曲的剧本方面帮助我。正好来东京有事，加上杏奈小姐来电话告诉了我你的地址和电话，就直接上门来了，请原谅我的唐突。

可惜的是你不在，在门口等了一个多小时，才回到车里给你留这张字条。假如可以的话，明天上午是否能等我的电话，到时我们再见面？

正读着字条，我背后传来一个女声："对不起。"

因为听出是中文，就连忙回头，正好看见一个年轻女子对我微微欠身。也许是想着有朝一日去写作的缘故吧，当我见到一个人，总是能在极短的时间之内将对方的音容装扮默记下来：眼前这个年轻的女子，一袭黑色阿尔巴卡羊绒短款大衣，从领口处可以看见里面的玫瑰灰毛衫，下面是一条石磨水洗布料的长裤。即使是在路灯散出的微光之下，也可清晰看见她白皙的脸庞、淡蓝色的眼影、一对水晶石耳环和随意背在肩上的名贵皮包。这些，使她浑身散发出了一种难以言传的成熟魅力。实际上，我很快就确定她的年龄要比我大出一截来，但是，这也丝毫不影响她给别人的年轻感觉。

到了这个时候，我就已经可以猜出她是谁了。

"筱常月？"我问。

"是啊。"她微笑着对我点头。

我忽然发现自己曾经在哪里见过她，然而事实上是肯定没有的。有些人就是能给别人如此感觉：即使从未谋面，也能让别人觉得早就见过面了，至少用不着去客气了。

"不是说明天上午再来电话吗？"我笑着问她。

"是啊，开始是这样想的。后来又一想，反正也无处可去，回酒店也没什么事情，就干脆坐在车里等着了。"

这时我才注意到，在街对面停着一辆红色宝马汽车，不是东京的牌照。我不禁有些惊异："一个人开车从北海道过来的？"

"对，倒是不觉得累，走了三天，一路上经过有兴趣的地方的时候，就停下来住一晚。"

"这样啊，那么——"我又拿钥匙去开婚纱店的门，"进去坐坐吧，或者去找个地方？"

"找个地方吧，反正我开了车。"她也就没客气，像是熟识已久了，"一会儿我再送你回来，反正你也认得路，好吗？"说着，她去理被风吹乱了的头发。

就在她理一理头发的时候，我一下子呆住了，因为，在她左边的眼角下,也有一颗细小的痣,滴泪痣。当然,假如她不是遇见同样也长着这样一颗痣的我,别人是很难去注意这颗痣的。依普通的情形来看,遇见她的人应该会在第一时间内被她成熟的魅力所吸引,小小的一颗滴泪痣,大概也只有我这样的人去注意了。

"那现在就走吗?"她问我。

"哦,好啊,现在就走吧。"要不是她提醒一句,真不知道我又要在这如影随形的恍惚中迷离多长时间。

于是,我们上了那辆红色的宝马,车里的后排座位上扔着两个可爱的做成洋娃娃模样的灯笼。一股淡淡的香气在车里弥散着,和她身上的香水味有所不同,至于到底是什么香气,我也不知道。红色宝马慢慢驶出表参道,又穿过了几条街,在一家酒吧门口停下来。

"要不就在这里?"她问我,又说了一句,"正好离我住的酒店也不远。"

"没问题啊,那就这里吧。"我也说。

等她找到合适的车位停车,我们一起从车里下来,要推门进酒吧的时候,她抬起头看了看,对我说:"今天晚上的月亮,倒真像八月十五的月亮。"

我也抬头看了看,果然如她所说:月亮是那种最极致的充盈,充盈里又散着冷清,冬天的月亮总能给人以如此之感。一推酒吧的门,披头士的歌声就扑面而来,是《朝三暮四的恋人们》,一曲终了,又是一曲《约翰与洋子之歌》。我们找到一个位置坐下,这时我看见筱常月的手里多出了一条巧克力格子的披肩。倒是奇怪,酒吧里的温度着实不低,她却披上了披肩。在外面时反倒没有。

见我在注意披肩,她对我笑了笑:"没办法,好端端的,突然就觉得冷。有时候在太阳底下走着,也会突然觉得冷。"

不知为什么,我总觉得她身上有一种不好用语言形容出来的冷清。我不知道这样说对不对:她就像一朵冬天里的水仙。每次当我看见水仙在冬天里开了,并不觉得多么热烈,反倒生出了几分怜惜。大多的花都在凋谢之时,一朵偏巧在此时开了的花应该也不会有多么快乐吧。

我自然是喝啤酒,筱常月要了一杯柠檬杂饮。我有点不知道说什么,正猜测着酒吧里的下一首曲子会是披头士的哪支歌,筱常月突然说:"无论如何,请帮帮我。"我不禁有些愕然地看着她,她又加了一句,"剧本的事情,无论如何都请帮帮我。"

我的确有些愕然,准确地说,她的眼神里除了挥之不去的落寞之外,还有一丝恳求。这个我实在没想到。无论从哪个方面看来,她都和一个典型的日本上流社会里的年轻夫人没有任何分别。我一时不禁有些错位之感。

"只要能帮得上忙,请放心,我一定会尽力去做。"我对她说。

此前她像是全身都充满了紧张,听完我的话才一下子放心,却又不能全部放下心来:"越快越好,可以吗?至于报酬方面,请一定放心。"

"不是这个问题,其实我倒的确有兴趣。只是,我也实在担心能不能做好。再说,就在北海道找家中文图书馆借几部剧本出来,想来也不至于太难吧。"

"不是这么简单。你一定知道歌剧《蝴蝶夫人》吧?"

"这个自然知道,怎么了?"

"我想请你把它改编成昆曲,可以吗?"

"啊?"这我可真没想到。

即使我拥有再怎么出色的想象力，也不至于会想到她是让我把歌剧改编成昆曲吧。我的脑子被这件事情弄糊涂了。这时候，她从皮包里掏出一本薄薄的小册子递给我："这是从国内寄来的《蝴蝶夫人》歌剧剧本，也是辛辛苦苦才找到的。怎么样，能答应吗？"

她眼里的恳求之色愈加浓重，使我不能拒绝："好吧，我来试试。"我鼓足勇气对她点头，内心里却实在没有信心把这件事情做好。毕竟，从我有限的所知所闻来看，将歌剧改编成昆曲的事情，此前好像还没有人做过。

"可能的话，方便的时候能去一趟北海道吗？这样的话，假如遇到什么难解决的问题，也好商量着一起解决。毕竟我唱过十二年的昆曲，虽说好久不登台了，但其实每天都有那么一阵子想起唱过的剧目，想忘记都忘记不了。"

"这样啊，那我尽量吧，遇到难题我就去找你。"

"那太好了。"她掏出一张便笺递给我，"这上面写了我的电话，如果你来北海道的话，就先给我来电话，我也好先把路费寄给你，还可以去札幌车站接你。其实，从东京去札幌还算方便，有通宵火车。"

"路费倒是不用费心，我还是老实说吧，其实我是想着有一天去写小说，也许试着写写剧本正好可以当作练习。不过，我总有个疑问，在北海道唱昆曲，会有人听吗？是为了什么特别的活动去准备的吗？"

"哦，是这样，明年七月，北海道要举办一次全世界范围内的艺术节。当地的文化官员知道我曾经唱过昆曲，就找到了我，希望我能和他们合作，唱什么剧目由我来定。开始的时候我倒没有特别的兴趣，最近也不知道怎么了，特别想演，想得没办法，所以才会急着来东京找你。"

"那可是一出完整的剧目，琴师啊演员啊什么的，都不缺吗？"

"自然还有不少问题，不过还好。说起来也是格外凑巧，札幌那边有一个昆曲爱好者剧团，虽说里面的人年纪大了点，大多是退休的老人和闲着无事的家庭主妇，但是我想，只要好好排练，也不会差到哪里去吧。"

"假如是这样的话，就太好不过了。不过，从现在开始到明年七月份，时间实在紧了些，那我就尽量赶时间吧。"

"一定？"

"一定。"

她对我一笑，像是完全放了心。这时我发现，尽管她全身满溢成熟之美，但是，和扣子一样，她的笑也不是成熟女子的那种浅浅的一笑。只是，她的笑又比扣子的笑里多出了一丝冷清。是啊，冷清，这是我的感觉，换了别人也许就不会有这样的感觉了。

这家酒吧的主人也真可算得上披头士的超级乐迷了，一盘带子听了好几遍。虽说换了带子，却仍旧是披头士的另外一张专辑，《黄色潜水艇》《平装书作家》《潘妮胡同》这些曲子依次响起，又接连响了好几个来回。我和筱常月像熟识已久般有一句没一句地聊着，不觉中，时间已经很晚了。和她聊着的时候，我心里总有一种轻微的不真实之感，因为她的确和一个日本上流社会的年轻夫人别无二致，而请我写剧本的口气却是那么急切，甚至还有恳求。对于像她这样的上流社会夫人来说，这件事情怎么会让她如此着急呢？也许还有什么特别的原因？不过，我只在心里想着，并没有去问她。

从酒吧里出来,在送我回表参道的车上,筱常月突然问我:"在国内过中秋节的时候,你一般会怎么过呢?"

我想了想说:"也没什么特别,虽然也吃月饼,但是说实话,即使不吃也不会觉得遗憾。要是月亮再没有今天晚上的月亮这么大这么圆的话,我肯定连想都不会想起中秋节是哪一天的。"

"也是。不过,可能是风俗的关系,我们苏州的一些地方对过中秋节还是蛮讲究的,要办茶会啊听评弹啊什么的。我倒不喜欢这些,因为住得离寒山寺旁边的铜铃关不远,中秋节的晚上,我一个人站在铜铃关的城墙上甩水袖。月亮特别大,也特别白,白得像是和城墙下面苏州河里的水都融到了一起。人的身体也一下子干净了不少,干净得想跳进苏州河里去——"

我注意听着她的话,也透过车窗漫无目的地打量着月光下沉睡的街道和建筑。

行驶着的汽车几乎悄无声息,她坐在那里,散发着一股说不出的幽雅之气:"其实,有好几次,我都跳进苏州河里去了,现在想起来,湿淋淋的样子和一个水妖大概差不多吧。"

我知道,她之所以提起中秋节,一定是因为今天晚上的月亮。整个东京此刻都被银白色的月光笼罩了,当汽车驶过那些沉睡的建筑,我感觉就像在经过一片片丛林。也许,就会有一只惊恐的小兽从丛林背后跑出来,在街道上仰头发呆,好像它们也对这一场由月光造就的奇迹难以置信。

这实在是一场奇迹。置身于这场奇迹之中,你无法不失魂落魄,内心最柔软的一角似乎在被一根羽毛轻轻地撩拨,终致慢慢苏醒,即使是一路经过的证券公司、百货大楼、银行,这平日里司空见惯的一切,竟也使你横生了亲切之感,就像我们在酒吧里听过的那些歌:《黄色潜水艇》《平装书作家》《潘妮胡同》,都成了我们活在此刻的证据。你无法不涌起这样的念头——一生,这就是我们的一生。

第七章　短信

三月的天气，连月来的阴霾终于被阳光打破，空气湿润而清冽。太平洋上吹来的风虽说还回旋在每个人的头顶上，但已若有若无，几乎不能感觉到它的存在；每个人身上厚重的衣物正在逐渐消退，仅仅因为这个，人们脸上轻松的笑容就不难理解。更何况，再过不久，上野公园的樱花就要开了。

我正坐在婚纱店里对着那本薄薄的《蝴蝶夫人》发呆，手持电话响了起来，是有短信进来的声音。说起这个手持电话，倒是我在意外中得来的。中国农历元宵节过后，扣子在表参道东端路口上摆了个地摊，卖些年轻人喜欢的小玩意儿，无非夜光表和指甲贴片之类，生意不好不坏，好在只用去涩谷进货即可，不用费什么力气。一天晚上，快收摊的时候，我发现地摊前有一只新款松下手持电话，不知道是谁掉在这里了，就和扣子坐在路口上等人回来取。等了半天也不见有人来，只好拿回来放在枕头下当钟表用。后来，听说电话公司在开通英文和俄文短信服务之后，又开通了中文短信服务，扣子就拿它去上了新号码，遇到有事的时候，她和我联系起来也方便些。

扣子这时候给我发短信过来，无非是让我去超市里买菜吧。我放下《蝴蝶夫人》，懒洋洋地打开第一条短信，却看见了这样一排汉字："宝贝儿，现在对你的普通话能力进行测试，请用普通话念出下面的诗——"

居然让我念诗？不会吧？我不禁感到奇怪，赶紧揿着按钮往下看，诗是这样的一首诗：暗石绿，暗石竹，暗石透春绿，暗石透春竹。

我果真按扣子要求的那样，用普通话来念这首诗，心中倒在暗自纳闷：平白无故地让我念诗，不会这么简单吧？是啊，真就不会有这么简单，我念着念着，突然明白了这首蹩脚诗的真正意思。一旦明白过来，即便我是一个多么严肃和矜持的人，也只会哈哈大笑了。这首诗的谐音是：俺是驴，俺是猪，俺是头蠢驴，俺是头蠢猪。

除了边哈哈大笑边摇头，我还能做些什么呢？

刚看完第一条，又来了第二条，不用问，还是扣子发来的。我打开第二条，竟然又是一首诗，不同的是这次是一首现代诗：大海啊，它全是水；骏马啊，它四条腿；看短信的猪啊，它咧着嘴！

看来我就是那头猪了，我是一头哭笑不得的猪。现在，这头猪从柜台里走出来，走到婚纱店的玻璃门边朝街对面刚刚重新开张的露天咖啡座看过去。发短信的人，也就是这头猪的主人，这会儿正弯腰哈哈大笑着呢，笑得连头顶上的绿格头巾都掉在了地上。

我拉开玻璃门笑着冲她喊道："笑什么啊小母猪，该回家吃食了啊，中午你的饭际丁术饭还有米糠！呵呵。"喊完了，笑完了，还得回到柜台里去对着那本薄薄的小册子发呆。假如我真的是一头猪，那么我就不仅仅是一头哭笑不得的猪了，我还是一头对着《蝴蝶夫人》胡思乱想的猪。

发呆也罢，胡思乱想也罢，我总还是要拿起笔来开始动手，但结果却是一张张白纸被我揉成团后丢进了废纸篓，一支接着一支的烟几乎烤焦了我的喉咙，那些白纸上也没有留下一个让我满意的黑字。昨天晚上，筱常月给我来过电话，尽管没有问一句事情进展得如何，但我还是能听出她对这件事情的担心。我又没有胆量去说出一番话来消除她的担心，便硬着头皮和她谈了一通北海道的薰衣草。

今天和昨天也没什么不同，拿起圆珠笔之后，不大的工夫，又有十几张白纸被我扔进了废纸篓。我总算明白了，写作再怎么都不是一件轻松的事情，可以肯定：郁闷、紧张还有莫名其妙的烦躁将会和写出的每一个字如影随形。更要命的是，我的脑子还常常走神。

的确不是一般的走神，而是很走神。比如现在，脑子里一会儿是失聪后正满脸紧张谛听着风雨声的贝多芬，一会儿又变成了二十世纪六十年代末披头士在英国诺丁山举行的一场狂热的演唱会；一会儿是微服私访的乾隆皇帝白衣胜雪地走在江南的青石小道上，一会儿又变成了年幼的废帝溥仪正仰望紫禁城外的炮火伤心哭泣。走神走到这个地步，也算是 I 服了 Me 了。

手持电话又在此时响起，我懒洋洋地抓在手里，一看号码不是扣子的，这倒是少有的事。接听之后，竟然是阿不都西提。说起来，已经好久没听见他的声音了。还是一个月前，我心不在焉地坐上去学校的电车，突然发现他也坐在车上，匆匆聊过几句，他告诉我他已经搬到秋叶原电器街附近的一间公寓里住了。之后，我就下车了。在车上约好的去新宿喝啤酒的计划也一直没有实现。说起来，我又是好长一段时间不去学校了。

"我说，晚上有时间去新宿喝酒吗？"阿不都西提在电话那头问我。

"有啊，几点钟？在哪里碰面？"我似乎比他更加着急，冥冥之中，似乎晚上喝啤酒的酒吧已经近在咫尺，甚至只恨不是现在。可怕啊，我竟然对那本薄薄的小册子害怕到了这种地步。

"不过，一个人出来可以吗？"阿不都西提在那边呵呵一笑，他那张时常羞涩的古波斯人的脸孔就又在我眼前清晰出现了，他继续说，"晚上的事情，事关重大，想和你好好商量一下。两个人来的话，我可能会紧张，事情本身也不太好启齿。这么说理解吧？"

"什么事情会这么紧张？"

"见面之后再说吧。哎，对了，那件事情，没告诉她吧？"

"什么事情？"我有点摸不着头脑，竭力想回忆起和他聊天时谈起过的话题。一会儿就想到了，他说的肯定是跟踪过扣子那件事情了，于是就告诉他，"没有，只字未提。"

"那就好。那么，晚上八点在纪伊国屋书店旁边的河马啤酒屋见？"

"好，一言为定。"

晚上，我做好晚饭，先独自一人吃完，又将另外一份装在饭盒里，在没有断电的电铝锅里放好之后，就出门坐上了去新宿的电车。因为下午扣子回来的时候已经和她讲过，现在也就用不着再特别给她打电话了。当电车轻轻地呼啸着经过我的学校，学校图书馆被夜灯照亮的尖顶从我眼前一晃而过，我记得自己的心里似乎是咔嚓了那么一下子：语言别科的学期就将结束，那个老问题——我到底该何去何从，我到底想何去何从，无论我愿意不愿意,它都已经成了一个困扰我的问题了。心情也由此而寥落起来。一直到了新宿,穿过几条窄窄的街道站到河马啤酒屋的门口,想起里面或黝黑或金黄的啤酒,心情才豁然开朗。

"我养了一匹马。"阿不都西提说。

我吓了一跳,刚刚喝下去的一口啤酒差点呛到气管里。放下啤酒后看着他,像是看着一个我早已不记得名字但他却突然对我打了招呼的人。说实话,从进门直到现在,啤酒已经各自喝了一扎,但我总觉得他身上好像有什么不对劲的地方。

一进门,我们微笑着伸出手来互相击打了一下。他像是累极了的样子,笑容里有几分疲倦。但随着他提起第一个话题,他的疲倦就消失不见了,随之而来的仍是我熟悉的样子:英俊脸孔上的一双眼睛总是散发出某种清澈、固执和好奇的光彩。

有一种人从降生第一天开始,直到他死去的那一天,都不会发生多么大的变化。阿不都西提大概就是这样的人吧。

"哎,跟我说说,她到底怎么样?呃,就是蓝扣子,她怎么样?"

"哪里怎么样?"

"床上啊。"

这实在是典型的阿不都西提式的问题,但我也得回答他:"嗯,还行吧。"

"还行就是很厉害的意思?"

"差不多吧。"

"我可是听说两个人在一起时的姿势有很多种啊,有的书上说是一百零八种,有的书又说是一百六十九种,你们用过多少种?"

"啊，不会吧。"我又喝下去一大口啤酒，没办法，还是得老老实实回答他，"大概有五六种吧。不过，五六种也就够用了，呵呵。"

"怎么可能呢？难道不是一有空就做吗？"

"当然不是了，总得吃饭喝水吧，再说也累啊。"

"要是我的话，可能会连着做他个七七四十九天。"

"那就赶紧找一个可以做四十九天的人吧，应该不是什么难事的。"

"其实，我现在已经差不多算是做过爱了。"

"什么叫差不多？做过了就是做过了嘛，是怎么回事？"

我倒的确对他的话有兴趣，正想问个究竟，他的问题又来了，不光来了，而且还来得很犀利："她，蓝扣子，做爱的时候会大喊大叫吗？"

其实，面对他诸如此类的问题，躲闪是没有用的，只会让他愈加追根问底，我干脆据实回答："有时候吧。"

"那么，她是像外国女人那样大喊着'Oh my God! Oh my God'，还是像香港三级片里的女人那样喊着'快点，再快点'？"

天哪，谁能提供一个答案，好让我能回答他？他还瞪着一双好奇的眼睛看着我呢。这个时候，也就是他专注地盯着我的时候，一种刚才曾在我心底里一闪而过的异样感觉又重新回来了。说不清楚那究竟是什么，总之，他身上的某处地方让我觉得不对劲。至于他刚才问的那个问题，我是下定了决心不再告诉他答案了。

是的，还是一瞬间的样子，我发现我到底从哪里觉得他不对劲了：他的脸特别红，是一种泛着白的酡红。这张酡红的脸既释放着湿热的微光，又像胭脂洇开了一般，让人横生出几分怪异之感，甚至可以说，这不正常的酡红使我感到不安。此前我从他笑容里感觉出的几分疲倦，原因大概也就在于此，因为那种不正常的酡红之色使他英俊的脸庞看上去更加瘦削了。由于它的不正常，似乎这瘦削也是不正常的了。

就是这样，我想我的感觉不至偏差。

我突然想起来，他在约我出来时说要和我谈一件什么大事情，就问他："到底要和我谈什么？听上去像是跟鸡毛信一样急。"

他倒没话说了，端起酒杯环顾起酒吧来。其实，这家啤酒屋并不是严格意义上的酒吧，既没放着爵士乐和舞曲，灯光也不是太幽暗，我得以看清楚他的目光到底落在哪里：在一处被装修成一艘巨大轮船的地方，船舷上，一对年轻的情侣正在忘情地接吻，当然，除了接吻，还有旁若无人的抚摸。阿不都西提看得相当出神，啤酒端在手里也忘了喝，我便微笑着看他，时间仿佛凝滞在了此刻。但是我却能感觉出在这凝滞之中似乎有什么东西在运动着，就像我们喝啤酒的时候，地球在运转，草丛里的虫子在交欢，至于那运动着的东西到底是什么，我也说不清楚。

一直等到那对年轻的情侣结束接吻，转为了私语，阿不都西提才对我一笑，露出一口雪白得耀眼的牙齿："我养了一匹马——"

"什么？"我怀疑自己听错了。

他倒没针对我的惊异去特别解释什么。他本来就是这样的人，当他发问，或者当他描述，他会认为世界理所当然就是他认为的样子。他喝了口啤酒，继续说："是啊，买了一匹马，几乎所有的钱都花光了。白色的，暖茸茸的毛摸在手里真是舒服。说起来你恐怕不会相信，昨天晚上，后半夜，我骑着它出门喝酒去了。不过也难怪，谁会相信我是骑马出去喝酒的呢？"

我暂且放下想问他喝酒的时候把马系在什么地方的念头，只是问他："可是，为什么突然会想起买一匹马呢？"

"不买就来不及了。想一想，做了一回新疆人，既没去过新疆，也没骑过马，想起来总觉得不可思议。前几天，我在银座那边的一条马路上走着，突然想起了新疆。说起来，要是从我身上去找一点新疆人的证据的话，除了我的长相，还真是找不到，我就对自己说，干脆去买匹马吧。一有这个念头，就无论如何也控制不住，第二天就把所有的钱从银行里取出来买了马。"

老实说，我的确有点瞠目结舌，尽管他在电话里就曾说过要和我谈的不是件小事情，但现在这件事情显然超出了我的想象范围。而且，好多疑问都很快在心里生成了，却又不知道去问哪一个。他说话的风格向来就是这样，总是会觉得他的事情对方应该全知道才是，哪怕此前从未提起过。

终究我还是问了："来不及是怎么回事啊？你要离开日本回国了吗？"心里却仍然抱着老大的疑惑，即使离开日本回国，去新疆骑高头大马，想来只会更加容易，何苦要在东京花所有的钱给自己买上一匹呢？古怪啊，真是古怪。

"啊——"他好像突然明白了什么，一脸恍然大悟的样子，"我还没跟你说起过，是这样的，我活不长了。"

"什么？什么？"

"我活不长了，是真的。还记得我对你说起过我得肺炎的事？"

"记得。"

"转成肺癌了。医生已经看过，说是没救了。不过，我倒是感激那个医生，多亏他直言相告，要不然我也不会想到去买匹马回来养着。"

"怎么会这样子呢?"我的心里骤然一惊。

"慢慢跟你说?先说昨天晚上吧。睡到半夜里突然特别想喝酒,忍都忍不住。开始只是想下楼去买酒上来喝,后来一想,干脆就骑马去酒吧吧。马买回来以后,我费了几乎整整一下午,才把它从楼梯上牵到我的房间里。没办法,电梯装不下,就只好走楼梯。

"后来,我还是下了决心,骑马上街。我本来以为它已经睡着了,等我把衣服穿好,发现它正躺在地板上吃我白天里给它采回来的草。好像是知道我到成田机场旁边的农田里给它采草不容易,它吃得也特别慢。我刚走到它身边,它马上就明白了我的意思,轻轻地站起来,还甩了一下脖子上的鬃毛,我发现自己简直像个要夜行军的将军。

"幸亏是后半夜,要是在白天,我骑着它经过的地方不发生交通意外才怪。汽车好好地走着,突然在路中间戛然而止,车窗降下,几个脑袋从里面探出来,他们肯定是在怀疑自己的眼睛。也难怪,看见大街上突然出现一个骑马的人,大概也和看见了斗风车的堂吉诃德差不多吧。

"到了酒吧门前,把它系在哪里就成了问题。酒吧旁边是条没有灯光的巷子,我牵着它走进去,走了一段路之后,看见了一家废弃了的汽车修理厂,里面堆着好多废旧汽车,我们就进去了。我找到一辆汽车,把它的缰绳系到这辆汽车的方向盘上,就进酒吧里喝酒去了。

"其实,想跟你说的是喝完酒之后的事情。喝完酒,我醉醺醺地带了几瓶酒出来,我找到那家废弃了的汽车修理厂,却被眼前的情景吓了一跳。原本平坦的地面上只长着一些杂草，另外散落着一些锈蚀了的汽车零件。这时候，在它身边，却平白无故地从地底下蹿起了一道水柱，不很高，但喷薄的频率很快。我还以为是埋在地底下的水管爆裂了，走近一看，才发现根本不是。那里其实是一处泉眼，被它发现之后用蹄子刨出来的。这时候，它正凑在那道水柱前大口大口地喝着呢。

"后来，我干脆在地上坐下来，打开从酒吧里带出来的酒和它一起喝。是啊，它也会喝酒，我和它像是认识了许多年一样，我拿一瓶，它也拿一瓶。它是用嘴巴拿的。当它看见我拿着酒瓶往嘴巴里倒，它把酒瓶叼在嘴巴里，然后一抬头，酒就算喝下去了。呵呵，我们竟然在相同的时间里喝完了自己的酒。酒喝完了，我再骑着它回家，上楼又花了好半天。在爬楼方面，它倒真是个外行，无论使多大力气，姿势都很笨重。

"对了，其实我是想问问你，哪天我要是死了的话，你能给它找个可以去的地方吗？"

我真的不知道该如何是好，大脑里一片空茫。换成任何另外一个人，听到阿不都西提的这番话，十之八九都不会相信，甚至会怀疑他的精神是不是有问题。我却不得不相信他所说的一切，因为他的疲惫之态和酡红的脸颊不由得我不信。我是痴人说梦要去写小说的人，知道许多小说上的大师都是死于肺病，比如普鲁斯特。每当我想起他，眼前总是这样一幅画面：在阴雨连绵的法国乡间，普鲁斯特手执一管鹅毛笔正在写着《追忆逝水年华》，而他因为肺病而酡红的脸颊，在青铜烛台上烛光的照耀下，愈加显得他正陷于毁灭。

我匆匆对阿不都西提点头："好，我一定去找——"说了一半又说不下去了，眼睛慌乱地在啤酒屋的各处游弋。正好在这个时候，手持电话响了起来，是短信进来的信号。我在最短的时间内想了想，最终决定去盥洗间里好好让自己平静下来，也好看看扣子给我发来的短信，便匆匆站起来，却不小心撞在桌子上。酒瓶掉落在地，啤酒屋里响起了咣当一声。

在盥洗间里，我仔细打量一面大镜子里的自己，又拧开水龙头，将脑袋凑到水龙头下把头发和脸淋湿。最后，用一张纸将脸擦干净，掏出手持电话来看扣子给我发来的短信：屏幕上除了一排问号之外，什么也没有。我给她拨回去，但是，不管是婚纱店的电话，还是她的手持电话，都是无人接听。我也不知道怎么回事。实话说吧，我其实一直在想着阿不都西提告诉我的一切。他所说的，我都相信，却又不敢去相信。

从盥洗间里出来，刚刚坐下，阿不都西提又像是才刚刚想起了什么，满脸恍然大悟对我说："你是不是觉得奇怪，奇怪我为什么不怕死？"

仓促之中，我竟然鬼使神差地点了点头。

"其实，我也觉得有点不可思议，我怎么会不怕死呢？我怎么会是不怕死的人呢？可是奇怪了，压根儿就不往那里想，即使偶尔想一想，也仿佛那个人不是我，是个别的什么人。

"一个人要死了，他会去做什么呢？对了，他可能要找家酒吧待上一夜吧，于是，我就去找家酒吧待上一夜；对了，他可能要去吃一顿鳗鱼寿司吧，于是，我就满大街地去找寿司店。学校也没去，工自然是不打了，成天在公寓里发呆，心里倒是安静得很。有时候我也禁不住纳闷：这就要去死了吗？

"我真的不怕死，说白了，就是没想过我的死。呵，死，原来就是这样。你不妨试着说'我要去死了',其实,和说'我要去上课了''我要去打工了'并没什么不同。不信你试着说说?看看我说得对不对。

"反正,每天早上,起床之后,我一边穿衬衣一边望着公寓外面的汽车和人流,是绝对不会有'这是我的最后一天'之类的念头的。只是有时候习惯性地穿上鞋要出门,转过来一想,才发现已经没有必要了。那么,干些什么好呢?自然是买酒回来喝,看书,听音乐,当然了,还得去割草。在东京都内要找到能给马吃的草真是不容易,每次都得坐机场班车去成田机场那边的农田。

"日子就这么过着,奇怪的是,隐隐之中我还觉得自己过得很快乐。一些将死之人理所当然要考虑的事情,比如谁来帮我收拾骨灰啊国内亲人的感受啊什么的,也会偶尔想一想,但想的时间总是很短,想得最多的倒是那匹马。我死了以后,它到哪儿去呢?所以迫不及待地想见你。

"然后,到了晚上九点,我就要打电话做爱了。这是每天都要做的事情,一天都没改过。"

"打电话做爱?"

"是啊,其实就是自慰。记得我刚才跟你说'也算是做过爱了'?说的就是这个。和我做爱的人是在电话里认识的,每天晚上我们都通电话,先聊天,聊'今天做了什么'之类的话题,然后各自自慰。其实我想和真的做爱也没有太大的不同吧,反正她说没有什么不同,一样能达到高潮,达到高潮的时候她也一样叫出来了。"

这时候,我的手持电话又响了,仍然是短信进来的信号,打开一看,屏幕上还是一排问号。我马上再打电话回去,电话却仍然无人接听。我低头看了看手表，时间已经临近十二点。说起来我和扣子不在一起已经多达几个小时，这还是好长时间来的第一次。无论如何，婚纱店里的她肯定已经心生了不快，拒绝接我的电话就是明证。

一种莫名的焦灼和不安纠缠住了我。其实，既不是因为阿不都西提，也不是因为扣子，只因为我自己。没错，是我自己。我坐在这里，我在焦灼和不安。

"想听听她的事情？"阿不都西提问我。

因为心里在想着事情，我还以为他说的"她"是扣子。不过我马上就明白过来，那个"她"是和他在电话里做爱的人。我对他点了点头。

"偶然碰见的，她把电话打错了，打到我这里来，不知怎么，就鬼使神差地聊起了天。她家住在冲绳，一个建筑公司董事长的太太，三十五岁。其实，我和她差一点就要见面了，不过，终于还是没见上。"

说到这里时他停了下来，因为我的手持电话又响了。自然还是一大排问号。隔了大半个东京城，我也能想象出此刻扣子的样子了。正在如此窘迫之际，阿不都西提笑着问我："管家婆在催你这个长工下地了？"

"是啊，没办法。"

"那么，我们先分手吧。对了，过阵子，新宿这边有个聚会，可能就在河马啤酒屋，能来吗？"

我略微迟疑了一下，对他点了点头："好，到时候我一定来。"

然后，我叫来侍者结账，又一起走出门去慢慢往车站走。说实话，这是我第一次遇见这样的时刻：我虽算不上伶牙俐齿，但也绝对不是笨嘴拙舌，现在我却必须承认自己的无能，搜肠刮肚之后，我也找不出一句话来说。

进了车站，在站台上等了大概两三分钟，我要坐的车来了。正要上车的时候，阿不都西提一把抓住我："那匹马，能给它找个去的地方？不是要找什么好地方，动物园啊有水源的小山坡啊什么样的都行。"

"好的。"我又一次答应了他。

"一定？"

"一定。"

"好，那我就放心了。"

他笑了起来，仍然是那张古波斯人的脸孔、白得闪亮的牙齿和不好意思的笑，不好意思之后，是单刀直入的好奇："晚上回去会做爱吗？我听说，有个口诀叫九浅一深？"

我还来不及回答他，车门就关上了。

下车之后，我跑了起来。一股看不见的力量使我发足狂奔，因为那股力量使我恐惧。它黑暗，深不见底，我不愿意被它的阴影遮盖，除了奔跑，别无他法。虽说是最后一班电车，候车大厅的人群依然不少。我在人群里跑着，手里一直想抓住一件什么东西，自然什么也抓不住。我知道大厅里的人都在奇怪地看着我，他们不知道我为何跑得如此之快，但我顾不上了，除了奔跑，还是奔跑。

跑出车站，跑下站前台阶，跑过一路上的大小店铺，终于跑上了表参道的过街天桥。当我在天桥上停下来，喘息着隐约看见婚纱店外面的霓虹招牌，全身顿觉松散，一下子趴在栏杆上大口大口喘起了长气。

我的身体到这时候才终于得以平静。

也就是说,我心里有主了。

但是,我却丝毫未曾想到,当我掏出钥匙开门,心里还在思虑着怎样渡过今天的难关,想着是不是再使出嬉皮笑脸这个制胜法宝的时候,却突然发现门根本就没有锁上。我吃了一惊,冲进店里按下日光灯的开关,映入我眼帘的却是一个赤身裸体着蜷缩在冰凉地面上的扣子,流着血的扣子。

我不知道发生了什么,但是,在最短暂的晕眩之后,扣子流着血的手臂使我狂奔上前,将她比地面更冰凉的身体紧紧搂在怀里。

一边抱着,我一边抓过她的手臂,在惨白色日光灯的照耀下,她的整整一条手臂,甚至她的通体上下,竟是比灯光都更加惨白的颜色。

还有更加致命的惊心一瞥:皮肤下的血管、无动于衷的表情和鲜血正在渗涌出来的那两道伤口。

我逼迫自己去看那两道伤口,内心的紧张超出了以往任何时候,好在我尚能看清楚那两道伤口虽然在手腕处,但还好不是在血管上。看清楚之后,我立刻感受到虚脱般的放松,简直找不到语言来形容。这一切,实际上都发生在极短的时间之内。我根本就来不及喘口气,先不由分说地将她抱到地铺上,给她盖上被子,只留那条流血的手臂在被子之外,然后,跑到店堂的柜台里,拉开抽屉,一顿乱翻,终于找到了一支止血膏和几片创可贴,便马不停蹄往博古架里的她跑过去。当我跑过店堂里地面上那小小的一汪血迹,我看见墙角里还有一把同样沾着血迹的裁纸刀。

我没去把它捡起来。顾不上了，我的恐惧已经到了极点。

是的，我想到了扣子可能会死，我想到了可能会只剩下我一人在婚纱店外的表参道，甚至是一生中所有的道路上走来走去了。

我害怕。给她止血的时候，我在害怕；给她包扎伤口的时候，我还是在害怕。

我一点都没去想这一切都是如何发生的，也忘了把扣子已经包扎好的手臂放回到被子里去，只是呆呆地看她失去了血色的脸、干裂而发黑的嘴唇、紧闭着的双眼上的睫毛，想不出一句话来对她说。

"那么也好，就在这里坐着吧。"我想，"这里，只是这里，既不往前想，脚步也不往后迈一步。仅仅就是这里，和一切可能的生活都没关系。"

虽然扣子一直闭着眼睛，但她在呼吸，甚至是很均匀地呼吸，被子正随着她的呼吸而轻轻起伏着，这样就够了。

够了。

我回到店堂里将灯拉灭，又转回来坐在地铺上，点起了一支烟，满屋的黑暗里只剩下烟头处的一丝荧红在闪着。当我吸一口的时候，荧红的光线里我能依稀看见扣子的脸。于是，我就一口接一口地猛吸不止，好像从即时起我们就将不能再见。完全没有意识地这样做，等到明白过来我在这么做的时候，一支烟已经吸完了，我便点上了第二支。

大街上仍然有不小的风不停吹拂，除去风声，再无别的动静。时间在一分一秒过去，慢慢地，就听到了淅沥雨声。我是莫名地喜欢着雨天的，想一想明天早晨推门后可能看见的潮湿的街道，心神这才开始清爽起来。此刻对我而言，这淅沥雨声的确有汤药般的功效，雨就像下在我的身体里。

"要喝水——"扣子终于喃喃说了一句话。

我如梦初醒地迅速答应着："哎哎，你等着。"三步两步，我跑向店堂里的饮水机，倒了半玻璃杯的水。跑回来后，我伸手去将她微微抱起来，将水送到她的嘴唇边。即使是在黑暗里，我倒是照样心细如发，一点儿错也没出。

喝完水，我把她重新放下。正把玻璃杯往博古架上放的时候，扣子轻声说："吓着你了吧？"

我的身体一阵战栗，是轻轻的但却激烈的战栗。一股看不见的冲动在体内冲撞不止，我的手，甚至我的身体，竟然激动得不知如何是好。终了，我也轻轻躺下，隔着被子把扣子抱在怀里，并不是紧紧地，我怕弄疼她的手臂。我的头埋伏在她的颈弯处，我的嘴唇也贴上了她胸口处冰冷的肌肤。她的手，伸出来轻轻梳理着我的头发。

够了，这就够了。

第二天早晨，当我醒来，扣子已经不见，但我知道不会再出什么事情，便放宽心洗漱。一切收拾好之后，打开店门，走到大街上一张望，正好看见从街口走来的望月先生。是啊，崭新的一天，的确是又开始了。

望月先生告诉我，他从街口过来的时候，正好看见扣子在过街天桥上，一脸快乐得不得了的样子，在天桥上往下吹气泡呢。听他一说，我也就更加放宽了心。其实，尽管来日本已经这么长时间，我并未习惯日本人见面便欠身鞠躬的习惯，但是，今天早晨，当婚纱店来第一批客人，我就快步走上前去，先是麻利地为他们开门，而后又对他们行了一个标准的日本式鞠躬礼。

"很高兴的样子嘛。"望月先生对我说。

我也对他呵呵一笑。店内的婚纱样品由他向客人介绍，我偷空推门出去，踮起脚往过街天桥方向看。雨仍然在下着，雾蒙蒙的湿气和雨丝让我什么也看不清楚。不过不要紧，知道她在天桥上就行了。

等客人少下来之后，我就跑到样品室里找出自己的一只箱子，在里面翻出几本旧书来读。像望月先生这样的性情之人，自然会像以往一样不会对我的此等行径有所责怪。送走两批客人之后，他还是按老规矩去了池袋的马场。只有当他出门的时候，我才会想一下："又有一天不到学校去了。"原本扣子和望月先生订好的让我每隔一天去一次学校的计划，由于我的率先不遵守，望月先生又可以每天都去池袋的马场了。

从旧书里挑出一本《阿弥陀佛经》之后，就很想读，忙不迭地退回到柜台里要坐下来，却突然想起了《蝴蝶夫人》。到现在一个字也没能写出来，真不知道下次筱常月再来电话的时候，我该如何作答。好在我一直就是这样的人，此刻就又一次像是在安慰一个不认识的人一般安慰自己说："管他的呢，总是有办法的吧。"

正读着《阿弥陀佛经》上这样一段描述西方极乐世界的话："极乐国土，七重栏楯，七重罗网，七重行树，皆是四宝周匝围绕，是故彼国名为极乐。又舍利弗，极乐国土，有七宝池，八功德水充满其中，池底纯以金沙铺地……"一抬头，看见了在街对面忙碌的扣子，白色短裙、绿格头巾，胸前贴着卡通画的手持电话，全身上下一如往常。虽然今天我们没有像平日里那样隔着一条街打个手势做个鬼脸，但是，互相都能看见对方。还有比这更让人有底气的事情吗？

于是，便接着往下读："上有楼阁，亦以金银、琉璃……而严饰之。池中莲花大如车轮，青色青光，黄色黄光，赤色赤光……金银六时，雨天曼陀罗华。"

不觉中就走了神，脑子里全是西方极乐世界的样子。只可惜，无论如何努力，面对一个从未踏足过的地方，仍然还是不能想清楚它的细枝末节。

中午的时候，扣子从咖啡店送来一份盒饭，只说了一声"吃完了把饭盒洗干净"，就要匆匆跑回去。

我叫住她问："没事了吗？"

说着，我便故意笑着去看她。要是在平常，我若是笑起来，她也十之八九会忍不住笑，今天却没有，只是盯着我看，还是只说了一句："别忘了把饭盒洗干净。"语声也有些沙哑。

下午三点刚过的样子，我的手持电话响了。是她发来的短信，只有三个字：对不起。

晚上，我们坐在表参道东端路口的花坛上，这里是露天咖啡座重新开业前我们一直摆地摊的地方。她又对我说了一声："对不起。"

此前，我们一起在一家小店里吃了一顿比萨，又回婚纱店里洗了澡。当然，我一直在寻找使她转颜为笑的话题，尽管一直没有如愿，但也明显可以看出她的心情好了不少。最明显的证据是在她洗澡的时候忘记穿拖鞋进盥洗间，在门里大声吩咐我："喂，拖鞋给我递进来！"不觉中，口气里又带上了几分凶巴巴的味道。

这才是真正的扣子嘛。

洗完澡，扣子把我们两个人换下的衣服洗完，在屋子里收拾了一通之后，才对我说："出去走走？"

我欣然同意，两人便锁好店门后沿着表参道自西向东闲散地走着，不一时来到了过街天桥下面。她找了个地方坐下，我去找了个自动售货机，买来啤酒和七星烟。我拉掉啤酒罐上的易拉扣，为她将啤酒奉上；还有烟，看她叼在嘴巴上，我就把打火机凑过去。她也没说话，看着某个地方，吐出几个烟圈。夜空里的一缕轻烟在她头顶上袅袅升起，又终至消散。

"想听听我以前的事？"她问。

"想啊。"我点了点头。点头之前，又有一瞬间的迟疑。

可是，她还是不说了，猛吸了两口烟，仍然没有下定决心："算了吧，以后再说。和你说说昨天晚上的事情？"

"也好。"

"其实，你也没做错什么，我并没有对你生气。真的，到现在也没有。我本来想算了，不对你解释什么，可这样毕竟对你不公平。两个人在一起，有什么事情还是要说明白，对吧？别人是什么样的我管不了，但是我们在一起的时候，我还是希望我们能彻底地明白对方，能答应吗？"

"能答应。"

"有一天，你要是不喜欢我了，也要说出来。"

"……好。"

"……也用不着说什么假话，我是真正地在喜欢你，爱你，希望和你找个没人的地方生活，哪怕寸草不生的地方。也许就是因为这个吧，我肯定是有事情瞒住了你。也不叫瞒，是现在还不想跟你说。不过，现在既然决定什么事情都向你坦白，就一定会对你讲的。即使不是现在，时间也不会太长。

"原本昨天晚上也没什么的，你不在，我还正好可以试试一个人是什么感觉,真的。从咖啡馆下班之后,跑回来的路上我还是这样想的。

"可是,当我洗完澡,把灯拉灭了,在被子里躺下来,突然,害怕——那种感觉,是一下子就来了。我满脑子只在想着一件事情,那就是这里只剩下我一个人了。

"并不只是说昨天晚上,而是说一辈子。只有我一个人,走到哪里都是。"

她说完了,也喝完了手里的酒。我没说话,只伸过手去搂住她的肩膀,她也温顺地靠在我怀里再也不动。而我该对她说些什么呢?我不知道。心里倒是有所想象:这辽阔的世界,果真没有一块寸草不生的地方让我和扣子住下来直至最后死去吗?哪怕遍体赤裸,哪怕食不果腹?想来也是没有的。《阿弥陀佛经》里的极乐世界,终于不过是虚妄中的虚妄,这样的道理似乎也不用别人来指点了。在春风沉醉的人看来,那极乐世界实际就是寄托我们肉身的凡尘:七重栏楯说的就是街道上的斑马线,七重罗网说的就是铺天盖地的霓虹,七重行树说的就是举目皆是的樱树和法国梧桐。我这样去想也不至于大错特错吧。

当然,在茫茫东京里,我和扣子也从来没有过春风沉醉,最多只是两颗流星般的浮生。

"又走神了?"她问。

"嗯。"

"想来想去,还是告诉你的好——越好的时候,我就想越坏。"

"什么?"

"有过这种感觉吗?就是,忍不住地想糟蹋自己。"

"没有啊,怎么?"

"我有。老实说吧,两分钟前我还想继续瞒下去的,但是我怕哪一天会控制不住自己,所以还是告诉你的好。不承认也没有办法。我做过应召女郎,也在无上装酒吧里做过招待,这些你也早就知道。我是配不上你,也不配任何一个人,更不配过现在的这种生活。差不多每天我都问自己一遍:老天爷对我是不是太好了?可能就是由于这个吧,昨天晚上我才拿刀割自己,并不是想死,就是想糟蹋自己,心里还想着就让一切都不可收拾才好。"

终了,十二点的样子,满天星斗,天地万物都被披上了一层湿漉漉的银白色光芒,扣子在我怀里问我:"能忘记昨天的事情,只当没发生过吗?"

"能。"我不假思索地回答她。

第八章　樱时

樱花，是可以吃的吗？这个问题从前从没想过，现在却不得不想——你看，在漫天飘散的樱花里，一个面容清癯身着和服的老人狂奔了出来，端着酒杯，穿着木屐，踉跄的步态和高唱着的谣曲只能证明他的确已经陷入了巨大的癫狂之中。我猜测，他其实是在跳一种久已失传的日本民间舞蹈，步态虽然踉跄，但一次也没摔倒在草地上。宽大的和服袖口里鼓满了风，当他在一棵樱树下站定，两只手高高举起，眼神里满是痴醉。我也不禁为眼前这前所未见的景象痴醉了。

他的全身满是花瓣，但他不管不顾，突然跪下，高举着的两手合为一处。酒杯就在两只手的中间，等一两片花瓣落入酒杯之中，他才将酒杯，还有酒杯里的樱花，凑到红润的嘴唇边，仰起头一干而尽。

这就是美，美得让我一阵哆嗦。

樱花，原来也是可以吃的。

这是日本春天里所谓"黄金周"的第一天。一大早，按照望月先生几天之前嘱咐过的，我们将店门关上，带上昨天晚上就已经准备好的食物：寿司、可乐饼和啤酒，径直坐上了去上野公园的电车。一路上，满眼皆是将上野公园作为目的地的人，正可谓"出门俱是看花人"。当我们乘坐的电车驶过几面高悬于摩天大楼的电视墙,偶然看一眼,电视屏幕上也尽是关于赏樱活动的最新消息。在举国皆醉的迷狂气氛里,就连电视里的樱花评论员,也竟至激动得语无伦次了。

车厢里的我和扣子倒是被满目和服吸引了过去,心里当然也充盈着一股说不出的喜悦。但这毕竟不是我们从小就习惯了的节日,而且,对扣子来说,眼前所见并不陌生,她年年都能见到,所以,她的视线已经完全被一个身着红色和服的小女孩牢牢吸引了过去。小女孩调皮地对她做着鬼脸,她也同样还以鬼脸。

到了上野公园门口,我们好不容易才从潮水般的人群里找到一条缝钻进去,又好不容易找到一块没有被占领的草坡。坐下来的时候,扣子突然说了一句:"只怕我们两个是全东京穿得最寒酸的人吧?"

这个倒是自然的。除去穿和服的人,别的人今天穿衣服时只怕也比平日里讲究了不少。我们倒还是老样子,都穿着一条洗得发了白的牛仔裤而已。只是在此时,我才想起来,除了几件二手衣,我和扣子从认识以来的确没买什么衣服。

"不过,不知道怎么回事,反而觉得很踏实。"她又说了一句。

"我倒知道是怎么回事。"我说。

"怎么回事?"

"因为你已经对我死心塌地了呗。像古戏里贫贱夫妻们对唱的那样:'吃糠不觉半分苦,盼的是前程甜如蜜。'呵呵,还有陕北民歌:'叫一声哥哥我就跟你走,一走就走到了山圪旯口。'你就认命了吧!"

我大笑着喝了一大口啤酒,仰面在草地上躺下。即便闭着眼睛,阳光也晒得人眼前发黑。不过,全身上下满是难以言传的轻松。自从来到日本，如此透彻的轻松感似乎还未曾有过。

不断有花瓣落到我脸上。那么，落就落吧，我也没有花粉症，花瓣将我全身上下都盖住才好呢。

我这个人，遇到一件事情，总希望盘根问底地弄清楚，所以，在国内的时候，别人常常为我动辄就去翻报纸查词典而奇怪，眼前这小小的但却释放出巨大魔力，以至于将所有人都扯入疯狂之中的樱花自然也不例外。连日来的报纸上都在连篇累牍地报道和樱花有关的一切蛛丝马迹，我自然所知不少。闲来无事，阳光又如此之好，正好可以向扣子卖弄一二："知道日本人赏樱花是从什么时候开始的吗？"

"不知道。"

"且听我与你细说端详。说来话长，那是日本历庆长三年，也就是一五九八年的事情了，丰臣秀吉在京都醍醐寺举办了日本历史上的第一次赏花会，史称'醍醐花见'，盛况空前，也极尽奢靡。从此后，日语里就多出了一个词，'花见'，说的就是赏樱花，甚至春天也被称为'樱时'了。怎么样，知道得不少吧？"

"我倒真是奇了怪了，你一天到晚在婚纱店里坐着，到底从哪儿知道的这些鬼东西？"

"哈哈，谁让我脑子聪明呢——"我正要哈哈笑着灌下一口啤酒，一睁眼，恰好一阵大风袭来，纷飞的花瓣在风里也不知身在何处，更不知身往何处，又像是置身于茫茫大海上湍急的旋涡之中，被挤作一处之后，反而像山巅奔流而下的瀑布般迸裂。一幕奇异的景观在我眼前出现了：每一棵树上的樱花凋落后还来不及分散，又组成了一面樱花瀑布，也可以说是一扇樱花屏风。它们漫卷着，好似不忍分手的离人，但你又分明可以感受出它的快乐。

的确如此，有时候，灰飞烟灭也是件快乐的事情。

我想，这大概就是报纸上曾经提起过的"花吹雪"了。

可是，在漫天的"花吹雪"中，要命地，一阵巨大的虚无感突然而来，让我心情一下子低沉下去。刚才还在哈哈大笑着，却马上就紧闭了嘴巴，灌下一口啤酒之后，又去灌第二口。

到底是什么在纠缠我？

我紧张地思虑再三也找不出到底是什么让我突然心生不安。不过，有的是时间，我就再好好想吧。

终于被我想清楚了，是的，错不了，是一股深不见底的恐惧：我站在这里，却永远走不到那里。就好比我想写作，却也只是想一想；我想看清楚我的未来，但注定了徒劳无益，因为我甚至比任何人都懒得看见我的未来。由此，从这里到那里，便满是虚无。虚无加深，渐成恐惧。

我比任何人都清楚，虚无将和我如影随形，但是，为了证明自己还活着，脑子也没失去意识，总是要继续思虑下去。想一想，这个世界上像我这样的懵懂之人肯定也为数不少：活在此刻，却在费心寻找活在此刻的证据。

其实，我也知道，我是想找到我和扣子两个人在一起的证据。

是啊，在一起！

我喜欢烟花，也喜欢樱花，还喜欢下雨，都是不自禁地喜欢。但是，此刻我却在不觉中为自己喜欢它们而害怕，因为我突然发现自己喜欢的这三样东西都是无缘而生，又凭空消失。突至，但却一闪即逝。

我无法不感到害怕，因为我还有第四样喜欢的东西：扣子。

扣子也会一闪即逝吗？

我不得不走神，逼迫自己轻松，也逼迫自己的脑子里再生出一些不相干的画面，结果却无法奏效，屡试不爽的方法宣告失败：我想起了满天的花火，眼前却总是最后一朵；也想起了雨珠，却毫无滂沱之气，只是滂沱大雨之前或之后的几滴，静悄悄落在屋檐上，不着一丝声响。其实，思来想去都还是一个问题：扣子，她也会一闪即逝吗？

在我们身边，不断有人来来往往，我没有管，我躺到了扣子的双膝之上，脑袋紧贴着她的乳房，一股熟悉的体香扑面而来。而我仍觉不够，伸出手去，掀开她的衣服，将手指伸到她的肚脐处，一个劲地朝里揿下去，像我每晚临睡前所做的那样。

想来也和找到熟悉的乳头才能入睡的婴儿差不多，每天晚上，我只有将右手的食指揿进扣子的肚脐里去才能放心闭上眼睛，并不需要每晚都做爱。在不做爱的时候，甚至只要两人并排躺在一起的时候，即使她穿着衣服，我也总是下意识地寻找着她的肚脐，实在没办法。

"怎么了？"扣子问我，两只手轻轻地抚摸着我的脸和头发。

我没回答她，更紧一些将她的身体环绕在我手臂里。

"喂。"她又叫我。

"嗯？"

"给我讲个故事吧。讲故事，不讲那些乱七八糟的。"

扣子口中的乱七八糟，显然就是此前我的卖弄了，我便对她说："给你讲个日本的故事吧，是谷崎润一郎的小说，叫《春琴抄》。"

"好啊。"

"一个叫春琴的年轻女孩，她有一个同样年轻的管家。管家爱上了她,她却是一个脾气过分刁蛮的女孩。当然,她的刁蛮也是有原因的——"

讲到这里我停了下来,我想到了这个故事的结局:为了和失明的春琴过同一种生活,年轻的管家弄瞎了自己的双眼。依我对扣子的了解,这个故事她肯定会喜欢。这个故事里尽是她喜欢的那些细节。也正因为如此,我才决定还是不再往下讲。迟疑了一阵子之后,对她说:"要不,给你讲讲《蝴蝶夫人》吧,反正都是发生在日本,《春琴抄》我一下子记不起来了。"

扣子当然不相信,她对我的记忆力有足够的了解,狐疑地看了我一会儿,先说了一声"不可能吧",转而又说,"好吧好吧"。

"在长崎,有个名叫巧巧桑的艺妓,因为她的可爱,人们叫她蝴蝶。经过媒人的介绍,她嫁给了驻扎在长崎的美国炮舰上的海军上尉平克尔顿。这件事情并不顺利,她要背离自己的宗教,甚至在后来的婚礼上,她做和尚的伯父也当众指责她背叛了自己的祖先,并且诅咒她,希望恶魔将她带走。

"在婚礼上,蝴蝶的女友们向她表示祝贺,称她为蝴蝶夫人。蝴蝶孩子气地伸出一根手指对她们说,不对,我是平克尔顿夫人。

"好景总是不长,婚后不久,平克尔顿回到了美国。在他离开后不久,蝴蝶生下了她和平克尔顿的孩子,从此相依为命。当然,和他们相依为命的还有贫穷。尽管如此,蝴蝶还是拒绝了媒人的第二次介绍——同样一个媒人,此时正打算将她介绍给当地的有钱人山鸟公爵——每天抱着孩子到港口上去对着大海发呆。时间一天天过去了,她始终都没有看见平克尔顿服役的那艘炮舰出现在大海上。

"和所有的故事一样,平克尔顿总算回来了,但是,是带着他的美国太太回来的。这样，故事就只剩下了一种结局：蝴蝶夫人并没有走出房子去见他，而是安顿好孩子后走进了屏风后面，手里拿着一把匕首——"

"怎么了，往下讲啊。"

我这时才发现，无论我多么刻意去避开扣子喜欢的那些细节，终了还是无法避开，甚至，《蝴蝶夫人》的结局比《春琴抄》的结局更为惨烈。但事已至此，我也不知如何是好了，干脆硬着头皮讲下去："她最后抱了抱孩子，把他放下，递给他一面美国国旗和一个洋娃娃，让他一个人玩了一阵之后，又把他的眼睛包扎了起来。然后，她拿起匕首，走到了屏风后面，等她从屏风后面出来的时候，已经是奄奄一息了。她还在微笑着，把孩子招呼过来，抱起了他，然后跌倒，死了。"

讲完了，扣子也听完了，她盯着眼前零落了一地的花瓣发呆。我还匍匐在她怀里，我右手的食指仍然揿在她的肚脐上。从远处的樱树林里飞出一群鸽子，在离我们不远的地方落下，扣子便心不在焉地不时丢出一些食物去给那些鸽子。不觉中，已经是下午时分了。

"这个女孩子倒是很可爱，蝴蝶。"

我就知道她会这么说。

"不过，我不会像她那样做。从前可能会，现在，应该是不会了。"

"哦，是吗？"

"我胡思乱想的，你可不准笑话我：终究还是活着的好。蝴蝶去死，是她把死当成解决问题的方法了，要是我，就不会。依我现在的想法，活着和死掉，可能就像这公园里的两块草坡，无非是从这里走到那里一趟罢了。没有什么比死更容易的事情了吧?一枚刀片,一辆公共汽车,都可以轻轻松松地让一个想死的人达到目的。这样看起来,活着其实就格外不容易了。本身倒没什么特别奇特的地方,对'怎样活着'这样的问题我也不留心。但是,假如你换个念头去想:活着就该是这样的啊,如果没有痕迹,那倒真的和死了差不多了。不过,说实话,这只是我现在的想法,以后会怎么想谁知道呢?

"这样的话,就是怎样活的问题了。我觉得和做运动差不多,嗯,其实就是做运动。至少要走动起来,走动。你知道我在说什么吧?既然选择活着,也就要在'活着'里走动起来,好像我们到上野来看樱花。

"还有,那天晚上,我用裁纸刀割了腕子,那真的不是我觉得身边的东西都不好了,或者你不再管我了,就只是害怕,怕自己站在了那里,是永远站住,再也走不动了。所有的东西都在往前走,只有我一个人停在那里,就是这种感觉。不过,现在不会了,不光要活着,还打算留点心活着,呵。"

"真的这样想的?"我从她怀里抬起头来问。

"真的。哎,过几天,我准备好好地再去摆地摊,多赚点钱,不像过去那样有一天没一天地去做,要做就天天做。怎么样?"

"当然好了,我们一起去。"几乎不等她说完,我便接口说道。

这样一来,心情实在是好得不能再好了。喝完所有带来的啤酒后,我又跑去买了几罐回来,同样一饮而尽。从樱花的深处传来了松隆子的歌《终有一天走近樱雨下》,恰好和这阳光、樱花和草地融为了一体,轻松之余,就不能不感到幸福了。

一塌糊涂的幸福。

后来，在被松隆子的歌反衬出的巨大宁静中，我睡着了，做了很多梦。久未梦见的养父也与我再次见面，他正汗流浃背地从床底下爬出来：不过是普通的捉迷藏，却是小时候我最喜欢和他玩的游戏。他的确有让许多人难以理解的孩子气，已经近乎偏执了。比如我们捉迷藏，他可以悄无声息地在床底下埋伏一个下午，任凭我费尽心机地在房间里翻箱倒柜，他就是不出声。是啊，这就是真正的孩子气了。

真是悠长的一日。等我醒过来，天才刚刚黑定。我惊异地发现，满目里都是灯笼：树梢上挂着灯笼，悠闲散步的人手里也提着灯笼，还有更多提着灯笼的人正从公园的入口处走进来。和白天里相比，公园里虽说安静了不少，但人反而更多了。

扣子知道我醒了，对我说："我说还是活着的好吧？你看樱花，从树上落到草地上也就是一刹那。它越是谢了，越是不存在，反而越让人觉得惊心动魄。天堂里只怕也看不到吧。"她把头俯下来抵着我的头，"对了，惊心动魄，用在这里没用错吧，小笨蛋？"

"没有没有，您聪明着呢。"

"哟，骂我还是夸我呀？"

我又忘记了回答她的话，脑子里不自禁想起了一段佛教典故。禅宗六祖慧能避祸蛰居岭南之时，途经一家寺院，碰见了两个正在为一面被风吹动的经幡而争吵的僧人，一个说："是风在动。"一个却说："是幡在动。"慧能说："既不是风动，也不是幡动，而是心在动。"

是啊，心动了。

晴朗的一天，也是"黄金周"的最后一天。真是要感谢望月先生，在日本人里，他的慷慨绝对是少有的——他甚至一再打电话来告诉我，"黄金周"不结束就不必开门营业。我想，他的慷慨主要是个性的关系吧。他年轻时本来就是个放浪不羁的摄影家，只是，他的气度在今天的日本人中的确很难找到了。和我相比，扣子就没有这么好的运气。露天咖啡座老板一大早就来过电话，客气地宣布假期已经结束，接完电话，扣子还赖在我身边不肯起床，口口声声大叫着"死啦死啦的"。我还以为她说的是露天咖啡座老板，其实不是，在被子里，她用食指顶在我的两腿之间："由于你经常不用上班，长期好逸恶劳，已经成为社会的寄生虫。现在，我代表人民对你实施阉割手术，送你到宫里去当太监。"

"什么乱七八糟的啊。"我哈哈大笑着把她压在身下，又将她的乳房握在手中，亲она。惺忪之中，她的嘴唇和身体渐成温润，终致潮湿，而我则同样不能自制，比以往任何时候都更加坚硬。在我就要进入的时候，她却一翻身坐在我的身体上，呻吟声转为了命令："你别动，让我来。"

之后，我被她的身体包裹了，我被她的身体操纵了，我成了她的俘虏，天知道我有多么喜欢成为她的俘虏。但是，俘虏我的人却哀求我说："干脆让我死了吧。"我的身体一阵战栗，一股股冷冰冰又是热乎乎的东西从脚趾甲上升起，像电流一般卷过我的每一寸皮肤和每一处器官。我成了动画片里的变形超人，战栗着重新把她压在身下，一次次地进入她，又一次次地对她说："我让你死，我让我们一起死！"

足有一个小时，我们终于大汗淋漓地结束，扣子却还赖在床上，非要我给她穿衣服才肯起来。没办法，我只好遵命，给她穿上内衣和贴身毛衫，吩咐她自己穿外套，我则去烧开水、冲牛奶，再在她的牙刷上挤好牙膏。一切收拾妥当，她也穿好衣服收拾好了地铺，急匆匆地刷牙洗脸，急匆匆地喝完牛奶，拉开婚纱店的门飞奔而出。恰好是咖啡座开始营业的时间。当她拉开门，阳光和一股青葱的气息扑面而来，我打量表参道一路的围墙上爬满的爬山虎，说不出的喜悦都快把我全身上下涨满了。

如此晴朗的一天，干些什么好呢？只用了几秒钟我就有了主意：干脆去寻一处人迹罕至的地方，看看能不能写出一个字，顺便也好带几本旧书去读。于是，我带上纸笔、《蝴蝶夫人》剧本、从箱子里找出的一本《古兰经》和手持电话，站在门口给扣子打了个电话，说明了行踪。扣子在电话里说："让一切资产阶级都早日灭亡吧，我来开枪为你送行。"我笑着挂上电话，正要关门的时候，却见地上有一只信封，已经被没注意的行人踩过。我捡起来一看，竟然是写给我的，字迹却从不认识，再说又是日语，只认得"品川"字样。我收起来夹在《古兰经》里，打算等找到此行的目的地后再打开来读。

在辽阔的东京，又是在原宿一带，找到一块人迹罕至的地方实在不容易。好在我有的是时间，就一路往前闲逛。在神宫桥上，正好遇见有人拍电影，桥上被围得水泄不通，花了大约二十分钟才下了桥。往西去，走完竹下大道，拐上城下町小路，行人逐渐少了，两边的榉树林郁郁葱葱，掩映其中的三两间房舍就显得格外宁静。我向小路西边的榉树林深处走去，一直走到尽头，又是一条更小的路从草丛中隐现出来，才走了一半，眼前就出现了一座神社，名为"鸟瞰神社"。小小的一座四合院，院子里的几株樱树高过了屋顶，所以，屋顶上落花缤纷，还有樱花正绵延落下。毫无疑问，这里就应该是人迹罕至之处了。

真是值得纪念的一天：我对《蝴蝶夫人》的改编不光顺利地开了头，而且，这个头还开得相当不错。进了神社，果真如我预料的一样空无一人。院子里是一地的落花，踏上去后简直像踩在樱花织就的棉絮上。我走到一丛楠竹边的长条椅前，坐下来，拿出《蝴蝶夫人》来翻翻，翻了一会儿，就干脆躺下来了，像是回到了自己家里一样放松。我没关心这家神社供奉的哪位菩萨，只在关心那个长崎艺妓巧巧桑，心里一动："行了，我好像可以开始写了。"于是就从长条椅上一跃而起，拿《古兰经》当凳子，再拿长条椅当桌子，顷刻间写出了第一句，是《满江红》词牌：

今古情场，问谁个真心到底？但果有精诚不散，终结连理。万里何愁南共北，两心哪论生和死！

其实，这一句并不是我自己想出来的，而是昆曲《长生殿》里的开头，被我借用在这里倒也正好。有了这一句，我就有信心接连写出余下的千万句了。事实上也和我想象的没有差别：尽管花落如雨，花瓣不断落到我的身上和稿纸上，但我管不上了，推开稿纸上的花瓣，我开始了信马由缰。

临近中午，我突然觉得有些饿了，这才满心欢喜地放下笔，按来时的路返回，在城下町小路上的一家小店里买了啤酒和草莓味的可乐饼，一路喝着啤酒再回到"鸟瞰神社"，继续开始。心情是好得不能再好，依我无耻的看法：写出来的句子也是好得不能再好了。

我一个人笑着给自己掌嘴。

直到下午三点钟的样子，我才停了笔，照样的满心欢喜，却多出了一丝隐忧：我希望明天也能像今天这样继续下去，可明天的事情又有谁知道会怎么样呢？我在四合院里散着步，正打算去神社正中的那间房子里去看看，也是凑巧，手持电话响了。我一看屏幕上的来电显示，竟然是筱常月打来的，就高兴地打开电话，劈头就对她说："我这里有特大喜讯啊。"

"啊，是吗？"她迟疑了一下，也高兴地问我，"是进展很顺利吗？"

"是啊，不是顺利——"我回答她，"是很顺利，呵呵。"

"那么，大概什么时候可以结束呢？"

"这个的确还说不好，现在看起来似乎用不了多长时间。"

"真是太好了，有空来趟北海道吗？也可以商量商量曲牌，我明天就给你把路费寄去，可以吗？"

"倒是用不着，我暂时并不缺钱。曲牌的事，的确要商量商量，我想办法最近去一趟北海道吧。不过，你用不着寄钱给我的。"

"那么，也好。"

我隐约听见话筒里传来一阵轰鸣声，去年的一幕——扣子在深夜的瀑布下面给我打电话——立刻被我回想起来，此时话筒里的轰鸣声和那天晚上的简直如出一辙。我不禁感到好奇，问她："你现在在哪里呢？听上去像是在瀑布下面？"

"在海边，吃过午饭后开车过来的。没记路，所以也不知道这里具体是什么地方了。"她停顿了一会儿，虽然在浅笑着，语声里却有说不出的寂寞，"反正都在日本，对吧？"

我忍不住去想象话筒那端的画面：风定然不小，海水在大风的裹挟下撞击着礁石，一浪散去，一浪复来；雾蒙蒙的海面上，孤零零的轮船和浅蓝色的海峡若隐若现，只有从雾气里翩飞而出的海鸥尚能清晰可见；一条干净而蜿蜒的海滨公路从群山之间伸展出来，一辆奔跑着的红色宝马渐渐放慢了速度，公路两边的景物在车窗上形成了清晰的倒影。车停稳后，筱常月推门出来，背靠在一块礁石上发呆。尽管穿着风衣，也围着围巾，寒冷仍然让她感到刺骨。海水撞击在礁石上溅起的浪花又溅到她的脸上，但她全都浑然不觉了。

说不出的冷清。

这就是我对她此刻所处情形的想象，我相信我的敏感不至于使我错得太远。她是一个有故事的人，一个有过去的人，我确信。她到底有怎么样的故事和过去，我不知道，但我知道她肯定是突然想起了一件事情，或者一个人。

"你肯定是想起了谁吧？"我问。

"……是，你怎么会知道呢？"她迟疑了一小会儿后才说话。

"可能是我也有过这样的体验吧。"我说，"有时候，一个人待着，想起了一个人，实在无法排解，又不便打电话给他，或者还有别的原因，反正就是不能和他有联系，就难免会打电话给别的人。说些什么倒无所谓，只要有人和你交流一下，心里就总会好过一些。"

"……是啊。"我竟能听出她语声里的哽咽，但她好像仍能强自镇定，继续对我说，"有件事，想问问你。"

"好啊，看看我知不知道标准答案。"

"北海道这一带有个风俗，两个人，比如一对夫妻吧，假如他们中有一个先死了，传说要在奈何桥上等七年。七年过了，另一个还没来的话，先死的人就只能做孤魂野鬼。"

"不会吧,只听说过结了婚的人有七年之痒,这个以前倒是从没听说过。要么,和北海道那边的什么民间传说有关吧?"

"具体我也不是特别清楚,只知道北海道这边有个'七年祭',是说两个人中先死的那个人死期满整七年的那天,没死的一方要找到一个有水的地方,不管是海水还是河水,站在岸边往对岸看,说是能看见已经死了的一方。要是运气好,能互相看见的话,死去的一方就可以在奈何桥上永远等下去。假如没能看见,他马上就会变成孤魂野鬼,两个人也永世不得相见。"

"这个我的确不知道。"

"没什么的,我就是想问问你,我们中国有这样的风俗吗?或者和这差不多的风俗?中国那么大,说不定有的地方也有吧。"

"没有,我敢肯定没有。"

"是吗……你能确认吗?"

"能确认。"

"……哦,那么,我可以放心了……"

"放心?"

"哦,没什么。对了,上次听你说将来要写小说?"

"是啊,经常这样想,尽管一篇都没写出来过,呵。"

"那么,到北海道来吧,也许我可以帮得上你,能给你讲个蛮长蛮长的故事。"

"好,我一定想办法去一趟。"

"带上你的女朋友一起来。那个有时候接电话的女孩子,一定是你的女朋友吧,从声音里就可以感觉得出来她很可爱。"

"是。"

"那么,我们下次再联系吧。"

"好，再见。"

这一次，在挂电话之前，我倒是迟疑了一阵子。我原本想问问她挂电话之后要去哪里，终于没有问。佛法有云："从来处来，往去处去。"一滴草叶上的露水，在看不见的时候来，又在看不见的时候去，简单的过程里也必然包含了复杂的机缘，但几乎无人会去问它的来历与去处，就像大海边的筱常月。一个有过去的人，那她就是从过去中来，无论她多么不愿意。她也似乎永远活在过去之中，甚至，过去将取代明天成为她的命运，尽管我并不知道她到底有一个怎么样的过去。

即使我的判断有错误，那么，另外一个判断我相信绝对不会错得太远：她是打冷清里来，又在往冷清里去。

我继续在长条椅上躺下来，点起一支烟，随手把刚才扔在地上当凳子用的《古兰经》拿起来读。这本《古兰经》是我连同几本佛经和一本《圣经》一起从国内带来的，从未取出来看过，已经有些发霉。不过我倒是不讨厌书的霉味，相反，有时候还觉得特别好闻。只是，因为是简精装本，看起来颇有不便，刚随便翻到这一段："主以黑夜为你们的衣服，以睡眠供你们安息，以白昼供你们苏醒。主在降恩惠之前，便使风先来报喜。"手一酸，书没拿住，掉在地上。与此同时，一只信封也从《古兰经》里掉出来，我这才想起，还有一封信没读。

于是就赶紧打开信封，里面只有薄薄的一页纸：

就这样冒昧打扰您，实属无奈，先来介绍一下我们吧：我们是安崎杏奈的父母，其实和您并不是陌生人了，但是还是要为可能会带给您的麻烦向您道歉。

杏奈的情况，实在让我们忧心，从印度回来一个月后，我们终于把她送进了府中女子精神病院。这样做也是没有办法之后的办法，即使在下笔给您写信的此刻，内心仍然觉得心疼不堪。

　　关于她的病因，其实我们做父母的也仅仅是一知半解。而她的近况却是糟得不能再糟，我们相信也不是三言两语就能解释得清楚的。除了日夜为她祈祷之外，便只能求助和她相识的朋友，看看能否有回转之机。这才写信给您，祈请您在闲下来的时候来家里和杏奈聊聊，或许能使她觉得好过一些。说来惭愧，我们做父母的也只能想出这个办法了。

　　现在，杏奈的作息时间是这样安排的：每周一我们把她送到府中女子精神病院，每周四再去接她回来。因此，假如您能抽出周末时间来家里做客的话，我们将不胜欢迎，也会感到荣幸。

　　最后，我们仍要向您道歉，给您写信的事，我们并未取得杏奈的同意。因为知道杏奈从印度给您带回了礼物，礼物上特别注明是送给您的，我们才特别去从她的通讯簿上找您的地址。请原谅我们的唐突，也请您帮助我们。

信写得并不长，但从看见"府中女子精神病院"几个字开始，我就被这几个字拉扯进了迷惑之中：杏奈到底出了什么事情，以至于非要送到精神病院里去不可？在我的印象里，杏奈是一个脸上总是有阳光和一丝浅浅羞涩的女孩子，而精神病院却总是和黑暗、潮湿、恐怖这些字眼联系在一起，两者之间的差异太大了。说实话，我真的不能相信杏奈的父母在信中所说的那些话，但是，这白纸黑字却不由得我不信。

震惊。难以用语言形容出的震惊。

我颓然叹了一声,把那页薄薄的白纸放回信封,想起一句话来,不过是一句非常普通的话:你左眼看到的世界绝非你右眼看到的世界。到底为什么会这样呢?也许,只有另外一句话能够提供出一个勉强的答案:鱼说,你看不见我的泪水,因为我的泪水在海水里;海水说,我看得见,因为你的泪水在我心里。

上次接到杏奈的信,我想起过大象和身材饱满的南亚少女,也想起过神秘而年轻的宗教领袖,还想起过比哈尔邦郊外龙舌兰农场里的一对恋人和一条爬上半空的橙色长蛇,现在我又想起了些什么呢:大象在丛林里穿行,等待它的却是精心掩饰好的陷阱;正在跳舞的少女突然被瘟疫传染,一曲过后,天旋地转;宗教领袖被女信徒的目光所吸引,心猿意马,苦修多年的道行危在旦夕;接吻的恋人不得不停止接吻,因为从棕榈树后面走来了女孩子的父亲,他已经将女儿许配给了别人;而那条空中的长蛇,不知何故,转瞬之间死去,吹奏竖笛的人顿时大惊失色。

全都是不祥之兆。

我的确是过分敏感之人,风吹便是草动,但我控制不住自己的念头。当我的念头滑向对精神病院的想象,脑子里刚刚出现高高的围墙和一个赤足奔跑的女子,我猛然一惊,胡乱收拾好所有的东西,跑出"鸟瞰神社",跑出榉树林,到处搜寻离我最近的车站——是啊,我的确想尽快见到杏奈。

我并没能见到杏奈。即便是一个星期后,机缘凑巧,我得以和扣子一起坐上去北海道的通宵火车,也还是没能见到杏奈。一个星期之中,我已经给杏奈的家中打了无数次电话,但是,一次也没人接听。我还径直去了三次她的家,门庭锁闭。我站在门外眺望自己进出过的院子,除了池塘里的睡莲已经死去,竹林和草地都披上了新绿。想起杏奈赤着双脚给我开门,又想起和杏奈一起喝着茶听德彪西,心情便暗淡下来,怅惘之感久久不能消退。

倒是扣子,见我终日拨电话,又没有人接听,不禁感到好奇。我也想起来还没和扣子说起过杏奈,就拿出杏奈父母写给我的信让她看,和她说起杏奈的样子。她也沉默了,突然扑倒在我怀里:"能保证像他们一样对我?"我一时还没明白她说的"他们"是谁,当然,一转念之间我就已经知道"他们"就是杏奈的父母,也不由心里一热,想去握她的手,却故意去训斥她:"我靠,这种问题你也问得出来!"

我也和扣子说起了筱常月,其实她们已经在电话里认识过了。当我说起和她一起去北海道,她却从不答应,只说"好啊,写小说的黄粱梦就要实现了"之类的话,我呵呵笑着也不知道回答她什么。但是,由于我一向的俯首听命,她要逮着一个教训我的机会并不容易,既然逮住了,就不会轻易放过我。她故意做出一副惊奇的样子来问我:"哦,您就是作家?"

"是啊,要不要我给你签个名啊?"我也故意问她。

"来来来。"她将身子凑到我跟前,"一定要签在胸口上,名人给崇拜者签名都是签在胸口上。"

我刚想顺势把她抱在怀里,却被她灵巧地挣脱了。我纠缠着她,去抱她,倒是抱住了,她却不说话。等我从自己怀里扶起她的脸,口里还在叫着:"小娘子,不要这么害羞嘛,让老爷我香一个。"细看时,她已经哭了。

我不知道到底是怎么回事,问过几次她也不肯说,就干脆不问,反正我总有办法去逗她开心。

我压根儿就没想到,就在临近我要出门去坐到北海道的通宵火车时,天已经快黑了,她气喘吁吁地从露天咖啡座里跑了回来,又不进门,站在门口问我:"去几天?"

"两天啊。"我答。

"那还等什么?快走啊!"她不耐烦地朝大街上一努嘴巴,却忍不住扑哧一笑,语气顿时柔和下来,"我已经请好假了。"

事情是这样的:我虽然打算去一趟北海道,却没想到这么快就去。有一天在婚纱店里和望月先生聊天,说起想去一趟北海道,没想到望月先生一口应允,只说由他来照顾婚纱店即可,条件是我需去一趟他的一个老朋友家。这个老朋友也是摄影家,已经过世了,但过世之前就留下话来,将自己的几幅得意之作送给他,只是由于担心邮寄的时候难免会磨损,这几幅作品就还一直留在老朋友家里。假如我顺路带回东京,也算了却了他的一桩心愿。望月先生甚至希望我去得越早越好,但是我实在担心扣子,想着她和我一起去才好,反倒犹豫起来。终了,由于我改编《蝴蝶夫人》一路顺畅,和筱常月见一次面就更加显得有必要了。我在遮遮掩掩地劝说了扣子许多次最终无果的情况下,终于决定还是要去一趟北海道。

话虽这么说,内心还是觉得自己像个正在逃亡的杀人犯一样见不得人,只要扣子一看我,我的心里就慌了,底气就不足了。我怀疑我一辈子都不会有底气充足的那一天了。

现在好了,我们一起从表参道出来,坐电车到东京火车站,我去买票,扣子去买矿泉水和零食。等我买完票,售票亭里响起了松隆子的《在樱雨里无负荷》。"又是松隆子,又是和樱花有关的歌。"我想着,浑身却是说不出的清爽,就对自己嘀咕着说:"哈哈,我在火车站也一样无负荷啊。"正嘀咕着,杏奈那一脸阳光的样子浮现在眼前,就再拿出手持电话来往她家里打。和此前几天一样,照样无人接听,嘟嘟的声音响到最后一声,我才怅然收起了电话。

火车驶出东京市区之后,窗外明亮的灯火逐渐被黑暗的四野所替代,车厢里都是为追踪"樱前线"而前去北海道的人。樱花开放的季节,痴迷于樱花的日本人沿着樱花开放的路线从东京前往北海道,这就是所谓的"樱前线"了。我喜欢此刻所处的情境:众声喧嚷,独剩下我和扣子缩在不为人注意的角落,嚼着口香糖和火车一起别过那些被火车抛下的城镇和原野。"真好啊。"扣子舒服地在我怀里伸了个懒腰,突然问我,"哎,真的,你有一天会成名人吗?"

"什么?"我一时还没反应过来。

"就是那种成天被记者追着恨不得要躲起来的人,一开口就喊'做人难,做名人更难,做名女人更是难上加难'之类的话。"

"你的描述倒是很有意思嘛。"

"从前,还没来日本的时候,曾经和一个名演员一起演出过,刚才这句话就是她说的。"

"演出?哈哈,狐狸尾巴被我抓住了吧,你没出国的时候到底在干什么啊?"其实我听阿不都西提说过,她没来日本前是在马戏团。

"以后再说吧。"她愣了愣,回答我。

那么,我就只好回答她刚才的问题:"应该是没可能的吧。这里可是日本啊，再说，我靠什么成为名人呢？"

"你不是要写小说吗？"

"写小说就能成名人啊？呵呵，许多人写了一辈子都默默无闻，况且我还在日本呢，哪有那么容易？我呀，一辈子就只打算和你躲在角落里过小日子了。"

"我不信。"她突然从我怀里挣脱，盯着我看，"我知道，有一天，你是会回去的。而且我敢担保，假如你好好写小说的话，成名人是早晚的事。"

"好好好。"我苦笑着去再把她拉到怀里来，"回去也是夫妻双双把家还。成名人岂不更好？那样我们就可以灯红酒绿纸醉金迷了啊。"

她不再答我的话，全身冰凉：每到她心情不好，她的身体就随之冷淡下来，我甚至可以抚摸出她的全身凉意。在沉默中，我可以感觉出我们之间有一种东西在运转，我莫名地恐惧着这个我看不见的东西。两个人，他们吵闹，他们和好，全都在两个人之间发生和停止，他们控制着频率和速度。但是，假如平地一股狂风，先将两人席卷，又将两人送到不通音讯的地方，脚被杂物缠住，眼被黄沙迷住，即便近在咫尺，变故也不会放过两个人。我和扣子之间，那个我看不见的东西，就是不由自己控制的平地狂风吗？

我不敢想，这或许就是懦弱，这懦弱一次次驱使我跳过可能产生的阴影去逗她开心。这一次，自然也不会例外。反正我总有办法让她高兴起来。

火车在一个小站上停下来的时候，我们正在两节车厢的过道处抽烟。既没有人上车也没有人下车，站台上也空无一人。信号灯发出的雪白光芒里,一只被这光芒照花了眼的鸟终于迷途知返,冲破光芒后跌跌撞撞地飞到了候车厅屋顶上竖立着的一面可口可乐广告牌上歇脚。我的注意力被这只鸟吸引走的时候,扣子突然笑着问:"你说,我敢不敢跳下去,再也不上来,就让你一个人去北海道?"

"敢——"我不假思索地回答她,就在这时候,我看到站台上的一角里列车员正在挥动手里的绿旗放行,车门行将关上,就故意改口说,"敢吗?我说你不敢。呵呵。"

话未落音,我已经感到后悔,但全然来不及,她就像一阵风,我刚听到声响,根本来不及伸手去阻止,她已经跳下去,哈哈大笑着对我做"V"字手势。几乎与此同时,车门关上,火车在轻微而短暂的颤动之后,犹如离弦之箭般往黑夜里狂奔而去。

一切都在转瞬之间,我甚至来不及叫喊一声。

我打开窗子,把头探出窗外,她还在笑着朝我招手。那个刚刚举起绿旗放行的列车员也不知道发生了什么事情,只在呆呆地看着她。仅仅十几秒钟,火车进了一个过山隧道,我再也看不见她了。

这时候,我想起身上还有手持电话,就跑回座位上的包里去取,取出来后,又照样跑到过道里来给她打。通了,但她却没有接。我当然不肯死心,就一直拨过去。但是,她就是不接,不知响过多少声后,我才收起电话,手足无措地从口袋里掏出烟来。点烟的时候,我发现自己的手在发抖。

我一再提醒自己镇定,可是没有用,我不能控制自己的头不往窗外伸出去,尽管除去道路两边的灌木丛外一无所见;我明明点着烟,却又神经质般在口袋里掏来掏去。我真的恐惧极了。

只有我自己知道，假如没有扣子，这日子我就过不下去。

我一口一口地抽着烟，竭力让自己平静，也回想起刚才在车厢里的谈话。我知道，一定是我说错了哪句话，让她觉得害怕了。她就像长在我的身上，我和熟悉自己一样熟悉她。要命地，我又想起了那个和阿不都西提在新宿喝啤酒的晚上，可是别无他法，只有一遍遍地拨她的电话而已。

在我最绝望的时候，电话通了，她哇哇哭着说："对不起，我错了。"

够了，听到她的声音就够了。

我从来就不曾埋怨过她，即使在刚才我最绝望的时候。我想起有一次我和她去涩谷逛街，她要给我们每人买一件护身符，理由是这样才能罩住我们脸上那颗滴泪痣的晦气。我向来百依百顺，那一次却没有听从她的安排，想出一个理由来搪塞了过去，她居然也没发作。现在想来，无非是因为我们在下意识里都已经觉得无此必要，我们就是各自的护身符。就像我离不开她，完全是我自己的需要，和她甚至没有关系。

"公孙大娘你知道吧？"我知道怎样来使她平静下来，马不停蹄地开玩笑，"唐朝的舞剑高人，你已经赶上她的功夫了。只恨我不是杨六郎，要不，你绝对可以做从夫上阵的穆桂英了。"

她扑哧一笑，却又哭得更厉害了："你是不是讨厌我了？"

"没有没有，小的哪敢呢？能被您呼来唤去是我的福气啊。"这时候，我听到话筒里传来的声音有些异样，似乎是风声，就只手拿着电话一只手去关窗户。窗户关上以后，话筒里的风声还是没有消失，就赶紧问她："你现在在哪里？"

"不说，你猜！"

"还在站台上？要是还在的话，我以你男人的身份命令你，赶快去买最快一班回东京的票。"

其实，我也下了决心，到了下一站我就换车回扣子跳下的那座站台。既然已经通上了电话，我现在满脑子想的就是尽快地回东京，回到表参道婚纱店的地铺上去。

"切，想得美，想抛下我当陈世美啊，休想！"停了一停，她终于揭开谜底，"算了算了，不吓唬你了，我已经快到你前面了，下一站我就上车，我们胜利会师。"

我不禁目瞪口呆，连连直问："不可能吧？"电话突然断了，我打过去，已经关上了。隔了一会儿扣子又打过来，刚刚说了声"电话没电了"，就没了声音。

半个小时之后，在下一个站台上，我看见了扣子。列车徐徐进站的时候，当我看见站台上被风吹得直跺脚的扣子，鼻子竟是一酸。可是，车门一开，我们看着对方，又忍不住笑了起来。她站在站台上不动，横眉冷对："抱我上去！"

"遵命遵命。"我忙不迭地扔掉烟头，跳下站台，故意说，"我老了，抱不动了，背上去可以吧？"

回答只有斩钉截铁的两个字："不行。"

那就抱上去吧。

刚刚把她抱上去，车厢里的灯灭了。灭就灭了吧，反正我们也都不需要了。我要的东西已经抱在怀里了，多余一件东西也不做虚妄之求。古文里说得好，"我心足矣，我心安矣"。可是，我真的心安了吗？我知道，没有。我终于没有忍住好奇之心，去问她到底哪里来的这么大的本事，能在如此短的时间里赶到站台上和我相逢一笑。她不回答，却哭着问我："就算是真有机会当名人,也不要当好不好?"

我这才明白这突然的变故到底是从何而生,但是我能对她说些什么呢?什么也不用说了,我把她抱在怀里,说不出话来,只感觉一股热流在我体内四处游弋,直至冲撞。我的四肢,我的各处器官,甚至我的头发,在热流的冲撞下竟然战栗了起来。我怎么会这样呢?简直就像通了电一般。我想贴近她,双手伸进她的贴身毛衫紧紧握住了她的腰,仍觉不够,下意识地用嘴巴去咬她的耳垂,一直咬,直到她疼,身体一阵轻微地颤抖,我才如梦初醒地松开她的耳垂——我在爱,与此同时我在厌恨。

我厌恨我们各自的肉体,这多余出来的皮囊,使我们的鼻息不能相通,哪怕我和扣子永远在三步之内。

我想告诉她:我只想和她过小日子,点一大堆炉子,生一大堆孩子,其他种种,我一概不想要。至于我们谈笑的所谓名人,姑且不说与我无缘,即使活生生撞上,但凡和我的小日子有丝毫冲撞,我一定会拂袖而去。

这些,扣子不可能不知道。对,她是知道的,她对我早已经了如指掌,但她还是害怕。我知道,她害怕的其实不是我成为什么名人,而是害怕我和她之间新的可能。不管是好的可能还是坏的可能,她一概不想要。对于她来说,只有眼前的东西是最能把握的。其实,我又何尝不是如此呢?

旧话重提:只有我们共同使用一具身体,我们才不会担心下一分钟可能发生的事情。这大概是唯一的解决方法了。

只可惜,这个愿望,即使死去,化为尘埃和粉末,也还是无法办到。

"别怪我。"扣子哽咽着说,"真的是害怕。本来还在呵呵笑着，笑着笑着就觉得害怕了，怕得全身都像是缩到一起去了。"

我没出声，只去伸手抚摸她被风吹乱了的头发，眼睛盯着车厢里散发出微弱光影的壁灯发呆，听她继续说。车厢里追踪"樱前线"的人们已经结束狂灌烂饮，进入了沉沉的睡眠。车厢里只有一只啤酒罐随着车身的轻微颤动而晃来晃去。

"本来只是个玩笑，我也知道，谁知道你将来会不会成什么名人呢？按说想到这里就算了，可我就是忍不住，不光想了，而且还想得越来越疯，就像有一大帮人围着你，我却只能躲得远远的。

"真要命啊。那天晚上的感觉一下子就来了。说害怕也对，说绝望也没错，反正像是死了一样。老毛病就犯了，死命问自己：'蓝扣子，你配过这种生活吗？你配和他站在一起吗？'

"答案是不配。正好车停了，我就想从门口跳下去，离你远远的。问你的那句话——猜我敢不敢跳下去——也是突然想起来的，不管你说什么，我也一样会跳下去。

"其实，我一跳下去就后悔了。车一开动起来，我就知道自己该去干什么，撒腿就跑，跑出车站以后，就到处去找出租车。也不管身上的钱够不够付车费，反正只想着找辆出租车把我送到下一站去。也是凑巧，出租车没找到，倒是找到了个瞒着父母骑摩托车出来兜风的中学生，就把我送到这里来了。想一想，真像做了一场梦。"

我这才明白刚才她电话里的风声何以如此之大，也明白了她的头发何以如此之乱。明白了也没说话，继续去抚摸她的头发，盯着车厢里那只晃来晃去的啤酒罐发呆。良久之后，我点起一支烟，往窗外看：火车又刚好钻出一条漫长的隧道，一群被惊醒的鸟四散着和火车一起飞离栖息了大半夜的隧道，出了隧道，再飞上铁路两侧樱树的顶端，终于惊魂未定地开始了喘息。

我知道，这平常的所见里，隐藏着我们的爱和怕，还有永不复还的青春。

第九章　空无

我们过着多么过分的生活啊,在扣子看来,这简直就是奢靡了——一大早,筱常月在札幌车站的出站口接到了我和扣子,怀里还抱着一大束带着露水的波斯菊。我还正在惊诧波斯菊何以开得如此之早,筱常月已经说起了她安排好的计划:先去吃早餐,上午我们随意安排,看电影逛街打电玩都可以,只是北海道著名的花田还没到观赏的时间,实在是遗憾得很。连她怀里抱着的波斯菊,其实也是试验田的温室里摘来的。中午就去中华料理店里吃淮扬菜,吃完饭开车去被称为"日本最后秘境"的知床半岛。去的时候要多买些长脚蟹带上,天黑之后可以在沙滩上烤来吃。"尤其是你,可别忘了买啤酒呀。"她笑着对我说。说着,她突然停下来,对扣子说:"你真的好漂亮啊。"一边说一边把怀里的花递给她,又对我说,"你也真的很有福气。哎呀,今天真是高兴,真的,简直高兴得不知道该怎样才好了。"

扣子也一直在盯着她看。虽然没有说话,但我可以从她脸上的表情判断出来,她喜欢筱常月。果然,她展颜一笑,接过带着露水的波斯菊,对筱常月说:"我也没想到你这么漂亮,好像早就认识了,倒真是有点奇怪。"

"……是吗?"筱常月一边伸手去把扣子的头发从衣领里理出来,一边又像是不敢相信的样子问我,"你也是这么觉得的吗?"

"是啊。"我也是呵呵一笑。三个人,三颗滴泪痣。

于是,我们跟随筱常月出了车站,上了那辆我还依稀记得模样的红色宝马。车开得不紧不慢,依次驶过名为"APIA"的商场、大通公园散步道、中岛公园旁边的八窗庵。筱常月也不时对我们说点什么,比如她说所谓"APIA",其实就是"All""Pepel""Intimate""Attractive"四个英文单词的头一个字母的合写;还有,一年一度的"札幌雪节"的时候,大通公园散步道两旁的树上挂满了中国灯笼。大约一刻钟之后,红色宝马在 Enyama 动物园附近的一座三层北欧风格建筑前停下,这就是吃早餐的餐厅了。

直到我们上了三楼,在一个靠窗的地方坐下,Enyama 动物园里的水族馆、热带动物馆和绿油油的草坪被尽收眼底,我还是有种不真实之感。不是因为我和扣子寒酸的穿着看上去几乎和这家餐厅格格不入,相反,我倒是经常可以做到入乡随俗,只需点上一根烟就能使自己安之若素。我想了又想,终于发现不真实之感是从何而来了,是因为筱常月。她太高兴了,尽管还是像一朵冬天里的水仙,但是有阳光照着,水仙就开了。

当我和扣子低头去吃东西,她却不吃,只是欣喜地看着我们吃,一直到我们吃完。这时候我才觉得,她的欣喜加重了她的冷清。

吃完早餐,我们还有半天时间可以在札幌市区内任意闲逛,又有香车宝马,实在是惬意得有些过分了。筱常月告诉我们,我们的运气的确不错,正好碰上知床半岛今天下午二时整放开旅游路禁,这才有机会去见识一下"日本最后秘境"到底是何模样。不过,估计到时候不会太顺利,因为是开放旅游路禁第一天,游人自然会非常之多。那么,接下来,我们该去干点什么才好呢?

扣子提议去打电玩："好长时间没玩过了，一轻松下来，就特别想去找点刺激。对了，打完电玩再去看场恐怖电影就更好了。"我自然没什么意见，筱常月也不反对，她一边系好安全带一边对扣子说："无论玩什么，只管去玩，千万不要考虑我。能和你们在一起过几天，我就已经非常开心了。"

"那我可就不客气了哦？"扣子顿时露出了小孩子模样，脱掉鞋子跪在汽车后座上，又趴在筱常月的座位上，掏出三块口香糖，一块给我，一块留给她自己，再剥掉另外一块的糖纸，直接递到筱常月的嘴巴里。

"嗯，好吃，草莓味儿的吧。不过，既然到了北海道，就要吃吃这里的特产，薰衣草味儿的。不光是口香糖，还有冰淇淋啊巧克力啊饼干啊什么的，都是薰衣草味儿的。"筱常月一边轻悄地控制着方向盘一边说。

不过是一两句普通的对话，我却没来由地一阵感动。

结果，我们不光打了电玩，扣子尖叫着打穿了《三角洲特种部队》的最新一代，也如她所愿看了恐怖电影，是丹麦恐怖片《夜斑斓》，说的是一座乡村庄园的闹鬼事件，爱和恨、嫉妒和报复、原始的情欲和精美绝伦的自然风光是这部片子的主题。自然，我是最喜欢这种恐怖片的。看电影的时候，筱常月虽然和我们坐在同一排座位上，但是中间隔了好几个座位。她解释说："真不忍心和你们坐在一起，生怕破坏了你们。我就远远地坐着，看看电影再看看你们，就觉得很好了，真的很好。"

电影开始没多久，她就出去了，回来的时候，手里提着一个纸袋，依次掏出啤酒、炸薯条和爆米花，递给我们，又悄声说："你们先看着，我去给车加点油。"说完离去，快要走到影厅两边座位中间的走廊上时，又快乐地回头，"哎呀，感觉真的很好——你们的牛仔裤，洗得都发白了，感觉却是好得不得了啊。嗯，你们先看着，我走了。"话音落后，身影消逝在幽暗的光线里。有的人就是这样来去轻盈，感觉不到一丝声响。

扣子一只手拿着爆米花，一只手紧紧地攥住了我的手。

看完电影，我和扣子从电影院里走出来。阳光明亮得已经有些刺眼了，空气里弥散着海水味，还有浓重的花香。两种味道交织在一起，几欲使人觉得置身在拉丁美洲的某一片神秘丛林里。我们向着停在街对面一棵巨大的榉树下的红色宝马走过去，车门开着，却没看到筱常月。回头看时，筱常月正从超市里走出来，手里提着两个更大的纸袋。我和扣子跑过去帮忙，看见吃的喝的东西装了满满两大纸袋，扣子笑着问筱常月："呀，我们这样是不是太过分了？"

我早已经变成惊弓之鸟，一听见扣子说诸如"是不是太过分""我配不配"之类的话就觉得心惊肉跳，就赶紧说："不过分，一点儿都不过分。"

"为什么？"她问。

"你想啊，一个人的一辈子总得有这样几天吧。说是苟且偷生也好，说是醉生梦死也罢，反正总得有这么几天。那你就当现在就是我们非享受不可的那几天罢了。这么解释太君还满意吗？"

"不满意，简直是死啦死啦的！"她故意做出训斥我的架势，终于还是没能忍住扑哧一笑，"不过你说的也有道理，反正你说的总有道理。"

"当然，我是聪明人我怕谁？"

"得了吧，你根本就不是聪明，而是好逸恶劳，做梦都想骑在受苦人头上。要是在旧社会,像你这种人,早拉出去枪毙了。"

"无所谓,反正死不了,那时候你早就带上一彪人马落草为寇了,知道我要被枪毙,你还不像双枪老太婆一样来劫法场啊。这点自信心我还是有的。"

"别做梦了,我要像太君一样给你的头上补上两枪,嘴巴里还嘟囔着'就凭你也敢炸我的碉堡'。呵呵,好了好了,不说了,怎么说你的下场都是挨太君的枪子。"

"真的不救我?唉,你真是傻啊闺女,说了实话就不怕我抢先一步把你卖掉?"

"切——还不知道是谁卖谁呢。"

我们有一句没一句地拌着嘴,倒也觉得快活。说话间已经上了车,我坐在后排,扣子就坐在前排筱常月的旁边。她问筱常月:"你说这个乌鸦嘴烦不烦?一天到晚婆婆妈妈的。"筱常月也不说话,只浅笑着开车。车窗外的街道渐次繁华起来,此前一路上的西洋风格民居逐渐被密集的高楼大厦所取代,应该是到市中心来了。扣子轻松地打开了车厢里的音响,曼妙至极的爵士乐就响了起来。仿佛是被音乐声惊醒了,筱常月"哦"了一声后说:"呀,只顾着听你们斗嘴,听着听着就想到别的地方去了,也没问你们想去哪里,开着开着就开到这里来了。"

"找间CD店去逛逛如何?"车厢里的爵士乐提醒了我。

"好啊。"筱常月答应着,将车速放慢,往后倒车,"我知道一家店,只卖爵士乐和古典音乐。"

"如此简直甚好。"我喝了口啤酒笑着冲她点头。我的话才落音,扣子那边就发话了:"听听你说的话,'如此简直甚好',你倒是真敢说,还想当作家呢。"

"我这是在逗你玩呢,你快乐所以我快乐。"我也马上就接口说。

CD店的名字叫"收割十一月稻田",倒是别有味道。我只是一直在纳闷:北海道这边都是在十一月才去稻田里收割吗?看样子,筱常月是这里的常客,我们一进店里,老板就走过来热情地招呼我们。可是非常不凑巧,店堂里正在装修,除去他们的招牌商品爵士乐专辑摆在商品架上,其余的古典音乐暂时被收了起来。我其实无所谓,原本也只想来逛逛,反正不能像在东京时那样,将自己喜欢的东西藏在别人无法找到的地方,以备他日之需。于是,就在店堂里信步闲逛起来,筱常月则和扣子坐在店堂一角的高脚凳子上聊着什么。

结果倒被柜台上的一本爵士乐杂志吸引了过去,翻开一看,介绍的是两个女爵士乐歌手:Ella Fitzgrald 和 Bille Holiday。前者被称为"爵士乐第一夫人",假声无可替代,是各大奢华宴会的常客;而后者却并不流行,但是"假如给她一双翅膀,这位爵士的天使一定会离开这个世俗的凡尘"。看到这里,心里蓦然一动,想着这个 Bille Holiday 倒是和筱常月给人的感觉差不多。

正好听见扣子问筱常月:"……恐怖片,是不喜欢看啊还是害怕看?"

"还是害怕吧。"筱常月说,"总是做噩梦,又喜欢一个人开车出去,也不管是前半夜还是后半夜,只要想就忍不住,所以还是不看的好。"

只要想就忍不住——正好和扣子一样。她们两个人应该是有话可说的。

耳边回响着不知名的音乐,我叹息着打量满目因为装修店堂而蒙上了灰尘的CD，突然涌起一种奇怪的感觉：我，不见了。世界何其之大，操纵世界运转的魔力何其之大，我，还有如我般的众生，又是何其渺小，甚至大不过一粒尘埃，就像《旧约全书》的《约拿书》里说过的："我刚下到山根，地的门就将我永远关住。"可是，我们终不能在转瞬之间灰飞烟灭，还得活下来，折磨自己，并且互相折磨，生死轮换，世世轮换，如此而已，如此而不得已。

我，不见了。这奇怪的感觉可能是来自隐约从风声里传来的大海的涛声，压迫过来之后，再大的音乐声也掩饰不住它的存在；也可能来自CD店外的天空。那天空碧蓝如洗，威严地伸展开去，没有来路，也没有尽头，让人几乎要哭着叩首，五体投地地承认造物的神奇。我并没有深究，因为换作任何另外一个人去深究都一样没有答案。

佛家说："空空如也。"说的就是如我此刻般的情境吧。

"梦里不知身是客"，看来不对。在梦里，我不光作为不速之客闯入了一片原始人居住区，还被一只猩猩挥舞镰刀将我追赶得气喘吁吁，竟至于大汗淋漓了。挣扎着醒过来的时候，看见车停在一片湖边，车里却只有我一个人。我往窗外看去，扣子和筱常月正说笑着从远处山脚下的一个小村落里走出来。两个人的手上都提着一只塑料桶，等到走近了，她们把塑料桶放进车后厢，我才想起来桶里装的可能就是北海道特产长脚蟹了。一问，果然是。

中午，筱常月带我们去吃了本膳菜。所谓本膳菜，其实就是从日本室町时代起就规定下来的接待客人的正宗菜肴。现在已经不多见，只在婚丧宴会上还有所保留，其繁复程度简直难以言表。

我们居然吃到地道的本膳菜,即使是我,也未免觉得有点过分了。当然,我们吃的只是一套菜谱中的一小部分,但是由于吃每个菜时都要喝一点不同的酒,我竟然一反常态地不胜酒力,在去知床半岛的路上,一上车就睡着了。从梦中的险境里醒转过来,下午三点已经过了。阳光照射在远处的大海上,形成夺目的光晕,渐渐扩散,波及更远处的山麓,使辽阔无际的原始丛林更显得郁郁葱葱。

我探出身去,将我睡觉时她们关小了的音响再开得更大一点。刚刚听过的爵士乐舒缓地响起来,我这才清醒了许多,去身边的纸袋里找出一罐啤酒,喝着喝着,不禁就生起了"不知今夕是何夕"之感。车窗之外,正是典型的北海道风光:道路两边都是绵延的花田和牧场,只留下一条沥青公路在满目苍翠中穿行出去;牛羊在牧场上悠闲散步,间歇打量一下我们的汽车;花田上的花朵虽然还不到开放的时候,但已吐露出开放的征兆。无论如何,害羞的花蕾挣脱束缚转为花朵的日期为时不远了。

我不能不为之迷醉。

当然也有麻烦。往前开了大约十分钟,汽车驶下一道斜坡,正好来到一座山麓之下,却堵车了,而且,一时半会儿看来还得堵下去。前面的汽车里不断有人下车后走到牧场上去和牛羊合影,我想起扣子半天没有说话,定睛看时,却发现她拿着支钢笔在一本杂志上比画着。我凑上去,发现她在做杂志上的心理测验题,就笑着对她说:"别做了别做了,我已经生是你的人死是你的鬼了,下去走走吧。"

"什么呀——"她头也不抬,"我这可是测寿命的。"

我就不再管她,转而对筱常月说:"下去走走?"她笑着点头,将车熄火，把钥匙拔出来，和我分头而下。我发现她无论做什么事情都轻悄至极，即使在一时半会儿看不见交通恢复正常的情形下，她也丝毫不着急，只若有若无地跟着车厢里回旋的爵士乐哼唱着。我想：如此这般，大概就是真正的优雅了。

我和筱常月在牧场上闲步走了好一会儿，扣子来了。先是对筱常月说了一声"我把杂志放回你包里去了"，我正在纳闷她的笑容里怎么会有一种从未见过的惨淡感觉，她却又说："没办法，做了三四遍，怎么都活不过二十五岁。"

我和筱常月的脸随之变色。筱常月急忙快步走近她，抚摸她的头发："傻丫头，那种八卦杂志怎么能信呢？再说，说到底我们还是中国人，给日本人测试的题目拿来给我们做肯定不会准的。"说着，转向我，"你说呢？"

"当然当然。"我忙不迭地说，"蓝扣子同志，我又要批评你了。早说要你心一横把人交给我，别的什么也别想，怎么到现在还经常大错不犯小错不断呢？"

但是，无论我怎样想办法逗她开心，她也始终没有高兴起来。一只小绵羊走过来，把她的衣角当作食物，舔一舔，再抬起头看看她，最后便使劲把她往草丛里拽。我见缝插针说："大事不好，草原上出了强奸犯。"这下子，她脸色一沉，瞪着我说："我就没见过比你更讨厌的人。觉得自己特别幽默是吧？"

我苦笑着对筱常月吐了吐舌头，赶紧闭上嘴巴。她可不像和我开玩笑的样子。

当然，最终她的心情还是要好起来。一个小时之后，路上终于不再堵车，我们上了车，继续往前行驶。这时候，举目所见的景物愈加美丽，几乎使人不敢相信它们就如此真实地袒露在自己的眼底：雪山下的樱桃树，阳光里金针般倾泻的雨丝，还有虚幻至极后和天际融为了一体的海平面。我真切地觉得，自己一下子被掏空了。我，又没有了。任何人面对这美到极处的景物都无法无动于衷。扣子叹了口气，对筱常月说："咳，管他活二十五还是八十五呢，想想乌鸦嘴说的也对，一辈子好不容易有这么几天来挥霍，浪费了也太可惜了。"

"对，一定要这样想。"筱常月说，"要高兴起来，逼迫自己高兴——其实也不难，我经常逼自己高兴，也就做到了。"

乌鸦嘴也得开口说话："是啊，还是多想想长脚蟹吧，肯定不会是只放在火上烤那么简单，作料啊什么的应该也还有很多讲究。"

"实在对不起，有件事情没来得及通知你。"扣子转过脸来对我说，"我们决定今天的晚饭由你来做。"

"不会吧，哪有大老爷们儿做饭的道理？不怕我休了你？"我故意说。

"怕，我真的好怕啊。"说着脸色又是一凶，"美得你吧，告诉你，晚饭要是做不好的话，我们就把你扔进海里喂鲨鱼。"

"喂鲨鱼我倒是不怕，但是，要是突然跑出来两个土著人，要抢你们回去当压寨夫人，你们两个弱女子可怎么办啊？"

"这个你倒是不用操心，实在打不过了我们就半推半就，也好明年的今天给你上上坟什么的。路近，方便。"

筱常月一直含着笑听我们拌嘴，这时才问了扣子一句，"你们总是这样吗？"

"是啊，生命不息吵架不止。"我替扣子回答了。

"真好。"筱常月说，"真好，这样才给人在生活的感觉。我就没有你们这样的时候,所以,有时候,一天过下来后觉得像是没有过。既没和什么人吵架,也没听什么不能忘记的音乐。相反,只要想忘记,什么事情都可以忘记。我倒觉得自己像是黑板上的一排粉笔字,轻轻一擦就没有了。"

说着,她"呀"了一声,抬高了声音说:"前面大概就是罗臼岳了。"

我们往前面看去:夕照之中,一道山顶被残雪覆盖的山麓处处都闪烁着奇幻的光轮,从山脚到山顶,时而簇拥时而分散的原始彩林正有节奏地随风起伏,不时有一片红色的鸟群翩飞其中,和微风一起,借着山势,飞向南北两端,倏忽之间就消失了踪迹;山脚下的湖边草地上,已经有数十个帐篷支了起来,但是更多的帐篷支在了更靠大海边的沙滩上,先来一步的人已经在帐篷前生起了篝火;越过沙滩和大海往北远眺,鄂霍次克海峡清晰可见,太阳虽说正在逐渐西沉,海峡上空的火烧云却越来越浓,更绚烂的奇迹正在慢慢蕴积,直至最终生成,甚至连海鸥也惊呆了,忘记了飞翔,总是要隔上好一阵子才想起来拍动翅膀。

这也就是我们的目的地了。

找到车位停好车,我们才发现湖边草地上的帐篷其实是出售各种商品的小商店。来旅行的人都住在沙滩上的帐篷里,也根本就不用担心天气会不会太冷,因为支帐篷的地方正好被罗臼岳山挡住了,风进不来,实在是一处洞天福地。我们先去租帐篷,租好之后我就背在身上。扣子和筱常月手里提着装长脚蟹的塑料桶,步行了几百米,走上松软的沙滩。支好帐篷,筱常月在沙滩上摊开两张桌布,想起来啤酒和别的食物还在车上,就回车里去拿来,全都倒在桌布上。忙完了这些,筱常月笑着对我说:"扣子留下来和我一起准备，你去树林里捡点木头来，把火生起来吧。"

当然没问题。我点起一支烟，悠闲地朝树林里走过去，发现和我抱有同样目的的人还不算少：大家都是在差不多的时间里来的，把篝火生起来自然是第一件要做的事。当然，也有要先享受一番再说的人：从沙滩到山脚的路其实是一条被日本人称为"砂岸"的路，只需用手来往下挖，不出三两分钟，就有温泉流淌出来，所以，已经有不少的人穿着泳衣钻进沙滩下的温泉里了。这倒不奇怪，北海道的温泉从数量上说本来就高居全日本之冠，我是早就知道的。

进了树林，才发现枯朽的木头实在多得很，既有树枝也有树根，用来生篝火正好合适。想着时间尚早，沙滩那边的筱常月和扣子脱了鞋后跪在桌布上忙着，就坐在一丛堪称硕大的树根上抽起烟来。感觉实在是舒服至极，身边有细碎的声响，可能是我叫不出名字的植物在生长，也可能是被我扰了清梦的小兽在奔跑，愈加显出方圆五百里之内的空旷，愈加使我醍醐着以为天地之间独剩了我一人。

不，应该说我没有了。

空空如也。

但是，我没想到，手持电话此刻响了起来。它要是不响，我几乎已经忘记身上还带着它了，印象里似乎已经有十天还多没充过电，居然还没有自行关上。我实在有些不想接，响了大约七八声后，才从口袋里掏出来。一看屏幕，竟然是阿不都西提打来的，马上就想起来上次在新宿见面时订下的约会没有赴约，也来不及多想，赶紧接电话。

电话通了之后，阿不都西提第一句就问我："要是住在死过人的房子里，你心里会觉得怪怪的吗？"

"什么？"我一时没能听懂他的意思。

"我的房子，你有兴趣住吗？房租一直交到了明年。"

"啊，你不是住得好好的吗？"

"上次和你说过的，我活不长了，这几天我就准备出发了。"

"出发？你要去哪里？"

"是这样的，我估计我剩不了多长时间了，想来想去，还是要出去走走。不想回国，就在日本走走，估计钱花完的时候，我的眼睛也就该闭上了。呵呵。"

"即使真的剩下不了多长时间，一般说来，总该找间医院住下来。"

"算了。上次拜托你的那件事情，就是那匹马，你答应过的，能办得到吗？"

"能。"

我本不该如此之快回答他。我一直没给他打电话，其实就是不敢面对他孩子气地谈着自己的病，以及最后的死。我也总是会想起他，一想就觉得恐惧极了，恨不得一把将扣子抱在怀里。现在又是如此，我有许多话要说，但是一句也说不出，只有简单的一个字："能。"无非是被恐惧席卷了，一边讲电话一边站起来张望沙滩上的扣子，只有她在视线里才觉得心安。

"那太好了。这样吧，我下星期出发，临走前见一面？"他想了想又说，"对了对了，下个星期三，还是在新宿，有个朋友过生日，来一趟怎么样？"

他的语气就像在谈论一次即将开始的郊游。

挥之不去的孩子气。

挥之不去的一张英俊的脸，清晰地浮现在我眼前，就像是我们一起来了北海道，他从沙滩上走过来，对我说着"明天我要去钓鱼"，或者"明天我要去横滨吃四川火锅了"。

就是这样。

"好。"我的回答又如此之快，心里仍然慌乱不堪，"那么，打算去哪里？"

"去冲绳。还记得我和你说起过的那个——女人吧，和我用电话做爱的。"说到"女人"两个字时他迟疑了一下，像是找不到合适的称呼，最后还是只好说"女人"。

"啊，想起来了。"

"想去看看她。我已经去过一次，见是见上了，但是没做爱。这次计划好了，争取和她见一面，真正做一次爱，然后就走掉。估计自己差不多了的时候，就找间医院一躺。怎么样？"

我不知道该怎样回答他。

"其实，我如果不去冲绳的话，也许就不会得肺癌，呵。"他又说。

"是吗？"

"是啊——"他停了下来，停顿了几秒钟后说，"啊，我烧的水开了，准备给马洗澡。洗完了我还得坐夜车去成田机场那边，再去采点草回来。那么，星期三一定来，好吗？"

"好，我一定去。"我一边回答他，一边觉得全身的器官正在被冷水浸泡，冷意顿生，从脊背处开始蔓延，直至布满整个身体。但是，我下定了决心：无论如何，下星期三也一定去新宿和阿不都西提见面。

"那么，再见？"

"好，再见。"

放下电话，我甚至是仓皇地捡起几根树枝，又抱起那丛刚刚坐过的树根，就撒腿往沙滩上狂奔。在越过那条"砂岸"时，一时没有看清，差点踩着一个被沙子覆盖了全身的人，急忙跳过去。刚跳过去，一个踉跄倒在地上，我便爬起来再跑。跑到了扣子和筱常月的身边，看着扣子，大口大口地喘着气。

晚饭过后，我们坐在篝火边喝酒，我和扣子喝啤酒自然没有问题，筱常月也破例喝了一点。天上繁星点点，地上又是一堆堆篝火，就想起了一句话：举杯邀明月，对影成三人。晚饭我吃得最多，一大堆长脚蟹被我消灭殆尽，实在是美味至极。就在我们有一句没一句说着话的时候，大海涨潮了。海水沉默地扑上沙滩，只在离去时生出涛声，像是生怕破坏了如此静谧的长夜。

扣子说了一声"呀，会不会有乌龟啊"，就站起来往海里跑过去。很快，我和筱常月就听到了她的尖叫声，似乎是有什么东西咬了她的脚，应该不是乌龟就是螃蟹吧。

我和筱常月都笑着看她在浅水区里尖叫着跑来跑去的样子。夜幕深重，其实我们只能隐约看清她身体的轮廓。

"上次说，可以给我讲个故事？"我突然想起筱常月上次在电话里和我说过的话，就问她。

"是啊，有好几次都打算和你在电话里讲，想了想还是没有讲。"

"是你自己的故事吗？"

"是。有时候，在路上走着，突然就觉得喘不过气来，要么就是冷得直哆嗦，赶紧找个有阳光的地方坐下来才会好一些，特别想说话。今天却不知道是怎么了，又不是特别想。好不容易高兴一次，有点不舍得讲了，怕不高兴。"停了停又说，"还有件事情，想问问你。"

"其实是个建议。在许多人看来，我也该算是有钱的了。也是，的确算是有钱——富良野那边最大的薰衣草农场——虽然由我先生的堂弟负责经营，但资产仍然是属于我的。我是想，你和扣子，干脆住到富良野去怎么样？"

"这样啊。"我真没想到她会这样想，灌了一口啤酒后说，"这个倒是要和扣子商量一下。我自然没什么问题，反正也不想再上大学，得过且过，看看写完剧本后能不能接下去写小说。"

"你们如果能来，在札幌也一样可以上大学。反正富良野离札幌也近，坐汽车一个多小时就到了。"

"呵，听上去真不错啊。"我又灌了口啤酒，笑着问她，"怎么突然想起这个来了呢？"

"就是想帮你们。心里想，要是经常能看见你们拌嘴，我肯定也会多些生趣的吧。如果是在北海道生活，你们就完全不用担心钱的问题。那么大的农场，每年都有来旅行的学生在这里打工。哦，对了，安崎小姐就是在这里打工时才和我认识的。"

我一开始并没意识到她说的"安崎小姐"是谁，但是很快我就明白过来，她说的是杏奈，心里竟然不自禁地一颤：那个我时常想起的女孩子，她现在怎样了？是在品川的家里还是在府中的病院？说起来，假如没有她，我也不会和筱常月认识，也就是说，不会有在篝火边喝啤酒的此刻。我想和筱常月谈谈杏奈，转念一想，也不知道筱常月是否知晓了她眼下的情状，更不想徒增伤感，也就终于还是没有说。

这时候，扣子跑出浅水区，跑到我和筱常月的身边，对我说："喂，敢不敢游泳？"

"敢倒是敢，可是没有游泳裤啊。"

"没有就去买啊笨蛋，难道你不想泡温泉啊？"

我一想，也是，离我只在书本里见识过的"砂岸"如此之近，如果不享受一番，日后想起来应该是会觉得可惜的吧，就站起来要去买。扣子又把我阻止了，拉上筱常月："算了吧，还是我们一起去。"

只有我知道，扣子真正可以算得上一个心细如发的人，往往是在训斥我的同时已经做完了我做不到的事情，比如现在：我去买我自己和扣子的泳裤泳衣倒是没什么，但是买筱常月的泳衣就不太合适。完全可以说，现在，只需要两个人的眼睛一对视，马上就能明白对方在想什么。这种感觉实在太好了，我想，这大概就是所谓"水乳交融"了，想来能达到如此地步的人也不会太多。

由此说来，我的确有资格比许多人更加感到幸福。

幸福也延续到了深海之下，有扣子的笑声为证：我将身体仰卧在海面上，借着一浪卷起的一浪顺水漂流，漂到哪里算哪里，但扣子总能顺利地找到我。她的水性和我一样好，突然就能从水底拽住我，把我往深海里拖；我是缴枪不杀的俘虏，任由她处置，和她一起，像两条飞鱼般憋着气往深海里去。这是绝望的旅程，因为我们永远到不了海水的尽头。游动之间，我们的身体不时触在一起，光滑、湿漉漉、让人想哭。最后，实在憋不住了，我们迅速地移动四肢冲出海面。几乎就在我们的头浮上海面的一刹那，扣子笑了起来，哈哈大笑，我总能听出她笑声里特殊的节奏——就像冬天的雪轻敲在屋顶上。

筱常月没有下海，一直就在篝火边坐着，托着腮朝着大海出神，一直等我们从海里上来，跑到"砂岸"边迅速挖出了一个沙洞。看见温泉从沙洞里汩汩冒出来，她才进帐篷里去换了泳衣出来。我们已经躺下了，也留了一个沙洞给她。

　　我的身体一阵哆嗦：毕竟还不是游泳的时候，这倒也罢，又在温泉里泡着，温度转换如此之快，看来是要感冒了。正想着，扣子倒是先叫了起来："啊，大事不好，要感冒了。"我倒很快生出一个主意：干脆就把我们的帐篷挪到这里来，凭借沙洞和帐篷的双重覆盖，我们应该能安然度过一夜。

　　我马上起身去搬帐篷，回来的时候正好碰上扣子突然冲出沙洞，三步两步奔出去，蹲在离我不远的地方吐了起来。我吓了一跳，连忙扔下帐篷跑过去，和她蹲在一起，搂住她的肩膀，问她有没有事。她倒是一副没事的样子，推开我的手，站起来，自言自语："真是怪了，突然一下子就想吐，吐完了又像根本就没吐过一样。"

　　我的心顿时松下来，看着她跑回去对筱常月说："我们来请碟仙吧。"

　　筱常月显然不知道什么是请碟仙，扣子便对她解释起来。她大概明白意思之后，竟一把抓住扣子的手："真的那么灵验？"

　　"真的。"扣子告诉她。

　　于是，重新支好帐篷之后，为了方便她们请碟仙，我又在就近的地方生起了另外一堆篝火，重新钻进沙洞里躺好，就听见扣子问筱常月："想问问什么呢？"

　　我心里想着她们现在请碟仙倒是方便，预先准备好的答案只要找根树枝写在沙滩上即可，却听见筱常月说："如果一对夫妻，一方死了,北海道这边有传说说死去的人只在奈何桥上等七年,等不到的话,就会变成孤魂野鬼。我们就来问另一方该不该去吧。"

扣子先嘟囔了一句"怎么有这么奇怪的规矩呀",又说,"可是,只能问和你自己有关系的问题啊。"

"没关系,就把我当作那个人吧。"她迟疑了一会儿说。

我猛然想起,她曾经在电话里和我谈起过这个奇怪的传说,心里就突然一沉。我即使再愚笨,也知道她问的问题一定是和她有关系的,但是,我能说些什么好呢?我故意不去听她和扣子说话,先是看扣子用一根树枝在沙滩上写下"去"和"不去",又去看帐篷外的沉沉夜幕:这样的天气里,夜幕里居然穿行着萤火虫。它们寂寞地飞着,最终被热烈的篝火所吸引,也像是有过短暂的犹豫,最终还是向着篝火寂寞地飞过去。它们并不知道这是一段致命的旅程。

果然,转瞬之间,它们都化为了灰烬。

但夜幕还是夜幕,篝火还是篝火,世界还是世界,这就是所谓的"有即是无,无即是有"了。

我叹息着闭上眼睛,沉沉睡去。临要睡着的那一小段蒙昧里,脑子里闪过了一些不相干的画面:鸟瞰神社被樱花覆盖了的院落;扣子和我赤身裸体地在冰天雪地里做爱;某个停电的晚上,我和扣子借着路灯洒进婚纱店里的一点微光吃着两菜一汤。说到底,我还是一个幸福的人啊。

第二天,在回札幌的路上,行至一半时下起了雨,车窗外的山峦、牧场和花田都被烟雨笼罩。我们没有按昨天的原路回札幌,而是绕道到了富良野，从铺天盖地的花田里穿过，沿途散落着的北欧风格民居几欲使人觉得置身于瑞典和挪威这样的国家。当然，我并不曾去过瑞典和挪威，一点印象全从杂志和明信片上得来，想来也差不多吧。

扣子果然感冒了，嗓子疼得说不出来话，后来干脆睡了。我就正好和筱常月谈谈自己写的剧本，曲牌也顺带着商量，间或筱常月轻轻地哼唱几句。汽车近乎无声地往前行驶，倒也悠闲自在。

谈着谈着，内心就充满了喜悦。也难怪，这其实是我的第一个剧本，就能在许多方面和筱常月想到一起去，不能不说是幸运，她毕竟是在国内唱过十多年昆曲的演员。当然，也不是没有问题，问题主要出在曲牌方面，她干脆把车停下来，和我一起走到路边，放大一些声音唱，直到我和她两个人都认为没问题了，就再一起上车。扣子睡得很沉，这些她都浑然不知。

我心里已经大致有数，只需到札幌后再好好商量商量，让筱常月在我已经完成的部分逐段标上她倾心的曲牌，接下来我的工作就更好完成了。回东京后接着往下写时，相信应该会更加顺畅起来。此前虽说也没有遇到太大的难题，但是说实话，因为曲牌未定，也难免时而有别扭之感。

也是凑巧，当红色宝马从筱常月的家门口开过去，筱常月放慢了车速指点给我看的时候，扣子正好醒了，她马上就哑着嗓子叫起来："天啦，好漂亮的房子啊！"

的确漂亮。在辽阔的花田中间，依着地势簇拥起了一片桦树林，疏密有致，一幢尖顶的红色西式建筑就掩映其中。墙上虽然爬满了藤蔓，但是白色的木窗并没有被藤蔓掩住，其中一扇上挂着一串风铃，正在发出清脆的声响；也有一个院子，但围墙却不是砖石,而是一排低矮的扶桑;院子里有两把用大海里的漂流木做成的椅子,细看时才发现,就连两把椅子之间的那张长条餐桌,同样也是漂流木做成的。

红色宝马继续向前驶去,筱常月这时候问扣子:"干脆搬到北海道来住?这幢房子有二十多个房间,想住哪一间都行。"

"啊?"扣子的反应也和我昨天晚上的差不多。

"你看——"筱常月继续温声对扣子说,"从这里开始,大概有十几里路吧,说起来都是属于我的,有农场,还有生产薰衣草产品的工厂,到时候,你想到哪里工作就可以去哪里工作。对了,你的日文说得好的话,可以做导游,每年夏天薰衣草开花的时候就会有许多人来旅行。怎么样?"

"啊?"除了"啊"一声之外,扣子显然不知道该怎样回答才好了。

"一定来,好吗?"筱常月又追问了一句。

"呀,还是等明年再说,好吗?"扣子迟疑了一会儿,朝我看了看,对她说,"他在东京还有课程,最早也只能等到他把语言别科念完才行。"

"……也好,那我就等着你们了。"

扣子的这个回答我倒是没有想到,我也估计她可能并不会太愿意来北海道,但是绝没想到她的理由竟然是我的语言别科课程。真正的原因何在,我并不想知道。她怎样回答,自然她就有怎样的道理。还是那句话:她若不说,我就不问。我转而去看窗外,不时会有一根插在田埂上的木制告示牌闪过,无一例外都写着"日之出"三个字,还有远处的工厂,同样也挂着写有这三个字的招牌。我想:筱常月的农场大概就是叫"日之出"了。

中午十二点左右,我们进了札幌市区,就先去望月先生的朋友家,取回了亡友送给望月先生的礼物。事情办得很顺利,并未花去多长时间。之后,我们在北海道大学附属植物园附近找了家中国餐馆,一边吃饭,一边再和筱常月商量起曲牌来。

筱常月和我约好,假如我再遇到困难,就给她打电话,商量好曲牌后由她在电话里唱出来。我担心这样是不是不大好,但是筱常月却说没事:"既然在舞台上可以唱,也就可以在电话里唱。总之,你需要我做什么都可以,千万不要客气。"

"好。"我也说。

吃过午饭,时间尚早,于是,筱常月又开着车把我们带去看著名的红砖厅舍,说是来北海道旅行的人总归会去看看。其实红砖厅舍离札幌火车站已经不算远了,步行亦只需十多分钟。我们到红砖厅舍的时候,正好碰上好几个旅游团也同时抵达,便不想凑这个热闹,只在门外随意观赏。从嵌在墙里的一块石碑上得知:红砖厅舍始建于明治十二年,为美国风格的砖瓦式建筑,以美国马里兰州和马萨诸塞州的议会大楼为蓝本建造,今天已经成了人们怀念北海道开拓全盛期的象征。

并没什么可看的,我们就又去了另外一个地方:那家筱常月为我解释过店名的APIA商场。走近了才知道,这其实是地下街购物广场,就在札幌车站南口广场的地下。听筱常月说,来北海道旅行的人走时多半会在这里逛逛,北海道的特产,比如马克杯啊玻璃制品啊什么的,在这里一般都能以最便宜的价格买下来。

进了APIA,我们就东看看西逛逛,也没打算买什么东西。扣子午饭时吃了筱常月给她买的药,渐渐好起来,也渐渐活泼了,走路也不好好走,边走边随着店铺里传出的音乐声摇头晃脑,时而又绕到我身后,把我推着往前走。

反正我也拿她没办法。

筱常月总是和我们隔着两步距离,含着笑看着我们,浅浅的。只有当扣子一次次找借口在我身上打一拳或踢一脚,她才笑得更深入一点,带着喜悦和某种我看不清的东西,似乎是些微的惊奇。

路经一家卖工艺品的店铺时,扣子看见了一个印有"熊出没注意"字样的布熊,憨态可掬,可爱至极,就兴奋地跑上去,用流利的日语和老板讨价还价。扣子报出的价格老板显然接受不了,转向我诉苦,我当然知道自己的日语水平,能大致听懂他的话就已实属不容易,哪里还有答话的资格,就笑着听扣子继续狠狠地砍价。

最终,仅以五百日元成交。不用说,从店铺里出来之后,扣子就更加得意洋洋了。我倒是对"熊出没注意"几个字感兴趣,就问筱常月是什么意思。她解释说:这句话本来只是写在深山密林附近,提醒过路行人注意的,但现在几乎已经成了北海道招徕顾客用的广告语,毕竟有资格说"熊出没注意"这句话的地方也不多了。

原来如此。

最后,两个小时一晃而过,我们从 APIA 出来的时候,离上车回东京的时间也不远了。筱常月送我们进站,她和扣子在大厅里站着,我先去买票,回来后又一起走到进站口。筱常月停下来,笑着对我们说:"那么,再见了?"

"好,再见。"扣子也笑着说。

因为大多数人都会选择坐我们来时的通宵火车回东京,所以,我们要坐的这一班车应该不会有太多人,单从进站口没有多少送行的人上便可以看出来。大厅又特别辽阔，愈加显得空旷，也愈加显出了筱常月的孤单。在如此短的时间内，我走神了，不自禁地想象起她一个人开车回富良野的样子：雨色空蒙，无边无际的花田里只有她一个人。

是啊，一个人。

"那件事情——"我们已经走出去两步之后，听见她在背后说，"回东京后好好考虑考虑？"

她说的显然是我和扣子搬来北海道住这件事。

"好。"扣子回答她说。随后，对她调皮地挥挥手，用手捋了捋头发，蹦蹦跳跳着往火车走过去。我紧随其后。看来我一辈子都只能紧随其后了。

但是，等到火车缓缓启动，又行出一段距离，扣子突然对我说："我们就住在东京，哪儿也不去，好不好？"

"好啊。"我刮了刮她的鼻子，"在哪里我都无所谓，反正有丫鬟伺候着。"

"切，你没搞错吧。记好了，我是慈禧太后，你是李莲英小李子，不对，应该是安德海小安子吧？"

"都对，都对。"

"真的，你答应我了？"

"答应了。"

她放了心，一边故意学幼儿园的阿姨表扬我："嗯，好样儿的，小朋友真乖！"一边就往我怀里靠过来。我抱住她，让她找到最合适躺下来的姿势，又去从包里找出那本薄薄的小册子《蝴蝶夫人》来读。突然看到包里有两张纸片，一张写了字：想来想去，尽管可能会使你不高兴，还是要这样做。这点钱请一定收下，就

207

当作来往的路费吧，千万不要见怪，好吗？再看另一张，是一张可以在东京的银行里支取的支票。

我的确是有些愣住了，惘然不知这张字条和支票是什么时候放到我包里来的。想一想，除了昨天晚上我沉沉睡去，三个人也不曾分开过，应该就是那个时候了。退回去已无可能，那么，就收下吧。我将字条和支票放在包的夹层里收好，想着要不要告诉扣子，正好在心里决定暂时先不告诉她的时候，她说话了。她突然仰起头来问我："你不会反悔吧？"

"什么？"我恍惚了一下，不过马上就明白了她还是在问刚才问过的那个问题。

"绝对不会。"我再一次告诉她。

"嗯，好——"正说着，她"呀"了一声，突然从我怀里挣脱出来，奔向过道，再奔向两节车厢之间的洗手间。事出突然，我只是呆呆地看着她，她已经三步两步进了洗手间。我不知道发生了什么事情，就跟过去。她半天没有出来，我就在过道里抽起了烟，又觉得自己不够清醒，总觉得身体和心隔了一层，就打开窗户，让冷风呼啸着进来，顿时便觉好过了不少。

又过了几分钟，洗手间的门打开了，扣子脸色苍白地走出来，说："完了。"

"我可能是怀孕了。"她说。

第十章　刹那

一只画眉，一丛石竹，一朵烟花，它们，都是有前世的吗？短暂光阴如白驹过隙，今天晚上，我又来到了这里，走了好远的路，累了就坐JR电车，不想坐了便再下车来往前走，终于来到了这里，黑暗中的鬼怒川：群山之下有日光江户村，日光江户村之外是一条宽阔的马路，马路上有打了烊的店铺和冠盖如云的法国梧桐。在法国梧桐和打了烊的店铺之间的阴影里，我一个人走着，也不知道走到哪里去，哦不，是两个人，我还把你抱在我的手里。

扣子，我终于又把你抱在手里了。

终于。

三月间，我在北海道已经住了好长时间。至于到底多长，我并没有掐指去算，反正每天都是不置可否的晨晨昏昏。一天晚上，我去富良野附近的美马牛小镇看筱常月的排练，然后，一个人坐夜车回富良野的寄身之地。当我的脸贴着车窗，看见窗外的花田上孤零零地矗立着一棵树——不过是平常的所见——就一下子想起了你，眼泪顿时流了出来。我怕那棵树就是你，孤零零的，不着一物，就这样在黑暗里裸露着。我盯住它看了又看，想了又想，语声颤抖着请司机停车。我下了车，当夜车缓缓启动了，我发了疯一样向着它跑过去。花田里泥泞不堪，但我不怕，摔倒了就再爬起来。跑近了，我一把抱住了它，终于号啕大哭了。

这些，你都全然不知。

没关系，就让我慢慢说给你听吧。

好了，扣子，不说这些了。即便我有三寸长舌，能够游说日月变色，你也一样不能再打我一拳踢我一脚了。无论我长了翅膀上天，还是化作土行孙入地，把每个最不为人知的角落全都找遍，我也必将无法找到你。因为你已经没有了，化为了粉末，装进一个方形盒子之后，被我捧在手里了。

扣子，我怎么突然会想起来鬼怒川的呢？隔了这么长时间之后，我再次踏足东京已经几天了。我抱着你，满东京地走着，走到哪里算哪里，累了我也照样吃饭喝水，入神地看世界的运转：好像我在涩谷站的喜之代快餐厅里坐着的时候，外面的大街上正好有一支兴高采烈着游行的队伍，我就隔着玻璃窗看着。不过，看了两个小时也没看清楚他们到底在庆祝什么。还有，在浅草，我居然进剧院里去听了一场音乐会，乐声澎湃，只有你是静止的，躺在我旁边的座位上，也不说话。扣子，在东京，我去了好多过去从未去过的地方。自打在新宿警视厅我从一个年轻警察手里接过了你，几天来，我已经坐完了全东京所有的电车线。一点儿都没夸张，丸内乃线啊山手线总武线啊什么的，全都坐过了。

你看，我的老毛病又犯了，说着说着就跑到了九霄云外。还是说说我怎么会来鬼怒川的吧。原因说来也简单：在涩谷的高楼大厦底下走着的时候，看到了挂在其中一幢上的一幅巨大的赛马俱乐部广告，一下子，就想起了你，想起了那个我们骑在马上度过的后半夜。

我记得，并将永远记得，那是我们离开表参道搬到秋叶原去的前几天晚上。晚上十一点，我们收了地摊回表参道，那时候，阿不都西提已经离开东京颇有一段时日了。正走着，你突然哎了一声问我："阿不都西提的那匹马，今天晚上就给它找个去处吧？"

我当然觉得好，可是送到哪里去呢？一时也想不清楚。

后来，我们还是赶最后一班电车去了秋叶原。掏出阿不都西提留给我的钥匙开了门，一眼就看见那匹白马正安静地躺在客厅的地板上吃草。说起来，这是我第一次来阿不都西提的家。卧室异常干净，像是他在离去前细心地擦拭过。书架和衣柜，还有写字桌上的相框，全都收拾得井井有条。不算大的客厅里堆满了新鲜的草，几乎和卧室一样干净，难以置信的是那匹白马竟全然没有制造出什么垃圾。

我在恍惚着的时候，你说了一句："就送到鬼怒川去，怎么样？"

"好吧。"我想了想，眼前浮现出群山下的日光江户村。阿不都西提嘱咐过我给它找家动物园或者一座沿途有水源的山坡。日光江户村所依附的群山之上，一定会有水源，当然，也一定会有供它食用的丰美的野草。

半夜一点，我们牵着马出了门。奇怪的是，牵它下楼的时候，竟然没费什么特别的力气。大街上空寂无人，只是每隔九或十分钟会有一辆汽车从我们身边行驶过去，轻微的动静更加重了长夜的幽深。开始时是牵着，我们抽着烟和它一起往前走。后来，也不知道走了多长时间，马路越来越宽阔，汽车也几乎没有了，于是，我鼓动你干脆和我一起骑在了马背上。

这些，你该都还记得吧，扣子？

在马背上，我倒并不觉得颠簸，但我没有一秒钟掉以轻心，一直用手护住你的小腹，那里有我们的孩子——我们的喜悦、恐惧和我们的切肤之痛。

"想通了，要高兴起来。"你突然一咬嘴唇，"豁出去地高兴起来！"

"可是，你也没有不高兴啊？"

"错！"你说，"刚才其实一直想高兴又高兴不起来。"

不管如何，你只要高兴，对我总也是一件惬意的事，便对你说："就是嘛，小学语文课里有一篇课文，叫什么来着？说的是一只寒鸦的事。"

"对对，明天就垒窝。"

"是啊，我们也明天再垒窝好了。"

不如此，又能怎样呢？我不是不知道，我们就像来到了一片荒野上，仓皇着想要寻找出一条路来，但是伸手不见五指，我们只能蜷缩着互相取暖，相信上天自有安排，我们一定会死有葬身之地。但是，直到我们骑在马背上这一刻为止，上天也没有安排出一条路来让我们仓皇离去，我们只好睁大眼睛等着、暖着、怕着，寄望于上天送来闪电，照亮荒野，我们得以逃之夭夭。

"再说说阿不都西提吧。"你说。

"好啊。"我爽快地答应，就再说起了阿不都西提。说起来，这实际上是我第二次和你说起他。星期二的晚上，由于第二天就会去见阿不都西提，心情又实在好得不能再好，也不知是谁先提起来的，就和你说起了阿不都西提。我看得出来你听得很高兴，当我说起他有 N 次问过我做爱的事情，比如什么"九浅一深"之类的口诀，你哈哈笑了。刚笑了两声，立即又闭上嘴巴，只带着笑意看我。与此同时，你的手，也下意识地像我几天来晚上睡觉时做的那样：有意无意之间就会伸过去护住你的小腹。即使是笑一声，也怕伤着了那里。

后来，当我们在地铺上躺下，拉灭了灯，闻到你的鼻息，我不觉中蠢蠢欲动了，下面坚硬无比。刚想把你压在我身体底下，你却叫了起来："干什么干什么？"

"我想九浅一深。"我可怜巴巴地对你说。

天都快亮了，我们终于到了鬼怒川。天际处已经隐约吐露出一丝蒙蒙的白光，月光也没有消退，我们就在遍野的幽光里上山。其实，我们一上山就找到了既有野草也有水源的地方，但是我一直没有放开手里的缰绳，一直往前走着，直到走上山脊，再往下已是下山的路，我才下决心放开了手里的缰绳。

它并没有狂奔，而是一点点离开了我们的视线。它也没有低头吃草，而是沉默地看着我们。就是这个时候，我心里猛然一惊：我突然发现它竟然也和阿不都西提一样，眼神里满是透明的清澈之光。我欲言又止，眼睛儿欲湿润。视线模糊之后，我只能依稀看见它是从一棵巨大的桑树背后消失了身影的。

它消失不见之后，我听见你说："要不我们干脆和它一起走吧？走到哪儿算哪儿。"

扣子，这些我都记得，并将永远记得。

这么长时间以来，在北海道，在我写剧本、喂马和发报纸的间隙，或者在我去薰衣草田里忙了一天，躺在田埂上抽根烟的时候，这些点点滴滴，还有更多的点点滴滴，便会不请自到，让我浮想联翩，我甚至都可以嗅到它们的味道了。我自然也会经常记起那个星期二的晚上，全然不知道即将到来的变故，全然不知道这变故足以让我们粉碎、死无葬身之地，只顾着春风沉醉，厚着脸，可怜巴巴地对你说："我想九浅一深。"

不过，说真的，这么长时间以来，只要我一想起自己那副可怜巴巴的样子，就会忍不住想笑。有一次，当我躺在田埂上，竟然真的呵呵笑了，想来应该也和一个傻瓜差不多了。

就像现在，我在法国梧桐和打了烊的店铺之间的阴影里走着，就又想笑了。但是，扣子，我不能笑，一笑就有眼泪涌出来。

日式煎饼的做法——

步骤一：将面粉和水适量调和，比例为严格的三比一；步骤二：将配料洗净后准备好，配料分别是猪肉、虾仁、章鱼和一个鸡蛋；步骤三：面粉最终调至糊状，再加高丽菜和葱花搅拌，一半倒上铁板，而后将配料放入，剩余的面糊此时一定要赶快覆上去；步骤四：中火煎至略金黄色后，翻面，时间约需三四分钟；步骤五：反复翻面两到三次，每次都是三四分钟，至金黄色，起锅。

如此这般之后，大功便即将告成了，只需再将沙拉酱和调味酱准备好，一顿堪称丰盛和精致的饭就算做好了。

我早就已经忙得大汗淋漓，实在不容易：光是买那块铁板就花了不少工夫，跑了不下十家超市才买到。起因仅仅是中午扣子随口说了一句"好想吃煎饼啊"。说者无心，听者却不是一般的有意，而是很有意，一下午都在婚纱店里筹划着自己动手做份煎饼。晚上，关了店门以后，我就先去表参道东端"降临法国"大楼里买食谱，之后，沿着表参道往前走，遇到超市就进，直至将配料全都买齐为止。

回到店里，天色虽然黑了，但离扣子下班的时间还早。我慢条斯理地开始工作，不免手慌脚乱。固然是因为第一次做，更多的是做着做着就走了神,想起了扣子,想起了在从北海道回东京的火车上,她苍白着脸从洗手间里走出来,劈头就说:"完了。"

但是,这几天,她却只字不提,我想和她说,但总是欲言又止,我不知道该怎样形容自己:心猿意马,但全身上下又分明是无处不在流动着狂喜。

是的,我在狂喜——我也竟是个可以有孩子的人啊!

这种感觉类似于第一次梦遗,醒来后,盯着湿漉漉的床单,感觉到自己在一夜之间便从时间的这一端来到了那一端;还类似于第一次和女孩交欢,结束之后,原本喘息着和女孩并排躺在一起,突然一阵冷战:原来,我也可以这样啊。

就像是换了另外一个人。

我知道,扣子的感觉和我并无多大差别,要不,为何总是一副想笑的样子?就像今天中午,她要跑着到街对面的露天咖啡座上班,刚刚一开门,却突然想起了什么,小心翼翼地将身体放规矩,准备好好走到街对面去,这样一来,就显得很不自然。我坐在柜台里看着,看着看着就笑起来,刹那间,她也忍不住地扑哧一声笑了出来,还要训斥我一句:"笑什么啊笑?像个神经病!"

我不管,只顾边听她的京片子边笑,她拿我有什么办法呢?

也只有对着我笑,足足笑了一分钟。

但是,当我们笑着,心情好得恰似头顶上湛蓝的天空,为什么,我心里的某个角落里又分明躲藏着几团阴云?

我知道,扣子也知道,有一件事情我们是躲不过去的:她腹中的孩子,我们到底是要还是不要?

我骗不了自己:多半是不会要了。

此刻,当我看着铁板上的面糊渐成煎饼的模样,我一样在想:

要不要？结果是我得再一次告诉自己：多半是不会要了。人之为人，可真是奇怪啊：刹那间，出生了；还是在刹那间，死去了；在吉祥寺的那家"Mother Goose"咖啡馆，我和扣子在刹那间认识了；在从北海道回东京的火车上，扣子告诉我怀孕了，仍然是在刹那之间；我知道，还有下一个刹那，扣子会告诉我，我们的孩子不存在了。

全都是一刹那。

好了，我干脆承认了吧，我希望这个孩子存在，一直存在。我看过一本书，大概是一个日本作家的作品，他有一个颇有意思的说法：假如你是一个外乡男人，去了一个陌生的城市，想要和这个城市有密切的关系，那么，最好的办法就是先和这个城市的女人有密切的关系。同样，我和扣子原本都是一样的人，就像两棵海面上的浮草，只在浪涛和旋涡到来时才得以漂流，直至旋转，那么，这么说也许不算夸张：她腹中的小东西正是大海中的旋涡，他推动我们旋转，和世界发生关系，就像本地女人之于外乡男人。

毕竟，我和扣子就像与这个世界没有任何关系，不承认都不行。

还是老时间，晚上九点过后，我的煎饼刚刚做好，扣子回来了，一回来就把我推出了婚纱店，我全然不知道发生了什么事情，想要问个究竟，她却根本不解释，只边往外推我边发号施令："给你二十分钟，爱上哪儿上哪儿。"

我苦笑着被她推出门，被路过的行人诧异地注视，不过我倒不在乎。回头看时，发现店里的灯也被她拉灭了。

二十分钟过后，门开了，我被放进去，她像什么事情都没发生过，坐下来吃饭，连连称赞我的日式煎饼："天啦，怎么这么好吃啊？"

过了一会儿，她拿了一块煎饼去蘸沙拉酱，叫了我一声："喂。"

"嗯？"

"你说，给他起个什么名字呢？"

"谁啊？"

"你的儿子啊。"她对我做了个鬼脸，"或者你的闺女。"

我目瞪口呆地看着她，一块含在嘴巴里的煎饼也忘记了吞下去。

"别发呆嘛小朋友。"她把脸凑过来抵住我的脸，"你没听错，我也没有说错。"

"真的决定留下来？"

"真的。你不想？"

"想啊，当然想了。"我追问了一句，"可是，为什么呢？"

"想通了呗——我想好好活下去。我需要有种东西让我好好活下去。实话说吧，只要有你，我也能活下去，但是，还是觉得不够。

"我小的时候，我妈妈已经来了日本。说起来，她也算是第一批来日本的留学生了，和开画廊的老夏是同一批。她走后不久，我爸爸在送我上学的路上被汽车撞伤了，在医院住了一个多月，还是没活下来。打那以后，在北京，就只剩下了我一个人。亲戚倒是有，大多是远亲，也有来往，但是人人都有自己的事情，我就一个人住在海淀的一幢筒子楼里，每天上学放学，也没被饿死。呵。"

我完全没想到，扣子突然和我说起了她的过去，我甚至不能相信自己的耳朵。毫无疑问，我比这个世界上的任何一个人都更想知道。散步的时候，仰望头顶幽蓝的夜空，我想知道；喝啤酒的时候，微醺之后，我比任何时候都更渴望知道；抽烟的时候，当一支烟燃尽，我又想了，也别无他法，就狠狠地抽两口吞到肚子里去——这的确是常有的事情。但她从来就只字不提。时间长了，我也就只字不提了。

现在，当她真的说了，我倒不敢相信自己的耳朵了。

"没饿死是因为我妈妈每个月都寄钱给我，一直寄了两年。从第三年开始，我既收不到她的钱，也再没有她的消息。一直到来了日本之后，我才知道她早就嫁了人，也生了孩子，又跟着新丈夫去了加拿大。呵，都是老夏告诉我的。

"说海淀的筒子楼吧。我一个人住着，白天晚上都不用开灯，一回去就往床上躺。现在想起来，好像那几年就是躺在床上过来的。还记得我对你说过的那句话吧，'越好的时候我就想越坏'，忍不住地要糟蹋自己，可能就是从那时候开始的吧。有时候，接济我的亲戚送钱过来，我感动得一塌糊涂，但是人刚一走，我就像换了个人，躺在被子里一张张地把亲戚接济的钱撕碎，撕到不能用为止。接下来怎么办呢，只有饿着肚子了。

"糟蹋不了别人，我就糟蹋自己——我知道那时候我就是这么想的，因为到现在还是经常这样想，估计一辈子都改不掉了。

"心里明明想要的东西，嘴巴上却不说出来，等别人送过来了，我还要拒绝。我小时候，特别喜欢吃果脯，橘子的柿子的不管是什么，只要是果脯就喜欢吃。我在班级里还算漂亮吧，还有一个女孩子也很漂亮，经常有个男孩子给她送果脯。本来和我也没关系，但是不知道怎么了，我只要一看到那个男孩子送果脯给她，心里就特别不舒服。后来，我想了很多办法，终于让那个男孩子送果脯给我了。结果，就在送给我的一刹那，当着全班的面，我把满满一盒果脯全都扔在地上了。

"那天，回到家，我就用被子把自己蒙住，不透一点儿气，想把自己憋死。其实也不是想憋死，没有目的，知道那样做很危险，可是，偏偏就想往危险里去。

"实话说吧，这些，我只怕一辈子也改不好了。像我这种人，不管我多喜欢你，你有多喜欢我，我能不能好好活下去，始终都是问题，你也不会不承认吧。我知道，你只是在心里想，嘴上不说罢了。

"我再说一遍吧，我在无上装俱乐部里打过工，也在应召公司干过，也就是说，我是个婊子。

"不想承认都不行了。

"可是，老天爷对我还是好啊，让我喜欢了你，又不得不问配不配得上你；我在想：假如我们有了孩子，叫你爸爸，叫我妈妈，我们也可以像你说的那样，'他爹''他娘'地叫着，我可能就不会有这种感觉，也觉得一下子平等了，对吧？这样，我也可以好好活下去了。我知道，你觉得无所谓，但是我的问题到最后只有靠我自己解决，只要我不解决好，我就又会忍不住想办法糟蹋自己。

"所以，我想要这个孩子，留下他——对他再不公平也要留下他。假如前几年我活不下去的时候真的死了，现在也一样没有他。"

我没有插一句嘴，只在入神地听她说着。她说完了，看着我，我也看着她，终了，长叹一声把她搂在了怀里。

一直搂着，一直到上床睡觉。

我就想这么一辈子搂着她。

躺在床上，我的手指仍然习惯地往扣子的肚脐里撅下去，但是，和以往不同：不过是轻轻一撅，她的身体却轻轻一颤，生怕伤着了那里。我一惊，马上就把手抽回来，转而去抚摸她的头发。

"喂。"她又在叫我了。

"嗯？"

"还是不放心，想再问一次：嫌弃我吗？"

"不！"我答着，使劲去攥她的手，把脑袋使劲朝她的头发里钻。

"对了，给他起个什么名字？"

"……刹那，怎么样？"

"刹那？"

"对，就是刹那。"

第二天早晨，当我拉开婚纱店的门，又在门口发现了一封被路过的行人踩过的信。捡起来一看，竟然是一封公函，落款处写着我就读语言别科的那所大学。一见之下，还未拆看，我就已经大致明白信里写着什么内容了。终究还是拆开来看了，果然和我想象的一样：由于您未参加结业考试，所以，我们遗憾地通知您，您不能获得任何成绩和资格证书。"罢了罢了。"我边看边笑着对自己说，"我也可以一门心思地过我的小日子了。"是啊，与其在这张纸片上多做思虑，还不如好好想想去哪里给扣子买点北京果脯回来。

我将信丢进废纸篓的时候，看见废纸篓里有两张揉皱了的小纸条。我低下头一看，发现一张上写着汉字"要"，另一张上写着汉字"不要"。到了这时候，我才明白昨天晚上扣子为何会把我从婚纱店里赶出来，还拉灭了灯：是啊，她又在请碟仙了。

此时，她正背对着我，跪在地上收拾地铺。我看着她，突然涌起唏嘘之感，一时竟不能自制。

只是我们都不知道，我们的噩梦就要开始了。

扣子，抱着你，我从鬼怒川来到了神宫桥上，只敢走到这里，再也不能往前走了，再往前走就是我们摆地摊的表参道过街天桥了。你看，"降临法国"大楼、茶艺学校，还有亮着写有"Café De Flore"字样霓虹灯的花神咖啡馆，全都近在眼前。但我就是不敢再往前走。再往前走就是过街天桥、露天咖啡座和婚纱店了。

扣子，我害怕。你帮帮我吧。

你总归是不说话了。

你总归是不说话了！

可是，我还是想听你说话，听你声色俱厉地训斥我。当我饶舌，我想听到你当头棒喝："乌鸦嘴滚到一边去！"可是，已经没有了这一天。再也没有了。

在茫茫东京里，为了给你找个下葬的地方，我已经走了几天。我也想过要你永不下葬，把你装在我的背包里，还有口袋里，我走到哪里你就走到哪里。可是，最后我还是做不到了，我得给你找个地方，住下来，住到我也住进来的那一天为止。

理由实在是简单，你从来就不曾稍微长期一点在一个地方住下来过。

这次，我一定要办到。

可是，扣子，我找不到这个地方。你说假如我死了，你会给我找块好地方埋下去，我绝对相信，你总是比我有办法。可是，现在要去找块好地方的是我，我也不知道能不能给你找到一块好地方。扣子，请你保佑我。

你总归是不说话了。

你早就变成哑巴了。

是啊，我又怎么能忘记秋叶原公寓里的那些晚上？听力失去之后，你就再也不开口说话，只要我一开口，迎接我的就是你朝我砸过来的梳子、闹钟或者茶杯，还有你的叫喊："不要跟我说话，我是聋子，是哑巴，听不见！"所以，有一天晚上，我们从秋叶原出来，信步走到神田川，你突然用口形告诉我，说是想去表参道的时候，我的确是惊愕了那么短暂的一阵子。

终于，我们还是来了，不过，我又耍了阴谋诡计：半道上，我借口买烟，跑到杂货店里买了一支笔和一个记事本，以备不时之需。但是，当我们真的来到表参道，站在过街天桥上，也只敢远远地看一眼婚纱店而已，不知何故，就是不敢走过去好好看一看。现在想起来，总算可以确认全都是因为害怕了。

我记得，当时我们站在过街天桥上往前看，几乎第一眼就发现婚纱店已经不再是婚纱店了，而是改换了门庭，店面顶端的霓虹招牌已经换成了另外一块，因为上面的字样是日语，我也不全都认识。但是有一件事是可以肯定的，那就是，望月先生已将店面转给了别人——世事无常，无非就是眼前此等情状了。

这时候，你的心情好像还不错，指了指天桥底下，又指了指你自己，似乎是在问我什么。每到这个时候，我的心就像在被针扎，也像虫在咬，但是，我掩饰住了，赶紧掏出掖在口袋里的笔和记事本，乖巧地递给你。你怔了怔，也就笑着瞪了我一眼，低头在记事本上写了一句话:"你说,我敢不敢从这里跳下去?"写完了,还继续笑着看我。

我顿时大惊失色,疯狂地将你的手攥住,仍觉不够,就干脆把你一把搂在怀里,抱着你,我的脸蹭着你的脸。要命地,就想起了在从东京去北海道途中你的纵身一跳。

其实,我知道,你那时候还可以开口说话,是你故意不再说了。

你在糟蹋自己。

记忆中还有一幕,还是在前面那座过街天桥上,就是我们给你腹中的小东西起名叫"刹那"的第二天,也是晚上,我们来摆地摊。你从咖啡座那边下了班,回婚纱店只胡乱吃了两口饭,就赶紧收拾起以往没卖完的东西,不出十分钟便收拾完毕,急匆匆要出门。我刚一磨蹭,你就瞪着我说:"还不快走?找死啊。"

我当然不想找死,就迅速和你一起关上店门,去了过街天桥。但生意的确不够好,等了半天,也只卖出去一个手持电话皮套。

我点上一支七星烟,问你:"怎么像换了一个人啊?"

"什么?"

"总觉得哪里变了,以前走路从来就不好好走,现在一下子规矩了。规矩之后也还是觉得怪,反倒像是比以前走得更快了。"

"还有呢?"

"还有,你总在笑。有时候,我明明走在后面,看不见你的脸,却总是觉得你在笑,呵呵。"

"知道就好,我是高兴,想着我一下子变成了两个人,就忍不住高兴。所以,要挣钱。以后,每天晚上都来摆地摊,OK?"

"OK。"

过了一会儿，我想起昨天晚上你和我谈起过的话题，想接着往下听，也不知道怎样才能得逞，想了半天才说："昨天晚上，我还真没想到你和我说那么多啊。"

你盯住我，看了好半天，又找我要了一支烟，抽了两口，摇头晃脑地吐烟圈，吐完了，就再盯着我看，突然笑起来："从现在起，我准备向你彻底坦白。"

然后，你又说了一句"呀，心情怎么这么好啊"，就歪着头自言自语："从哪里讲起呢？"可惜的是，就在这时候，有人走过来，在我们的地摊前面蹲下来，问你一只青蛙玩偶的价钱，你马上置我于不顾，操起流利的日语和他们讨价还价起来。

想起来，都像是昨天的事情。

现在，当我站在神宫桥上，远远地看着前面的那座过街天桥，要命地，我就又想让你和我说句话了。不瞒你说，我从鬼怒川过来的路上，看见了一对争吵的情侣。其实并不算争吵，因为只有女孩子一个人在说话，她的男友只垂头丧气地在后面跟着。霎时之间，我就想起了你，想起了我们如此刻般的过去。想着想着，眼眶就湿了。站在大街上，抱着你，竟不知身在何处，也不知今夕是何年。

我想你从人群里走出来，来到我身边，训斥我，使我羞惭，哑口无言，只能呵呵笑着讨好你。假如你还活着，我甚至能想象出你听完我的要求之后会是什么样子，你肯定会大发雷霆地在记事本上写下这样的话："我是个哑巴，你要我说什么！"

呵呵，扣子是个哑巴，扣子是个哑巴。

在秋叶原的那间公寓里，你曾经逼着我用油漆写满了整整一面墙——"蓝扣子是个哑巴"。

星期三，一大早，我和扣子还躺在地铺上没起来，电话响了，我跑过去一接，是阿不都西提打来的。话筒里先传来一阵音乐，惺忪之中听出是一首活泼的吉他曲：西班牙的《晒谷场之歌》。"还没起床吧？"阿不都西提在那边问。

"是啊，不过，今天见面的事没忘。在哪里见面呢？"

"下午五点，在新宿站南口一家中国人开的歌厅，叫'松花江上'。记住了？"

"好，记住了。"

"其实，这时候打电话来，不是光通知你聚会地点的，还想和你聊聊她。"

我并不用多做思虑，也知道他说的"她"就是和他在电话里做爱的女人，就说了一声"好啊"，一边就开始穿衣服——扣子把我的衣服送过来了。

"今天外面的阳光很好，早上一起床，可能是因为要出发的缘故吧，心情好得不得了。"然后，他在那边笑了一声，继续说，"就想听音乐，快活一点的，挑了半天挑出这张来，用电脑放出来的。怎么样，还不错吧？对了，电脑不能送你，已经答应过送给别人了。

"我有种感觉，觉得自己像一个跟着哥伦布出海的水手，说是海盗也可以，一点也不像去死的样子，倒像是去发现新大陆，真是奇怪。"

的确像，我在这边手握着话筒想，眼前就翩然出现一幅画面：一个阳光明亮的早上，在一处吵吵嚷嚷的码头上，哥伦布正要启程开始他的第一次航行。空气中弥漫着海鲜和烧酒的味道，哥伦布的随从和水手们都坐在高高的船舷上喝酒，巨大的船帆正在徐徐升起。那些水手大有来历，有从前的海盗，有刚刚放弃学业的神学院学生，还有阿不都西提。不过，他倒不像海盗，却像是一位刚刚遭到贬逐的中国校尉，不知忧烦地打量送别的人群，然后，走到一个大胡子海盗跟前，问他："昨天晚上做爱了吗？"

话筒那边，他继续说着，语气是一如往昔的轻快："其实，因为轮船发船时间的关系，下午的聚会我可能只能去一小会儿就得走，正好可以把我这边的钥匙交给你。你也不用送我，我自己走就好了。

"昨天晚上，她没来电话，我只有她的手持电话，打了半天也没打通。估计是我告诉她要去冲绳见她的缘故吧，她可能害怕了，像上次一样。

"记得我告诉过你，其实，假如上次没去冲绳见她，我现在也许不会死。当然了，她上次也一样没答应我，我还是去了。唐突是唐突了些，可是我这人，你知道的，一旦决定了就觉得我要去冲绳这件事和她没什么关系。是我自己想去啊，和她有什么关系呢？

"就去了。到了冲绳之后，我也不知道往哪里去，只有坐在码头上给她打电话而已。电话关着，我就在码头上坐了一上午。到中午，想着估计是不会再见到她了，就去找地方吃饭，打算吃完饭随便走一走就去买回东京的船票。也不觉得有多后悔空来了一趟，还感到特别轻松。也难怪，任何在东京生活了一年以上的人一旦离开东京都会有这种感觉吧。

"吃完午饭，又去买了船票，我就到处闲逛起来。逛到了美军驻日基地，正好一艘军舰要出海，码头上站满了送行的人，大多是美国军人的日本妻子。就在这个时候，她来了电话，说她改了主意，想见我，但是，只有到了晚上，她才可能有机会从家里跑出来和我见面。

"怎么办呢？那就退票吧，呵呵，我就再去退票。票退了之后，因为心情好，我就进电影院里去看电影，现在我还记得看的是部好莱坞片《终结者》。正看着，她又来了电话，说和我见面的时间终于可以确定了，就在晚上十二点，那时候她丈夫已经睡着了两个小时了。接着就告诉我在刚才那个电话里仍然没告诉我的地址，说家门口有一棵枣树，到时候就在枣树背后等着她。

"实际上，我比约好的时间早到了一个小时。她住的房子绝对算得上气派，我心里想着：果然是董事长夫人啊。躲在那棵枣树背后，我模模糊糊能透过蕾丝窗帘看见房子里的摆设。二楼上的灯还亮着，也就是说，她的丈夫还没睡，我也不着急，就盯着二楼看。过了一会儿，窗帘里有个人在走动，是个女人的身影，这个时候我的心里是紧了一下的，我想，那个走动的人一定就是她了——在听吗？"

"一直在听着。"我在这边回答，顺手点起了一支烟。

"好，我接着说。一直在她家门口等着，可楼上的灯总是不灭，我一看表，约好的时间已经过了十分钟。这倒无所谓，反正我也不急，关键是突然下起了雨，一下就不小，雨珠有豆子那么大。我想了半天，想出了个办法，干脆爬上了枣树，花了半天的力气，终于找了个舒服的姿势。

"又过了十分钟，她来了电话，这才告诉我，因为丈夫下班的时候多喝了酒，醉得厉害，正躺在客厅的沙发上，她现在是躲在盥洗间里给我打电话。果然，我一边听她压低了声音说话，一边还可以听到她不断抽水的声音。后来，她说，实在是没办法，她可能出不来了，丈夫虽说醉得厉害，但还绝不至于不省人事。

"我告诉她没有问题，我可以先去寻一家旅馆，住上一晚再说，明天她方便的时间再见面。她想了想，答应了。正要挂电话的时候，她却突然问我，是否可以绕到院子后面，翻墙进院子，到洗手间的窗户下面，让她看看我。

"当然可以了。呵呵，我想都没想就答应了。马上跳下枣树，绕到院子后面。翻院墙的时候，我才感觉到雨下得越来越大了。反正也没多想，手脚麻利地跳下院墙，跑到了二楼洗手间窗子下面的草地上，往上看。正好她拉开窗帘。

"怎么说呢？反正和我想象的还是有点差别，不是漂亮和不漂亮的差别，具体是什么我也说不太清楚，她却说我和她想象的样子差不多。奇怪得很，我们都没有觉得尴尬。我对她一笑，因为雨下得太大了，她没看清，但她感觉出来了，在电话里问我，刚才，是笑了吗？我就说，是啊。真的像是早就认识了。

"可能就是这个时候吧，我不但不觉得冷，反而觉得身上越来越热，两腿之间的那个地方有了反应，就问她，你那里，有反应吗？

"她也竟然说有。想想真是奇怪，按理说，就算我们在电话里做过爱，好像总该有点尴尬吧，奇怪，一点儿都没有。我也就罢了，你知道，我向来就是这样的人，可是她也一样觉得自然，和以往在电话里谈相比，没有什么不同的地方。我就问她，想做爱吗？

"想。她说。

"呵，就真的做起来了，我们互相都能模模糊糊地看见对方的表情，虽说还是自慰而已，但觉得比往日每次都刺激得多。其实她比我更麻烦一点，因为一边做一边还要不停地拉抽水马桶的线绳，这样她的声音才不会被她丈夫听见。我们一起到了高潮，结束的时候，她刚刚说了一句'真的好舒服啊'，突然就把窗户关上，里面的窗帘也迅速放下了。后来我才知道，那时候是她丈夫敲门来了。

"说起来，这就是我和她见过的唯一一面了。"

"就见过这一面？"

"是啊，那天晚上，窗户关上之后，我在下面等了半天，看见楼上的灯拉灭了，估计无论如何也见不上了，才去翻院墙出了院子，站在刚才站过的那棵枣树下面等出租车。终于等到了，上了车，我刚说完请司机帮我寻家旅馆住下，马上就觉得全身不对劲。结果，费了好大力气找好旅馆，进了房间，一上床就发起了烧。

"第二天早上，一起床，我就觉得肺出了问题。那时候真是吓了一跳，因为看见被单上有血迹。如果没猜错，那肯定是我睡觉时咳出来的。说起来，我的肺病转成肺癌，起因可能就在这里。

"不过，我这个人，总是一会儿就忘了，也不那么怕了，脑子里又开始想她，就给她打电话。你猜结果怎么样？"

"怎么样呢？"

"我在冲绳又住了两天，也就给她打了整整两天电话，总是打不通，她把手持电话关了。我心里总还是不甘，就径直去了她的家，隔得远远地看着。但一连两天大门都锁着，既没看见她，也没看见她的丈夫。最后，我只好再买票回东京了。在船上，我觉得身体更不对劲了，但是，总还是不能说淋了一下雨就得上肺癌了，至于哪一天转成了癌症，大概没人能说得清楚。

"就是这样了，说起来要说好半天，其实不过才见了一面。"

停了一小会儿之后,他说。

我也迟疑了一小会儿,终于还是问了:"后来呢?不是说还一直有联系吗?"

"有啊,前几天还做过爱。"

"那么,没有解释那几天为什么不在吗?"

"解释过,说是喝醉了酒的丈夫住进医院去了。"

"你相信她的理由吗?"

"说实话,不相信,但是有什么关系呢?她也有她的苦衷,还是那句话吧:是我自己想这样的啊,和她没有关系。"

我在心里叹息着,说到底,阿不都西提原本也是和我一样的人,就像我和扣子,我喜欢她,需要她,其实就是我自己的救命稻草,甚至和扣子一点关系也没有。

"啊——"阿不都西提在那边叫了一声,我马上不再让自己走神,听他说,"时间不早了,我得去成田机场了。"

"还是去给马采草回来?"

"是啊,最后一次了,呵。"

"那么,"我极力掩饰着心里的慌乱,因为我心里突然涌起了几分不祥之感,这不祥之感不知怎么竟和扣子有关系,就问他,"下午见?"

"好,下午见。"

挂掉电话,我当即就定下主意:一定要扣子去咖啡座那边请假,下午和我一起去新宿。假如她不愿意去那家叫"松花江上"的歌厅,那也得让她就在歌厅外边逛着,百货公司和电玩广场都可以,只等我结束和阿不都西提的见面后就去找她。

我无法不想起那个我和阿不都西提在新宿河马啤酒屋见面的

晚上，我害怕扣子不在我的三步之内的时候再出什么事情。原因不仅仅为此，使我不能心安的是刚才升起的不祥之感。那么，这不祥之感到底是缘何而起的呢？

其实就是因为阿不都西提的一句话——"至于哪一天转成了癌症，大概没人能说得清楚。"是啊，说不清楚。可是，又是在哪一瞬间呢？我想，就更加没有人能说得清楚了。可我害怕这样的瞬间，我知道，这个世界上最不能让人相信的事情，往往就发生在这样的一瞬之间：飞机的空难，高楼的倒塌，耶和华的诞生、受难和复活，还有更多更多。

我不能让扣子离开我的目力所及之处。

我坐到地铺上去，甚至是哀求扣子和我一起去新宿。当然遭到了她的拒绝："切，说得倒是轻巧，你知道少上一天班要少拿多少钱啊？"

我自己都没想到，一下子扑过去，攥住她的手："就这一次，好吗？过了这一次，日本天皇要召见我也不去了。"因为莫名的慌乱，我向她扑过去的时候，没稳住身体，就像是跪在她面前。

"你呀，看看你那傻样儿吧！"她盯着我看，还是笑了，"好了，我答应你。起来吧。"

"喳。"我像个刚给西太后请完安的太监般如释重负了。

可是，扣子，我又如何知道，悲剧也好，错误也罢，此刻正在我的玩笑里铸成。而且，一旦错了这一步，我们就必将一错再错。刹那间的流转，还有转瞬时的变幻，原来都不在别处，根源就是我们的一转念：一转念，长城被哭声惊倒；一转念，虞姬别了霸王。原来大千世界，芸芸众生，在人里疯，在梦里梦，不过是动了心，转了念。只有等到疯过了，梦过了，这才知道菩提无树，明镜非台，疯是装疯，梦是痴梦。

扣子，你说句话，帮帮我吧。不过，你不说也没关系，就让我来慢慢说给你听吧。

第十一章　惊鸟

在东京这样的城市里活着,我无时不有一种渺小之感。怎么说呢?就好像大楼和街道才是这个城市的主宰,而建造它们的人到头来却成了它们的寄生物。如此说来,来去匆匆的人群和天上的鸟雀、地里的蚂蚁也就本无不同,不过是飘来浮去,不过是缘起缘灭吧。

坐在电车里,我就这样胡思乱想着。扣子倒是很高兴,也难怪,终于下定决心去买件衣服了嘛。说起来,自我们认识,这好像还是她第一次打算买件衣服,反倒是给我买了不少。一上车,她就嚼着口香糖开始听随身听,当然是中文歌,不自觉就唱出了声,引来满车日本人的侧目,其中不乏鄙视。扣子突然站起身来指着一个中年男人说:"看什么看?再看我挖了你的眼睛!"说完,那个中年男人吓了一跳,扣子继续傲慢地盯着他看,然后缓缓坐下,嘴巴里吐出一个泡泡来。

心情并没有受影响,下了车,刚刚走了两步,我一眼瞥见"松花江上"的招牌,就指着身边的一幢百货公司对扣子说:"就此别过?你先进去逛一会儿,我顶多半个小时就来找你。"

"那我可就要狠狠地花钱了哦?"她指指自己的肚子,"要不就来不及了。"

"一定要狠,不狠不是我孩子的娘。"我也笑着对她说。

"知道了知道了,你快去吧。"她装作不耐烦地对我一挥手,转身离去。

我看见她蹦跳着进了百货公司,这才放心走开。拿出手持电话来一看时间,正好是和阿不都西提定好的时间,就小跑着进了挂着"松花江上"招牌的大楼。其实,歌厅在这座大楼的二楼,我上楼梯的时候,一路听到的都是中文。看起来,这里应该算作是中国人聚会的"据点"了,不然,单单就凭歌厅的名字也断然不会有多少日本人光顾。

一进歌厅,我就看见了阿不都西提,他正在一个包间门口等我。一看见我,马上一笑,露出一口白亮的牙齿:"我马上就得走了。"

"怎么,不是还有聚会吗?"我说着,眼睛却不能不去看他愈加酡红的脸。

"是啊,但是没考虑到这时候正是交通高峰期,待会儿再走的时候怕塞车。在市内坐电车当然没问题,怕就怕下了电车去码头的那段路不好走。"说着,他对着包间歪了歪头,"我来得早,已经和他们解释过了。"

我便顺着门框处的一道缝隙往包间里看,既有认识的人,也有不认识的人。我特别留意了一下老夏,没发现他在里面,也就觉得索然无味,懒得进去了,便对他说:"这样啊,那么好吧,我们一起走吧。"

说着,我接过了阿不都西提递过来的钥匙。接过钥匙的一刻,我甚至看见他的手也在苍白中透露出了一股酡红,我的手也就微微颤了一下。

接过钥匙之后,我终于又一次知道了自己原来还是个胆小的人：我原本就想好，无论如何也要好好和阿不都西提聊一聊，临头了却怎么也无法开口，只到处找烟，找了半天也找不到。正在这时候，手持电话响了起来，掏出来一看，竟然是扣子的。

"舍不得，还是舍不得。"扣子在话筒那边说，"忒贵了，小日本死啦死啦的！"

"舍不得也得买啊。"我胡乱说了一句。

"不买了。"扣子斩钉截铁，"喂，我过来找你吧，在楼下等你，我想回表参道了。"

"好。"我心里一热，对她说。

挂了电话，我和阿不都西提一起下楼梯，再一次答应他，一定给他的马寻个合适的去处。他在楼梯口站住，问我："哎，你说，这次，我能见到她吗？"

我想了想，干脆回答他："可能还是不会。"

"我想也是。不过，死在冲绳好像也还不错。"他一点都没对我的回答感到惊奇，停了停，问我，"你说，我是不是爱上她了？快点说，把第一反应告诉我。"

"算。"我回答。

"真的吗？"

"真的。"

"啊，真不错啊，我自己的确有点弄不清楚，左想想右想想，既觉得是又觉得不是。你可以再确定一次？"

"绝对可以。"

听到我的回答，他喜不自禁，一句句说着"原来是这样啊，原来是这样啊"，就像一个读书失败的学生偶然考了一次高分，一举一动都无不在感染着我。我们拔脚下楼梯，对面正好有个过去见过一次面的人走上来。其实根本就算不上认识，我初来东京之时，因为经常带着干粮去浅草听音乐会，还曾被他视为怪物，我不喜欢他，他应该更不喜欢我吧。但是，今天他却一把拉住我，说是新搬了家，正打算买一套音响，无论如何也要我帮他介绍一二。

我心里着实不情愿，就随便说着，无非是让他多买几本音响杂志来参考，他却不肯轻易罢休。如此一来，阿不都西提就等不及了，笑着对我说："我得先走一步了，你先聊着吧，可别忘了我拜托的事情啊。"我正要和他说上一句什么，他竟然蹦跳着已经下到了楼梯的拐角处，再一使力气，又接连蹦下几级楼梯，转眼便消失不见——原来我不时想起的如何和他最后一次说"再见"竟是如此平常。

他无非是出远门去了而已。

站在楼梯口大约又谈了十分钟，好不容易压抑住不情愿和对方说了声"再见"，想着扣子可能已经在楼下等着了，就和阿不都西提一样跳下楼梯，快步下楼。下楼之后，没见到扣子，只见有几个人在大厅里围成一团吵吵嚷嚷着。因为听见他们说的也是中文，原本也想凑过去看看发生了什么事情，终了，还是没有，径直走到玻璃门的门口，点上一支烟等扣子。

抽着烟，就不免四处打量街景和过往行人，也回头看看大厅里那群围成一团吵吵嚷嚷的人。

这一次，我惊呆了：他们之所以要围成一团，是怕被他们围在中间的人逃跑。

被他们围在中间的人竟然是扣子。

坐在地上的扣子，头发散乱地看着他们，两手有意无意护着小腹。

我立刻丢掉烟头,推开玻璃门,发足狂奔过去。跑近之后,一把推开其中的一个,蹲下来看扣子。还好,她并没受什么伤,但也显然是被人推搡过了。

扣子盯着我看,终了,说了一句:"这下子再怎么想瞒你也瞒不住了。"

我却不去想到底发生了什么事情,只是蹲下来搂着她的肩膀,最后一次确认她没事之后,我转身去问那些人:"什么事?"

真是奇怪,我一点都不觉得害怕,好像万事都成竹在胸。实际上,我在第一眼就认出了他们,我和扣子在鬼怒川挨过他们的打。在极短的时间之内,我大致想出了个眉目,肯定是和扣子借他们的高利贷有关,想着养父还在银行里留了一笔钱给我,又想着这么长时间来我和扣子打工后省下来的钱,说实话,心里并不缺少底气。

刚才,在情急之下,我曾一把推开一个人来搂住扣子,可能是力气使得太大,他踉跄了一下后几乎仆倒在地上,而他正是眼前这群人的头领。听我问什么事情,他笑了起来,走到我身边,蹲下来,掏出一把上弦月形状的短刀来,抵住我的脸:"有性格,我喜欢。"顿了顿,"你说呢,你说我们为什么和她过不去呢?"

"钱?"

"真聪明,是啊,钱,你有多少?"

"她到底欠了你们多少?"

"一个字,多。两个字,很多。利滚利,息滚息,这么说吧,她这一辈子都还不起了。"

和我一样,他也是中国南方人,这从他浓重的南方口音里就可以听出。这并不奇怪，东京的黑社会里本身就有很多中国人，哪怕我的日语再差，也能每隔几天就从报上读到关于黑社会的报道。他继续用那把短刀抵在我脸上来回摩擦，一小会儿之后，他往扣子那边努了努嘴巴，问我："喜欢她？"

我就去看扣子——大概是知道无论如何也躲不过去了，扣子干脆笑了起来。当眼前这个人问我是不是喜欢她的时候，她甚至"呵"了一声，全然不在乎的样子。

是啊，又能怎么样呢？看到她这个样子，我顿时感到宽慰，转而回答眼前的人："是，喜欢。"

"想娶她做老婆？"他又问。

"是。"

"可是，我想把她卖到地下妓院去做妓女，你说怎么办？"

"不行。"

"不行？"

"不行。"

"好，有性格，我喜欢。"说着，他突然站起来，对准我的脸一脚就踢了上来。我应声倒地，只听见他说，"你是什么东西，竟敢从背后推我？"

扣子马上朝我扑过来，和她一起扑过来的是更多的脚。我们被困于其中，一点也动弹不得，只有闭上眼睛接受他们的拳打脚踢。不到一分钟，我的脑袋上就出了血，伤口具体在哪里我甚至根本就没有感觉。突然，我想起来一件事情，就在对我踢下来的一脚一脚之中去看扣子，只能依稀看见扣子的两只手好好地护在她的小腹处。"好了好了，那么就打吧。"我闭上眼睛，"总有结束的时候。"

"把他们抬到楼上去跟我们一起喝酒吧。"我听见刚才的那个声音这样说着。接着,殴打停止,我们被架起来抬上楼梯。头上的血在不断淌下来,顺着额头往下滴,眼睛便愈加睁不开。最终还是睁了,看见扣子已经披头散发,虽然没有流血,但是鼻子和颧骨都肿了,双手还好好地护在小腹处,一句话都不说,要走就往前走,要停就停下来,大概和我想的差不多:任由处置吧,即使最坏又能怎么样呢?

错了,我想的都错了。等他们找到唱歌的包间以后,刚才那个人将手持电话和那把短刀一起丢在茶几上,唱完了一首歌,他才回过头来问我:"喜欢她?"

我稍微愣怔了一下,明白过来他问的还是扣子,就说:"是的。"

"想娶她做老婆?"

"是的,想。"

"奇怪,你怎么会想娶一个婊子做老婆呢?"他自言自语地在不小的包间里走着,走到茶几边喝了一口啤酒,突然泪如雨下,狂奔到包间的一角死命拍打墙壁。哭完了,拍完了,猛然回过头来,指着扣子问我,"说,她是个婊子。"

我不说,我似乎还对扣子苦笑了一下,意思是这并不怪我,我纵有三头六臂,也已经被打得无法动弹,封不住他的嘴巴。

"不说?"他凑过来盯着我看,再看看扣子,突然间哈哈笑了,连连说,"明白了明白了,毛病在这里呢。"说着,他走过去,一把打掉了扣子交叉着护住小腹的手。

我和扣子顿时大惊失色。

其实,扣子本就算得上玲珑之人,即便危险近在眼前,她也应该在最短的时间内便可保护好自己，比如现在，她的双手被他打掉之后，就干脆全然不管，两只手直直垂下，只要有人看着她，她也就看着对方。我知道，她是想分散那个人的注意力。可是，眼前的这个人无论如何都不是初出茅庐了，既然看出了端倪，他就不会轻易放过去。他用一根食指抵住扣子的小腹，笑着问她："有了？"

"没有啊，怎么？"扣子也笑着回答。

"哦，那么，应该能吃得住我一脚吧。"说着，他退后一步，抬起右脚抵住扣子的小腹，一点点往下压。

一下子，我不要命地挣脱将我紧紧按住的人。与此同时，扣子也挣脱了按住她的人，往后退缩。但是后面就是墙角，她退无可退。我刚要朝着那个人跑过去，那个人突然将抵住扣子的脚收回，对准我之后，一脚就让我仰面倒下了。我再爬起来，他又是一脚将我踢倒。这一次，我倒下的时候嘴角刮在茶几上，血就又从嘴角处涌了出来。

我听到那个人声嘶力竭地对扣子叫喊道："说，说你自己是个婊子！"

"我是个婊子。"他的话音一落，我就听见扣子说，"我本来就是个婊子。"

我绝望地想看一眼扣子，看不清楚。我害怕听这句话，从和扣子认识之初就怕她说这句话。不为别的，只为扣子在我眼里本来就没有丝毫不洁之处，和大街上的任何一个女孩子都没有不同。一开始就是这样的感觉，我也能做到一直保持这种感觉，但扣子会吗？我根本就不敢想下去，只绝望地想去看她。

"咯噔"一声，我似乎是听到了世界某处在发出不明的声响。

像是竹节在断裂。

"大点声音,我听不见。"那个人说。

扣子就又重复了一遍:"我是个婊子。"

"再大点声音,我听不见!"那个人又哭了起来。他哭着吼叫完,又坐到茶几边的沙发上去喝了一口啤酒,之后,就将脑袋侧过,把耳朵对着扣子。

"我是个婊子!"扣子抬高了声音说。我去看时,她脸上竟然还在笑着。

"好好,好好。"那个人就像如释重负,疲倦地窝进沙发里,过了一小会儿,对将我和扣子紧紧按住的人挥了挥手,"先喝酒吧。"

于是,我们暂时被放在一边不管。我爬起来,走过去和扣子站到一起,去帮她理一理头发。

我能怎么办呢?"就让天塌下来吧。"我在心里想,"反正我和扣子在一起。"

即使是他们开始喝酒,包间里的气氛也算不上热烈。刚才那个人和另外三个人边喝酒边玩扑克,剩下的三两个人偶尔唱唱歌,偶尔再去看看他们玩扑克。没人说话,气氛只能算得上沉闷。就是这个时候,扣子看着我,往包间的门使了使眼色,我的心和身体都是一震,顿时明白了她的意思。

不足一分钟之后,所有的人都把注意力放在了扑克上,我和扣子几乎同时出脚,一起就往门口冲。我先行一步拉开虚掩的门,可是,我根本不会想到,扣子没有直接跑出包间,而是刚跑到门口处就一把拿起了茶几上那把上弦月形状的短刀,想都没想,一刀下去,准确无误地刺在刚才那个人的脸上。一声惨叫响起,玩扑克的人如梦初醒,但是已经晚了,我和扣子已经跑出了包间。

我们跑出包间,跑下楼梯,跑出大厅,这才跑到了大街上,一口气都没歇就接着往前跑。拐进一条小路后,又跑过了三个十字路口,我们才气喘吁吁地停下。这时候,我嘴角处已经停止了淌血,眼睛却还是睁不开,全然不知身在何处,只和扣子靠在一面爬满了藤蔓的矮墙上喘气。喘着喘着,扣子就呵呵冷笑了起来。满街的樱花都谢了。

满街的樱花都谢了。第二天晚上,九点以后,我们在表参道过街天桥上摆地摊。生意不错,我们都忙得不亦乐乎。一直到十一点还多,客人逐渐少下来,我们各自抽着烟发呆,过了一会儿,我对她说:"说点什么吧?"

"好啊。可是——"她将被风吹散了的头发往下拨弄两下,以此来遮住昨天的伤口,"靠!说点什么呢?"

她竟然说了一声"靠",一边说一边将烟头弹出去好远。我的确喜欢她这个样子。说起来,自我们认识,我倒真是无法想象出她从前的样子,只有她说着"靠"把烟头弹出去,我才会想起我们在咖啡馆里的初见——她用冰箱砸老夏小舅子的脑袋。至于昨天,她拿刀子刺了那个人的脸,倒似乎并不是她从前的样子。而两者之间到底存在着什么样细微的差别,我也说不清楚。

"想到哪儿说到哪儿吧。"我说。

"好,我准备向你坦白交代了。"她把手伸进我的口袋里,又掏出一支烟,点上,火光照亮了她一直肿着的脸,深吸了一口对我说,"要说就从来日本第一天说起吧。"

"……"我想说句什么,并没有说出来。

"小学毕业后,有一天在东直门那儿走着,看到有张布告上写着马戏团招人，就去了。一考，也就真的考上了。那时候，马戏团是学员制，既练功也上文化课，国家负担生活费和学费，我就成天窝在马戏团的院儿里不出来。干吗呢？就是训练老虎。那时候我可用着心呐，你知道为什么？就因为从那时候起我就想来日本，知道把功夫练好了就一定可以来日本。院儿里有几座假山，假山中间有个宣传栏，里面贴着马戏团到世界各国演出的照片。

"真是苦啊，不过我从来就没有起过不想再练下去的念头，受不了了就多跑到宣传栏那儿去看看，看看就再回去铁了心练，方法就这么简单。要说马戏团的老虎早就被驯化过了，但是它们都认人。我刚开始训练的时候，那只老虎一看换了人，那时我也不高，小不点儿一个，差点就被它一口咬死了。

"马戏团里没有一个人知道我妈妈在日本，我从进去的第一天起就瞒得严严实实的。但是，对怎么去日本这样的事，比如要护照要签证啊什么的，我都了解得一清二楚，每天都在留心。功夫自然也练得不错，果然，从第二年起我就开始登台演出，是和我同一批学员中的第一个。又过了一年，我就可以出境演出了，香港啊马来西亚啊什么的都去了好几次，可是，就是没有机会来日本。

"照说我也算是个有心机的人。尽管暂时没有机会去日本，我也一点都不着急，暗地里开始学日语，计划也一天比一天周密。其实计划说起来也简单，就是一到日本就离开马戏团去找我妈妈。拿什么去找呢？也无非就是她几年前给我写信时留的地址了。

"从那时候起，我就知道我以后会是个'黑人'，没有护照，更别谈护照上的签证，反正就在日本黑下来不走了。你知道的，马戏团出国演出，演员们虽然有护照，但是根本就不会发到个人手里，有专门的人负责，出关入关的时候一用完就得再交上去。不过我就是觉得不用担心来日本黑下来之后会怎么样，呵，总觉得还是有妈妈在嘛。

"五年前，大概也是现在这个时候，我来了日本，和大家一起住在新宿的一家小酒店里。耐心也真够好，总觉得还是不要影响马戏团的正常演出，所以，一直等到三天演出结束的那天晚上我才一个人跑掉。后半夜，同屋的女孩子睡着了，我就把早就准备好的包裹往身上一背，下了楼。出了宾馆后，又一口气跑出去了好几条街。

"那天晚上，我背着包，把我妈妈从前给我寄信的地址拿在手里，一点一点往前走。结果可想而知，地方是找到了，我妈妈却早就不在日本了。怪只怪那个地址离我跑出来的地方实在太远了，一直找到快天亮才找到。是幢破落的公寓，三楼，门口还有一双拖鞋。你想得到吗，我根本就不敢敲门，在门口站着，浑身发抖。最后还是敲了，敲了好长时间，里面的人终于来开了门，是个中年男人，接着又出来一个中年女人，就是老夏和他老婆了。

"我一看是他们，脑袋就嗡了起来，但是听见老夏的老婆说的是中文，心又有点安下来了，就站在门口和他们说话。一直到老夏告诉我，说我妈妈早就不在日本了，我才不得不跟自己说，完了，这次真是完了。

"老夏真是个好人，他一边和我说话，一边想让我进房子里去。我看得出来。但是他老婆拦在门口不让进，他也没有办法。那时候，老夏应该也算是有点积蓄的人了吧。后来我才知道，幸亏那天他们正在装修浅草那边的画廊，才到我妈妈从前住过的房子里去住。那里本来住着老夏的一个朋友，就是通过老夏租的那间房子。我妈妈和老夏也算不上很熟悉，只是在要离开日本去加拿大的时候才偶然碰到，谈起那间已经付了两年房租的房子，老夏才说帮忙问问的。

"不幸中的万幸吧，也是凑巧，老夏装修画廊，自己住的房子已经卖掉，刚好朋友又不在，他和老婆一起来过夜，我才能和他见面，要不然，后来的几年如果不是他帮一帮的话，我可能早就死了。

"最后，他们要关门的时候，老夏朝我使了个眼色，我虽然没有全都明白，大概也能预感得出来他能够帮帮我，就下了楼。那时候天已经亮了，再过两个小时，和我一起来日本的人就该去机场坐头一班飞机回国了。发现我不在之后，他们肯定已经乱成了一锅粥。但是我却没有多想，下楼之后就在楼下的花坛上远远坐着，心里一点也不慌，只知道自己做的这件事情可真够大的，到底大到什么地步去了，我一点都不知道。"

说到这里时，扣子停了下来，因为身边起了风。一起就不小，越来越大之后，地摊的四角都被风掀起，怎么压都压不住。扣子走到栏杆边往天桥下面看了看，回头对我说："走吧，收摊了。"

于是，我们收摊，下了天桥回婚纱店。扣子在前面走着，我背着装满了那些小玩意儿的旅行袋走在后面。走着走着，就想一把把她搂在怀里，再蹲下来掘地三尺，掘出一条能被全世界的人都忘记的地缝供我们容身。这个念头刚刚从脑子里一闪而过，我悚然一惊，竟然觉得自己多少有些卑污，是啊，既然已经没有了容身之地，日子又还得一天天往下过，那就只能和扣子一样，根本就不当有事发生过，该吃饭就吃饭，该摆地摊就摆地摊。如此下去，说不定我们还真的能找一条容身的地缝呢。

稍微思虑了一会儿,我就在心里暗暗定下了一个主意。

至于这主意到底是什么,现在我还不想和扣子说。

深夜的表参道,还有零散行人在走着,一家接着一家的露天咖啡座终于抵挡不住大风的侵袭,纷纷打烊。已然是临近春夏之交了,天气仍然有一丝钻到皮肤里去的寒凉,只是在路过"同润会青山",这些如今已经改装成精品店、画廊和平面设计室的原昭和时代集合住宅,看见外墙上爬满了的茑萝,我才觉得神清气爽。扣子突然问了我一句:"怕吗?"

终于说起我们一天来都不曾提起半个字的话题了。

是啊,总是要说起的。

我就说:"不怕。也不知道怎么回事,就像没挨过打一样。"

"我也是。"她露齿一笑,"实话跟你说吧,今天一天忙得够呛,我压根儿就没空去想。"

"那么,"我站住问她,"明天还是这样过吧?"

"是啊,一直就这样过下去,也没什么大不了的嘛。"她说着,语气还是转了,"不过,我们这次真的有大麻烦了。"

我就不说话,跟着她往前走。到了婚纱店,她掏钥匙开门,又说了一句:"不是大,是很大。"

放下背着的旅行袋,时间的确也已经不早,我们便分头洗漱。她先我后,等我洗完了从盥洗间里出来,她已经把地铺收拾好后躺下了。我去店堂里关灯的时候,她说:"别关,就让它亮着吧。"我就不关,走过去和她并排躺下。

"那个人——"躺下之后,她说,"不会就这样放过我们。"

"以前见过他吗?"我问她。

"不只是见过,我第一次去无上装俱乐部里干活,就是他押着我去的。这么说好像他就是个什么坏得了不得的人，我就是在他手里毁了似的，也不是，有的时候他还不错，心思也很细。在国内的时候，他老婆和他的弟弟好上了，他知道后把两个人都杀死了，就偷渡到了日本。

"每次我被他们抓到了，反正没钱还，无非是被他们送到地下妓院里去。我也不在乎，每次都能想办法跑出来。也是怪了，每次押我去的人都是他。其中有两次，还没到他们要送我去的地方，我就从他手上逃脱了。

"但是这次想要过关恐怕就没那么轻松了，也不是因为往他的脸上刺了一刀，关键是像他这种人吃的就是黑社会的饭，抓人没抓到，倒流了一脸的血回去，他上面的人肯定不会放过他。自然也不会轻易放过我们。不过不要紧，要来就来吧，反正总是要来的，反倒不怕了，还很有把握能过得了这一关。过了这一关，哪怕再没有护照，没有签证，也觉得可以一门心思当你孩子的'娘'了，你呢？"

"也是。"我老老实实地说。

"一开始我就想拿那把刀刺他来着，从他说我是个婊子的第一声起，想了就放不下了。一直都没有多担心能不能逃走，只担心能不能刺上他。不错，我的确是个婊子，我刚和你认识的时候，你就知道我干过什么，我也和你说清楚了。当然了，后来又想把从前的事情瞒得严严实实的，你一点都不知道才好，现在一下子又变了，想得也通：你喜欢我，也包括喜欢干过那些事情的我吧。"

"嗯。"

"你看，这就是有了他的作用——"她拉过我的手放在到此时为止依然平坦的小腹上，轻轻地抚摸着，"什么都不怕了，觉得活下去根本就不是问题，因为他总归是要活下去的；还有，也不想把过去的事情再藏着掖着了，想说得越清楚明白越好。他说我是婊子，第一次听见的时候就想刺他，可说着说着也无所谓了，自己本来就是嘛。说来说去还是老毛病，一想，一动念头，就停不下来了，就是想刺他。"

"我知道。"

"咳，不说了，来什么接什么吧。只要能过这一关，所有的关都可以过了。"

店堂的灯还在亮着，店堂外的风也在刮着，渐渐地，雨点开始敲打屋顶，愈加显得地铺暖和，也愈加显得两个人缠在一起暖和：心定之所，即是安身之处。我们两个人一起缩进被子，扣子再缩进我的怀里来，我抱起她的头，把她的嘴唇凑到我的嘴唇边，终于可以好好亲亲她了。

她的舌头就像一条小蛇般和我的舌头绞缠在一起，我无法再压抑住，侧过身去，怕压着她，就蜷在一边，将头埋进她丰满的双乳，去亲她的乳头，去闻她乳沟里的体香，不觉中，我的手已从她的小腹处向下游移了过去，越过湿润的毛丛，停下来。她一阵哆嗦，失声呻吟着紧紧夹住了我的手。突然，她"啊"了一声猛然坐起来，将我推翻，也去亲我的耳朵、眼睛和那颗滴泪痣。我看着她，急促地喘息，她也看着我，喘息声比我更重。

还是在突然之间，她从地铺上站起身来，赤裸着身体跑到样品室里去，我只能听见她在翻箱倒柜，就闭上眼睛等她。一小会儿之后，她拿着一个手铐跑过来，二话不说就把我铐在旁边的博古架上。我认得那副手铐，在冬天的新宿御苑，她曾经用它铐了我一个下午。

她坐到我身上,我们开始做爱。我使出全身力气配合她,她也同样,嘴巴里一直在喊着什么,我听不清楚。我们流出的汗很快就打湿了已经变得皱巴巴了的床单。

后来,每次起落之间,她问我:"爱我?"

"是的。"

"再说一次。"

"是的,我爱你。我爱蓝扣子。"

"是我一个人的?"

"是的,我是蓝扣子一个人的。"

高潮来的时候,她再也支持不住,颓然朝我的胸口上倒下,身体在激烈地战栗,双乳也在我的胸口上跳动,我知道,那其实是她的心在跳。

她不抬头,头发垂在我脸上:"我这一辈子,除非你每天和我睡在一起,否则我每天都不会放过你。"

夜里做了很多梦,一时梦见海水淹了东京,满目皆是汪洋一片,我和扣子坐在一只木桶里顺水漂流,突然一个滔天巨浪翻卷了过来;一时又梦见我和扣子回了国,在江南的某处深宅大院里举办婚礼,曲终人散之后,我却找不到扣子的影子了,就提着一盏油纸灯笼到处找,见到假山和草丛,都伸手去探寻一番。做着做着就醒了,一睁眼,看见扣子也没睡,睁着眼睛正在看我。

我兀自起来点了一支烟,递给她。她刚要接,又不接了,说:"吓你一跳——我戒烟了,刚刚决定的。"

"真的吗?"我不禁感到惊异。

"真的,说戒就戒了。不过,你还是照常抽吧。"她说着,俯

249

卧着看着我，笑着，"心情好，反正也睡不着，说点什么吧。要不然，再给你接着讲我过去的那些事情？"

"好。"我深吸了一口后将烟掐灭，再递过一只胳膊去让她枕着。

"说到哪里了？哦对，说到那天晚上我在公寓楼下面的花坛边上坐着，一坐就坐到了早上。后来，老夏和他老婆一起出来了，老夏到处看我，看到我了也没过来，就给我做了手势，叫我继续在那里坐着的意思。我就一直坐着，早上九点钟都过了，老夏急匆匆跑回来，把我带到快餐厅里吃了顿早饭。在快餐厅里，老夏总算问明白了我是怎么会突然到了东京的，我也总算知道了我妈妈的一切。

"那时候，我到底害不害怕呀？后来我经常想记起当时我是什么感觉，每次都想不清楚，应该就是一片空白吧。不过，无论怎么样，有件事情我总归是明白的，那就是再也回不去了。至于待下来到底会有多少麻烦，当时，一直到现在，都没想。这一天天的不也都过下来了吗？

"老夏真是在可怜我，问明白之后，一个劲儿地说'你这个孩子啊，你这个孩子啊'，可是他也帮不了我什么。知道我会说日语的时候，倒是高兴了一阵子，高兴完了又接着说'叫我说你什么好啊，叫我说你什么好啊'。也难怪，我干的这件事，无论如何也都是他想不到的吧。

"老夏就把我带到一家华人餐馆里去找工作。因为老板是他的朋友，很快就说定了，头一个月只管食宿，做完一个月后再谈报酬。结果只做了三天，就有警察来餐馆查'黑人'——在东京的华人餐馆，这是经常有的事——我只好跑了。不说这个了。真的，老夏是真可怜我,我第一次借高利贷,就是他帮我还的。

"开始,老夏帮我的时候一直都瞒着别人,后来就瞒不住了。他老婆知道之后,又哭又闹,女人的那些老一套吧,结果好多人知道了。说实话,我一点都不恨他老婆。为什么要恨她呀,真是的,她怎么做也都是她的权利。她本来就是个不愿意管闲事的人,再加上后来闲言碎语一多,她就算是不怀疑我,也会怀疑老夏和我妈妈之间究竟是什么关系的。

"说起来,我在东京混得的确惨,最惨的时候还睡过工地上的涵管,可能连涵管都找不到的时候也有。但是记得的只有两次,一次就碰上了你。两次都是发高烧,可能是糊涂了的关系?"

她停下不说了,我侧过脸去看她,看见眼泪从她眼眶里涌了出来,顺着腮一直往下淌。我心里一疼,把她抱进怀里来,她也乖乖地在我怀里蜷好,我就像抱着一只猫。

"要不,先睡吧?"我的手抚摸着她的脸、嘴唇和眼角的滴泪痕。

"不。来,你掐我一把,就在这儿掐——"说着,她把我的手拉过去放在她背上。

"怎么了?"我有点不明白她的意思。

"掐一把,实际上应该掌嘴来着。嘴就不掌了,掐一下吧。"她说,"因为我刚才又想停下来不讲了,其实我是还想讲的。"

那么,我就依她所说,在她背上轻轻掐了一下,她"嗯"了一声说:"好了,可以接着讲了,反正什么都不想瞒你了,说得越多,我就觉得自己越干净。

"刚才说没地方睡觉只有两次,一次被你收留了,那是第二次,还有第一次呢?

"第一次我就做了妓女,也就是别人骂我的婊子,呵。"

我的心里一紧,愈加紧地抱着她。

"冬天,下好大的雪,也是发烧,烧糊涂了,天旋地转的,什么都看不清楚。一个人在新宿走着,打算给老夏打个电话,口袋里又一分钱都没有。从一条地下通道里走过的时候,看到一个流浪汉,眼睛瞎了,靠在墙上打盹,脚边上放着一顶礼帽,礼帽里有别人施舍的钱。开始我也没打算偷他的钱,只想着能不能像他那样讨几个施舍钱,但是我要是也像他那样靠墙坐着,估计也不会有多少人给我几个施舍钱吧。没办法,我只好走过去,偷了他的钱去打电话。

"结果老夏那段时间正好不在东京,我只好从电话亭里出来,继续一个人在新宿窜着。那天雪下得好大啊,窜着窜着,就想:今天晚上,不管是谁,只要他能带我去个暖和的地方,无论他要把我带到哪里去,让我干什么,我都答应。

"无论他是谁。

"窜到歌舞伎町附近,那地方有好多公共汽车旅馆,你总该知道的,好多年轻的女孩就站在那里等需要她们陪的人。那时候我也不知道这些,反正就在那儿胡乱窜着。每走一步都觉得再也走不动了,全身软得恨不得就躺在地上算了。窜了一会儿,看到那些女孩的打扮,又看到旁边的公共汽车上挂着'旅馆'招牌,心里也大概明白是怎么回事了。这时候,有个男人朝我走了过来,戴着棒球帽,我看不清他的样子,不过,我对自己说:好了,就是他了。

"不管你相信不相信,我一直都没看清楚他长什么样子,脱了帽子以后也没看清。烧得太厉害了吧,只记得脑子里只有一道白光，别的什么都没有。还记得他看见床单上的血迹之后很惊讶，后来，他把钱包里所有的钱都给我留下了，付了通宵的房费后就走了。

"就是这样。"扣子说，"说完了。"

只有等到这个时候，我才终于忍耐不住，身体挣扎着无声地哭了起来。

什么都不管了。什么都不想了。除了哭，就只有哭而已。

我的扣子。我一个人的。

一连几天，我都在关了店门之后出门，理由是手头上的资料不够，改编《蝴蝶夫人》的时候卡了壳，要去图书馆借书回来以作参考。扣子将信将疑，但我总能在她下班之前赶回来，她也就索性不管我了。

"倒是很奇怪嘛。"她也突然想起来了似的问我，"你怎么又不带我一起出去了？"

我轻松就能蒙混过关："怕妨碍你挣钱啊。"

"那以前你就不怕？"

"也怕，只是今时不同往日，现在不怕你再出什么事了，你也舍不得再出什么事了，对吧？再说，把剧本写好了也一样挣钱啊。"我也是照实回答。

她想了想，扑哧一笑："也是。好了，我不管你了。"

"这就对了。"一连几日之后我终于可以忘形地饶舌了，"天要下雨，娘要嫁人，由我去吧。"

顺利地出了门，我就真的放心了吗？并没有，我得找个僻静的地方坐下来，要么是一间店铺，要么就是在一棵榉树的背后，只要它正对或者斜对着露天咖啡座。我要么站着要么坐着，点上一支烟,耐心地等上半个小时,看见她给客人弯腰鞠躬,看见她端着咖啡进进出出,我才能离开,但也不放心。

不放心也得走。

坐在电车上,我懒洋洋地打量东京,时刻提防着身上的钱出问题,因为这是除去留下的我和扣子两个月生活费之外所有的钱。我已经瞒着扣子取出来,全都带在身上了。当然,其中的绝大部分是养父为我留下的,扣子甚至从来没有过问过。将万千世人罩于其中的东京似乎并无太大变化,也许是"只缘身在"。偶然也能见到几幢新建好的摩天大楼,要么是商场要么是银行,倒让我想起昆曲《桃花扇》第一出的第一句:"孙楚楼边,莫愁湖上,又添几树垂杨。"

只有在回表参道的时候,脸贴在玻璃上往外看:轰鸣的电车惊醒了已经在道路两旁的树冠里沉睡的鸟群,电车过时,哀鸣而出,四处飞散。我顿觉惊心,久久不能自制,就忍不住地作如此想:我和扣子,置身于此刻之中,又何尝不是两只受惊后正在强自镇定的鸟呢?

还要一直强自镇定下去,直到彻底镇定下来。

到了新宿站,下车从南口出站,走出去两步之后,一眼看见"松花江上",就加快了步子往前走。进了一楼大厅,看着前几天我和扣子被人团团围住后拳打脚踢的地方,也只一阵苦笑。再疾步上了二楼,每个包间都轮番找一遍,但是,一连几天下来,我也没能碰见那些对我和扣子拳打脚踢的人。

是的,我要把我所有的钱都给他们,即便如他们所言:扣子欠下的钱一辈子都还不清。那么,还一点总是一点。更何况,她一个人还不清,那么,多出了我之后呢?

我做的这些扣子全都浑然不知，只是我的斗胆做主。但总是想不至有错，也只能如此这般来安慰自己了。只是，一连几天我都没能见到他们。

今天，临要关店门出来之前，接到了筱常月的电话。拿起话筒，也不知从何说起，只说剧本的事情还算顺利，看样子也会一直顺利下去。放下电话后，我看着街对面正给客人倒咖啡的扣子，悚然一惊：由此开始，并且一直绵延下去，我和扣子剩下的诸多岁月难道每日都像此刻般度过，连讲电话也因为心存恐惧而语焉不详？

绝对不能这样。

还是像前几天那样上了车，懒洋洋地打量着东京。到了新宿站，就从南站口里出来，一眼看见"松花江上"，加快了步子跑过去。刚刚走进一楼大厅，就迎面碰上了我要找的人，但是并没见到那个泪流满面的人，只见到他身边的几个，大概就是他的跟班了。

我丝毫都不害怕，微笑着走上去，径直对他们说："我还钱来了。"

"是吗？好好，还钱就好。"一个中年男人说着一口蹩脚的普通话来招呼我，大概不是台湾人就是香港人。

前后只花了五分钟，我所有的钱都交给了他们，换来的是他们的一张收条。我对他们说：即便现在就将我和扣子杀死，欠他们的钱也一样还不了。现在既然来还了，我们两个人总还有几十年活，就一定还得清，唯一的请求就是我们一点点来。还有，扣子欠的钱虽然多，但总有个具体的数目，请他们留下具体地址和电话号码，我改日好去计算清楚。

"没问题没问题。"招呼我的人说,"我说了,只要还钱就好。"

说完了,他们上了二楼,我总觉得不能踏实,看了他们半天,也终于还是无话可说,只有拔脚离去而已。刚刚走到门口,我看见又一群人正在走进来,一下子我就看见了那个泪流满面的人——他又在哭着问另外一个年轻的女孩子:"和我说说,你怎么这么不要脸啊?"一言未毕,他一脚朝那个女孩子身上踢去,那个女孩子跌跌撞撞地往前奔了两步之后,终于还是摔倒在了地上。倒是他,看上去更像是受害者,转为了号啕大哭。

他并没有认出我来。

坐在回表参道的电车上,左思右想,总觉得还有不少蹊跷之处:我已经做好准备来接受他们的辱骂甚至殴打,结果却风平浪静。隐隐中,我感到不安,事情不该轻易就是我所希望的结果。并且,我不得不告诉自己:事情的确不会就这样轻易结束。但是,终究还是轻松了些。便想,我和扣子,就像受惊后四处逃散的鸟,无非是要找个避风躲雨的窝。也知道下次风雨来的时候还得再找窝,但是,总能过段不被别人注意的生活了吧。

在原宿站下了车,我朝表参道步行过去。路过竹下通一带的时候,看到人来人往,在人群里走着,就特别想找个人说说话,便想起了杏奈。也不知道她现在怎么样了,就拿出手持电话来拨她家中的号码,依旧是响过十声后无人接听。"可能又是父母陪着去府中的病院了吧。"我想着,挂了电话。

上了表参道,我找了个自动售货机买了罐啤酒喝着,没有径直回婚纱店,而是上了过街天桥:正是九点钟的样子,反正扣子一会儿也要来这里摆地摊,就在这里等着吧。等我低头喝着啤酒上了天桥,一抬头,看见了扣子,她正拿着个布老虎和两个蹲在地摊前的人讨价还价呢。

我赶紧跑过去,她看了我一眼,没说话,继续和对方讨价还价,等生意成交了,她才往婚纱店方向指了指,对我说:"麻烦大了。"

我跑到栏杆边看过去,一见之下,我的第一个反应就是"麻烦的确大了":一辆警车正停在婚纱店外面,不用说,它是冲着我们来的。只有到了现在,我才明白那些人刚才何以如此风平浪静,原因就是他们已经通知了警察。

我反而笑了起来。是啊,既然无论如何也躲不过去,那么,就来吧。我回头看扣子,扣子根本就是一脸没有事的样子,只是说:"来得真是时候。我刚一出来他们就来了。"

"你要是不早点出来,"我说,"那我们连最后一面都见不着了?"

"是啊,要是那样的话,顶多再过一个月,我就得去坐牢了。"

"我绝对不会让你坐牢,死了也不会。"我喝了一口啤酒,"你记着。"

"切,干吗要死啊。"她吐了吐舌头,"我还要生儿育女呢。"

"对对,就是这个话。"我说着,走过去和她坐到一起,递给她啤酒,她没接,我顿然醒悟,她现在已经是个烟酒不沾的人了。

此后两小时,婚纱店前的警察一直没有走,我们的生意倒是照做不误。十一点过了之后,警察还没有走。天桥上已经没有过往的路人,我们就收好地摊,一直走到竹下通,寻了一家热饮店喝饮料。我原本还想再来罐啤酒,想了想,终于还是买了最便宜的豆奶。

半夜两点,估计警察已经走了,我和扣子出了热饮店。刚一出店门，天地一阵颤动，是地震。不过，是那种司空见惯的地震，行人只需停下来将身体站立住即可。这样轻微的震感在地震多发国日本本来就没有什么稀罕之处。我们就继续往前走，扣子突然"呵"了一声说："想一想，命运还真是个奇妙的东西。你说，那天晚上，我去找我妈妈，要不是找到快早晨了才找到她住的地方，我也可能已经和马戏团的人一起回国了吧？"

我没有搭话，因为也不知道说什么好，想起了被电车惊醒后飞出树冠的鸟，再想想我和扣子只能后半夜才能回家，脑子里不由得浮出《桃花扇》里的一句来："曾见金陵玉殿莺啼晓，秦淮水榭花开早，谁知道容易冰消；眼看他起朱楼，眼看他宴宾客，眼看他楼塌了。"一念及此，便禁不住想自己给自己掌嘴，对自己说："没起过朱楼，朱楼自然也塌不了。"

第十二章　莫愁

"莫愁湖边走，春光满枝头；莫愁湖边走，春光满枝头。"一大早，扣子就唱了起来，但是只会唱两句，便翻来覆去地唱。唱着唱着，像是在提醒自己，也像是在对我说："所以说，莫愁！"

我们在大扫除，我、扣子和望月先生。

起因是望月先生的一句闲话。在店堂里坐着，望月先生说起日本的传统节日"彼岸节"近了，妻子在世之时，每年到这个时候，都要来一次大扫除。我并不懂"彼岸节"的来历，就请望月先生解释一番，这才知道，"彼岸"二字在佛教中本是"死者渡河的对岸"，而对活着的人来说，所谓"彼岸"就是死之世界了。为告慰已在对岸的亲人，就必须在"彼岸节"期间去为亲人扫墓。说起来，大概和中国的清明节差不多。

听完望月先生的解释，我想起筱常月告诉过我的那个流传于北海道一带的古怪风俗，心里兀自一沉，想来这个风俗绝不至于是空穴来风了。

兴之所至，望月先生又跳了一段他关西老家的"鬼太舞"。也许是因为大扫除的时候太累了，跳完舞，他进柜台里坐着，竟然睡着了。

"喂。"扣子从样品室里走出来，天气正在逐渐热起来，她身上只罩着一件我的棉衬衣，头上顶着块绿格头巾，神秘地叫了我一声,"跟我走。"

"去哪儿?"我问。

"哎呀,跟我走就是了。"于是,我便跟她进了样品室。一进去,她就掀开棉衬衣,再掀开贴身的内衣,对我说:"有感觉了。"

"什么感觉啊?"我的手被她拉着在她的小腹处轻轻游弋,"疼?"

"什么呀!"她伸出手来敲打我的脑袋,"你可真是个榆木脑袋,他还那么小,又不动一下,我怎么会疼呢?"

我正要再问她究竟有什么样的感觉,她却又先问我了:"哎,你说,他到底是什么样子?像你还是像我?"

"太早了吧——"我替她把掀起来的衣服放下,整理好,"现在大概还只有一只苹果那么大吧?"

"也是。不过,真奇怪啊,我好像都能看见他的样子了,特别是做梦的时候,看得特别清晰。梦一醒就想不起来了,越想就越想不清楚。"她说。

然后,我们开始打扫样品室,花了总有一个小时吧,终于打扫完了。出来到店堂里,望月先生已经睡熟,发出了轻微的鼾声。扣子走过去给他披上一件衣服,我们就通体慵懒地坐下来看书。我照样看佛经,她在看着本八卦杂志:咖啡店里带回来的,上面又是一堆的心理测试题。我时常要走神去想《蝴蝶夫人》,想着想着就去看扣子,才发现她也没好好看杂志,正坐着,托着腮,看着店外,一脸的笑。

再后来,我们就搬了新买的梯子,出了店铺,在表参道上走着,终于找到一条小路绕到婚纱店后面,在盥洗间的窗口下,把梯子放下来。扣子爬上梯子从窗户往里看了三两分钟,说了声

"OK"就下了梯子。我不放心，也爬上梯子往里看，发现果真OK：窗户下面摞着几只箱子，箱子又垫高了，扣子爬起来也似乎不是什么难事了。

——这，就是扣子的逃命通道了。

一连几天，当然，也不是每一天，晚上九到十点钟的样子，警车，连同警车里的警察便会不请自到。又有两天，来了几个穿西装的人，我们远远地站在天桥上看过去，也看不清楚他们到底是什么来历。前天晚上，总算看清楚了他们车上的"入国管理"字样。扣子的身体一颤说："真是想整死我呀，连入国管理局的人都来了。"不过，白天倒还平静无事，想来警视厅和入国管理局的人在白天里总有比抓扣子更重要的事情吧。

我不知道他们到底是从什么地方弄到我们的地址的，想来是对我们拳打脚踢的人告诉他们的。那么，那些人又是从哪里知道我们的地址呢？我想过，慢慢就不再想了，就像扣子所说的："连我们的地址都弄不到，他们还怎么混黑社会啊。只要他们想知道，就一定可以知道。"

短暂的几天之内，没有一天不考虑此种情形：万一，在后半夜，我们在婚纱店里睡熟，警察和入国管理局的人去又复来，扣子该如何逃走？商量的结果，就是照我们刚才所做的那样，在盥洗间外面放一把梯子，一旦有风吹草动，扣子便可以从盥洗间里逃到外面去。

除此再无他法，都已经想过了。

下午，望月先生走了，我犹豫再三，终于觉得心神尚能入定，就拿出剧本来接着写。已经小有一段时日不写，倒是没觉得多么生涩。我已经写到了巧巧桑的婚礼，她的伯父正在婚宴上咒骂她背离了自己的宗教，我用了《蝶恋花》作词牌，写来颇为顺手，正写着，扣子问我："那个女孩子，怎么样了？"

我放下笔看着她，一时也不知道她说的是谁，还以为是巧巧桑。

"去印度的那个。"她说。

杏奈。是啊，现在她究竟好转了没有呢？自从接到她父母的信，我已经记不清楚给她家中打了多少次电话，始终未能听到她的声音。现在扣子一提起，我也禁不住一阵黯然，正想着是否再打一次电话去试试，扣子说："要不，你去看看她吧。"

"啊？那你一个人怎么办？"我有些吃惊，对她说，"暂时还是算了吧。"

"不要紧，白天里他们总不会来。"她走过来，站到柜台边，"我就在柜台里坐着，鬼子的行动逃不出我的眼睛。一会儿我得去对面上班，他们即使来了，也不知道我就在街对面上班啊。"

"可是，怎么会突然想起来让我去看她呢？"

"高兴啊。想大家都高兴，认识不认识的人都一样高兴。"

"听着怎么像国母的口气啊——"我还在犹豫着调侃，她却一把把我拽起来，拉出柜台，往前推："去吧去吧，怎么那么烦人啊！"

我已经被她推到了门口，还是回过头来问她："真的不要紧？"

"真的，我总得有一个人过的时候，就从现在开始吧。"她把我推出门外，"我现在是越来越矫情了，其实碰到你之前也是一个人过，这个毛病得改了。"

于是，我只好听从扣子的命令去看杏奈。话虽这样说，其实真正的原因还是觉得白天里不会有什么麻烦，才敢稍微放心地去。

一直到已经坐在电车上，才想起来根本就还没给杏奈的家中再打一遍电话，赶紧掏出电话来打。这一次，竟然通了。

我更加没想到的是，接电话的竟然就是杏奈。

听到我的声音，杏奈"啊"了一声，顿时我便觉得她就站在我的对面：仿佛去年，我和她一起正从浅草的美术馆里走出来。

"真是奇怪啊——"杏奈喝了一口茶说，"我从第一眼起就喜欢上了他。"

此前半个小时，隔了这么长时间之后，我终于得以再见杏奈。一见之下，实在难以相信——单从外貌上看去，和我去年见她时并无丝毫不同。我呆呆地看她泡茶，看她打开音响，但却不再是德彪西，是不知名的印度音乐，悠扬中伴有几分妖娆。杏奈笑着告诉我这是印度人婚宴上的音乐，类似中国的礼乐。"父母给你写信的事情，"她说，"实在对不起了。"言辞之间，仍然是最标准的日本女孩子的语气。另外，她对一切身外之物都感到惊奇的习惯依然还在。我在小杂货店里买了一支鹅毛笔来送给她，她拿在手里翻来覆去地看，不禁就使我想起了去年，她坐在咖啡店里问我"袈裟的颜色为什么是红色的"。

无论如何，我都不能把眼前这个一直在笑着的女孩子和想象中潮湿阴冷的精神病院联系在一起。

那么，说点什么呢？

我干脆横下心来，准备直说我实在想象不出她为什么会住进精神病院。杏奈先说话了："我的情形，想起来不可理解吧？"

于是我说："是。"

"白天里还好，可是一到晚上，就像换了个人。"她说，"全身发抖，好像活在前一晚的噩梦里。我也知道现在是在日本，不是在印度，叫自己不要怕，可就是忍不住，一到晚上就大喊大叫。"

"从哪里说起呢？"我们搬了两把藤椅从房子里出来，绕过假山，在池塘边的草地上坐下来，杏奈自言自语了一声"从哪里说起呢"，就"啊"了一声，"还记得那封信？"

自然是说她从印度写给我的那封信了，就说："当然还记得。"

"现在想起来，那该是我最快乐的时候了。和他认识才不久，尽管不能像别人一样上街，一切都只能是偷偷的，连散步都只能在晚上，但就是觉得快乐。像我刚才说的，'从第一眼起我就喜欢上他了'，这种感觉正是我从小就向往的。所以，那段时间，我每天都要对自己重复几遍：'哈，真不错啊，我是第一眼就喜欢上了他的。'"

"连散步都只能在晚上？"

"是啊，因为怕他被他从前的朋友杀死。"

"啊？"

"他从前是个恐怖分子，一个不杀人就可能被别人杀死的恐怖分子，可他就是不愿意杀人。说真的，我从来都没想过电视里面目狰狞的恐怖分子有一天会离我这么近。"

必须承认，杏奈讲的事情已经远远超出了我的想象范围，只能听她继续往下说而已。

"印度和巴基斯坦之间的克什米尔地区，知道吗？"在我迷离着的时候，杏奈问了一句。

"知道。"我想了一会儿说。尽管需要迟疑一下，但是仍然能够记起"克什米尔"这个地名来。在我还没来日本的时候，就经常能够从电视和报纸上知道关于这个地区的消息。印象中，战争在那里一直都没停止过。年岁稍长之后,我也大概知道了些来龙去脉:它属于主权上有争议的地区,印度和巴基斯坦都宣称对其拥有主权。来日本之后,几乎没看过电视,但是偶然一翻报纸,还是能看见关于那里的消息。

"他,我喜欢的人,叫穆沙·辛格,就是从那里来的。"杏奈说。

"这样啊。"

"那天,天黑得很早,和往常一样,晚饭过后,我打算去散步。出门后,刚走到一条小巷子口上,突然听到一阵枪声。街上的人们都尖叫着四处逃散的时候,我还站在街上发呆,根本没以为自己听见的是枪声。

"终于还是跟着人群一起逃了,这时候,有个年轻人在我前面摔倒了,身上到处都是血。我刚要跑上去把他扶起来,他自己已经跟跄着站起来继续往前跑。刚跟着人群拐进另外一条巷子,他又摇晃着要摔倒,我就赶紧跑上去将他搀住了。

"他就是辛格。

"这时候,又是几声枪响,尖叫声更大了。我根本就来不及看看我搀着的人到底长什么样子,只是直觉告诉我枪声和他有关,就不要命地搀着他往前走。刚走到一个水果摊前面,终于还是摔倒了,我和他一起摔倒了,脸凑在了一起。

"他的确是个美男子,我只看了一眼,就觉得他好像看过的印度歌舞申影里的男主角。后来想起来,我应该就是从这个时候喜欢上他的了。

"我使出全身力气,想把他再搀起来,无奈我的力气太小了。这时候我才发现,他在哭着。应该也不算哭吧,因为他是仰着躺在地上,眼泪流出来之后,顺着额头流进了头发。可是,我有一种奇怪的感觉,他好像并不是为了自己的受伤在哭。当然,这种感觉很短,大概只有一眨眼那么短吧。

"也不知道是怎么了,看着他,还有他身上的血,我特别心疼,只有一个念头,就是一定要帮他逃走。

"中国有句话,叫'天无绝人之路',我突然想出了办法:站起来,将水果摊推倒,正好把他盖得严严实实的,芒果、柠檬还有橘子,滚得到处都是。我干脆站住,看看会发生什么事情。过了不到两分钟,几个拿着枪的人踩着水果从我身边跑过去,我也总算知道这起码不是警察在追捕逃犯了。

"后来,警察来了,街面上慢慢开始平静起来。虽说正在平静下来,吵闹声也还是不小。你知道的,在印度,大街上总是闹哄哄的。我去找了辆出租车来,想把他送到医院去。结果,出租车来了之后,司机掀开水果摊,看见满身是血的他,就说什么也不愿意送他去医院,招呼也没打,马上就把车开走了。

"最后,实在没办法了,我干脆买了一辆三轮车回来,花了好半天时间才把他弄上车,就开着三轮车去找医院。但是,伽耶城我并不熟悉,怎么找也找不到。想着他身上的血还在不停流,突然想起我住的地方也有专门为入住艺术家提供服务的医院,就往我住的地方开了回去。

"在我住的那幢小楼前停下后,我想把他从三轮车上扶下来,他的手却抓着一根栏杆怎么也不肯下来,一直在摇头,但是一句话都说不出来。我凑过去看,发现一本书掉在车厢里,是本英文书,书上都是血。我把它捡起来拿在手里,他才把我的手放了。

"我把他放下,转身就要往医院里跑,他却一把抓住我,不让我去,就像是在哀求我。我一点儿也不知道该怎么办,想了半天,就决定先把他扶进我的房间,然后再想办法。这时候天已经快黑定了。我搀着他进房间的时候,才看清楚那本沾满了血的书是美国诗人金斯伯格的诗集。"

这时候,天黑了。庭院里飘满了植物的香气,背后的小楼里也散出了昏黄的灯火。若隐若现的音乐声竟一直没有停止,已经来回放了好几遍,不用猜也知道那必定是杏奈的父母一直就站在音箱边。实际上,杏奈在给我讲她的故事的时候,语速倒不是很快。她毕竟说的是不够标准的中文,说话的时候总要迟疑着寻找最恰当的词。但是,伴随她的讲述,我却禁不住浮想联翩,仿佛身临了她的情境——就蹲在伽耶城的那条巷子口,看她救下那个叫辛格的小伙子,又看见了那本沾满了血的金斯伯格的诗集,就想起一句话来,在西方,这句话经常被人镌刻在死去亲人的墓碑上:"上天注定我们相逢,或是一日,或是一生。"

山冈上种着绵延不绝的烟叶,还不到成熟的时候,即使在月光下也是满目青翠,正好和山冈下的一大片茴香田、远处的大海在幽光里相映成一幅绝妙的美景,就像杏奈所言:"我住的那地方,在印度也该和中国的桃花源差不多了。"一个后半夜,杏奈和身上还缠着绷带的辛格从房子里走出来,走上山冈,穿行在烟叶田和茴香田里,之后,他们走上沙滩,靠近了大海。

"奈——"辛格叫了一声杏奈,他用的是英文,"我念一首诗给你听吧。"

"啊,"杏奈一脸惊奇地笑着看他,"是真的吗?"

辛格对她点头,微笑,一笑就更显出身体的单薄,毕竟还来不及恢复。杏奈在月光里盯着他看,不自禁问自己:"我是喜欢上他了吗?"当然,她可以自行回答:"嗯,是的。"有那么一阵子,哦不,是经常,杏奈会想:天哪,他怎么会长得这么好看呢?

他们便在沙滩上坐下来,辛格开始念诗:

我们这是去哪儿,瓦尔特·惠特曼?店门再过一小时就要关了,今晚你的胡须又将指向什么地方?

我们要在这空荡荡的大街上行走一个通宵吗?树影重重,各家的灯火熄灭时,我们都会孤独的。

我们要溜步,梦见迷惘的美国梦见爱,走过行车道上的蓝色的汽车,回到我们寂静的茅舍吗?

啊,亲爱的父亲,灰胡子,孤独的年老的鼓动师,当卡隆撑着他的渡船离去时,当你走上烟雾弥漫的河岸,矗立在那儿望见小船消失在勒忒河的黑水中时,你会有一个什么样的美国?

是金斯伯格的《加州超级市场》。

其时微风轻送,近在眼前的海面上波光粼粼,松软的沙滩被月光照耀得金光闪闪。不远处的一座礁石之上栖息着沉睡的螃蟹,更远处几艘已经废弃的巨大的轮船下,晾晒着渔民们白天里编织好的渔网。月光透过渔网洒下,使那一小片沙滩布满了格子状的光影。

这,就是我对杏奈身临其中的情境的想象了。

只要是闲来无事,店里没有了顾客,我就一边写剧本一边作如此想。

一个月过去了，警察和入国管理局的人好像已经忘记了我们。后来想起来，那大约就是上帝施与我们的怜悯，让我们像一对真正的小夫妻那样度日，也就是所谓的偷生了。每隔两天，我便去一趟品川，和杏奈坐在院子里聊天，回来后再说给扣子听，扣子听罢便久久不能说出话来。

天气逐渐炎热起来，白天里只需穿一件棉衬衣便也不觉得冷。我和扣子继续在表参道上生活，日出日落之中，也颇有"生生不息"的味道。因为扣子在露天咖啡座一直上的是下午三点至晚上九点的班，所以，上午这段时间里她也找了件事情来做——每天上午九点至十点半，她就会准时到表参道西端的一家"母婴教室"听课。不过不用付学费，她只需在那里做点茶水方面的服务即可。至于她到底是怎样办到的，我也不清楚，反正她是个遇事总有办法的人。

至于我，还是像过去一样，守着婚纱店，写着剧本。总是写着写着，脑子里就想起了前一天或者前几天杏奈讲给我听的故事，便暗暗想：假如真的有认真写小说的那一天，一定会将杏奈的故事写出来吧。写不出来的时候，我就搁了笔，抽着七星去想象印度——

杏奈救下辛格的当晚，把他扶进房间里去之后，正着急着要去医院里请医生来，辛格一把拉住了杏奈，沙哑着嗓子用英文对她说："千万别去。"杏奈一惊，不知所措地看着他。而且，一直到这个时候，她才看清楚对面这个英俊的男人所受的伤到底有多重。她这辈子也没见过一个人竟然流了那么多血。这时候，这个男人虚弱地微笑着对她说了一句："没吓着你吧？我叫辛格。"

十分钟之后，杏奈又匆匆跑出了门，并没有跑向医院，而是跑进了一家还在营业的超市里，买了酒精和纱布，还有一把匕首大小的刀，又匆匆跑回来。当她一推自己房间的门，看见辛格在虚弱地对她笑着，她就在心里又重复了一遍刚才在奔跑时已经重复了无数遍的话："无论如何，一定要救活他。"

她觉得自己的心正在变得无以复加地柔软。

"是啊，真柔软。"在杏奈的家里，还是在草地上，杏奈曾端了一杯茶对我说，"过去从来没有过这种感觉。而且，还想，这个世界上，此刻也一定会有不少的人像我一样正在变得柔软起来吧？"

"绝对是的。"我回答。

"你不知道那种感觉，我在他身边忙着的时候，既像个为哥哥担惊受怕的妹妹，不知怎么，又像个在照顾小孩的母亲。这种感觉奇怪吧？"

"其实并不奇怪。"我告诉她，"应该许多女孩子都有过你这样的感觉。"

"不过，过了十分钟，我又从自己房间里出来了，直到这时候，我才知道我刚才买的那些东西是派什么用场的。对，他要自己给自己动手术，把体内的子弹给挖出来。他和我商量着，要我先出去一下，不然会被吓着的。他的英文并不标准，而且说话的声音又小，断断续续地，我听了半天才听清楚。明白了他的意思后，我被吓得呆住了。是啊，我想留下来帮帮他，最后，胆子还是太小，终于按他说的那样从房间里出来了。

"我在一棵棕榈树底下走来走去，月亮也不大，但是，突然间，觉得自己好像来过这个地方。不单是说我住的地方，而是整个比哈尔邦，整个印度。不是在梦里，可是又想不起是什么时候。

蒙蒙眬眬觉得自己上次来的时候,一个人在大菩提寺的宝塔下面跳舞,还有一只大猩猩为我鼓掌,想法也的确是够奇特的了。我就想:上次来这里,是在前世吗?

"再回自己的房间,是一个多小时后的事情了,在门口站了半天不敢进。人啊,想着真是奇怪:自己在大街上救了个受枪伤的人回来,跑前跑后的时候并不觉得多害怕,就像是自己本就该做的一样。虽说他给自己动手术的时候,我因为害怕出来了,但那还不是纯粹的害怕,而是觉得像这样的场合,我本来就不应该在场。但是现在,一想到进门后又会看到那张微笑着的脸,心里就慌了。

"有一种东西在我身体里慢慢滋生了出来,后来想起来,那应该就是喜欢,就是爱了。

"其实,我们第一晚并没说太多话,子弹挖出来之后,他都已经快昏迷过去了,虚弱得一句话都说不出来。我照顾他沉沉地睡了过去,他手里还抓着那本金斯伯格的诗集。

"世界上的事情就是这么奇妙:我救下的这个人,我即将爱上的这个人,他不光是一个临阵脱逃的恐怖分子,还是一个诗人。"

"诗人?"

"是,诗人。他给我背诵过好多他自己的诗,不过那已经是一个星期之后了。我还帮他去一家报社送过诗稿,那就是更靠后的事了。那时候,他的事情我大多已经知道得一清二楚,知道了他是被派来炸比哈尔邦的一座大桥的。但是,到比哈尔邦的第一天晚上,他就将那颗威力巨大的微型炸弹藏了起来,自己则偷偷跑了。他当然知道这样做自己会面临什么样的结果,但是,像他自己说的那样,'非做不可'。

"报复来得实在太快。就在第二天晚上,他刚刚从一家小店里买了本稿纸出来,昔日的朋友找到了他。他撒腿就跑,还是没有跑脱,中了两枪,伤口都在肩膀上。也就是在中枪的同时吧,他的鼻子一酸,就哭了起来。不是为受了伤,而是想起了他和昔日的朋友在一起的时光。后来,他告诉我这些的时候,又哭了。

"我也总算知道他当初为什么不愿意我去医院请医生了。那本来就是个残酷到极点的组织,派出来的人也都无孔不入。可以肯定,他只要活着一天,就一天也见不了阳光,那些人绝对不会轻易放过他。一般说来,像他这样的事发生之后,大大小小的医院他们都会派人去打探。

"所以,在他的伤好了以后,我们即使想出门散散步,也只能在后半夜。要等路上一个行人都没有了才敢出门。可以这样说吧:我们每次即使只踏出我的房间门一步,都是在后半夜。

"就说说那个后半夜吧:那天,半夜两点多的样子,我们又到了海滩上。坐了一会儿,辛格叫了我一声'奈',说想背一首他自己写的诗给我听。我当时高兴得都有点不知道如何是好了,干脆就不说话,听他背自己的诗。应该是一辈子都忘不了的吧,那首诗的名字叫《妈妈,我掉进了地道》,说的是有一天,他在克什米尔山区里走着,突然掉进了为敌人挖好的陷阱,一下子,他想起了他早已死去的妈妈。

"其实,我只听了这首诗的名字,眼泪就流了出来。除了想哭,别的什么事情也不想干。不是因为想起了远在日本的妈妈,而是突然间又觉得自己好像在前世里来过这里。好清晰呀——我就坐在那几艘废弃的轮船下织渔网,我的孩子在我旁边蹦蹦跳跳着,我的丈夫背对着我在浅水区里弯腰忙着什么。我想看清楚他的脸，就停下手里的事情，出神地盯着他看。终于等到他一回头，我的身体竟然一颤，天啦，就是坐在我身边的辛格。

"我知道，我肯定是爱上他了。"

中午，望月先生有路过表参道的朋友来访，我便腾出座位来让他们坐下来好好聊天，自己则抽着烟，出了婚纱店去"母婴教室"接扣子。"母婴教室"离婚纱店不过十分钟的路程，就在一间画廊的二楼上。等我到了那间画廊，又经人指点上了二楼，发现扣子就在楼道里站着，注意力则被教室里欢快的笑声吸引走了，手里还拿着几个纸杯。

我看着胸前挂着"义工"字样胸牌的她，顿时明白了是怎么回事：她在这里只是做茶水方面的服务，服务完了自然要退出教室。

再想起我和她已经是不折不扣的穷光蛋，不禁一阵黯然。不过，我还是呵呵笑着朝她走过去了。回来的路上，我又和她说起杏奈与辛格的故事。当我说起杏奈坐在海滩上恍如看见了自己的前世，还没来得及告诉她杏奈在前世里的丈夫就长着一张和辛格相同的脸，扣子就抢先说："我知道我知道，她肯定是爱上他了。"

一天下午，确切点说，就是将阿不都西提的马送到鬼怒川去的第三天下午，在得到望月先生的允许之后，我和扣子去银座一间二手衣店买夏天的衣服。消息是她从报纸上看来的，说是歇业之前的清仓甩卖，此等机会扣子自然不会放过。

并无什么好东西，在里面逛了两个多小时，两手空空地回来了。想着时间已经不早，我应该尽快换望月先生回家，就不像往日那样走得慢。但是，过了"同润会青山"，就再也不敢往前走了。

一辆警车停在婚纱店外。

往露天咖啡座那边看去时,赫然发现咖啡座的老板娘也正和两个穿西装的人坐在一起谈话。我和扣子当然都认得他们,他们都是入国管理局的人,一个月前曾经来这里守过几晚上。

我的脑子顿时"嗡"了一声。

"终于还是来了。"扣子脸色惨白地对我说,"麻烦真是大了。"

我们靠着爬满了藤蔓的围墙站住了,脑子里一片空白,只是茫然看着警车和警车上亮着的警灯,还有警察和入国管理局的人在表参道上来来去去,穿行在婚纱店和露天咖啡座之间。足足半个小时还多的样子,那两个穿西装的人终于结束了和咖啡座老板娘的谈话。再看这边时,望月先生也正送警察出来。

"表参道待不下去了。"我听见扣子说。

待不下去也就不待了吧,不如此又能怎么办呢?

至于现在该如何,明天又将如何,我根本就不去想,脑子里只有一个念头:将扣子带走,带到一个山洞般的地方去,世人根本就找不到的地方。

警察和入国管理局的人走了以后,也差不多到了望月先生在往日该离开婚纱店回家的时候了。今天却没有,店门一直开着,不用说,望月先生肯定是坐在店里等我和扣子回去。但是,我和扣子并没有回去,仅仅在三言两语之间,我就和扣子定下了一件事情:离开表参道,去秋叶原阿不都西提留下的房子里住。

我们走到街对面,在紧靠露天咖啡座的摄影器材专卖店里装作闲逛,其实一直在紧盯着婚纱店看:望月先生不再像以往那样喝啤酒,脸上满是焦虑之色,在店堂里踱来踱去。一直到夜幕降临，望月先生终于锁上店门走了，步态也不似平日那样矫健，甚至显出几分憔悴：毕竟年纪大了，况且也不知道刚才的来人和他谈了些什么。唯一可以肯定的是，望月先生已经知道收留所谓"黑人"认真说起来其实也是一项不算小的罪名了。

望月先生走了，扣子也说道："我们走吧。"

我还以为是回婚纱店，不禁诧异："去哪儿？"

"随便吧。"她说着先走出摄影器材专卖店，回头朝我一笑，笑得我心里像是又被针扎了一下，"走到哪儿算哪儿。"

恐惧降临了。

不想承认都不行。

扣子一句话也不说地走在前面，我看着她，看着大街上的建筑，明显感觉出有一种东西，就像狂风，要把我们卷入其中。我想起前因后果，懊恼就纠缠了我的全身。我加快步子跟上扣子，想了又想，还是对她说："假如没有带你一起去新宿，我们也许不会到现在这个地步。"

"这个地步怎么了？"扣子马上接口问我，"该来的总是会来，而且，我们迟早都会遇见这样的事，不是今天，就是明天；不是这件事，就一定会是那件事。其实，来早一点也不错，真的很不错。老是躲着，事情就不会有结束的时候，早点来了，也会早点结束吧。"

"真这样想吗？"

"真的。给你说说我现在的心情吧，这一步真的来了，虽然害怕，但想得最多的是接下来该怎么办，呵。"

"要不，我们搬去北海道？"

"不去。为什么要去？即使去了，我还是我，你还是你，一大堆的麻烦还是一大堆的麻烦。我就想待在东京，好好活着，把孩子生下来，把一大堆的麻烦解决掉，别的地方哪儿也不去。"

又往前走了两步，她回过头来，笑着对我说："不知道怎么了，今天晚上我特别想去一个地方。"

"哪里？"

"吉祥寺，你当初收留我的地方。"

"梅雨庄？"

"嗯，还有我住过的那条巷子，其实离梅雨庄也不算远。想带你去看看。"

我当然不会反对，反正也没别的地方可去，就从原宿站上了电车去吉祥寺。在电车里，无故想起看过的一段典故，说的是禅宗二祖慧可问达摩祖师："我心未宁，企师与安。"达摩便对他说："拿心来，与汝安。"慧可沉默良久之后说："觅心了，不可得。"

和慧可一样，我的心在不安，可是我的心到底在什么地方，又将安在哪里呢？

电车驶过新宿站，又呼啸着往池袋方向开去。一条小巷子从车窗前一闪即逝时，扣子指着那条巷子说："我学会请碟仙就是在这里。"见我立刻收神听她说话，她就接着往下讲，"实话说吧，是我做应召女郎的时候，有天晚上应召公司接到电话，对方说明要一个讲中文的人去，就把我派去了。"

"后来呢？"我问。其实我已经心如刀绞，每次只要一听她说起过去我都是心如刀绞，都会作如此想：为什么我没有早来东京，早和她相逢，早和她在人海里一起浮沉呢？

"倒真是没想到——"她说，"他们叫我去，只是让我和他们一起请碟仙。一共有三个人，偷渡来日本好多年了，抢了银行，不知道该往哪里逃，就干脆请碟仙来决定。

"他们一直在吵。从我来之前一直到我走的时候，一直在吵，坐下来半天了，我才知道他们要我来是干什么，很简单：因为每次请完碟仙得到的答案都不满意，所以，他们干脆要把我抓到的答案当作他们逃走的目的地。按说这种事情找谁都可以，但他们说只有中国人会请碟仙，自然要叫一个中国人来。

"后来我抓了个写着'奈良'字样的纸条，他们就不吵了，当着我的面商量了半天，最后决定逃到奈良去。他们中的一个从口袋里掏出一把钞票递给我，刚把我送到门口，我听见他们又在吵，这次吵的是把钱藏起来逃走还是带上钱一起逃。

"一出门，我就一门心思地只想着请碟仙这一件事，觉得太有意思了。正好那天晚上又要找地方睡觉，有两个地方可以去，可是拿不准去哪个才有空床铺。我一想，自己干吗不也试试请碟仙？就找了家冷饮店坐下来，找了个小瓷碟来请碟仙。你猜怎么着？碟仙告诉我的答案完全正确！我要是不听碟仙的答案，去了另外一个地方的话，就正好会碰上入国管理局的人。

"呵，终究还是个女孩子的关系吧，从那以后，碰上什么事情，我就请碟仙，反正也没有能帮我拿主意的人。也是怪了，后来再碰到命理啊八卦啊之类的杂志，我都要买来看看。其实也不奇怪，我本来就没读过多少书，不看这个看什么去呢？"

说话间，我们已经下了车，这么说并不算夸张：从车站出来，一直到梅雨庄，当这段路上的诸多景物扑面映入眼帘，我随便打量着，竟在恍然间顿生了隔世之感。是啊，我在这条路上走过，今天又走过来了，但是，我还是那个我吗？

不是了。

在梅雨庄住的时候，我终日只在喝啤酒看闲书，再大的事情也上不了心。而现在呢？现在我已经动了心，转了念。

但是，即便如此，我也没觉得有什么不好，反而觉得好得很。

就是这样，当我站在梅雨庄的院门外往里看，心里涌出的念头是：现在我是一个心有不舍的人了。这就是幸福。

驻足看了一会儿，我们推开院门走进去，踏在去年踏过的草地上，往去年住过的那幢夜色也掩饰不住残破之气的小楼走过去。在门口，我看见一个小东西，拿起来一看，竟是一座小小的佛塔，也不知是什么材料制作而成，在黑暗里放着隐隐白光。我心里一动，就想起了杏奈曾写给我的那封信，在信里，她曾经说起从印度回日本办理休学手续时在我门前放了一座佛塔，应该就是这个小东西了。

我可以想象出那时候杏奈哼着歌蹦跳着来到我门前的样子，再想想现在，不由生出疑问：那双操控我们肉身和心魄的手，到底躲藏在哪里？

看来，梅雨庄在转手之后并没有派上什么用场，所有的房屋都空着。我们往前走了几步，看见那棵比人还高的美人蕉已经死去了，在它倒塌乃至腐烂的地方，反倒生出了半人高的荒草。再往前走就是铁路，我们便折回来，出了院门，漫无目的地继续走。

实际是有目的的，只是我不熟悉路而已。走过我过去经常买啤酒的那座自动售货机，再走过我和扣子吃过寿司的寿司店、租过恐怖片的音像店，转进一条巷子，人迹渐渐少了，沿途的路灯也坏了不少。扣子站住了，抬手一指一幢外面盘旋着铁皮楼梯的小楼："我在这里也住过两个多月。原来住的是个吸毒死了的菲律宾人，我接着搬进去住，被房主发现之后，就被赶出来了。"

我没来过这里，但是，对这里我并不感到陌生，第一次听阿不都西提说起扣子时就知道这里了。

"像我这样的'黑人'——"扣子说，"只要是'黑人'，就总有一天和应召公司啊赌场啊这样的地方发生关系的吧？"

"……"

"一定会，回国没有护照，抓到了要坐牢，也只有那些地方能暂时容纳一下，哪怕也知道到了最后同样不会有什么好的结果。"想了想，她自己接着说。

"扣子。"我突然想起那件在我心里憋了不短时间的事情，就对她说，"有件事，我一直瞒着你。"

"什么事啊？"她倒是若无其事的样子。

"我的钱，所有的钱，都没有了。"

她一下子呆住了。既然已经说了，我索性就把事情的过程对她从头到尾都说了。她盯着我，我说完之后，她叹了口气对我说："你呀，终究还是不知道他们是什么样的人啊。"过了一会儿，她突然喊了一声："哎呀，要高兴起来。"接着说，"也没什么，反正我也压根儿就没问过你的钱。我想，两个人一起打工，日子也总不至于过不下去吧。"

"是。"

"对了，给望月先生送点什么东西吧？"

"好啊，送点什么好呢？"

一直到坐上回表参道的电车，我和扣子也始终都想不出送点什么东西给望月先生才好。下了车之后，因为搬到秋叶原去住的主意已经拿定，再加上又在外闲逛了一晚上，那种置身荒野等待上天送来闪电给我们指路的想法虽然还在，但是不论如何，心情总算好了很多。上了表参道以后,我走在前面,充满了警惕,时刻提防着警察和入国管理局的人。

烟和酒,扣子说戒就戒了。有时候,我正打算将已抽了两口的烟再递给她,突然想起来她已戒掉,只好再缩回手来,不由就有一种感觉:虽说有堪称巨大的危险正在使劲拽我们的衣服,但也有另外一只手要把我们拽到该走的路上去。

这种感觉奇妙得我都不知道该怎样形容出来。

我突然生出一个主意:干脆买一箱啤酒放在店里送给望月先生好了。就马上和扣子谈起,她也赞成:"反正想不出别的什么东西了,啤酒就啤酒吧。"

但是,表参道一路的店铺都打烊了,没办法之后,我只有找到一座自动售货机,买光了里面所有的啤酒,也不过十几罐。我们抱着,到了婚纱店附近时,我先上前去打探一番,确定没有什么人之后,才掏钥匙出来开了店门。

两个小时之后,我们收拾好所有的东西,将啤酒和钥匙都放在柜台上,抱着所有的东西出了门。

就是这么简单。

我原本想给望月先生留一封信,为给他带来的麻烦而向他道歉,掏出笔来,对着一张白纸,愣怔了半天,终于一个字也没有写出。

罢了罢了。

出门之后,我让扣子提最轻的袋子,自己拿过来重的背着挎着。走出去好远之后,扣子呵呵笑了起来:"觉得特狼狈是吧?"

"是啊,惶惶如丧家之犬。"我故意说,"有口啤酒喝就好了。"

"好啊,刘文彩黄世仁转世的真面目又露出来了。"她往前跑两步敲了敲我的头,"喂!"

"怎么?"

"我有主意了。"

"什么主意?"

"不就是坐牢吗?那我就坐牢去好了。"一看我张大了嘴巴在看着她,又对我顽皮地一笑,"别吓着你了,我说的不是现在。"

"那是?"我更加摸不着头脑了。

她一指自己的小腹:"当然是先把他生下来再说。"

见我站住不往前走,她也停下,对我说:"坐牢我真不怕,又不是杀了人去坐牢的,也没什么丢人的地方吧。问题是我以前觉得没必要去坐牢,反正总有容身的地方。如果把他生下来再去坐牢就不同了。我想过了,像我这种非法居留罪名,总不至于把牢底坐穿,总有出来的时候。到了那时候,也就和每个正常过日子的人没什么不同了。

"是啊,过去都是入国管理局的人来找我,这次多了警察,无非是我在那个人的脸上刺了一刀。我想着罪名也不会太大,即使多关上个一年半载,我也受得了。还有,我是自首,我一把他生下来就去自首。'坦白从宽',这个规矩应该全世界都一样吧——你觉得怎么样?"

第十三章　首都

可以说我自己是真正的男人吗？我自己觉得是，扣子也说是，那么，如此一来，我也就该是个真正的男人了。

自从搬到秋叶原，每天早晨三点起，我就起床下楼，骑着扣子给我买的单车发报纸。我和扣子两个人每天早晨要发出去的报纸足有上千份之多。找到这份工作并不容易，一点差错也出不得。尽管如此，和扣子一起出去发了一个星期之后，我就不肯再要扣子和我一起出去了。早上起床的时候根本不发出丝毫动静，脑子里就浮出一句话来——"悄悄地进村，放枪的不要"，一个月下来，也并没出什么差错。

我发报纸的范围从电器街开始，骑着单车经过神田川和万世桥，一直要沿着JR中央线至昌平桥附近。到了昌平桥，御茶水地区也就遥遥在望了，路程的确不能算不远。但一路走下来，有时候虽然已经大汗淋漓，但一想"世界上有许多男人此刻可能也和我一样在养家糊口"，就觉得心满意足。

我们住的地方其实离真正的电器街还有不算短的距离，具体说来就是神田川至电器街之间的一条小巷子。但是出门坐车的话，只有先从电器街里走出来，给人的印象就是住在电器街里了。

回来的时候，在残留的月色里或者隐约的鱼肚白里骑着单车，想起扣子，还有她肚子里的孩子正在安睡，就不由得骑得更快了。

一觉睡到中午，我和扣子再骑车到秋叶原车站附近的一家中华料理店送外卖。秋叶原一带到处都是电器商店，吃饭多有不便，因此，到了吃饭的时间，街上随处可见我和扣子这样送外卖的年轻人。

还是老规矩，我骑单车去送地方远一点的，近的则留给扣子来送，她只需走路即可。

扣子总是个有办法的人。我也不知道她到底用了什么方法，如此轻易地就找到了工作，而且一找就是好几份。有时候，送外卖的路上，我看着她，总是会生出疑惑来：她怎么会有这么多办法？还有，既然如此，她本不该落到找高利贷公司借债的地步啊。

扣子是何等的冰雪聪明，我只要稍一迟疑，她就知道我在想什么："弄不懂我怎么会混得这么惨吧？"

"是。"我干脆老实承认。

"很简单，因为我掉进了高利贷公司的圈套里。"她往前快走两步，"说来话长，就长话短说吧。像我这样的人，迟早都会和高利贷公司发生关系，因为我怎么都要找个地方混口饭吃，但是，我能混口饭吃的地方好多本来就是高利贷公司办的，只要去了那种地方，他们随便给你下个圈套，你不掉进去能怎么办？

"我第一次借高利贷，是在一家无上装酒吧打工的时候。去找工作的时候，别人问都没问我有没有身份证，那还不高兴得一塌糊涂？当天就开始上班。没上几天，店里丢了东西，老板自然口咬定是我和另外几个人一起偷的，只有赔。拿什么赔呀，高利贷公司的人就来了，条件是就地脱了上衣开始上班。

"这第一步算是踏出去了，说起来就这么简单。你听着肯定觉得就像假的一样吧，我也是，有时候想起来这一步一步的，就跟不是真事儿似的。其实,我的运气还算好的,比我运气更不好的人,好多都被送去当AV女优拍色情录像带去了。"

我听着,往前走着,眼睛随便落在某处地方。扣子明明就在我身边,我却又好像看见扣子在我随便看着的地方走着,一如我近来经常做的梦:在一片绿色的山谷中,扣子在一条浅浅的小溪里走着,就只是走,我在后面追,却怎么也追不上。

送完外卖,我就回那一室一厅的公寓里去抽烟看书喝啤酒。还是看我从国内带来的几本老书,大多是佛经、戏曲剧本之类的闲书,偶尔也去阿不都西提的书架上抽他的书来读,多是农林方面的画册,看得倒也津津有味。总是这样:我看书,扣子照着买来的编织画册织着几件小东西,好像总也织不完。不觉中,一个下午就这样过去了。当然也会想起阿不都西提,就只是想一想,没有给他在想象中安排去处——是啊,他现在究竟怎样了?

甚至这样想:他现在还活着吗?

多半是没有了。

到了下午五点,我就和扣子一起从电器街口出去,走到秋叶原站,坐上去御徒町的电车。到了御徒町,从车站里出来,经过三菱银行的营业所,走到那家名为"友和"的废旧玻璃回收公司门前。这样,从下午五点四十分至晚间十点的另外一份工作就要开始了。

我们的工作,说起来也煞是简单,就是搬运工而已。这家废旧玻璃回收公司每天要回收大量玻璃制品,其中有为数不少的啤酒瓶。我们要把近两百箱空啤酒瓶搬上一辆敞篷货车,即使使出做爱的力气,也要到晚上七点钟左右才能全部搬完。随后,我们坐上敞篷货车,跟随成千上万只啤酒瓶一起周游东京市区,一直到横滨，在一家啤酒厂的厂区里停下，再接着往下搬。这样一来，每天晚上回御徒町就只能是十点钟以后了。至于回到秋叶原的公寓，总要到十一点之后。

怎一个累字了得。

不过，心情是好得不能再好。一般来说，我根本就不让扣子动手，只让她在一边待着，时而唆使她跑到厂区外面去给我买烟和啤酒来。脑子里就想起光着脊背在农田里忙着的农民，汗珠在阳光的照射下晶莹剔透；还有炼钢炉边的工人，四溅的火花将快要被烤焦的脸映照得更加黑红。想起此刻的自己和他们并无不同，就觉得说不出地高兴，觉得自己就像扣子说的那样，正在"和世界发生关系"。

也可以说，"我在生活"。

"我在生活！"还有比这更好的事情吗？

今天又是如此。在工厂里忙完之后，我们坐上敞篷货车从横滨回御徒町的路上，车行至涩谷一带，扣子"哎呀"了一声，扯着我的衬衣袖子叫了起来："他在踢我他在踢我！"说着，掀起了自己的棉布T恤，欣喜之情，仿佛置身在奇迹之中，"呀，他在踢我——"

我也被她感染了，伸手去摸她掀起来的地方，已是微微突起了。心里乱跳着，生怕手太重了，好像游泳之前试一试水温般轻轻晃了一圈，就忙不迭地抽出手来，替她将掀起来的衣服放下去，忍不住好奇地问她，"他是怎么踢的？"

"说不好，就像竹子要开花之前，竹节悄悄地动了一下。对，就是那种感觉。"

于是，我就去想象开花之前的竹子，继而就是一大片清幽的竹林，风吹过时，绵延起伏。我和扣子就住在竹林里，水井啊磨坊啊锄头啊之类的生活设施和用品一应俱全，我们只需男耕女织即可，倒像是一出梦境。

天气是渐渐热起来了，转眼已是夏天。我们坐在货车上，两脚垂在半空中，我喝着啤酒，看着风吹起她的头发，看着她时而戏水般摆动两腿，就觉得说不出地惬意。在东京，这样的时刻的确还算不上太晚，又是在夏天，树荫下的花坛、摩天高楼的台阶，还有满目皆是的露天咖啡座，到处都坐满了人。端的是花团锦簇、莺歌燕舞。如此良辰美景，不用说，一定有绝伦的传奇在人群里发生，一定有。

我和扣子不需要传奇，只要在"生活"着就够了。弱水三千，我们只需一瓢足矣。

秋叶原这地方，在江户时代原本是下级武士的住地，日本有句名言说："江户的热闹就在于火灾和吵架。"据说这里由于火灾频繁，早在1870年，当地居民就从富士山脚下的静冈县迎来了镇火的"秋叶大权现"神像坐镇此地，秋叶原便由此得名。至于我是从哪里知道的这些渊源，我也忘记了，应该是在一张什么报纸上吧。

时至今日，秋叶原早就成为了世界上最大的电器购买场。外人印象或想象中的秋叶原，即便不是极尽繁华之地，至少也是相当热闹的所在。实际却并不尽然，比如我和扣子，有时候出门散步，就总能发现一些幽僻的去处。

从秋叶原车站里出来，我们绕过人多的地方，专拣没有人的地方走。转过几条巷子之后，看见了一个货场，平日里司空见惯，今天晚上，里面堆积如山的货物迁走了不少。隔着铁栅栏看过去，竟然看见了一座江户时代武士雕像。我对这些东西素有兴趣，就怂恿扣子和我一起翻过半人高的铁栅栏进去看看。

我先翻进去，然后，等扣子爬上栅栏，再伸手去把她抱下来。一起走到雕像旁边，这才发现这尊雕像由于风吹雨淋，再加上工人搬运货物时的磕碰，已经被损毁了不少，其中一个武士手中的圆月弯刀已经没有了刀柄。如果我没有猜错，这里原本应该是一条交通要道，只是天长日久之后才冷落下来，最终被圈起来成了货场。要不然，这尊雕像当初也不会建在这里。

货场空旷，远处泛射而来的灯光照着雕像和装满了电器的纸箱，让人顿生出一股清幽之感。没看见守夜的人，我们便在雕像下面的台阶上坐下来。刚坐下，扣子伸手一指前面："看，那是什么？"

我定睛看时，发现那里竟然有一座小小的坟茔，并不是公墓里那样四四方方用大理石覆盖住的墓。假如不是前面还竖着一块残缺了的墓碑，我几乎看不出这就是一座墓，还以为那只是一座耸起的土堆呢。

我和扣子一起走过去看。大概花了二十分钟，借着一点微光，又经过扣子的翻译，终于得以清楚这座墓的主人究竟是谁——一个昭和时代的朝鲜妓女，名字叫金英爱。从残缺的墓碑上大致可以看出"昭和三年立"的字样，立碑者都是和她同一妓院的妓女。至于她到底是何缘故从朝鲜流落到了日本，又是何故香消玉殒，终不得而知。我兀自对着这座寂寞的墓发呆的时候，扣子叹了口气说："想想都觉得寂寞。"

"什么？"我被她唤醒后也不知道她在说什么。

"坟墓里的人。"她蹲着，双手捧起一把土浇上去，再去拔不知名的杂草,"那么多年下来,往前走两步都是人来人往的,唯独没有人管她,连个来看看的人都没有。想想都觉得寂寞。"

"是啊。"我说,"要不然,我们以后多来看看?"

"真是这么想的?"听罢我的话,她兴奋得一扯我的袖子,"我也是这么想的!"

"呵呵,当然了,这才叫心心相印嘛。"

"哎,我有个主意。"

"又有什么主意啊?"

"我要给她上香,供奉她,让她保佑我们,还有我肚子里的小东西。怎么样?"还不等我回答,她又继续说下去,"总不能光请碟仙吧,得信个什么。就信她了。我想过了,不管是谁,只要有人信,把他当菩萨,他就是菩萨了。"

"好。"奇怪得很,我也和扣子一样,觉得和坟墓里的人特别亲近。

"婆婆,说定了,以后我就要你保佑我了,好不好?"说着,扣子突然对着这座坟墓跪下了,连着磕了好几个头,转而看见我还在一边蹲着,马上说,"过来跪着磕头呀,傻站着干什么?"

于是我就赶紧跪下去磕头。

磕完头,我们便就地坐下来聊天,有一句无一句地说着些什么。

"喂!"扣子叫了我一声。

"怎么?"

"发没发现——"她把身体倚到我身上来,伸手揪揪我的耳朵,"你越来越像个男人了?"

"怎么?"我故意问,"难道过去我不是男人吗?"说完了,还故意去盯着她的小腹。

"什么呀。"她的脸一横,做出一副凶相,终于还是勉强不来,笑着说,"我觉得自己幸福得不得了。你说,这样的感觉,我会一直都有吧?"

"会。"

"敢保证?"

"绝对敢保证。"

"哎,你说,等我生完孩子,去警视厅自首的时候,警察会怎样对我?"

"……"

"不管这个了,说说坐完牢之后的事情。我在想,我从监狱里出来的那天,一从铁门里出来,看见你抱着小东西在门口等我——那种感觉,肯定特别好吧?要是真有那一天的话,我想回国去,好不好?"

"好。"

我们就这样在地上坐着,说着,也不觉得地面有多潮湿。说着说着,天就亮了。

而悲剧迟早都是要来的!

为了证明自己是个男人,还是个不错的男人,我接连已经有两个星期不让扣子和我一起去啤酒厂送啤酒瓶,就让她在公寓里待着,什么也不干。可是,那天下午,扣子和我一起出了门,我去废旧玻璃回收公司,扣子去银行存我们刚刚攒下的钱。因为回收公司旁边就有三菱银行的营业所,扣子就和我一起去了御徒町。原本说好她存完钱就回去,但是存完钱后她又赖着不走。我一看她赖着不走就知道她想干什么，我故意问："这位小娘子，怎么还不回去啊？"一句话还没问完，我倒先笑了起来，沉下脸来说："这是最后一次了，下不为例。"

扣子"扑哧"一声笑了："好好，最后一次。"

于是，我便开始工作，将装满空酒瓶的塑料箱搬上车去，搬完之后，两个人往车厢里一坐，就朝着横滨去了。

在路上，经过一家中华料理店的时候，依稀听到店里飘出一首陕北民歌的调子，就忍不住向扣子卖弄："知不知道这首歌原本叫什么？"

"什么乱七八糟的？"扣子问。

"叫《跑白马》。原来的歌词是：骑白马，跑沙滩，我没有婆姨你没有汉，咱们好像那一嘟噜蒜，哎呀那个都需要瓣——瓣其实说的就是伴儿——就像是为咱们写的吧？"我突然想起来了什么，马上又说，"哦，不，你就是我的婆姨我就是你的汉。说错了，该掌嘴！"

"什么乱七八糟的呀。"扣子又笑着说了一句。

到了啤酒厂的厂区，和以往一样，我将衣服、打火机和烟交给扣子，自己开始工作，直至汗流浃背。休息的时候，当我抽着烟，看着眼前的空酒瓶垒就的玻璃山泛着绿光，风一吹便叮当作响，就莫名想起月光下的海洋。那样的夺目景象想来和眼前的奇观也差不了多少吧，所以我说：心定之所，即是安身之处。

九点过一点儿的样子，扣子的身体有了反应，连忙小跑了几步，吐了，回来的时候，脸色也不好。我便让她不要在我身边站着，到空酒瓶垒就的玻璃山底下找了个位置，不过是一只塑料箱，要她坐好。确认她没有别的什么事之后，我才再回去开始工作。

后来，她坐在塑料箱上睡着了，我将她拿在手里的衣服轻轻拽出来，给她披好，再转回去，去完成剩下的最后一点工作。其实，一直有风在刮着，并不大，这时候慢慢大了起来，似乎是要下雨的样子。

悲剧就在此时降临了——

我刚刚将一只塑料箱搬到玻璃山上放好，转身往敞篷货车走过去，一边走一边看自己双手上的茧。突然，一阵巨响传来，我大惊失色，一回头，正好看见玻璃山轰然倒下。我疯狂地喊着扣子的名字，疯狂地朝着她狂奔过去。可是，晚了，转瞬之间扣子就已经被埋进了空酒瓶里。

我的扣子啊！

我狂奔着跑到扣子被埋住的地方，喊着她的名字，不要命地拨开酒瓶，双手都被碎玻璃刺伤了，血流如注。我根本就不管，再死命往下挖，终于看到了扣子流满了血的脸，双眼紧闭着。我一把将她抱住，紧紧搂在怀里，再也不松手。

我一遍又一遍喊着她的名字，但她却没有回答我，她根本就听不见。

我的扣子啊！

这时候，从厂区各处陆续有人朝我们跑过来，将我们围住。我也听不清楚他们到底在说着些什么，只是紧紧抱着扣子。突然，我想起了医院，就抱着她站起来，冲出人群，疯狂往工厂外面冲出去。

瓢泼大雨此时当空而下，我抱着她跑出工厂。刚跑到马路中央，一辆疾驶着的汽车朝我们冲过来，我下意识地更紧地抱住扣子去躲闪，终于躲闪不及，两个人一起摔倒在地上。这时候我才看清楚，她的牛仔裤上也都是血，全都是从两腿之间涌出来的。汽车里的人恶狠狠地咒骂着，我没有管，在满地的泥水里朝着扣子爬过去，捧住她的脸，终于号啕大哭了。

几十秒之后，我再抱着她站起来，往前跑——我要跑，一直跑到死！

第三天的下午，在横滨一家简陋的私人诊所里，接近五点钟的样子，我满身疲倦地看着窗外电线上的一只红嘴鸥，看它翩飞起落，看它失足后惊恐地扑扇着翅膀。我已经三天没有睡了，除去回秋叶原取钱，我没有离开这家诊所一步，终日只看着昏睡的扣子，脑子里已经失去了意识，什么也不想，什么也都不愿意去想。

三天了，扣子没有动一下。

即便用光我们所有的钱，仍不够扣子的医药费。别无他法之后，我曾想起给筱常月打电话，看她能不能帮帮我，终于还是没有打。最后，去了我们送外卖的那家中华料理店，求老板预支了两个月的工钱，这才勉强凑够。

因为只是私人诊所，设施极其简陋，房子里异常闷热。我坐在扣子躺着的床边，汗流不止，但我懒得去管，一动不动。好在扣子的伤已经没有什么问题，只是，可能因为那天淋了雨的关系，她一连三天在昏睡里发烧不止，护士来注射了好几针青霉素也始终不见好。

诊所外面的院子里有什么花开了，花香飘进房间里之后，和沉浊的空气混合在一起，使人更觉压抑。我便绕过扣子的病床去关窗，关好之后，一回头，发现扣子已经醒了。她眼睛空落地落在墙壁上的某处,满脸都是眼泪。

我走过去在她床头蹲下来,又去理一理她的头发,她脸上的伤口已经结了痂。

过了一会儿,我伸出手去抱住她的肩膀,把自己的脸贴住她的脸,两个人都没说一句话。

也不知道过了多久,外面的天都黑了,东京湾里轮船发出的汽笛声此起彼伏,扣子问了一句:"没有了?"

我知道她在问那个小东西,那个名字叫"刹那"的小东西。我的心里一沉,沉到极处之后,就干脆说了实话:"……没有了。"

一言既毕,扣子笑了起来,先是轻轻地、冷冷地,然后,笑声越来越大。她双手捧着头,在枕头上一遍遍挣扎。"扣子!"我叫着她,将她的手拿过来攥在自己手里:"不要这样,以后还会有的,以后一定还会有。"

"还会有?"她指着自己的眼角下,"看见了吗?这是滴泪痣,滴泪痣你懂吗?就是灾星命。我是灾星,你也是灾星!"

说完,她又笑了起来,先是轻轻地、冷冷地,然后,笑声越来越大,又一次用双手捧着头,在枕头上来回挣扎着。

我心如刀绞,但是并没有显露出来,再去搂住她的肩膀:"总归会好起来的,总归会好起来的。"

"好不了了。"扣子接口就说,"因为——我终究还是不配过这样的生活。"

我心口处一阵钻心的疼痛。

这时候,注射的时间到了,穿着白大褂的护士端着一只托盘进来。我起身,让出位置来给护士注射;扣子不闻不问,任由护士摆布。注射完之后,我去替她掖好被子,不经意之间,竟然发现她的腿一直在战栗着。

不管扣子吃不吃,到了晚饭时间,我还是出去给她买饭。出了诊所,走上大街,也不知道该买什么。各色餐厅自然不少,但是我口袋里的钱已经所剩无几,在诊所里还有几天要住,只能精打细算。最后,只寻了一家蛋糕店给她买了一份草莓味的可乐饼。

回到诊所,就来喂可乐饼给扣子吃。

她不肯吃,无论我怎样想办法,她也只死命地摇头,根本就不让我将可乐饼靠近她的嘴唇。

一下子,我的眼眶里涌出了眼泪,下了狠心去按住她的肩膀,让她的头不能动弹,然后,将可乐饼喂进她的嘴巴里。

她仍然挣扎,与此同时,我能感觉出她的腿战栗得更加激烈了。突然,她伸出手来打了我一耳光。

我不管,我什么都不管了,依旧狠狠按住她的肩膀,流着眼泪,终于将可乐饼喂进了她的嘴巴里。

我就这样逼迫着她吃完了买回来的所有的可乐饼。

吃完之后,又过了好长一段时间,她终于平静了一些,但仍然对一切不闻不问,不管我说什么,她皆不应答。后来,我拿着毛巾出了病房,找了一个水龙头,将毛巾打湿,回来要给她擦一擦,她却突然说:"我想吃苹果。"

"好,好!"我兴奋地答应着,忙不迭地跑出病房,在走廊上还险些和一个护士撞了满怀。

等我买完苹果,进了病房,又发现没有水果刀,便去找护士借了一把来。正要削的时候,扣子却说:"先别忙,放在那儿吧。又不想吃了,想吃的时候再削。"

"好。"我依言将苹果和水果刀在床头的小柜上放好,再去理一理她乱了的头发,朝她笑,"要不,先睡一会儿?"

没想到她竟然乖乖地点了点头。

后半夜,我困倦已极,再加上扣子听话睡觉了的关系吧,我也在不觉中睡着了。做了梦,又梦见了那片数度梦见过的清幽的竹林:我和扣子安居其中,昼夜轮换,日月交替,全然与我们没有关系,和我们有关系的是竹林一角的水井、另一角的磨坊和挂在茅草房屋檐下的农具。后来,又梦见了一片绿色的山谷,山谷里流淌着一条清澈的溪流,扣子在溪流里走着,我想追上她,却怎么也追不上。我便叫她,她也听不见,就只是往前走。

这时候,我被咣当一声的动静惊醒了。

刹那之间,我感到了绝望——扣子正睁大眼睛在黑暗里看着我,床上到处都是血。

我绝望地看到,扣子的两条手臂都裸露在被单之外,两只手腕都已经被割破,血正在涌出来。而那把找护士借来的水果刀已经掉在了水泥地板上,正是它掉下去时发出的细微声响惊醒了我。

那一刻,我感到自己的皮肤在急剧收缩,失声地叫喊着:"医生!医生!"

医生来了之后,病房里变得亮如白昼。我说不出来话,一个人退到医生和护士之外,来到走廊上,找了个水龙头,将头伸到水龙头底下,死命冲刷,越冲鼻子越酸。我真正感到了绝望无处不在,它就藏在我的头发里,它就写在我的脸上,但是即使将水龙头扭到再也扭不动,也还是冲不走。

我害怕。这种感觉就像扣子说过的:什么都在走,就只有我停下了。

扣子也在往前走。

我终于还是冷静了下来,提醒自己装得若无其事,一口一口狠狠地抽着烟,想起来刚才的梦。在梦里,我应该是叫了扣子的名字,要不然,扣子也不会失手将水果刀掉在了地上。正想着,医生已经给扣子包扎过了。等他们鱼贯而出之后,我重新回到病房里去,将灯拉灭,照旧在她的床边坐下,看着她,一句话也不说。

"别怪我。"坐了两分钟后,扣子说。

"没有啊,怎么会呢。"我朝她笑着,再替她掖好被子,"先睡觉吧。"

"活不下去了。怎么都活不下去了。"她说着,突然问我,"中国的首都是哪里?"

"北京啊。"尽管有点不知道她为什么会这样问,但是既然她问了,我就回答。

"日本的首都呢?"

"东京。"

"我心里也有个首都。"她笑了一声,"呵,就在心里,什么模样儿我也看不清楚。但是现在没有了,塌了。"

"扣子!"

"你是想写小说的人,应该知道:一个国家的首都要是被占领了的话,这个国家也就完了吧?"

我拒绝回答,而且下定决心:无论她说什么,我也不再回话,只是将笑着的脸对着她。

在诊所里住到第十天,下午,我们终于可以回秋叶原了。出院那天,本应该再带些药物回家,无奈囊中空空如也,只好作罢。只有想着扣子不用去工作,只需在家卧床休息的时候,我心里才稍微觉得好过一些。

不作如此想又能如何呢？

从诊所出来，一直到车站，中间要步行十多分钟，我想搀着她往前走，她却一把打掉了我的手，只身摇摇晃晃地往前走，脸上挂着冷冷的笑意。我痛心疾首，可是没有别的办法。过马路的时候，刚走到马路中央，正是红灯即将转成绿灯的时候，她却站住了，右手往我面前一伸："拿来。"我的确不知道她找我要什么，刚要问，她又不耐烦地说了一句，"把烟拿来！"

我掏出烟来递给她的时候，红灯转为了绿灯，汽车喇叭声此起彼伏地响了起来。扣子却一点也不急，慢腾腾地点烟，再慢腾腾地抽了两口，然后就只看着堵在路口的车冷冷地笑着。我要把她拉开，她却又是一把打掉了我的手。谁也没想到，这时候，从对面的一辆车中下来一个人，怒气冲冲地跑过来，劈头就给了扣子一耳光。

我仿佛看到自己满身的血都变成了油，只需一根火柴就能熊熊燃烧起来。

我拨开扣子，一拳就将对方击倒，拳头正落在他的鼻子上，血流了出来。我仍觉不够，一脚一脚猛踢了上去，也不管到底踢在了他的什么地方。对方疼痛难忍，捂着小腹哀号。可是，我的确是已经蒙昧得失去了意识，只知道一件事，那就是一脚一脚交替着踢下去，踢到没有力气为止。洒水车也被堵在了群车之中，《拉德茨基进行曲》的旋律一直在我的耳边响着。

后来，我累了，全身仿佛虚脱了一般拉着扣子往街对面走过去。才走出去两步，扣子一下子挣脱我的手，重新跑到了那个还在哀号着的人跟前去了。

我回头看时，扣子已经趴在了地上，她的脸几乎已经和对方的脸凑在一起，大声对他喊着："打呀，求求你打我呀！"一言未毕，她就笑了起来，上气不接下气，直至笑得流出了眼泪。

之后，她笑着从地上站起来，又笑着踉跄跪下，再笑着站起来。

哈哈大笑。

从洒水车里传出的《拉德茨基进行曲》还在耳边响着。

"去去去，哪儿凉快上哪儿待着去！"扣子一把拉开门，把我推到门外的走廊上。我刚想和她说句话的时候，面前的门已经被关上了。

说不清楚这是第几次被扣子赶出来了，好在我也无所谓，只要胡乱闲逛后回家的时候扣子还给我留着门就好。即使没留门，我在走廊上凑合着睡上一晚也不是什么大不了的事。说实话，我已久不见扣子对我发作，现在即便卷土重来，我也能受得住。这就是扣子原本的样子嘛。再说，无论她怎样发作，只要她的身体在一天天恢复，我似乎也没有什么可埋怨的事情了。

回秋叶原之后的第二天，扣子在床上躺着，我则开始翻报纸找工作——我已经失去了发报纸和送空酒瓶的工作。报纸上介绍的工作大多要经过中介公司的转手，所以，差不多是白看。最终，还是送外卖的那家中华料理店网开一面，允许我除了中午，晚上也可以多加三十份外卖送，另外，每天上午九点起也可以来店里刷盘子。这实在是一件让我喜出望外的事情。在东京，如此稳定的工作的确不容易找到。

和中华料理店的老板说好之后，第二天早晨，八点四十分的样子,我已经在狭小的客厅里呆坐了两个小时。终了,走进房间,看着闭上眼睛在床上躺着的扣子,对她说:"我离不开你,你一定要记着。"

仅此一句而已,说罢我就套上T恤出了门。

中午,我带了中华料理店的春卷回来,她已经起床了,蜷在床边的地板上发呆。我去拉开房间的窗帘,让阳光进来。就在阳光洒进来的一刻,我猛然发现她瘦了好多,颧骨明显比平日里高出来了。我盯着她看,发疯地看,怎样都不够。这时候,她也看了我一眼,眼光落在书架里的某一本书上:"我们——分开吧。"

"那是办不到的。"我干脆呵呵笑着告诉她。

"我要走你也没有办法。"她又低下头去,看着自己T恤上的一处没洗净的斑点。

我不理会她,走到她身边,蹲下来,将筷子和春卷一起递到她手里。哪知她将筷子和春卷全都打掉在地上,哭着说:"你滚,你滚!"

我惊呆了,盯着她看了半天,终了,我还是站起身来,出了房间,再走出客厅,坐电梯下楼,在大街上消磨了一个中午。

这是扣子第一次说让我滚。

今天又说了,我也只好乖乖地依她所言从公寓里滚到大街上来。时间太晚了的关系,实在没地方可去,仅只秋叶原车站口的Radio大楼还没关门,我便走了进去。沿着卖电器的店铺一家家看下去,但店员们都在忙着打烊,并无人理睬我。颇当无趣,便从大楼里出来,在出口处的自动售货机里买了一罐啤酒,就站在台阶上喝起来。

听见Radio大楼上的大钟敲响了十一下,想着扣子可能已经消了气，我就一边捏着喝光了的啤酒罐一边往回走。刚走到电器街的街口，心里突然一动，想起了那片货场，还有货场里的那座孤坟，便忍不住想去看看，就立刻掉了头。

当我抽着烟刚刚走到货场的铁栅栏外面，往里一看，竟然看见了扣子：她就在坟前坐着，托着腮。坟上点着几根停电时备用的蜡烛，借着一点烛光，我远远看见坟上还放着一只苹果。

我翻过铁栅栏，走了过去。看见我，扣子也没动一下，我便在她身边坐下来。

良久之后，扣子说话了："碟仙是再也不请了，可我还是想信个什么，知道为什么？"

"不知道。"我又点了一支烟，抽了两口之后，递给她——她又开始抽烟了。

"还有指望，指望和你再好好过下去。我还想试试。可是我他妈的真的又不想再试了！真的，没有力气试了。想死，也想离开你，跑掉算了，可是我他妈的就是舍不得！过去听人说'孽债'，现在才知道什么叫作'孽债'，呵。

"我想什么事都对你说清楚，要不然对你太不公平——喜欢上一个婊子，对你来说就已经够不公平的了。是啊，什么事都想对你说清楚，这一次也还是说清楚吧：真的，我还想再试试，但是，十有八九是做不到了。

"只有我自己最明白自己，说到底，我，只能是个婊子，是不配和你在一起的人。还记得我总是怕你将来去写小说？还有上次割了腕子，无非都是怕你远远地走了，把我一个人丢在这里，再也不管我了。逼你去好好上学，就是因为上学这样的事，虽然学完了也要去找份好工作，到正常人的圈子里去生活，但是总觉得身边的年轻人都是这样在生活。又总觉得写小说就不是在好好生活，就有可能把我抛下不管了。

"你是喜欢我的，我心里有数，可我根本就见不得人，死了只怕也是孤魂野鬼。现在快乐的时候虽然也有，但是一辈子都能这样吗？我是无所谓的，大不了一死，但是，你是可以见得人的人，我不愿意自己拖累了你。

"说实话，这样的想法自然不是今天才有的，从第一天开始起就有。只怪我太喜欢你，每次只要这样的念头一闪，我就逼着自己不去想。

"像你说的那样，那个小东西虽然没有了，还可能再有，但是你别忘了，我是个越好的时候就想越坏的人。好像现在，就像是有个声音在对我说：'蓝扣子，这样的生活，还有这个人，你不配！'就是这样。你不用劝我不去糟蹋自己，不去越好的时候就想越坏，不可能了，这个声音比任何一次都大，被它震得一点力气都没有了。

"我耳朵里只有这个声音。而且，我很清楚，我摆脱不掉这个声音了，一辈子都摆脱不掉了。

"可是，还是舍不得你，还是想再试试，就为了我也知道你喜欢我，离不开我。好像走夜路，想摸着黑再往下走走，到了实在看不见路的时候——十有八九都会有这样的时候——就再做打算，好不好？

"矫情点说吧，其实我已经说过了，一个人，哪怕他再下贱，他心里也有个首都。首都不在了，他不是孤魂野鬼又是什么？

"还想再试试。"扣子又重复了一遍。

我早已心惊胆战，无言以对之后，终究只能生出已经生出过

301

无数次的厌恨：上帝安排两个人在人海里相遇了，浮沉了，辗转了，何苦不让他们就此合为一人，何苦还要让他们各自拥有自己的皮囊？比如此刻，我只愿和扣子一起化成一堆粉末，被狂风席卷，被大雨冲刷，被蚂蚁吞食，直至消散于无形。但是，事实的情形又是如何？世界还是这个世界，夜晚还是这个夜晚，到头来，我们还是端坐在夜之世界里的两个人。

只能是两个，不是一个。

回去的路上，刚刚走到公寓楼下，地底一阵震颤。"罢了罢了，又是地震。"我想，"你能奈我何呢？"

我记不起来曾在哪里看到过这样一段话："我既过得了今天，我就过得了明天；我既过得了这个月，我就过得了下个月。"在轻微但却是铺天盖地的震颤中，我站住了，两手扶住扣子的肩膀，看着她的眼睛："不管怎样，能一直记着'我离不开你'这几个字？"

"嗯。"她也盯着我看，之后，我终于看到她对我点了点头。

够了，这就够了。

可是，仅仅就在第二天，她还是发作了。

送完外卖，我拿着一张别人扔下的报纸回到公寓里，时间已经过了晚上十点。扣子弯腰跪在地上擦地板，我先去洗澡，洗完了长舒了一口气就在她擦过的地板上坐下，看报纸。正看着，她仍旧跪在地板上问我："明天我也该出去再找份工作了。"

"好啊。"我去回答她的时候，才发现她根本就没看我。不过我并不奇怪，最近她总是这样：我以为她是在对我说话，其实却是她在自言自语。

时至今日，即使我再愚笨，连蒙带猜我也总算能完整地读完一张报纸了。我看着的这张报纸的旅游版上刊登着一篇介绍北海道风光的文章,我们曾经去过的红砖厅舍和知床半岛文章里都有所提及。看着看着,不禁回忆起了筱常月名下堪称无垠的薰衣草农场,又想起已经有一阵子不在剧本上下功夫,正想着的时候,却不知为什么脱口对扣子说:"我们去北海道住吧?"

话一出口我就知道说错了,其实我心里早就已经认同了扣子的话:不管去哪里,问题还是问题,一大堆的麻烦仍然是一大堆的麻烦。可是,已经说了,想收回是来不及了。我朝扣子看过去的时候,扣子正好将打湿了的抹布从水里捞出来,根本就不给我解释的时间,她"呵"了一声:"想过好日子了吧?去吧,去吧,那么漂亮的地方,写小说写剧本都合适,明天一早就去,不写成个名人就别回来——"

我也说不出话来了。

"一定得去!"她扔下手里的抹布,跪在地上爬到我身前来,脸对着我的脸,终于笑了起来。当她展颜,我顿觉惊心,因为那种我已好长时间不见的揶揄之色又回到了她脸上,就藏在她的笑容里。她笑着一抬手,指着我的眼角下:"要是写小说的话,就写这颗痣,名字我都替你想好了,就叫《滴泪痣》,怎么样?"我嘟囔着什么,她根本就没听,突然声音就高了起来,"去呀,你怎么还不去呀!"

我干脆站起身来,从客厅回到房间里去,百无聊赖地掀起窗帘,毫无感觉地看着窗外明灭的灯火发呆,同时提醒自己一定要多想想高兴的事情,至少去想想和此情此景无关的事情。说起来,如此感觉也是好长时间不再有了。

结果我真的做到了:从陕北黄土高原上的一支吹唢呐的迎亲

队伍到明朝末年闯王进京后四处奔逃的青楼女子；从酒醉后在一口水井边昏睡不醒的柳永到同样酒醉后失足落水的李太白；从皑皑雪山上的一株樱桃树到蒲扇大小的荷叶上的一只青蛙。也算是浮想联翩了。心情随之舒爽起来，想去找根烟抽，一回头，看见了扣子，不知道她是什么时候进来的。

"真高兴啊，都笑起来了。该笑，前程似锦嘛。接着笑吧，怎么不笑了？"房间里没有开灯，而且，因为她的头发一直胡乱披着，我也看不清楚她的脸，只看见她手里的烟头也和窗外的灯火一样一明一灭，见我不答话，她又上前了一步，盯着我，"真奇怪，你怎么不打我？不知道该怎么对付我吧，不要紧，你应该对我喊：'你这个婊子还不快滚开！'哦对，别忘了再给我一巴掌。没什么难的，就跟电影里一样。"

说着，她就抓过我的手要打自己的脸。

我一把打掉了她的手，回头盯着她，就在一瞬间，我突然笑了起来，故意油腔滑调："呵呵，办不到，摸都舍不得摸一下，还打什么呀？"然后，对她一伸两手，"受委屈了吧，来来来，让哥哥抱抱。"

十二点过了以后，我去客厅里叫她进房睡觉。她在看看我看过的那张报纸，听见我叫她，"说错了这位客官，"她一边将烟头扔进烟灰缸用力掐灭，一边说，"你应该这样说——你这个婊子还不滚过来睡觉！"

第十四章　上坟

记忆总是和节日有关——我记得，并将永远记得。十一月的十五日，是一个节日，日本人所谓的"七五三节"，如此古怪的节日似乎也只有在日本这样奇怪的国家里才会有了。在日本，奇数是相当吉利的数字，假如一个家庭的男孩正好长到三岁或五岁，或者女孩正好长到三岁或七岁，就会在这一天穿上和服和父母一起前去神社参拜，还会去买画上了鹤和龟的红白千岁饴。

不过是如此普通的节日，既没有游行的队伍，也没有漫天的烟花。按理说，好不容易两个人都休息一晚上——在公寓里睡觉就是最大享受了。天快黑的时候，扣子抽着烟，手里拿着罐啤酒，在客厅里的窗台上坐着，懒洋洋地朝窗外的大街上看着什么，我则趴在地板上修理出了毛病的高压锅。

"好漂亮啊！"我在地上趴着的时候，听见扣子兴奋地喊了一句，我连忙起身走过去，朝窗外看：一对年轻的父母正在电器街的街口等车，他们身边站着一对穿着鲜艳和服的儿女，玲珑可爱至极。正看着，另外一对带着儿女的年轻父母也走了过来，这对男孩和女孩同样也穿着和服。两家人站到一处后，正亲密而客气地攀谈着什么。

"一定是个什么节日，下去看看？"扣子转过头来问我。

"好啊。"我当然没问题。

结果，下楼之后，在大街上闲逛了半夜，总算知道是"七五三节"，和我们全然没有关系。不过，想一想：又有什么节日和我们是有关系的呢？

在秋叶原转悠了一阵子，扣子说想去表参道看看，于是就坐上电车去表参道。在车上，接到筱常月打来的电话，又有一阵子没和她通电话了，我支吾着回避和她说起剧本的话题，终于，她还是问了："……剧本的事，还在继续吗？"

"在继续，一切都还顺利。"我干脆如此说。这么说的时候，心里也在想着无论如何该重新动笔了。

"我不知道该不该问——出了什么事情吗？"筱常月又迟疑了一小会儿，还是说了，"我给婚纱店打过电话，说是已经不在了。"

我没有告诉她我和扣子现在是何地步，只说一切都好，剧本大概也能顺利完成。电话挂上之后，扣子头靠在窗户上吐了一口气说："总觉得她会出什么事，出什么事也不清楚。那么孤单，太孤单的人一定会出点什么事情吧。"

我听罢无语，只在想象着筱常月给我打电话的地方。刚才的话筒里隐隐之间有海涛声。

打冷清里来，往冷清里去。

在表参道，我们反正也没有别的去处，就在婚纱店门口来来回回了好几趟。大概是第五次经过婚纱店的时候，"走吧，心里空落落的。"扣子看着婚纱店那扇曾被我们无数次推开又关上的门说，"还不如回秋叶原，到货场里去坐坐呢。"

所谓去货场里坐坐，其实就是去货场里的那座坟前坐坐。

从秋叶原车站出来，在电器街口的过街天桥上，不知道扣子有什么样的感觉，反正，在一刻之间，我几乎以为自己是站在表参道的过街天桥上。天上落起了细雨，使夜幕变得湿漉漉，我们就像被包裹在轻烟般的雾气里。扣子对着湿漉漉的夜幕吐着烟圈，吐完后问我："你说，那只画眉还活着吗？"

——两个多月前，快近三个月的样子，我们在这里放生过一只画眉。从新宿一直带到了这里，给它贴上创可贴后才放它飞走。我还记得那天晚上也是下着这样若有若无的细雨。放它飞走之后，过了一小会儿，它又飞回来了，就站在一面土耳其浴广告牌上。小小的一团，橄榄色的一团。

"肯定还活着。"我说。

"那可不一定。"她喝了口啤酒，"弄不好它也是混得最惨的那种画眉呢！就像我这么惨，也不知道前世里犯了什么天条。"

"哪里哪里，你要真是犯了天条，就该变成猪八戒，好像天蓬元帅。"我也喝完手里的啤酒，将啤酒罐揉成一团后扔出去，正中土耳其浴广告牌，"可是你不是啊，你是个小美人儿，大大的花姑娘。"

"切，你就贫吧！"扣子伸出手来狠狠敲了敲我的头。

我也故意一缩脖子，心情却是舒爽得一塌糊涂。

因为满足，所以舒爽：绝对不是扣子减少了对我发作的次数，相反，越来越多，简直成了端坐在紫禁城的慈禧太后，不用说，我也成了小太监李莲英，察言观色之类的事情早就不在话下了。

有时候，当她发作，我也找到了对付她的好办法。无论她说什么，我只将笑着的脸对着她，一句嘴也不插，脑子里却在神游八极：从这里到那里，从东方到西方，直把杭州作汴州。

也出过纰漏，有好几次，在她怒气冲冲的时候，我脑子里所想的东西却让我一下子笑了起来，这就会引来她加倍的报复：让盥洗间的水彻夜流淌,以至于我想睡上两分钟都不行;或者在我笑起来的时候,她会随手抓过身边可以抓住的东西——梳子、书,有一次甚至是水果刀,朝我砸过来。对付她的发作,我已经越来越小心,当然也越来越有信心。现在,一般说来,经过反复演练以后,无论我的脑子在如何疯狂地神游八极,我的脸都会微笑着对着她的脸。

是啊,我就是觉得满足。

当她怒气冲冲地朝我扔来梳子、书和水果刀,我却分明感到徘徊在我们之间的阴霾正在日复一日地消退。我知道,我们仍然置身在那片黑夜里的荒野上,但是,遥远的天际处已经开始发生了变化,照亮荒野,并且给我们指路的闪电就要适时降临了。

我就是这样感觉的。

还有,当她笑起来,尽管一开始也还是扑哧一下,但是,慢慢笑声就会越来越大,一直笑到连腰都直不起来,一声一声地说着"靠",一声声地说着"I真是服了You了"!我知道,这正是扣子和我认识之前的样子,我喜欢。无论她怎样,我都是难以自制地喜欢。想想吧,当她站在大街上,突然笑得直不起腰来,路人都驻足而视的时候,她却马上直起腰来满眼不屑地打量着看着她的路人,当路人慌忙离去,她才命令我:"走,去天竺!"

呵呵,又是周星驰电影里的台词。

不过,我终于必须承认,在我们之间,仍然还有纠缠不去的阴霾。当我们做爱,她颤抖着迎来高潮,却总要对我说:"快,快骂我!"

我茫然不知她在说什么,停下来看着她。

她便又说:"快,骂我是个婊子!"

她又在糟蹋自己。我顿时瘫软下去。

不过，今天晚上，她的心情似乎相当不错，可能是一路上见多了穿和服的小孩子的缘故吧。从电器街口的天桥上下来，她突然想起来什么，只对我说了声"你等着"就跑远了，我就在天桥下的阴影里站着等她。大概等了五分钟，她跑来了，手里拿着香烛，也不知道她是从哪里弄来的，反正她总是有办法。

我顿时明白了她是要给货场里的坟墓上香。

"一年里有那么多乱七八糟的节。"在坟前，她点燃香烛，在土里插好了，想想又从亚麻布背包里掏出几片口香糖来放到坟上，转身问我，"你说，阴间也有什么节日吗？"

"应该还是有的吧。"我说。

"即使有的话，肯定也轮不上她。"她看着生出了袅袅青烟的香烛，"活着的时候是苦命，死了只怕也好不到哪儿去。听人说，要三个轮回才能脱胎换骨。"

这个我倒是从来不曾听说过，但是我知道佛家里有"三生有幸"这句话，这样看来，她大致也不会说错。

"哎！"她又叫了我一声。

"怎么？有事儿您说话。"

"你说，我妈妈现在在干什么？"

我倒没想到她会问起这个问题来，假如我没记错，这还是第一次。尽管如此，也只能胡乱猜测着说："加拿大这时候应该是白天吧，可能在去上班的路上？"

"你说，这些年下来，她会不会偶尔也想想我？"

"肯定会。"

"呵，不知道为什么，说真的，我从来就没恨过她，无论什么时候都没有。有时候我想,假如我们见面的话,我会怎样对待她,她又会怎样对待我呢?"

"真有那时候的话,你会怎么样?"

"应该就和见一个普通的中年女人差不多吧,恨自然是从来就没恨过她,要说去爱她,好像也不太可能了。不过,我梦见过她,总是梦见她牵着一个小孩在北京的故宫里走着,就在乾清宫前面的那个院子里。不过,她牵着的那个小孩子并不是我,可能是她后来生的小孩吧。说起来,该是我的弟弟或者妹妹了。"

我心里一动,还是平静下来了:"我们以后还是会有孩子的吧,如果真的有了,先说好,生下来后我就送你去坐牢?"

扣子的眼睛里似乎有一丝火苗闪了一下,下意识地看着眼前的孤坟,就像在哀求着什么。可是,只有短暂的一小会儿,火苗迅疾暗淡了下去,只笑了一下,眼光痴痴地落在还在散发出袅袅轻烟的香烛上。

过了一阵子,她心里像是好过了些,头一扬:"说说那个叫杏奈的女孩子吧。"

扣子眼里的火苗也曾在杏奈的眼睛里一闪而过,这样的时候,必是在杏奈家池塘边的草坪上,当她说起和辛格之间的点滴,如此一闪而过的火苗就能被我清晰看见。当然,多半是因为她说起了甜蜜而见不得人的后半夜。彼时微风轻送,满院的阳光明亮得像一张白纸,而她的身体,就像只有一半在日本,另外一半还遗留在印度。

于是,我便对扣子说起杏奈和辛格:"杏奈的假期是到八月底为止,过了期限之后,杏奈的父母就经常打电话去印度问情况了。

他们自然不会想到,正在和他们通电话的女儿身边还坐着一个印度小伙子。后来,父母的电话去得越来越多,实在没办法了,杏奈干脆决定回日本去彻底办理休学手续。决定虽然下了,行期却是一推再推。"

说着,我想象中的画面就跟随我的记忆跑到了天之一角的印度,也跑到了杏奈家的院子里。不去病院的时候,白天里她仍然听着音乐读关于敦煌的书。每当我去了,总要先谈起诸多关于中国的话题,从东北民俗"踩小人"里的"小人"指的到底是什么,到神农架林区里是否有野人;或者"呀,达摩祖师真的就是踩在芦苇上到的中国吗""那个叫秦桧的人,为什么就那么恨岳飞呢"之类,但是,话题总归会转到辛格身上去。

只是她听的音乐再不是德彪西了。

"回日本的前一晚,我嘱咐了辛格好多次,叫他无论如何也不要出门。食物我都给他准备好了,足以应付我不在的这段时间。一直到这个时候,你信吗,我,还有他,都还没有对对方说过'我爱你''我喜欢你'这样的话。现在想起来,好像从来就没有说过。

"那天晚上,还是按照以往的规矩:我睡在床上,他睡在沙发上。但无论怎么我都睡不着,在床上翻来覆去的。他睡觉的时候倒是一点动静都没有,我就拉开挂在床前的布帘去看他。看不清楚,就干脆穿着睡衣下了床去看他。

"我跪在地板上,看着他。他多像个刚出生的婴儿啊,尽管胡子拉碴的——印度人嘛。他喜欢侧着睡,明明有枕头,他却非要将两只手侧过来放在枕头上枕着,还不时吞咽几下。完全是个小孩子模样,对吧?

"突然想摸摸他,就摸了他的脸。可能是长期在那个组织里接受训练的关系,我的手刚一触上他的脸,他就醒了。醒了之后,我们就在黑暗里对视着。'他可真是个美男子啊',我记得那时候我正在这么想着,突然,他一下子从沙发上坐起来,将我抱到他怀里去了。接着就不要命地亲我。

"我也拼命亲他。他把我抱到沙发上,压在我身体上,两个人的喘气声都大得厉害。真奇怪,我一点儿都不紧张,好像自己本就该这么做一样。

"结果还是停住了,是他停下来的。我知道他是为了我好,我都知道他是怎么想的:无非是觉得他的性命都是问题,自然就不应该再爱上我吧。是啊,我知道他是这样想的,不过,我也觉得没什么不好。他这样做,也证明他是真正爱上了我,对吧?

"睡回自己的床以后,觉得很满足,一下子就睡着了。"

在杏奈家的院子里,当她说到这里,我分明见到她眼睛里有火苗在迅疾地闪过。

此刻,在货场里的孤坟前,我问了扣子一句:"如果你去想象一下辛格的话,他会是什么样子?"扣子没回答,或许是听入迷了的关系吧。我就接着说:"我倒是想过。奇怪得很,每次一想起辛格,满脑子都是阿不都西提的样子。可能是新疆人和印度人在历史上有什么渊源的关系?"

"你说什么?"扣子揉了揉耳朵,"我没听见。"

我总觉得什么地方有些不对劲,还是把刚才的话重复了一遍,这一次扣子听清楚了,"哦"了一声说:"你管那么多干什么?接着往下说呀——"接着又去揉耳朵,一边揉一边说,"真是奇了怪了,今天我耳朵是怎么了?"

我就往下说，说着杏奈曾对我说起过的一切。就仿佛杏奈在前面走，我在后面看，然后，再把看到的说给扣子。

"回到日本，我一共只待了五天。如果不是学校办手续时有些麻烦，我可能一回日本就走了。"杏奈说，"急匆匆地回到比哈尔，一开房间，我吓了一跳：房间里到处都是花，他正脱光了上衣在房间里忙着。我这才看清楚，他正在做一张花毯，墙上也钉了钉子，还差一点花毯就可以挂到墙上去了。

"那些野花，都是他半夜里到茴香田和烟叶田里采来的。我手里的东西都还没有放下来，就只顾去盯着那张花毯看。看着看着，我就哭了：他真是个心灵手巧的人啊，竟然在花毯上拼出了我的样子，旁边还写着个'奈'字。又一次确认了自己有多喜欢他、爱他——当他笑着，搓着手上的泥巴朝我走来的时候。

"晚上，我发现沙发上有张报纸，打开看后，居然看见了他的诗。虽然署了一个陌生的名字，但他的诗我几乎首首都记得。我兴奋得都叫起来了，却一下子像掉进了冰窖里：显然，我不在的时候他出去投过稿了。

"我立刻问他是怎么回事，心都提到嗓子眼儿里去了。果然，他是出去过了，不过仍然是后半夜才出去的。找到报社之后，把诗稿往门缝里一塞进去就马上离开了。他向我保证绝对没有人看见过他。

"这才算松了一口气。

"我回来之后，自然不许他再冒险。当他写完一首诗，就由我送到报社里去。当然了，虽说是白天里送去的，但我每次只把诗稿送给负责接待的小姐，然后马上就离开。一段时间下来，他也在那张报纸上发表了十几首诗。稿酬就邮寄给克什米尔地区的一所小学,送到报社去的稿件后面附上了那所小学的地址。

"那应该就是他读过书的小学吧,不过,我从来没问过他。还是女孩子的关系,时间越往后去,我就会越害怕他谈起从前的生活,只需要他念诗给我听就已经足够。

"此外,我还想和他做爱。

"我直接问过他想不想和我做爱,他红着脸说想,但是至少要等到他再也没有人追杀的时候。我倒是说不要紧,现在也可以做。呀,想一想,没有别的女孩子会这样说吧,一点儿也不觉得害羞。

"夏天暖和冬天寒冷,喜鹊走了乌鸦再来,日子也就这样一天一天过下去了。我是把每天都当最后一天那样过的——并不是每天都觉得可怕,相反,一点儿都没有,到后来都无忧无虑了,总是想:就这样过一辈子吧,也算不错。之所以说'把每天都当最后一天那样过',还是因为珍惜。每天都在房间里变着花样玩:叠纸飞机啊下棋啊朗诵金斯伯格的诗给对方听啊什么的,两个人都不觉得厌。对了,我还练就了一手好厨艺。到了晚上,我们就穿过烟叶田和茴香田去沙滩上散步。

"那两个让我变成现在这个地步的晚上也正在离我越来越近了。"

说到这里时,杏奈的手几乎端不动一只茶杯,全身突然发起抖来,脸色在极短的时间里转为苍白,哽咽着,再也说不出话来。

我在一瞬间里感受出了她晚上的样子,那不由自主地大喊大叫着的样子。就在我慌忙问着"要不要紧"的时候,杏奈的父母已经从小楼里飞奔了出来。

今天晚上,不知道怎么回事,总觉得扣子哪里有点不对劲,好在她一直在笑着听杏奈的故事,我自然也就不敢去问她哪里有什么问题。我停下来去点支七星烟的时候,扣子将两只手分别贴在两只耳朵上,往下按。按了一小会儿,深吸一口气,与此同时放开了两只手。见我奇怪地看着她,她也满脸疑惑地说:"真是邪了门儿了,一晚上就觉得耳朵边上有蜜蜂在飞。"

"蜜蜂?"

"对,不是一只两只,嗡嗡的,一大群,像《大话西游》里的唐僧,有时候连你的话都听不清楚。"她接着再揉揉耳朵,"呵,又好了,你接着说吧。"

"不要紧?"

"有什么要紧的?接着说吧。"

接着就该说起那个晚上了。那个春风沉醉中离杏奈和辛格越来越近的晚上。

几次说起,杏奈都语不成声。

终于她还是说了:"以前看电影的时候,看见有人哭,旁边劝解的人就会说'哭出来吧',我也打算过让自己哭出来,可就是没有用。比如躺在床上,看到墙角的衣架,会觉得那是举枪对着我的人,一下子就想起自己的脑袋迸裂的样子了。想哭,哭不出来,就只有叫喊出来了。"

"这样的情形,很多吗?"我问。

"是,除了衣架,还有座钟啊音箱啊书柜啊什么的,草木都是兵,是这样说的吧?对,草木都是兵。有时候,对面明明什么也没有,也觉得有人站在那里朝我冷笑。

"那个晚上,就是从一声冷笑开始的。之前,我们已经在沙滩上坐了半个晚上,辛格背了另外一首诗给我听,叫《被雷电击毙的马车夫》,作者不知道是谁。正要起身回去的时候,我们突然就听到了背后传来的一声冷笑。

"我还发着呆的时候,一声巨响传来,身边的辛格一头栽在了地上。前后不过两秒钟。就这么简单。

"我还以为他在和我开玩笑,要知道,他也是一个孩子气很重的人。谁知道错了,我回头看的时候,三个人正冷笑着在看我,其中的一个正在收回手里的枪——我突然明白过来是怎么回事,不要命地往辛格身上扑过去——

"……他的头全都迸裂开了。

"那三个人并没有给我一枪,他们笑着走了,只剩下我一个人在沙滩上大喊大叫着。但是,无论我怎样喊,辛格却是千真万确地死了。

"那时候,我害怕地叫着,就有一种预感:我这一辈子都将不得安宁了。

"我抱着他在沙滩上坐了两天两夜,脑子里什么都没想。是啊,我能想什么呢?怀里抱着的这个人,尽管我喜欢他、爱他,可是,连肌肤之亲也不曾有过。大概是第三天的清晨,天还没完全亮,我突然又觉得自己前世里也好像有过这样一幕:抱着自己的丈夫,呆呆地在沙滩上坐着。

"给他找地方埋葬下来的想法,就是那时候产生的。

"我自己用手在沙滩上挖了一个沙洞,把他放进里面去——还记得跟你说过两个晚上把我弄成了现在的样子?第二个晚上就是我埋葬辛格的晚上。

"脑子终于清醒了一点,就跪在沙滩上,一边把沙土撒在他的身上,一边想着那些人到底是怎样找到我们的。后来,我终于可以确定:一定是我往报社送诗稿的路上出了什么纰漏。不知道出在哪里，总之，一定是出了。

"这样想着的时候，沙土已经把辛格的身体盖住了。我站了起来，突然看见辛格的血从沙土里渗出来后，正朝着我的鞋子涌过来。我没有在意，只往后退了两步，血还是在涌过来，涌得那么快，就像不是真的一样。

"无论我往后退出多少步，辛格的血也一直在紧紧地跟着我。我知道，他就像是在用自己的血拉住我，让我多陪他一会儿。可是，我害怕了，特别特别害怕——几乎是一瞬间的事。

"我哭着，沿着沙滩往前跑，脑子里全是他歌舞片男主角般英俊的脸，可是我就是不敢停下来，更不敢低头。只要一低头，我就会看见辛格的血还在随我一起跑。

"即使现在，我已经回到了在日本的自己的家，天一黑，我也总是觉得自己的脚下有血，永远都涌不完的血。那天晚上，我一边跑，一边就生出了辛格死时已经生过的念头：我这一辈子，再也不能安宁了。

"这就是我的印度之行。"杏奈说。

我不敢看杏奈的脸，眼睛只去盯着池塘里的睡莲：死去之后，又重新复活了。但是，杏奈能否像池塘里的睡莲，春风化雨之后就重现了生机？我茫然不知。假山、幽竹，还有睡莲，谁又知道它们是否就是我们的孽障？

不知道，可是我却分明看见我的脚下也有血从地底涌了出来。

风吹便是草动。

这也是孽障。

"这就是杏奈的印度之行。"即使现在，我对扣子说起杏奈的故事，仍觉惊心，仿佛身边就有一朵睡莲正在不由自主地生长，

"不由自主",即是自己做不了主。

扣子也没说话,闭上眼睛,听我说着。我便干脆仰面躺下,将四肢伸展开来,眼睛四处随便看着些什么。无非是深不见底的夜空、头顶上曾经装满了各种电器的空集装箱,还有那支快要燃到尽处的蜡烛。

"我有个好消息要告诉你。"就在这个时候,扣子一吹散落在额头上的头发,"我聋了,什么都听不见了。"

记忆总是和节日有关!在节日的医院,十二点早已过了,医院里还到处都是病人,最多的就是穿着各色和服的小孩子。他们都是在参拜神社的来去路上受了凉,甚至发了烧,还没来得及回家,就先进了医院。

那个手拉一个年轻的女孩在医院漫长的走廊里狂奔着的人是谁?

是我。

不知道跑进哪间房子,于是,想了又想,进了第一间,结结巴巴地用日语和医生说着我们的来意。扣子什么也不说,一遍遍地看着我的嘴唇,再去一遍遍看医生的嘴唇,看着看着,就摔掉我的手,"呵"了一声。

耳科医生早已经下班,无论我怎样结结巴巴地恳求,眼前的这个医生也只摊开双手表示爱莫能助。我拉住扣子往外走,在走廊上,强迫她在长条椅上坐下,不管她听不听得见,我也对她说了一声:"就在这儿坐着,求你了。"说罢,转身再走进房间里去,将门关上,走到一脸惊愕的医生面前,给他跪下了。

那个在听力诊断室门外丢下一地烟头的人是谁?

是我。

一点多钟的样子，一脸惺忪的耳科医生来了，扣子被带进听力诊断室，我则被留在了门外。我一支支地抽着烟，每一支烟都只抽两口就扔在地板上，再用脚狠狠踩灭，全然不顾自己置身在禁烟区。后来，我在长条椅上坐下，两只眼睛死死盯住诊断室的门，希望它打开得越早越好，与此同时，又希望是越晚越好。

手心里的汗迅疾生成，听觉却反而出奇地发达起来，几乎连烟头扔到地上去的声音都能清晰听见。

反复在长条椅上坐下又起来、起来又坐下之后，我跑到走廊尽头的盥洗间里去，扭开水龙头，将头发和脸淋得精湿，这才从盥洗间里出来。一出盥洗间，迎面飞过来一只足球，从我肩膀处飞掠过去，正中身后的墙壁。定睛看时，一个穿和服的小男孩正蹦跳着朝这边跑过来。我需要一件什么东西来让我镇定，便捡起足球，用脚朝他踢过去，还笑着对他点了点头。

我知道，我的笑一定比哭还难看。

那个手拿一纸"听力诊断证明书"想一头往墙上撞去的人是谁？

是我。

大概四十分钟之后，听力诊断室的门突然打开，我的身体竟至一阵哆嗦。耳科医生先出来了，扣子在后。我迎上前去，医生却将我拉到一边，又做手势让扣子在长条椅上坐下。我跟着医生往前走了两步之后，心惊胆战地接过了"听力诊断证明书"。

日语的诊断书写着大概如下文字：病人曾注射之青霉素针剂因沉淀物过多，损伤第八对神经，导致突发耳聋。

我知道，所谓第八对神经，也就是听力神经。

我手里的一张白纸在向我宣告：我的胆战心惊将永无休止。

医生走了之后，我拿着那张白纸根本就不敢朝扣子走过去，摸摸这里又摸摸那里。当我狠下心来，笑着朝扣子走过去。"你不要骗我。"扣子定定地看着我说，"用不着再来这一套了——我的日语比你好。"

说罢，她冷冷地笑了。

深夜的医院，被惨白灯光照亮的走廊，两个穿着漏洞百出的牛仔裤的人；我反复握紧后又松开的手，手里被汗水浸湿的七星烟，还有扣子的亚麻布背包；踢足球的孩子，散落了一地的烟头，还有她眼角的滴泪痣。我知道，哪怕我死去，眼前情形也会消散在无形之中跟着我，钻进我化了为粉末的肉身。

终有一天，我将厌恨自己忘记不了这一切。

"这一天，迟早都要来的。"在医院门口，扣子竟然笑起来，"靠，这句话我是不是说过？好像就在前几天。呵，你说我这一辈子，到底会说多少句'这一天迟早都是要来的'？"

我说不出话来，我即便说得出来，扣子也终究是听不见了。

我只在想一件事：点把火去把横滨的那间私人诊所烧掉。

就是在扣子昏睡中高烧不退的时候，他们给扣子注射了沉淀物过多的青霉素。

从第一时间开始，我就知道，我们将得不到那间诊所的任何赔偿。原因简单得不能再简单：任何赔偿都需要受害者的身份证明，而扣子是一个"黑人"。

"该来的总是会来。"扣子又"呵"了一声，"早就说过了，我这样的人，迟早都会有这一天，还记得？"

我仍然不回答。

"说话呀。"扣子往前走出去两步,在我对面站住,看着我,"不是你的耳朵聋了,是我的。快说,我现在又能听见一点了。"

我说什么呢?看着她,鼻子一阵阵发酸。

"算了算了,你不说就算了,我来说吧。"她一挥手说,"反正也听不见,你就算是说话,也像和我隔了十里八里的。"说罢,挽上我的胳膊往前走,举步之间,竟是如此轻快。

我被烟呛住了,一阵激烈的咳嗽。

"少抽点烟。"她伸出手来理理我的头发,"记住了?"

我刚要说声"好",可是,终于还是欲言又止了。

"说话呀。哦不,你就点头吧。"扣子说。

我点了点头。

"还有,每天都要早点睡觉。"她的声音已经变大了,我知道,她是因为她对自己的声音失去了感觉,"总觉得睡得早的人才是好好过日子的人。奇怪吧,可我就是这样想的。"

我再点点头。

"还是找所大学读吧。你来了一趟日本,总得要找点东西证明自己来过吧,最好的东西就是大学的毕业证书。别写小说,写剧本也别写小说。写剧本听上去像是在做一件什么工作,写小说就不是了,反正我不喜欢。能答应?"

"能。"我说着再点点头。

"哈。"她把手从我臂弯里抽出来,伸了个懒腰,"其实我对你够放心的了,是个真正的男人,真希望下辈子还和你在 起。"

"那我们就还在一起好了。"我说。

"你说什么?"

"我说我们下辈子仍然还在一起。"突然,想起来她的耳朵,就往前走出去两步,在她对面站住,用口形告诉她,"我说,我们下辈子还在一起。"

她发疯地朝我怀里钻进来,抱住我,我也发疯地抱着她,只是怎么抱都不够,两个人的身体都在颤抖着。已经停歇的雨丝又开始下了,透过头顶上法国梧桐树冠里的缝隙,慢慢将我们的头发浸湿。偶尔一辆汽车疾驶过去,我就涌起了如此之感:什么都在飞奔,只有我和扣子留下了。我们被遗弃,什么也不想地看看周遭的一切:这一切中,有我们爱过的那一切,还有永远都爱不够的那一部分。

过了一会儿,扣子从我怀里挣脱出来,把我拉到一盏路灯之下,仔细地看我,伸出手来抚过我的眼睛、鼻子和嘴巴:"想把你记得再清楚点。有好几次,想起你来了,又想不起你的样子。呵,今天要好好摸摸你。"

我的心里有一团浓云,正在越聚越拢。

"呵,摸完了,都记下了。"扣子满意地抽回手去,调皮地一笑,问我,"像我刚才说的——想起我来了又记不起我的样子——那样的时候有过吗?"

过去是有过的,但今时早已不同于往日。现在,只要我想起她,我就会先想起她的那颗滴泪痣,慢慢地,她的脸就在我想象里清晰得不能再清晰了。就用口形告诉她:"没有。"

"没有吗?"她惊奇地"啊"了一声,眉毛也往上挑了一下,却一把抓住我的手,"记得住也再摸摸吧,万一想不起来的时候,就顶用了。"

如此时刻,扣子看上去竟然已经忘记了自己的耳朵,只抓过我的手去摸她的脸,我又如何不满心疑惑?这么说不算夸张:只要有人告诉我，离我半步之内的扣子此刻到底在想什么，我一定会长跪在地，对他叩首，把他当成自己的万岁万岁万万岁，可是，没有。我只有依她所言，去摸她的脸。足有一分钟。

"一点一滴都记下了?"见我心神不宁地放下手，扣子问，"真的是一点一滴?"

"是，一点一滴。"我一字一句告诉她。此时大街上突然传来一阵轰鸣声，定睛看时，一辆巨大的吊车正从一处建筑工地上开出来，过了不远处的十字路口之后，朝我和扣子站着的这条街上开来了。

"哦，对了，你的那件蓝T恤，不要和别的衣服混在一起洗——容易掉色。"

"什么?"我的心里一阵抽搐：有事就要发生了。就在我几乎吼叫着问她的时候，她突然伸出手狠狠将我往后一推，然后拔脚便转过身去往前跑。我终于看清楚了：她是在朝着那辆巨大的吊车跑过去!

她想错了。我的心里早有疑虑，也早有准备。尽管她几乎是飞奔着在往前跑，但是，我比她更快，而且坚信上帝一定会如我所愿，不让我一个人留下。

我如愿了，我抓住了她的衣角。

从第八天晚上开始，扣子就再不开口说话了，此前她也并不曾和我说起什么。当我忘记，或者忘形，想出一句什么话来对她脱口而出，她就把伸手可及的东西抓在手里朝我砸过来："别和我说话，我是个哑巴!"

她不说她是个聋子，反而说她是个哑巴。

我知道原因何在，实在太简单：她在糟蹋自己，她要让自己在最短的时间内变成聋子和哑巴。

她当然不知道，我也绝不会就此罢休，我不会让她变成聋子和哑巴。

此前七天，我先给公寓换上了可以从门外反锁的门，不给扣子钥匙，然后，辞了送外卖的工作，径直就往横滨而去。可是没有用了，当我站到那间私人诊所前，诊所里空无一人，门口只贴着一张白纸，白纸上写着诊所已经被勒令停业，所有因注射沉淀物过多的青霉素而导致病变的病人，务必携带身份证明尽快与东京地方检察院卫生调查课联系。

扣子的身份证明又在哪里呢？

即使一把火将眼前空无一物的房子烧掉，也烧不来扣子的身份证明。

接着我就往各家医院里去，几乎问遍了所有医院的耳科医生，得到的结果都是一样：最佳救治时间已经错过，虽然缴纳巨额费用之后仍有救治的希望，但是，效果恐怕也不会太好，突发耳聋比其他慢性耳聋治疗起来要困难得多。

终了，我只能满怀着绝望回秋叶原去。

第八天晚上，我刚走到公寓楼下，发现整座公寓都停电了，就加快步子爬楼梯上去。一上楼，就看见门竟然洞开着，门上的锁已经被撞坏。我跑进房间，没有发现扣子的影子，就再顺着原路跑下楼去，站在大街上四处张望。还是没有扣子的影子。

突然想起了货场里的那座坟，就赶紧狂奔着跑过去。扣子果然正在坟前跪着上香。上完香，磕了三个头，她突然说话了："呵，你说我还该不该信你，让你保佑我呢？"我就在铁栅栏外面坐下来，听她说话。

"还是信你吧，不过不求你保佑我了，保佑他。你知道他是谁吧？对，就是他。"

我感到一股热流在我的心胸之间诞生后正在激烈地冲撞着我的四肢。

"我的声音大了吧，只能对不起了，我听不见，好歹只对你说三个字：保佑他。说完了我也就不打算再说话了，对他也不说话了，对谁都不说了。再说一次吧：保佑他。好了，说完了。"

我心里一惊，立刻翻过铁栅栏跑到她身边。但是，在接下来的时间里，无论我说什么，她都不再应答了。

回到房间里，她找来一张纸，在上面写了一句话递给我："时间到了，我也该走了。"

我也在纸上写了三个字递给她："办不到！"

她对我写的三个字不管不顾，转而写道："我走了以后，你一定要好好去上大学。"

我也继续写："不要这么说，因为你根本就走不掉，我们大概死也会死在一起。"

她丢掉手里的笔，盯着我看，突然笑了起来，笑声越来越大，直到流出了眼泪。我也一样，跟着她笑，笑声和她一样大。

第二天，她果然一天都没说话，坐在客厅里的窗台上，懒洋洋地打量着窗外的世界。坐了一天，也抽了一天的烟，动都没动一下。门上的锁被她撞坏之后，我寸步不离地在她身边坐着，和她的不同仅在于我在地板上坐了一整天而已。

晚上九点，我从地板上跳起来，走到她身边去，两手按在她的肩膀上："扣子，说话！"

她看着我，只摇了摇头而已。

"说话啊扣子！"我按着她的肩膀，使劲摇晃着。她仍然不说，不管我怎样摇。终于，也就是在突然之间，我打了扣子一耳光，吼叫着对她说："求你了！"耳光过后，我才想起自己打了她，愣愣地看着自己的手。扣子也看着我的手，看完了，从窗台上下来，转而坐到地板上，手里玩着一只绿线包裹了的橡皮筋。

又过了一天，在我的威逼之下，扣子和我一起去了鬼怒川的日光江户村。别无他法之后，我只能指望日光江户村里的妖异气氛能使她高兴点了。我还记得她曾对我说起过："每次去江户村，都是出了一身冷汗跑出来的。"当我们到了银座，再转上山手线，不自禁想起一首歌来，也不知道是谁唱的，名字叫《哭泣的山手线》。

山手线原来也可以哭泣。

进了日光江户村之后，这一次，我们选择的路线是从被雾气笼罩了的竹林里开始，经过地道、湖底的水牢，以及更多的重重机关，最终两个人在一棵冠盖如云的红豆杉下会合。恐怖气氛和我们上次来的时候如出一辙。又是在猝不及防中，我们从一个头戴面具的人手中接过了自己的头盔和衣服。但是，当我和扣子分别从两个入口进去，我手提着一支剑，却再也提不起兴趣来去体验恐怖，没来由地想起一句话来：生活大于写作。是啊，的确如此，生活里的恐怖更是大于日光江户村里的恐怖。

我取下头盔拿在手里，又提着长剑走到扣子进去的那个入口，刚刚走过去，一眼便看见扣子背靠一根腐朽的木柱坐在地上抽烟，连衣服都没有换。

到头来，还是转山手线回秋叶原。从秋叶原站出来，走到

"东芝"专卖店门口,扣子站住了,指了指一家杂货店,要我和她一起去。我当然愿意,想着她只要去买东西就好。进了杂货店,她别的东西一概不买,单单只买了一桶油漆。我当然迷惑不解,却也只好提在手里和她一起回公寓里去。

谜底在进房间不久之后就揭开了。

扣子进房间里乱翻一阵,拿着把刷子走到客厅里来,打开那桶油漆,将刷子伸进去蘸湿,在墙壁上写了几个字:"蓝扣子是个哑巴。"写完之后,满意地一转身,把刷子递给我,示意我继续在墙壁上写下去,内容仅仅就是"蓝扣子是个哑巴"这几个字。

我像篮球场上的乔丹,不接她递过来的刷子,只在嘴唇边竖起食指,对她摇了摇头。

她笑了,笑着"哦"了一声,哦不,根本就没发出声音,转身走进房间,找出一把西瓜刀,放在自己的手腕上后,对着我往墙壁上她刚刚写的那排字一努嘴巴,眉毛也往上挑了挑。

"别这样扣子!"我马上就失声喊道,"我写!"

我写,我继续写,写完了我还要再写——我写满了整整一面墙:蓝扣子是个哑巴。

写着写着,悲从中来,想着某种要席卷我们,使我们的眼被迷住、脚被绊住的狂风已经笼罩到了我的头顶,我甚至已经感觉出自己再没有力量拉住扣子,不让她消失在我的三步之内,绝望便将我的全身都涨满了。

"蓝扣子是个哑巴",这满墙的字并不是用油漆写就的,而是绝望,我的绝望就在黏稠的油漆里运动不息,也在回旋不止。

终于,我再也无法忍受住,将手中的刷子对着墙壁狠狠掷去,然后,仰面颓然倒在地板上,翻来覆去。我不管了扣子手里的西瓜刀，也不管我们的末日是否就近在眼前，只想在地板上翻来覆去，除此之外什么也不想做。

还是做了一件事，我突然跑进房间，在床前的地板上跪下，把头钻进床下，拖出了我的箱子。打开后，我将几件衣物和几本闲书丢在一旁，终于找到了我的护照。

手拿着护照，我一边往客厅里去，一边可以感觉出自己的身体正在一分为二甚至更多，不想承认都不行：我真正是已经虚弱不堪了。但是，我绝对不会就此罢休，我终将使我的身体合二为一，我终将使我和扣子合二为一。

我在扣子面前站住，将手里的护照三下两下撕碎，撕碎之后又扔到地上去，对她说："看到了吧？现在我们是一样的人了。"

这一瞬之间，扣子已是惊呆了，只在我面前站着，眼泪夺眶而出，手里的西瓜刀哐当一声落在地板上。

突然，她像是从混沌大梦里清醒了，跑上前来，一把将我推倒在地，然后就在地板上收拾起破碎的护照，收拾完之后，立刻找了一瓶胶水，跑进房间，砰的一声将门关上了。

一个小时之后，她从房间里出来，和我并排在地板上躺下，把粘贴好的护照放在我和她之间的空隙里，还有一张写了字的纸和护照放在一起。我将这张纸拿过来读：

> 不用再劝我了，如果你仍然不让我走，继续拖累你，我一定会活不过下个星期。你也到北海道去读大学吧，我们都离开东京。

看完后，我将那张纸盖在脸上，仍然躺在地板上没有起身。

良久，扣子半坐起来，掀掉我脸上的纸，看着我，理理我的头发，微笑着指指自己的心口，摇了摇头。我一下子便想起来她曾对我说过："我自己的首都在什么地方，我不知道，我只知道现在它塌了。"终于，我再将那张纸盖住自己的脸，号啕大哭了起来。

第十五章 渔樵

　　天还没亮，我仍然在做梦，梦境全都和扣子有关：先是和她坐在樱树下喝啤酒，一道"花吹雪"袭来，翻转之间她就不见了踪影，我打着油纸灯笼找遍了上野公园，无论如何都找不到。当我站在一棵樱树下茫然四顾，头顶上传来了扣子的扑哧一笑。呵呵，原来扣子就在我的头顶上。瞬息之间，我和她又来到了长崎，就蹲在"林肯号"炮舰的船舷上，远远眺望着远处平克尔顿和巧巧桑的婚礼。看着看着，扣子一回头，对我笑语吟吟："你说，我敢不敢从这儿跳下去？"

　　她的话还没说完，我就苍白着脸一把抓过了她的手。

　　也就是这个时候，我醒了，能感觉出来自己的手在睡梦里动弹过，再想想刚才的梦境，就转身去看扣子。没想到，在窗外映照进来的微曦之中，扣子也正睁着眼睛在看我。还有她的手，正在我赤裸的身体上游弋，而她的身体也是如我一般地赤裸了。

　　在蒙眬中，我的下面已经脱离了我的主宰，成为了扣子的玩偶。坚硬的玩偶。

　　我干脆闭上眼睛，喘息着，任由她的手来把握。我希望在她的手中羽化，直至变成一堆甜蜜的骨灰。之后，她拉过我的手去抚摸她的身体，从脸开始，一直到她的脚趾，每一处最微小的地方我都不放过。

当我去亲她,她身体上的每一处都在战栗:她的嘴唇、乳头;她的脸、脖颈后细密的绒毛;她的双腿、肚脐;还有那幽深的极处。每一处,无不在战栗。

我多么想这个战栗的人就是我从未谋面的母亲!让我缩回到她的体内,从此两个人只做一人吧!

当我进入她,除去微笑之外,她的表情里总有会心的惊奇,甚至是小小的愕然,就仿佛在承接她的第一次。每到此时,我都会觉得我身体下的这个人,是全世界最干净的人。当她伸出双臂将我环绕,当她以幽深的极处将我紧紧包裹,我常常忍不住地想大声痛哭,下面也愈加坚硬。好像它就是我和她的信物,不管是今天远在天边,还是明朝近在眼前,我们都可以不顾,只要有它在,就能证明我们已经合为了一人。

之后,她转坐到我的身体上,呼吸和我一般紧促,却只在轻轻地起落着,眼睛微闭,双手交叉着盘在脑后。微曦里,她就像一条赤裸的红鲤鱼。是的,就是红鲤鱼,尽管她的白皙肤色总像正在使窗外的幽光一点点减弱。

在最后的关头,我突然坐起来,将她抱住,狠狠地抱住。我的头埋进了她的双乳,我的嘴唇吮吸着她未成熟的葡萄般大小的乳头。她加快了起落,我却再也听不到她的呻吟乃至呼喊——即便在此时,她也没有忘记糟蹋自己——最后,我们拥抱着,一起倒在床上,两人的腿还绞缠在一起。

每隔几秒钟,我还依然能感受出她的身体在抖动,就像座钟里的秒针在走动。我也一样,我也是座钟里的秒针。

就这样死了该多好。

八点钟的样子,我们起床,两个人都还赤裸着,不着一物。

扣子先去洗漱，不知道为什么，她竟然找了点胭脂和口红出来，我去盥洗间里洗漱的时候，她正对着那面残破的镜子细心地抹着口红。哪怕刚刚才和她分开，此刻我依然忍不住去看她的裸体：丰满的乳房，黝黑的毛丛和那颗微红的滴泪痣。

她让到我身后，让我弯腰漱口。刚漱到一半，她的两只手又从身后将我环抱住，脸贴在我的背上，有一丝些微的凉意。我就站住不动，只看着镜子里的自己被她抱住。

慢慢地，她和我贴得越来越近，也越来越紧。除了她的脸，还有她的乳房和毛丛。与此同时，我感受出她冰凉的舌头在我的背上游弋，像一条滚烫的蛇：就是这样，既滚烫又冰凉。

我的呼吸重新紧促起来，闭着眼睛，置身于黑暗之中，但那股熟悉的热流是真切地去而复返了。热流爬过我的每一寸皮肤——轻悄，但却狂暴！就在这个时候，扣子将我的身体翻转过来，这样，我重新坚硬了的下面就又面对着她了。她看着我，伸出一根手指，来回摩挲着我脸上的那颗滴泪痣，来来回回。

她没有看我的眼睛，而是看着我的肩膀以下，贪婪地看着，就像一个喜欢甜食的孩子看见了奶油蛋糕。就在我陷入一阵突至的晕眩的时候，她的手又把我下边握在了手里。只是握着，轻轻地，任由它一点点膨胀。她开始亲我的嘴唇，不管我手里还拿着牙刷，也不管我的嘴巴里还残留着牙膏，只是找我的舌头。找到了之后，就死命绞缠在一起，绞缠之后，她的舌尖几乎触遍了我的每一颗牙齿。她脸上的胭脂全都洇开了。

我感到自己已经走到了我和扣子共同的末日世界。

我一把将扣子抱起来，狂奔到房间里，将她在床上放好，然后，又一次进入了她。

我们的身体又奔向了短暂收留我们的太虚幻境。

合二为一之后，还是只有一分为二。一分为二的时候到了，我平躺着，像大海上的孤舟，一波未平，一波又起。被子蒙住了我的脸，而我的身体则留在被子之外被她抚摸。用她的手和她的舌头。她的舌头滑过我的胸，在右边的肩膀上停下来，咬，使出全身力气来咬，一直咬到流出了血。然后，她掀开蒙在我脸上的被子，看了又看，终了，满意地点头，又将被子再盖回我脸上。

五分钟后，扣子穿衣起床，走出房间，客厅里和盥洗间里传来一阵声响，我不知道她在干什么，大概是在收拾什么东西吧。又过了几分钟，我听到客厅的门被打开，瞬息之间又被关上。客厅里，还有盥洗间里再也没有了她的声响。

我仍然在床上平躺着，仍然用被子蒙住脸——全世界都在运转，所有能走动的生物都在往前走，扣子也在往前走，唯独我被留在这里，唯独我被全世界所抛弃了。

突然，我从床上坐起来，赤裸着跳下床去，打开窗子往窗外看：背着一只亚麻布背包的扣子正在马路上狂奔，她跑过上百家电器商店，跑过巴士站，跑过成百上千的路人，最终在那座我们消磨了好多个后半夜的货场外边停下。翻过铁栅栏，进货场，从我的视线里消失了。两分钟之后，她再次出现在我的视线里，但是，当她跑过铁栅栏，从"东芝"专卖店门前一闪即逝，我的视线里就再也没有她的踪影了。

我知道，就在她翻过铁栅栏跑进货场的两分钟里，她肯定在那座孤坟前跪下了，还破戒说了话："保佑他。你知道他是谁。"

我流着眼泪回头，却又在床上发现了一张写了字的纸："你放心，我会好好活下去，我要看清楚自己的一辈子到底是什么样的

333

一辈子。"

我还知道，自此之后，我将再也看不到扣子了。

扣子走了之后，我没有再出去找工作，终日在公寓里昏睡，睡醒了就喝酒看书，连门上早已坏了的锁都没换。"就让门开着吧。"我常如此想，反正我已经是个身无一物的人了。

晚上，我也出门去散步，范围也只在秋叶原一带。几天前的一晚，我在秋叶原车站前的那条路上走着，突然发现扣子就在离我五十米远的巴士站等巴士。当我从短暂的懵懂中醒转过来，她已经上了巴士。我跑到街心里去拦了一辆出租车，坐上去，跟在那辆巴士后面追，一直追到日暮里地区。我从出租车上跳下来，气喘吁吁地赶上巴士，跳上去，这才发现自己看错了人，那个人根本就不是扣子。

天已经很冷了，回去的路上，我一边竖起衣领，一边重复着拨扣子的手持电话，可是，从来就没有拨通过。

又过了几天，当我从暗无天日的昏睡里醒转，再去拨她的手持电话，这才发现，她的电话因为拖欠话费已经被运营商切断了。

我不知道她在哪里。难道，她真的已经离开了东京吗？

我想知道。当我难以自禁地去了吉祥寺的梅雨庄，一个人在梅雨庄的铁路上走着，一直走到那片花木公司的水池，脱过衣服跳下去，当温热的水掠过我冰冷的皮肤，我的第一个念头就是：扣子，你在哪里啊？还有，当我坐在电车上，脸贴在窗玻璃上，看到被电车惊醒的鸟群从树冠里飞出来四处逃散，我的第一个念头就是：扣子，你在哪里啊？

我想念扣子。想得没办法控制住。

从前，当我想把自己揶揄一番，便会苦笑着对自己说："你他妈的也太矫情了吧？"现在，当我坐在电车里的众人之中，感觉像是去到了古代埃及，正被一座座狮身人面像团团围住，就常常下意识地去找扣子的手，找不到，竟至于通体冰凉，我便对自己说："使劲地想她吧，你他妈的矫情得还远远不够。"

就是这样。

筱常月有电话从北海道打过来，没有谈起剧本的事，倒是我问她："剧本什么时候交到你手上合适？"筱常月便说因为演出时间定在明年七月，所以，按常例来说，即使现在就拿到剧本，时间也还是多少有些匆忙了。

"好。"听完之后我对她说，"一个月之内我就写完，送到北海道去——怎么样？"

"啊！"听我这样说，筱常月显然一点也没想到，隔了话筒也能觉察出她的兴奋，"真的吗？扣子也一起来吗？呀，真是太好了，真希望见到你们两个在一起的样子。"

想了又想，还是没和她说起我此刻的情形，只是说："我有种预感，应该很快就能写完。"

"真是太好了。"她说。

我说的是真话。在昏睡、喝酒和看书的间隙里，我拿出已经完成了大部分的剧本来读了，读着读着，一种只在梦境里有过的奇怪感觉出现了 我和扣子蹲在"林肯号"炮舰的船舷上，巧巧桑的婚礼就在离我们不到一里路远的地方举行着。婚礼上的一切动静都近在眼前，我和扣子看到了站在一株扶桑边发呆的山鸟公爵，也看到了正怒气冲冲往婚宴上赶去的巧巧桑的伯父，还听见巧巧桑孩子气十足地对女友们说："别叫我蝴蝶夫人，要叫就叫我平克尔顿夫人!"

我和扣子在一起。即便只是痴人说梦,我也想留住这感觉。

于是,当天晚上,我就开始写了。

昏天黑地地写着,也就忘了为自己要去北海道收拾好行李。不过,细想起来,值得收拾好带在身上的东西的确也不多,无非几件衣物、几本闲书罢了。写累了,或者下楼买烟的时候,只要是后半夜,我也会到货场里的那座坟前去坐一坐。手持电话一直就带在身上,我还在盼着扣子给我打电话来。

十二月初的一天,扣子给我来了电话。来了两次,只是仍然没有说一句话。

此前一天晚上,在几乎所有人都已经沉睡的时候,东京发生了地震。地震,或者说震感,在日本本是经常有的事情,但是和以往相比,这一次的震感实在要强烈出许多来,甚至有房屋倒塌,死伤不少。发生地震的时候,我正蹲在一座自动售货机前面等着啤酒从底部滚出来。突然之间,天旋地转,自动售货机轰然倒下。"罢了罢了,又是地震。"我边想边拉掉啤酒罐上的拉扣,一饮而尽。后来,我就坐在损坏了的自动售货机边,喝光了里面的啤酒。

早上,我从自动售货机旁边站起来,拍了拍手打算回公寓里睡觉。往公寓里走的时候,一路上的电视墙里已经有了关于地震的新闻了。依稀听见电视墙里站在一堆废墟前的记者说了一句"秋叶原",也没听清楚,想着反正与我无关,就继续往大楼里走。快走到门口了,看见几家电器专卖店已经倒下,成了废墟,才想这场地震可能真的已经大得超出了我的想象。

至于我,仍然只有倒在地板上睡觉而已。

正睡着,手持电话响了,惺忪中抓过来,凑到耳朵前说了一声"喂",对方却没有声音,三两秒钟之后就挂断了。我继续睡,突然一跃而起,觉得自己的心都要跳出来了:天哪,是扣子,是扣子给我打电话来了。我查找着刚才的那个电话,终于,找到了,号码前果然不是东京的区号,立即拨过去。话筒里传来了接通的声音,但是一直没有人来接听。我知道,这一定是公用电话无疑了。

此刻,某市某条街道的一个公用电话在响着。

也许,电话边还站着扣子,只是她已经听不见电话的响声。即使是给我打电话,她也只有看清屏幕上的"已接通"字样才知道我仍然活着——在一个有人死去的夜晚,我却是安然无恙。我知道,她一定是和我一样,看见了大街上的电视墙里的报道,但是,她是在哪里看见的?想来,一个居无定所的人,她能看到的电视墙也无非是车站或百货公司大门前之类的地方吧。

她穿着什么样的衣服?她还背着那只亚麻布背包吗?

我醒过神来,连忙打电话查询刚才那个陌生的区号到底是哪里,回答说是奈良。放下电话,我全身上下无一处不感到紧张,是啊,我紧张地思虑着去奈良找她的方法。在听到"奈良"的第一时间里,我就决定要去奈良了。

但是,我必须先去找份短工凑够去奈良的路费——我口袋里已经山穷水尽了。我兴奋地从地板上爬起来,去盥洗间里洗漱、淋浴,打算再去送过外卖的中华料理店里去碰碰运气,看看能不能再送几天外卖。

结果是我的运气的确不错,毕竟是同为中国人的关系,店主答应了我。

但是,第二天中午,我正在往"Yamagiwa"专卖店送外卖,手持电话又响了,和昨天一样,我刚说了一声"喂",电话就挂断了。和昨天唯一不同的是:屏幕上显示出的电话区号又换作了另外一个。

我一下子就明白过来,扣子已经不在奈良了。我甚至懒得再打电话去查询这是什么地方的区号,因为我已经可以确认:扣子不会再见我。为了不见我,她甚至一天之间就去了另外一座城市。她本就是冰雪聪明的人,当她拨通我的电话,肯定就已经做定了去往别处的打算。可是,她不知道,此前的几十分钟乃至几千分钟里,我还一直在想象着找到她时的样子。像我们这样的人,能在什么地方碰面呢?我已经问过,知道从东京去奈良也有通宵火车,我就忍不住去想象,我会在一家百货公司门口找到她,因为是清晨,也许她还正对着百货公司的玻璃门梳着头发呢。

我找到她的时候,应该就好像苏东坡写过的那样吧:"小轩窗,正梳妆,相顾无言,唯有泪千行。"

接下来,又是一段昏沉不堪的生活:我又开始闭门不出,除去写剧本之外,就又和以往一样喝酒、睡觉和看闲书了。

一天下午,接到了杏奈父亲的电话,告诉我说杏奈病情加重得厉害,已经别无他法,因此他和杏奈的母亲决定带着杏奈离开日本,再去印度比哈尔邦住下来。事已至此,他们也只能指望在那里杏奈可以变回从前的那个杏奈了。

又是一天下午,我从一场大梦里醒来,居然看见我的屋子里来了一个流浪汉,就盘腿坐在我身边,吃着我没吃完的东西,喝着我没喝完的啤酒,端的是大快朵颐。我感到诧异,又一转念:爬这么高的楼上来,也算是我的客人了,便干脆和他推杯换盏起来。的确如此,自从我来了日本,无论住在哪里,想起来还不曾有过造访我的客人,他算得上是第一个。

喝得兴奋起来之后,他对我说起了他的父亲,说是二战时去过中国,也杀过人。

"那好办。"我灌下去一口啤酒,对他说,"下次见到他的时候,你就代表中国人民一刀结果了他。"

"哦——"他愣怔了一下,哈哈大笑,"好,好,就这么办!"

我也和他一起哈哈大笑,笑得连眼泪都流出来了。

十二月末,我带着写完的剧本坐上了去北海道的通宵火车。当火车离站,呼啸着驶出市区,我回望这座车声灯影里的都城,突然感到它好像蹲在重重夜幕里的铺天怪兽:满城灯火都是它觅食的眼睛,而绵延起伏的摩天高楼就是它的獠牙,人群在其下行走,实际上是行走在这只怪兽的嘴巴里。

《新约全书》的《马可福音》里写着:"无论何事,凡要承受。"

多日不见的好天气,我和筱常月在距富良野不远的美马牛小镇上走着。雪后初晴,阳光直射下来之后,天地万物都在反光,直教人的眼睛酸疼不止。筱常月倒是戴着墨镜,身上穿着阿尔巴卡羊绒大衣。从美马牛小学的小礼堂里出来以后,筱常月问我:"要不走回富良野去?"我当然愿意,反正闲着也是闲着。

北海道这地方,尤其是富良野一带,也真是奇怪,公路上的雪向来无人打扫,不过正好散发出浓郁的原始气息,真正是北国一片苍茫。因为大雪的关系,从富良野去美马牛、美瑛直至更远的札幌,就不能开车了,出行只能靠观光小火车代步。我坐观光小火车去过札幌,说实话,倒也另有一番风情。

整个美马牛小镇上似乎只有我和筱常月两个人在路上走着，居民们在家中烤火，被积雪覆盖的山坡上也没了牛羊，只有满目的尖顶房屋依然在提醒着我们：这里的确就是闻名全日本的被称为"童话世界"的美马牛小镇，我们就走在一到春季就被称作是"景观之路"的公路上。听筱常月说，一到春季，全世界的游人就蜂拥而至了。那时候，从富良野开始，一直到美瑛小镇，每幢尖顶房屋里都会住满了人，直到薰衣草被收割起来的时候才会陆续离去。更有不少的摄影家和画家们，只要来了北海道，就会住满一个春季。

"夏天，我是说薰衣草成熟的时候，这里到底会美到什么地步？"我问了筱常月一句。

"呀，实在太美了，连阳光都亮得像食物一样，张嘴就可以吃下去的，薰衣草铺天盖地。我第一次来的时候，感动得连路都走不动了。"

我便忍不住去想象夏天的富良野：空气中一定有咸腥的海水味道，借着清凉的微风，它们从鄂霍次克海峡被送到了这里。无论你置身何处，大概也只能生出"人在花中"之叹——远在天边，近在眼前，全是炫目的紫色。当然也还有别的花，它们和薰衣草套种在一起，因此，它们自然也明白自己只是薰衣草的配角，虽说也在开放和摇曳，但应该是有些害羞的，生怕占去薰衣草的位置。不过我想，单单从此刻就已经可以看出来，薰衣草盛开的富良野，无论是谁，只要他来了，就一定会像筱常月那样被感动得走不动路的。

说实话，我也在期待自己遭遇这样的奇迹。

中国农历年过后，筱常月租下了美马牛小学的小礼堂，作为昆曲《蝴蝶夫人》的排练场地。每天都和其他坐观光小火车从各处赶来的戏迷一起排练，每次排练都长达六个小时。有的时候我也和她同去，但是说实话，在小礼堂消磨的光阴里，我总是靠在窗前抽着烟，没有去看排练，只盯着窗外的皑皑四野发呆。盯到极处之后，视线里就好像走来了一个人：她头戴一顶红帽子，穿着一条发白了的牛仔裤，嘴巴正在朝两手上哈着热气，耳朵里塞着随身听的耳机——不，她已经用不着耳机了。

只是幻觉而已。

事实上，直到昨天，我才跟随渔民们出海回来。自从来到北海道，在筱常月的日之出农场里，我一下子做了三份工作：每天都在生产香薰油的工厂里工作两小时，之后便到一间仓库里抱了干草料去马厩里喂马，到了晚上，还要提着马灯到薰衣草试验田里去巡夜，要是遇到试验田的塑料棚被大风掀起了角，就要去将它再安顿好。来了"日之出"之后，我才知道农场里还养了好几百匹马。到了春天，薰衣草开始泛青的时候，放马的人一般会赶着马出去放，一直要放到邻近的带广市八千代牧场才再折回来。我心里不禁一动：做个放马的人倒也不错啊。立即就去申请这份工作，结果也申请到了。

我住的地方就在马厩旁边的一间平房里，除来北海道的第一夜我曾在筱常月家里借宿了一晚，之后，我就一直住在这里。房子虽说小，因为暖气和电都通了，我住起来也没感到有什么不便。有一天，去美马牛看筱常月排练的时候，回来的路上，我在一幢尖顶小楼前捡了一套音响，搬回来后发现果然还能用，就赶紧去札幌买了几张德彪西的CD回来。当我喝着啤酒听着音乐，就想起了扣子，还有杏奈和阿不都西提。

不排练的时候，筱常月会来我的屋子里坐坐，也不谈什么，就是坐而已。也难怪，我们两人都是那种谈着谈着就会走神的人。当和我一起做工的人对我谈起筱常月，我便说自己是她的一个远房亲戚。说起来，我和他们也算是相处甚欢了，除去沟通起来有些困难之外，别的一切都好。但是，多多少少，他们也觉得我有点怪僻。当他们谈起我，就会哈哈笑着说："哈，那小子古怪是古怪了一点，倒也是个好人哪。"

前段时间，由于天气太冷的关系，香薰油工厂的机器发动不了，便停了下来。只是这样一来，除了喂马守夜之外，我就无事可干了。恰好在这个时候，和我一起做工的人问我是否有兴趣随他们一起出海捕大马哈鱼，我也就跟他们一起出海了。

在船上待了一个星期，每天都是往深海里下网，再将鱼从网里摘出来，还有就是喝酒了。当我们返航，我坐在堆成山丘般的大马哈鱼中间喝着啤酒，低旋的鸥鸟和夹杂在涛声里的咸腥气息扑面而来，不自禁地，我又想起了扣子，想她走在哪条街上，穿着什么衣服。

"你说，她结婚的时候，穿的是什么样的衣服？"筱常月突然问我，见我不解，就补充了一句，"我说的是巧巧桑。"

"哦。"我一边往前走，一边听着脚踩到积雪上发出的吱嘎的声音，"应该是和服吧，虽说嫁给了美国人，但毕竟是在长崎，所以到了演出的时候，我觉得演员们还是穿和服比较好。至于平克尔顿，他是军人，当然也要穿军装。"

"嗯，我也是这样想的。再过几天，演平克尔顿的人就要来了。巧得很，他也是美国人，喜欢昆曲。"停了停，筱常月继续说，"还记得我说要给你讲个蛮长蛮长的故事？"

"记得。"我说。

"一直都想讲给你听，可是不知道为什么，每次话到嘴边了就是说不出口。"说话间，过了下一个山坡就到了上富良野了，筱常月取下墨镜拿在手里，"说到底还是胆小的人哪。"

我心里一动，终究还是没忍耐住问："和你丈夫有关吗？"

我丝毫也不曾想到，我的寻常一问，筱常月竟然全身颤抖起来。我看着她，也不知道如何是好。等拿着墨镜的手好不容易平静下来，她才笑了一下，看上去更显落寞："是。和我的两个丈夫有关。"

"两个？"既然话题已经说到这里来，我也干脆狠下心去问了。

"是，两个。"她又把墨镜戴上了，原地站住，眼睛投向前方的上富良野。至于她到底在看哪里，我也不知道。终于，她还是狠了心说，"……我亲手造就了两个孤魂野鬼，你信吗？一个是中国人，一个是日本人。不过，都埋在北海道，都曾经是我的丈夫。也许，他们这时候都还站在奈何桥上等我呢。"

原来如此。

我顿时就有不好的预感，便引开话题说："开春之后一起出海吧，海鸥就在身边飞着，感觉和在陆地上还是有很多不同的。"

"……好。"筱常月迟疑了一会儿说，"什么时候带你去一个地方看吧。"

"好啊，哪里呢？"我问。

"我的两个丈夫的墓。"筱常月说，"离富良野不远，两个人的墓离得也不远。两个人活着的时候没见过面，死了后倒是埋在了一起。"

我的确没想到筱常月想带我去的竟是那样一个地方。

"我这个人,胆子终究是太小了,胆子只要大一点,两个人就都不会死了。"筱常月接着说,"就算是现在,已经是他们死的第七个年头了,实在没办法,我还只能向《蝴蝶夫人》借点力气来,看看这次自己的胆子能不能大点。"

"什么,《蝴蝶夫人》?"我感到自己心里不祥的预感正在急剧加深。

"啊,没什么,下次也许用笔写下来给你?要是写小说的话,至少可以写得蛮长的吧。两个人都是自杀死的,两个人都给对方下了那么多的圈套——"说到这里时她又说不下去了,"没办法,又说不下去了。"

于是,两个人再一起朝富良野走去,公路上还是只有我们两个人,路边的广播里放着钢琴曲,似乎是《写给母亲的信》,又似乎是《给爱德琳的诗》,我也记不清楚了。到了富良野,在筱常月的家门前,我还是问了:"怎么会想起要把《蝴蝶夫人》改编成昆曲的呢?"事实上,当我和筱常月在东京见第一面的时候,我就问起过。

当时她并不曾回答过我,这一次也一样,只说了句:"……大概是他们两个人都喜欢吧。"就再也说不下去,哽咽着,脸上的表情一下子就变了。也只有到此时,我才会在短暂的时间里有一种错位之感:无论她是多么有成熟风韵的女子,无论她的故事是多动人心魄的传奇,终归她还是一个苏州的女人,动人也好,惊心也罢,本来与她无关。可是,弄人的是一言难尽的奇妙造化,世人只有陷在造化里听任沉浮而已。古往今来,莫不如此。

"明天我想去札幌添几件乐器回来,一起去吗?"分手的时候,筱常月问。

想着也打算去札幌的CD店里买几张CD回来，就说："好。"

"那么，明天见？"

"好，明天见。"我目送她离去，看着她推开院门，就想起了她曾和我说起过的：站在苏州铜铃关的城墙上甩水袖，月光照着，她跳进了苏州河里——在她跳进去的一刹那，河水溅起，发出了清脆的声响，虽然寂寞，倒也能证明她的存在。可是，现在呢？我往农场里走着，心里不祥的预感愈加浓重，仿佛那声清脆的声响即刻就要响起来了，但是，那可能是她跳进河水后再也浮不出水面的声响，而我却没有力量去阻拦，我甚至不知道她将于何时跳进哪条河里。

我唯有记住此刻：筱常月不像走在自家的院子里，仍然像走在苏州的哪一段城墙上。

扣子此刻又走在哪一段城墙上呢？是东京、秋田，还是奈良？是京都、大阪，还是镰仓？想着想着，我就黯然神伤了。

好在回到我住的平房里去后还有音乐。在刚过十平方米的房子里，我只穿一件薄薄的毛衫即可，丝毫不觉得冷。来到北海道之后，不长的时间里，这间房子已经可以算作小小的安乐窝了：到处都是烟、书和啤酒，还有CD，需要时一伸手即可。当然，由于我吃饭简单，一个月下来总是还能剩下工资的大部分，于是就放到银行里存下来。每次当我去银行里存钱的时候，心里就像有刀子在扎：扣子手上有够她吃饭的钱吗？

除了够吃饭的钱，我还有音乐。德彪西的经典曲目已经被我听了好多遍：《大海》《小提琴奏鸣曲》《春天》这样的曲子就不用说了，即便比较冷僻的《儿童乐园》和《黑键与白键》之类，也几乎被我收集齐全了。为了我喜欢的这个人，我每隔一段时间便要去一趟札幌。

此刻，在屋子里坐着，喝着啤酒，抽着七星烟，透过窗子去看马厩里悠闲吃着草的马，就疑心此刻是否真实起来——常常有这样的感觉，想改也改不了。坐着坐着，到了最后，眼睛总是要被丢在床上枕头边的手持电话吸引过去，便赶紧跑过去拿在手里，一遍遍地把玩着。我无时不在渴望、在想象这样的时刻：正在把玩的时候，扣子会给我打来电话。

我甚至从来就没怀疑过扣子会给我打电话来。到现在为止，我一直没有更换手持电话的号码。尽管我没有多少钱，在银行里也有了账号。因为已经打电话给东京的通信运营商办过了手续，所以，每个月到了交费时间，运营商自然就会通过账号将我的电话费划拨走。只可惜，扣子一次也没打过电话来。

我仍然不怀疑。

刚来的时候，也常常想起东京，但是，后来，我就逼迫自己不去想了，我只想扣子。

后半夜，起了大风，我一个人提着马灯出去巡夜，将试验田的塑料棚安顿好之后，就信步在弥天大雪笼罩下的薰衣草田里走着，听着马吃夜草的声音，我觉得自己好像置身在远古的某一朝代之中。后来，我在雪地里坐下来，听着远处传来的大海的涛声，抽着烟，突然看到自己在雪上留下的脚迹，一下子觉得这脚迹根本不是自己留下的，而是扣子留下的。我盯着幽光里的脚迹，仿佛看到了她正在从我来的地方来，又要和我一同往我要去的地方去。

再有几场这般的大雪，春天，也就要来了。

春天，天色尚未过午，我和筱常月在美马牛小镇上走着。空气里满是薰衣草的清香，举目所见，皆是青葱一片。和冬天时不同，此刻我们的身边三三两两走着不少悠闲的游客。即便公路两侧辽阔无边的薰衣草才刚刚吐露出淡蓝色的花蕊，我想，这也就足以使他们和我一样，感动得几乎连路都走不动了。

　　我是凑巧和筱常月遇见的。两天前，我赶着马群从带广市的八千代牧场回来了，在日之出农场里休息了一天，今天想给自己买件春天穿的衣服，就上了去札幌的观光小火车。一路上，置身于茵波花海之中，我迷醉得近乎神志不清了——只有来过北海道，来过富良野的人才知道我之所言绝对不虚。正坐在明治时代遗留至今的小火车上抽着烟，一眼看见远处筱常月从美马牛小学里出来后，正在朝她的那辆红色宝马走过去。我便从小火车上跳下来，穿过薰衣草，踩在绿油油的田埂上朝她跑了过去。

　　"再顺着这条路往前走走？"见面之后，筱常月笑着问我。

　　"好啊。"我也笑着对她说，"换个方向走吧，朝札幌那边走。"

　　于是，我找了家小店，买了两支薰衣草软雪糕来，一支给自己，一支给筱常月，一起朝前走。其实，原野上除了薰衣草之外，也套种着其他的花：向日葵、药用罂粟花、波斯菊，等等等等。不过从天上看下来，地面上应该还是一张紫颜色的花毯。我下意识地往天上看去，结果还真看见了坐热气球漫游富良野的人。我刚一抬头，坐在热气球上的人就兴奋地尖叫着朝我招手。

　　我自然也朝他们招手了。

　　一路上，除了游客，也有许多来这里拍电视广告的人。只是如此一来，忽然有武士打扮的人迎面走过来，忽然又有手举某某产品的演员从我们身后走向摄影机。尽管感觉错乱，倒也正合适了我的胡思乱想：看到武士打扮的人，我就浮想起浓云密布的江户时代。总之，看到什么就去想什么。

筱常月和我说起了多日下来的排练情形，虽然辛苦，但是大家仍然都还饶有兴致，不日之后大概就可以在一起走走场，将整整一出剧目演出一遍来看看效果如何了。就眼前的情形看来，筱常月还是觉得相当不错的。一边往前走，她也一边哼唱出两句来，让我听听看怎么样。

"怨不能，恨不成，对着盏长明灯；坐不安，睡不宁，倚着扇旧画屏；到头来，灯儿也不明，梦儿也不成……"举步之间，筱常月轻声哼唱着巧巧桑静夜里想念平克尔顿时的一段唱词，双唇只是微启，吐字却是十分清晰。我听着，想象着她换到舞台上去后的样子，不觉就陷入迷醉之中，马上便对她说："我敢保证，到了真正演出的时候，哪怕一点儿昆曲都不懂的人，也一定会倾倒的。"

"真的？"筱常月站住，抱着一件外套，笑着微微欠了欠身问我。只有到此时，在这些不经意的动作之间，她作为一个成熟女子的魅力才尽展无遗了。

"真的。"我说。

"你说——"又往前走了两步，筱常月突然站下来问我，"假如，在奈何桥上，两个人都在等同一个人，等来了，但是来的人只能跟一个人走，剩下的那个人，还是会变成孤魂野鬼吗？"

我的脸上应该是顿时之间就变了颜色，问她："你在说你自己吗？"

"……我说的是假如啊，好，就算是我吧，你觉得我应该怎么办？"

"依我说，这个人根本就不该去。"我依稀想起扣子对我说起的"三世轮回"来，便说，"听人说，人死之后，要历经三世才能尘缘了尽，最后脱胎换骨。这样说来，无论去或不去，已经死了的人该对着长明灯还是只有对着长明灯，该倚着旧画屏还是只有倚着旧画屏罢了。所以，我倒觉得活着的人就是要继续快乐地活下去，这样，到了真正碰面的时候——不论是在奈何桥上碰面，还是在来世里碰面——不管有几个人，大家都会心一笑，继续再往下面两个轮回里走而已。我就是这样想的。"

听罢我的话，筱常月的眼睛亮了一下，但是很快就暗淡了下去，只说了一声"好冷啊"。急忙穿起外套的时候，身体竟然战栗起来了。我眼见她打了一个寒战，就赶紧脱掉自己的外套，帮她披好。见路边有一家名叫"松浦"的专供外来游客的单车出租店，就赶紧和她一起躲了进去。

在单车出租店待了大约十分钟，筱常月始终没有说话，只是不自禁地打着寒战。等她平静下来之后，我就送她回美马牛。到了美马牛，我陪她在车里又坐了十分钟的样子，才接过她递过来的外套，问她："没事了？"

"没事了。"她一边将车窗摇下来一边说，"总是这样，我也习惯了。"

如果是以往，我出门去札幌，只要遇见筱常月，她就一定会开车送我去。今天却不是如此，当我最后确认她没事，又看着一辆观光小火车正从花田里驶来，就下了车。往前走出去才刚刚两步，就听见她叫了我一声，回头看时，她正颤着嗓音问我："有烟？"

我连忙掏出一支七星烟，回去递给她，给她点上火。刚一点上,她就催我说:"快去吧,快赶不上车了。"

我短暂地盯着她看了一会儿,还是朝着花田里缓慢行驶着的小火车跑过去了。当我跳上小火车,火车开出去好远之后,那辆红色宝马还是没有开动,我还能依稀看见车里的筱常月手拿着一支燃到了尽处的七星烟在发着呆。

到了札幌之后,才知道我这人实在是个不会生活的人。在札幌转了好几家百货公司,始终不知道自己该买什么样的衣服。也难怪,自从认识扣子,我的衣服都是由她一手购置,虽说价格便宜,但是身边的风潮似乎也还能跟得上,不至于落伍太多。现在,我只剩了一个人,又该如何是好呢?也是凑巧,到了下午四点多钟,我从一家CD店里出来,一眼看见对面有家二手衣店,就赶紧跑了进去。

凡是估计扣子看不上的颜色和款式,我都不予考虑。这样,从二手衣店出来的时候,我竟然一下子买了两件,应该都是扣子喜欢的颜色和款式。

我提着装了衣服的牛皮纸袋继续在街上闲逛,脑子里就又想起了扣子。

你在哪里啊,扣子?

转到天黑的时候,在中央区的宫之丘,我寻了一家西饼店,买了一小包凤梨味儿的可乐饼出来,边吃边向观光小火车的起始站走过去。走到Enyama动物园旁边一条僻静的巷子里时,看见有人拍电影。我向来不喜欢凑这样的热闹,就走到另一边的人行道上去了。偶然的一瞥,大概也可以知道正在拍的这部电影应该是部动作片,因为女演员正在人群之外补妆。而在人群之中的一棵巨大的榉树上,一个和女演员穿着一模一样戏装的替身正背对着我这边要从树上跳下来。看起来,对于那个替身的表现,导演好像并不满意,一直在呵斥着她。从训斥声里听去,似乎这已经是她第七次往下跳了。

我一边往前走,一边随意朝他们瞥着。

那个替身第八次从树上跳了下来。这一次,她没有再得到导演的训斥,顺利通过了。

不觉中我也笑了,站住了,想看看她转过来时的样子。不到一分钟后,她在强烈的镁光灯里转过了身来。

只一眼,我顿时便如遭电击:我看到了扣子!重新将头发染黄了的扣子;嚼着口香糖,一脸满不在乎的样子看着眼前众人的扣子!

我鼻子一酸,下意识地觉得自己是在梦中。可是,同样是下意识地,我撒腿就狂奔过去。是的,不管是不是在梦中,只要一看到扣子,除了朝她狂奔过去,我难道还会有丝毫的犹豫吗?

绝对不会。

可是,等我跑近,我才终于看清楚了:眼前的这个替身,真的就只是扣子的替身,尽管和扣子的样子很像,但她实在不是,最明显的例证,就是她正在和往她手上递钱的人争吵着什么。是啊,她毕竟是张开嘴巴在说话的人。在几欲使我睁不开眼睛的镁光灯的照耀下,我在人群之外蹲下了,绝望地憋住呼吸看着她:看她如何与对方争吵,又看她如何最终被几个大汉从人群里推出来;当她走近了,我又看见她眼角上有一处划伤,大概是从树上往下跳的时候被树枝划伤的。

当她摇晃着身体从我身边过去,不经意地瞥了我一眼,我几乎一头栽倒在地上。天哪,她和扣子太像了。迷离之间,她已经走远了，我的鼻子还在嗅着她身上的香水味道。恰好一辆警车呼啸着从我眼前开过去，提醒我赶紧要追上去，我就站起身来，快步跟上了她。

——我就把她当作扣子了吧。

我一直跟着她往前走，朝着离小火车的起始站越来越远的方向走，折过了好几条巷子。宫之丘一带，到了晚上就很是冷清，上流社会的深宅小楼也不算少，皆以爬满茑萝的围墙围住，其间只有几条刚够行驶一辆汽车的幽径穿插。这在国土面积狭小的日本，倒也是寻常的景象。

我看着她转入一条巷子，急忙跟上去的时候，却不见了她的踪影。正在茫然四顾，她从一户人家的大门口走出来，嚼着口香糖，满不在乎地叫了一声："喂！"

自然是在叫我。可是，当她喊出一声"喂"来，我就狂乱了，只顾看着她。一时间，身体里的热流开始了横冲直撞，反倒使我的手足冰凉不堪。

"喂！"她又叫了我一声，"想请我吃饭吗？"

月光下，我就像置身于东京，和扣子在表参道上走着，走着走着，扣子调皮地回头问我："这位客官，想请我吃顿饭吗？"

我一定会接口就说："好说好说，那先给我唱上一曲吧？"

此刻，我却呆呆地看着眼前的女孩子说不出来一句话，就更别说油腔滑调了。我的眼睛就像被上天赐予了无穷魔力，穿越漫漫时空，看见扣子就走在某个城市的某条路上，没有吃饭，瑟缩着抱住肩膀往前走，走到一家装着落地玻璃的餐厅前，站住了，她往里看，看着看着，就"呵"了一声，既像是不屑，也像是自嘲。总之，她还没吃饭。

"好，去吃，吃最好的!"我下意识地对眼前这个女孩子说。我说的是中文。

这个女孩子稍稍愣怔了一下，也大致明白了我说的意思，就和我一起朝前走。

从小巷子里出来，刚刚走上一条稍微宽敞些的马路，我便看见马路对面真的就有一家装着落地玻璃的餐厅，名叫"寂街町"，霓虹招牌上写着"鲸肉、竹烧菜专营"的字样，自然是价格不菲的所在。我一把拉住她的手："扣子，就这儿吧。你放心，我有钱!"

迷乱里，我拉住她的手跑到马路对面，跑进了这家名叫"寂街町"的餐厅。

在进店门之前，我心里一动，想要记住此刻，便回过头去望了一眼周遭四处：因为是步行街区，所以并没有汽车的踪影，甚至连行人都很少；店铺都散落在沿街栽种的竹林里，夜幕中，店铺里全都浮泛着橙色灯影，只模糊看见细格木窗里的人影绰绰。幽到了极处，也暖到了极处。

我的心，还有我的身体，又有了主。在《蝴蝶夫人》剧本里，我写过这样的句子："一株株垂杨柳，一串串榆荚钱；杨柳儿榆荚儿都是我的武陵源。"

第十六章　再见

一只画眉，一丛石竹，一朵烟花，它们，都是有前世的吗？短暂光阴如白驹过隙，今天晚上，我又来到了这里——扣子，你猜，我现在在哪里？

好了，还是我自己将谜底揭开，以此来免遭你的训斥吧。

我在你的坟前。

你没有听错，我已经给你找到了下葬的地方。现在我就坐在这里了。不过，虽说已经在你坟前坐了半夜，还是舍不得把你放进去，因为迟早会把你放进去，迟早让你被尘土盖住，住进那温暖的长眠之所。对了，我还给你找了个伴儿，想不开的时候你就和她说说话，怎么样？至于现在嘛，离天亮的时间还早，你就再陪我坐一会儿，抽着烟，喝着啤酒，有一句没一句地聊着，怎么样？

"说了半天，你到底是把我埋在哪里了呀？"

——呵呵，我知道，假如你还活着，你一定会做出一副凶相来敲我的头。

别急，扣子，且听我一一道来吧。

说起来，我到东京来已是快一个星期了，去了表参道和鬼怒川，也去了吉祥寺和浅草，最后，也就是今天下午，我终于从日暮里上车，来了秋叶原。但是，我根本不敢往电器街那边走，干脆就没从秋叶原车站里出来,而是躲过众人的眼睛,径直沿着JR铁路线往神田方向走过去了。走了一阵之后,掏烟的时候偶然一抬头,竟然瞥见了我们曾经住过的那幢公寓,在其中的一间房子里,我们曾经喝了酒,吵了架,也做了爱。可是到了这个时候,我却不敢看它一眼,把我们住过的房子找出来,匆忙之间就低了头继续朝前走,真正是一步都没停。

沿着去神田的铁路走了一段,在神田川与昭和通之间的交叉路口上,我迟疑了一会儿,就决定掉转方向往神田川去,还是沿着JR铁路线。出了神田川,铁路到了尽头,我就经过万世桥再往南方走。

一点目的都没有。走到交通博物馆半人高的铁栅栏外面时,我突然发现这里已是大变了模样:不知何时,交通博物馆的正对面新建了一座小型广场。

因为刚刚建成,连参天的古树都是刚刚才被移栽到这里,要在树干下搭起木架才能使它们稳当站立住,所以,除去几个花工之外,广场上并无多少行人。我就随意地盯着广场西南角的一小片樱树林看着。突然,我脸色大变,抱着你狂奔了过去。

我看见了一尊雕像。我曾在那座和你消磨了许多个后半夜的货场里见过这尊江户时代的武士雕像。我相信自己绝对没有看错。

我真的没有看错。它就是我看见过的那尊雕像。只是,它现在显然已经被精心修饰过了,那把圆月弯刀也被重新装上了刀柄,通体上下,无一处不被彻底清洗后新上了一层石膏。我站在其下,呆呆看着,简直怀疑自己走错了地方。

还不止于此,在我恍惚着的时候,看见有几个花工正从樱树林里走出来,我就随意地朝樱花林里看去——扣子,你猜我看到了什么？

那座坟。

假如我的记忆没有错，哦不，我的记忆决然错不了，你的最后一句话就是跪在那座坟前喊出来的。人虽不在，言犹在耳："保佑他。你知道他是谁。"

仅仅只是一触目，我却是连大气都不敢出了。你虽然被我抱在怀里，但是说实话，现在，当我看到了雕像和坟墓，从头到脚的器官都被唤醒，我便觉得从来也没有和你像此刻般离得如此之近。

真的走到它身边的时候，我反而平静了下来，因为我已经在心里暗暗定下了一个主意。是啊，我在东京来来回回已经走了一个星期，为的就是此刻：我确信，我已经找到了你能够容身的地方。

大千世界，芸芸众生，动心转念也好，装疯卖傻也罢，又何尝不是在如此的一瞬间？

扣子，真是要恭喜你啊。不过，呵呵，恭喜你就等于恭喜我自己。

没有错，就是它。当我真正站在那个四周皆被青草环绕的土坡前时，我已经完全可以确认这就是那个名叫金英爱的朝鲜妓女的新居了。首先便看见了那块墓碑，搬运到这里的路上残缺得更加厉害了，但上面"金英爱"和"昭和三年立"的字样依然清晰可见；然后，我又看到了几块花岗岩石块，上面同样刻着"金英爱"和"昭和三年立"的字样。这是为什么呢？不过，扣子，我很快就明白了，这是有关人士要给金英爱造一个长眠之所——就像公墓里的那样，他们将要在她的方型墓上覆盖以花岗岩石块。

至于那块原来的墓碑，大概仍然会象征性地嵌入其中。

这也是你的长眠之所。在这里，你想住多长时间，就可以住多长时间。

那个你要她保佑我的人，就是我给你找的伴儿，你们两个人一起保佑我吧。

主意下定之后，我马上开始周密思虑什么时候将你放进去最为合适，思虑了半天的结果，还是觉得后半夜，也就是我坐着抽烟的此刻来这里最好。此刻，广场上，还有樱树林里，一个人也没有，墓穴还空着，不过我估计，至多明天早晨，金英爱的骨灰就会被移至此处，所以，我必须在今天晚上就将墓穴挖得再深些，将你先行放下去，也只有这样，才会留出让别人看不出丝毫破绽的空间来放金英爱的骨灰。只是，到了那时候，我们就再也没有再见的那一天了。

再没有再见的那一天了。

下午，主意彻底拿定之后，我在交通博物馆旁边的一家爱尔兰酒吧里坐了半天，耳边回旋着爱尔兰风笛吹奏的乐声。不忍再看近在眼前的樱树林，就闭了眼睛，像过去一样，逼迫自己去想一大串不相干的画面——一个没有背景的虚幻的所在，草地上，欢乐的人群都打着灯笼载歌载舞，你从人群里出来，蹲在一条漂满了纸船的小河边发呆。不一会儿，还有一个人也走了过来，从背后将手放在你的肩膀上，你泪如雨下，将整个身体都靠在那只手上。那个人就是金英爱。后来，在一座桥边，你碰见了筱常月，她像是在找什么人，但是一直没有找到，三个人就一起坐下了，聊起了我："也不知道他现在在干什么。"河水哗哗，露水冰凉，终于，筱常月要走了，你挽留过，留不住，看着她在弥天大雾里消失，只是再没有了那辆红色宝马。筱常月走了，却来了阿不都西提，他站在桥头上笑着问："有可以做爱的女孩子吗？"

晚上十一点，我准时来了。不光抱着你，手里也拿着一瓶啤酒。为什么没有像以往那样买罐装的啤酒呢？原因很简单：啤酒喝完之后，我要用啤酒瓶当工具，将墓穴挖得深一些，直至再深一些。现在，啤酒我早就喝完了，墓穴也挖得相当深了，可是，就是舍不得把你放进去。不过也没关系，反正离天亮还早，我们就有一句没一句地聊着，好吗？

就说说那个北海道春天的晚上吧——

在幽幽的橙色灯光里，在衣冠楚楚的食客间，显然，我和萍水相逢的女孩子又是最寒酸的一对。平心而论，日本人的可爱之处，就在于内心里再怎样对你不屑一顾，表面看起来却还是对你礼敬有加。所以，扎着领结的侍者还是客气地把我们引进了店里，又帮我们找到了一处靠角落的座位。坐下后，我就一直盯着眼前的这张脸看。

怎么都看不够。

"哈，真不错啊。"迷离之中，我听这个女孩子说了这么一句。一边说，她一边取下身后的背包，然而，却不是亚麻布的。

餐厅里回旋着爱尔兰凯尔特舞曲，曲风可以用"夏日清晨里的一杯菊花茶"来形容。声音小的关系，倒真有一点低吟浅唱的味道。眼前这个女孩子就一边听音乐一边摇着身体，手里还拿着一支筷子跟着韵律在蓝印花桌布上轻轻敲着，突然问我："你怎么不说话？"

我朝她一笑，未及开口，鼻子已经先酸了。恰好在此时，我们点的竹烧菜和炒鲸皮被端了上来。"真好真好。"女孩子叫着，菜刚刚放好，她就拿起筷子直奔炒鲸皮而去了。

的确不错，我这辈子还从来没吃过这么好的东西。青竹被劈成两半之后，再放入当季的虾仁、贝肉和烤栗子，用文火精心烤制，就是所谓的竹烧菜了；至于炒鲸皮，更是前所未见，那只盛着鲸皮的陶罐刚端上来，香气立刻就四溢开去了。可是，我就是不想吃，只看着眼前的女孩子吃，又环顾了一遍四周，并没见到禁止抽烟的标记，就一支一支地抽起了烟。

"慢点，小——"看她吃得太快，我忍不住去提醒一下，"小"字刚出口，想起来她不是扣子，迟疑了一会儿，还是说了，"……扣子，吃慢点。"

女孩子便惊异地看着我，喝了一口鲸汤，扑哧一声笑了："我还真是第一次碰见你这样奇怪的人哪。"

扑哧一笑。

我的双手顿时都紧紧攥住了，攥住了再松开，还是一把攥住了她的手，问她："扣子，这么长时间都是怎么过来的啊？"我说的仍然是中文。女孩子没有把她的手缩回去，另一只手拿着筷子顶在嘴唇上，看着我，鬼精灵般地笑着。突然，她"啊"了一声，声音高了起来："我知道了，你把我当作了另外一个人？"说的是千真万确的日语。

终了，我还是只能对她颓然点头。

吃完饭，从"寂街町"餐厅出来，一抬头看见满天的星光，我深深地呼了一口气，犹豫着不知道该对这个女孩子说句什么，她却"哈"了一声问我："有睡觉的地方？"我怀疑自己听错了，看着她，她便又重复了一句："有睡觉的地方？"

359

"……有。"我说。

于是,我便梦游一般和她朝观光小火车起始站走去。这样来描述我的心情可能算不得夸张:既害怕她和我一起回去,又害怕她一下子就从我的眼前消失不见。梦游般走过巷道、广场和繁华处鳞次栉比的摩天高楼,最后,终于到了起始站。

我也用生硬的日语和她聊了,没有问她的名字,只问了她是哪里人、现在在做什么之类。她说是札幌新得町的人,十三岁从孤儿院里逃出来后就一直没有工作,当然了,有时候也会像今天当替身这样打打零工。我没再问了,因为我大致已经知道,她也不过和我一样,日日过着不受自己控制的生活罢了;当然,也和扣子一样。这就是所谓的"相逢何必"了。

她倒也和扣子一样,是个活泼的人,对我也有几分兴趣,问我是中国人还是朝鲜人,我便照实说是中国人。说话间,我们上了小火车,拣了最后的一处位置坐下来。小火车哐当着离开站台的时候,她想了想,又一脸肯定的样子问我:"那个女孩子,是你爱的人?"

她自然说的是扣子。我便不假思索地说:"是。"

"她不爱你了吗?"

"不!"

"那她现在怎么会不和你在一起呢?"

她不知道,如此寻常的一问,几乎会要了我的命。

我说不出话来,她看出我的脸色变了,就说:"我来讲讲自己的事给你听?"我点点头,她便开始讲,既说起了死于艾滋病的邻居,也说起了第一个男朋友,好像还说了小时候在孤儿院里捉了萤火虫用玻璃瓶装起来的事。她说着,我听着,脑子里却想着此刻扣子在哪里。

不知道从什么时候起她也就不再说了。

小火车在星光下的花田里穿行，遍野都是薰衣草发出的淡淡清香，当车灯照亮一小片花田，我似乎看见有个穿着白色牛仔裤的人在薰衣草里晃了一下，就喊了一声："扣子！"不觉中却一把扶在了身边女孩子的肩膀上，连半刻都没犹豫，就一把把她搂在怀里，将自己的头扎在她的肩膀上。女孩子愣了愣，也抱住了我的头，轻轻地梳理着我的头发。

我知道，刚才的幻象不过是我的幻觉，正如佛家所言："一切幻象，皆因执迷不悟。"

到了我的房子里，我先打开音响，将她安顿好，然后去马厩里给马喂夜草。喂完之后，站在马厩外面，我突然心如刀绞。

回到房子里，我们做爱了。

在德彪西《伊贝利亚》的乐声里，我的全身上下空空如也，全都陷入了一个让我眼前发黑的旋涡。身下的女孩子急促地喘息着，双手将我的身体抱住。我使出了全身的力气，使她喘息，使我喘息，我盼望就此永远葬身于风尖浪底。

"扣子！"我叫着扣子的名字，却恨不得天上的雨水淋死我，恨不得地上的蚂蚁踩死我。

"扣子！"我匍匐在女孩子的身体上，一边使出全身力气，一边将头埋在她的肩膀上，来回摩挲着她脖颈处细细的绒毛，又哽咽着叫了一声，"扣子！"

我自己都不知道，其实我一直在叫着扣子。

就在此时，我听到了哭声，先是如我般的哽咽，短暂的瞬间里，突然就号啕了起来，哇哇地哭着，也在哇哇地说着——是我身下的女孩子哭了。我抬起头来，她的脸上满是泪水，念着一个我从未听过的名字，似乎是叫"柴崎"，骂着日语里的脏话。突然，她一把将我推开，跳到床下去穿衣服。

我赤身裸体坐在床上，看着她穿好内衣，又迅速地将外面的衣服套好，一把拿起背包要往身上背。我害怕了，我心慌了，一下子从床上跳到地上来，赶在她之前先将门抵住了："扣子，求你了，不要走！"

她还没来得及说话，我却三两步跑到床前的写字桌前，推开散乱的稿纸，再推开一大堆德彪西的CD，找到一张褐色封皮的存折，举着它，三两步跑回来，一不小心，被凳子绊倒在地。绊倒了我也不管，半跪着爬过去，抓住她的腿："扣子，不要走，我有钱了，可以给你治耳朵了。"

说完这句话，除去《伊贝利亚》的乐声还在回旋，房子里再也没有了声音。

我又绝望地看清楚了：这并不是我的扣子。

她也愕然了，盯着我看，终了，叹口气，伸出手来，抚了抚我的头发，之后，她背上背包，打开门，走了出去。一出门，她就狂奔了起来。

我跪在门前，一直看着她跑出了日之出农场，消失在"景观之路"上，就仿佛没来过一样。不到一分钟之后，我突然恢复了神志，担心起她的下落，担心她不知道在哪里上车，就站起来朝"景观之路"上追过去。反正农场里外都没什么人，我也就没穿衣服，照样赤身裸体。

可是，哪里还有她的影子呢？

目力所及，只有在星光下随风起伏的薰衣草。

怅然回到农场里,我不想睡,进房间里去点了一支七星烟抽上,坐在门口,对着门前的草地发呆。不经意间,一眼瞥见刚才的女孩子留在草丛间沙土里的脚印,悲从中来,走过去,赤身裸体地在那一双脚印上匍匐了下去。

脚印在我身体之下,即是扣子在我的身体之下。

我并不知道,直到此时,这个夜晚对于我其实才刚刚开始——仅仅半个小时之后,我就要接到扣子的电话了。

七月里,筱常月死了。

二十三日,是《蝴蝶夫人》在札幌公开演出的第一天。我起了个大早,想着即将开始的公演,心里就觉得说不出来的舒爽。花了十分钟洗漱完毕,喝了一杯凉开水便跑出日之出,径直往筱常月的家里去。走近了,正好碰见筱常月关好院门,拿着戏装朝那辆红色宝马走过去,便走过去轻松和她打招呼。所谓戏装,其实就是做工考究的和服。前几次和她见面时就已经商量下来,戏装一律还是和服,至于平克尔顿,穿当时那个时代的美国海军军装就可以了。不过说起来,又有几天不曾和她见过面了。自上个星期起,她就将排练的地方迁到了正式公演的北海道国立剧院的舞台上。

最近一段时间,闲来无事的时候,我经常会想起上个月的一件事情来:我和筱常月去札幌的中国用品店里买琵琶,中午,我们在红砖厅舍附近的一家中华料理店里吃淮扬菜,菜卜齐之后,筱常月刚刚喝了一口红酒,全身上下突然战栗起来,她哀求般地对我说:"我冷,抱抱我,可以吗?"

我走过去,抱住了她的肩膀。

三天前，她从札幌回来后，来找过我，我们一起在花田里的田埂上散步，她曾问过我一个问题："要是我们死在日本，算不算像受了伤的画眉一样死在半路上？"

当时我是怎么回答的？现在竟是一点也想不起来了。管他的呢，反正唯一能把握的只有此刻而已：此刻筱常月也应该是和我一般高兴的。

她的心情果然不错。坐上车以后，她笑着回过头来，对坐在后排座位上的我说："发没发现——我的房子实在是很漂亮？"

"当然。"我愉快地点头。

"那么，干脆——"说着，筱常月好像下了多么大的决心，"时间还早，我们开着车兜兜风吧？"

"好主意。"我说。

这样，红色宝马便朝着和札幌相反的地方开了出去。天色虽说尚早，沿途的牧场上却已经有不少牛羊在悠闲地吃着草了。不知道为什么，汽车在隐约的雾气里穿行，汽车上的我却觉得通体上下都十分清醒，就像和天地万物都打通了一般。行至三十里外游客们乘坐观光降落伞的那段丘陵上的时候，我脑子里突然涌起了一句话："莫道君行早，更有早行人。"——由冬天的滑雪斜坡改造成的降落伞升降场已经站满了游客，都排好了队在等着先行了一步的人腾出降落伞。

然后，往回开，路过筱常月的房子的时候，她将车开进了环绕房子的榉树林，绕着用扶桑扎成的围墙开了一圈。我很是诧异，完全没想到她会绕着自己的房子去开一圈，但是也没去问她。车开得很慢，我也和她一样，看着眼前的这幢西式小楼的白色窗子、窗子上的风铃和院子里的漂流木桌椅。

从榉树林里出来，车开上了"景观之路"，筱常月说了一声："实在是很漂亮——我的房子。"接着，似乎叹了一口气，"去了那边，也不知道还能不能住上这样的房子……"

"你要去哪儿吗？"我问。

"哦，不去哪儿。"她没有回头，两手优雅地掌握着方向盘，似乎笑了一下，问我，"对了，最后那一场，蝴蝶手里那把匕首上刻的字，我想用日文念出来，你觉得怎么样？"

她说的是蝴蝶夫人巧巧桑临死之前的一场戏。那时，巧巧桑让女仆将自己的孩子带到门外，然后，取下挂在神像下的祖传匕首，拿在手里反复读着刻在匕首上的字："宁可怀着荣誉而死，决不受屈辱而生。"就在这时候，门开了，女仆从门缝里把孩子推进来，巧巧桑抱住孩子痛哭，终了，还是让孩子在席子上坐下，找了一面美国国旗和一个洋娃娃让他独自玩耍，再将他的眼睛扎起来，自己提着匕首走进了屏风后面。

"我问过了，在祖传的东西上刻字是许多日本人的传统，观众也都是日本人，假如在这时候用日语来念刻在匕首上的字，一定更能打动观众吧，好像这样演起来就一下子把昆曲和普通的日本人拉到了一起。你看呢？"筱常月问。

我想了想说："好。"的确如此，不过是一句普通的台词，用日语念出来，除去将昆曲和观众拉得更近了，也更添了一份特殊的韵味。

到了札幌，我们要做的第一件事并不是讲剧场里去走台，而是找百货公司去买匕首。

"排练的时候，用的一直是一把塑料匕首。"筱常月说，"今天还是该买把讲究一点的吧。"

她说的自然不会有错。依我看来：一出戏，要么干脆不演，一旦决定要演便不能忽视任何一个细节。

在我的想象里，我们要买的匕首应该要比寻常的匕首稍微大一点，但也大不了太多，不是太考究的那种，刀柄只以牛皮包裹就好。只有这样，才不至于太不像巧巧桑那个时代的东西。可是，去了几家百货公司，我和筱常月对里面卖的匕首都不满意，刀刃大都过于闪亮，刀柄处也都堪称流光溢彩。总之是不满意。

看着走台的时间快到了，我便劝筱常月先去剧院，我留下来慢慢寻访即可。可是她却说非要留下来不可，一脸坚决的样子倒是我从来不曾见到过的。

直到八点钟都过了，我们才在北海道大学校园里的一间商店里买到了一把用牛皮包裹刀柄的匕首。我和筱常月都是一眼看中的。付了钱之后，筱常月没急着走，说想试试它锋利不锋利。按理说锋利与否对演戏来说关系不大，但是我的心情一直不错，便说了一声"好办"。找售货小姐要了一张砂纸，再让筱常月用两手半举着，我拿着匕首当空劈下，砂纸应声一分为二，果真是削铁如泥。

九点半钟，演出终于开始了。

开始之前，我坐在第一排的位置上，还是感到了紧张。因为不管怎么说，这也是我亲手写的剧本第一次在剧院的舞台上演出。剧院里不许人抽烟，我想分散一下自己的紧张，就盯着剧院两边墙上亮着的荧光牌看，依稀看见上面有几排字，似乎是"北海道民族艺术节日"之类的话。这个我倒还留有印象，第一次和筱常月见面时，她就曾告诉过我这个艺术节。

当锣鼓声响起，身着和服的筱常月在女友的簇拥下从布幔后面走出来，我的身体竟至于一阵颤抖。

她甚至还没开口，我就知道，这历时一个半小时的演出一定会倾倒我身边所有的人。

当她穿上绣着蝴蝶的和服上场，一时间，我就觉得自己看见了真正的巧巧桑。

十点五十分，筱常月死了——

所有的人都看见她提着匕首走进了屏风，却不会有一个人看见她再从屏风背后走出来！

此前，掌声不断在剧场里响起，我的身体就在掌声里战栗着。当舞台上的筱常月一把抓过挂在神像下的匕首，我能清晰地感觉出我邻座上的一位中年夫人也是一阵颤抖，低低地叫了一声，抓住了自己的胸口。

但是，筱常月再也没有从屏风背后走出来。

剧院里一片死寂，舞台下的观众全都以为这短暂的冷场原本就是情节的一部分，只有我如遭电击，大声地喘着粗气，满脑子里掠过的只有一样东西：除了匕首，还是匕首。

迟早要来的一步还是来了。

两分钟的死寂之后，幕布被关上，一个身着和服的女孩子走上台来宣布演出已经结束。尽管有些愕然，但观众毕竟已经为绝伦的演出倾倒，还是高兴地谈论着开始离场。只有我，继续坐在座位上，纹丝不动，两只眼睛死死盯住幕布——在幕布被彻底关上的一刹那里，我看见舞台上几乎所有的人都奔向了筱常月走进去的那扇屏风。

匕首，刀柄用牛皮包裹的匕首，一刀下去就能要了人命的匕首……

当我穿过正在离场的观众走上舞台,掀开幕布,走到屏风背后,拨开乱作一团的人群,第一眼看到的是一朵薰衣草的花蕊,就害羞地躲在筱常月的和服上绣满了的蝴蝶中间。我知道,那其实不是薰衣草的花蕊,是从筱常月脖子里流出来的血,流成了花蕊的模样。我跪下去抱起她的时候,匕首还插在她的脖子上,还有血在源源不断地涌出来——

只是,她是笑着的,尽管笑容也掩饰不住她与生俱来的落寞。

薰衣草,草本紫苏科植物,原生于法国南部,适合高地气候,抗晒抗雨能力低,栽培环境必须干爽、清凉、通风,因此极难栽培。

一个星期后,我和工友们出海归来,正在花田里的田埂上走着,工友送来了筱常月临死前一天给我发出的信,信是这样写的:

一下笔,我就知道,我的故事终于还是讲不出来了,哪怕是现在,再过几十个小时,戏就要演了,我也该走了。

还记得问我为什么想起来请你改编《蝴蝶夫人》的事?当时没有回答你,一来是因为不知道该怎样回答才好,二来就是想等到现在再说。可是,提起笔的一刹那,我就知道,还是不行,胆子太小了,这不是第一次——前两次都约好了一起死,结果,我前后两个丈夫都死了,我还是活了下来。

我的两个丈夫在世时都和我一样喜欢《蝴蝶夫人》,觉得那个女孩子可爱,不过从来没想过有一天自己会去演她,是突然想起来的,一想到,我就知道自己这一次是非死不可了。我是个唱了十几年昆曲的人,现在又唱着昆曲去死,不知道这算不算是天意。

怎么把匕首拿在手里，怎么走到屏风后面去，怎么把匕首刺进脖子，这些问题已经想过好多遍了，应该是再不会出什么问题。只是觉得对不起看戏的人，不管怎么样，毕竟还有两分钟的戏没办法演下去了。

至于北海道这边"七年祭"的传说，相信不相信其实都是无所谓的事，我也未见得就有多么相信，现在想起来，无非是想多找点东西来给自己当动力罢了。不管怎么说，死是早就决定了的事，所以，想给你讲自己的事不是想为了活下去，而是想没有任何负累地去。

我这个人，一辈子就是胆子太小了，你不知道，每天晚上，窗户上的风铃响一下，我就吓得睡不着觉。可是，为了让自己能够顺利地去，我就故意不去把那串风铃从窗户上取下来。还是没把自己的事情对你讲出来，就是因为这个缘故。不过，你好像说过脱胎换骨要经过三生三世，这样一想，就觉得该自己负累的东西还是负累着去吧，将来会怎么样，三世以后再说。

我只能对你说：我爱过两个人，爱得满身都是罪孽，是小说家都想象不出的罪孽。

哦，对了，排练太忙了的关系，你的报酬一直没来得及给你，刚才出门来札幌之前去找过你，没找到，就把钱放在了马厩外面的干草堆里，你一定要记得拿回去。实在抱歉，手边的现金只有那么多了。还有，刚才，在舞台下的观众席上坐着，突然想起你写的一句台词，是蝴蝶临死前唱的：走此一遭，不过如此。我死了以后，这句话刻在墓碑上倒是很好，不过又一想，还是算了，抛不下的、不敢说的我都带走，不该留下的也还是不要留下了吧。

信就写到了这里。她似乎还想写下去,可能刚好写到这里有人来叫她了,于是便只能戛然而止,如同她带走的谜团。

每个人的心里都有一个谜团。

我也有,可是我知道我的谜底,那就是扣子。我拿着筱常月写给我的信,心里想着扣子,在田埂上发足狂奔,跑过绵延起伏的薰衣草,跑过呼啸着驶向札幌的观光小火车,跑过马厩边的干草堆,跑到了试验田附近的一片湖泊前,想都没想就跳了下去。

扣子,我们不得不分开了!

我想告诉你一件事情——你已经不在我的手里了。你已经被我放进墓穴里去了。

天已经亮了,清晨的东京全然变成了一座雾都,扣子,你那里现在也有这么大的雾吗?再过一会儿,我就该从你身边离开,退到樱树林之外去了,不如此,便会招来工人的怀疑;不如此,我就给你找不到长眠之地。扣子,别怪我,我是非和你分开不可了。不过,我知道,你是不会怪我的,你只会保佑我。

让我想象一下你此刻在做什么吧:和筱常月在一起?或者和金英爱在一起?要么,就是站在火车站的站台上打算给我打电话?你那边也应该是有火车站的吧,在北海道,我一个人进电影院里去看过一场电影,名字就叫《下一站,天国》。

扣子,我就要走了!

举步之际,却突然想起了你给我打来了电话的那个晚上。是啊,在北海道,我一共只接到过两个电话和两封信,其中的千回百转，我这一生只怕是再也不会忘记了。好吧，扣子，趁着工人们还没来，我就再给你说说那个你打来电话的晚上吧。

那天晚上，在门外的草地上坐了半个小时，我回了房间，躺在床上听着德彪西，一支支地抽着烟，手持电话上《悲叹小夜曲》调子的铃声突然响起来了。我也不知道是怎么了，甚至在半秒钟之内就确认电话是你打来的，因为根本就没有人打来过。我一跃而起，跑到写字桌前去拿手持电话，也没去辨认屏幕上的电话号码，就先对着话筒喊起来了："扣子，你现在在哪里？我马上就来找你！"

话筒里除去线路不好造成的杂音之外再无别的声音。

"扣子，你别挂电话——"我继续说，"不管你听得见听不见，都不要挂，我们慢慢想办法，我一定有办法找到你。"

就在这时候，我听到了你的一声咳嗽。

咳嗽声很大，我终于可以再次确认，你的耳朵真正是什么也听不见了，已经对所有的声音都没了感觉。扣子，你不知道，时已至此，我还无时不在心里抱有侥幸：希望你的耳朵偶尔还能听见一点东西，希望你能在偶尔听见的时候给我打来电话，我们一起商量碰面的地点。是啊，我还有足够的把握会劝说你同意我去找你。

可是，你真正是什么也听不见了，如此一来，你也就真正什么也不会说了。这么长时间以来，只要我想起你，就一定会想起用油漆写满了整整一墙壁的"蓝扣子是个哑巴"。想躲也躲不走，想绕也绕不开。

"扣子，你别挂电话——"我把这句话重复了好几遍，神经质般拿了一支七星烟放在嘴巴里，又神经质地拿下，终致捏碎。突然，我想出来一个主意，顿时急不可耐地说："不管你听不听得见，都不要挂，一直拿着，让我听听你身边的动静，这样我就知道你在哪里了，好不好？"

明明知道你听不见，可我还是要说，因为这是最后一根我还可以抓住的救命稻草。

也不知道是怎么了，你好像听见了我的话，果真没挂电话，又咳嗽了起来。一时间，我以为自己已经如愿，激动得不知道如何是好，恨不得对看不见的上帝跪下磕头，一下子又想起来你的咳嗽声，便问："你感冒了？哦，对了，你别管我说什么，别挂电话就好了。

"呵，我现在每个月的工钱都能存下三分之二来，CD也买得差不多了，不想再买了，加上筱常月给我的钱，两个人过生活足够了。我没写小说，每天就是喂喂马，再到工厂里去做做工，有空的时候就和别人一起出海捉大马哈鱼，两三天下来就能装满满一船回来，味道可不怎么好吃，太腥了。

"还有，我到札幌的医院里去问过，说你的耳朵还是有救的，就是要慢慢来。治疗费虽然贵，可是要是我们两人一起打工的话，应该可以维持得来。富良野这一带，还有美瑛和美马牛，游客多，工作也好找，你来找的话就更好找了，呵呵。

"扣子，我来矫情一下吧？其实还是那句话：我离不开你。我们两个，都是没有父母的人——扣子！"

话筒里突然传来一阵火车驶过的声音，电话断了。

与此同时，我的心口又像是正在被针扎下去，大喊了一声"扣子"，又接连喊了几声，可是，电话终于还是断了。

我颓然看着手里的手持电话。自从来到北海道，它几乎和我寸步不离，当我心慌意乱之时，就忍不住去把它拿在手里把玩，渐渐才能平静，时间长了，已经显出陈旧的痕迹了。过了不到一分钟的时间，我的头脑中灵光一闪，想起了挂电话之前话筒里传来的火车的轰鸣声，尽管还想不清楚，但是我马上就开始穿衣服。此前其实我还一直赤身裸体着。穿好衣服，我还是把手持电话拿在手里把玩，点上一支烟绞尽脑汁。说来也怪，我脑子里就像有一条铁路在慢慢伸展开去，一直伸展到天际处，扣子就在其中的一个站台上坐着，发着呆，头顶上还有一面广告牌。

广告牌！可口可乐的广告牌！

有一个地方慢慢在我眼前浮现了出来，几乎在它浮现出的第一时间，我就认定扣子必定就是在那里——那个不知名的站台，扣子曾哈哈笑着从火车上跳下去的站台。

一定是。

直到这个时候，我才想起来去看手持电话里还储存着的电话号码，竟然是东京的区号！想起那个小站台离东京并不远，应该还是属于东京都管辖的某一地区，我激动得竟至手足冰凉，再跑到写字桌前推开散乱了一桌子的书和CD，抓起一把现金，打开门，跑了出去。

我的目标一定要达到，我的目标也一定能够达到。

观光小火车已经停开了，巴士也停了，我站在公路中间等着能够捎我一程的人。心里已是算计好了：一刻钟等不到捎我一程的过路车的话，我就去找筱常月，请她送我去，只要一直顺着铁路线往东京开，我总能找到那个小站台。

我不断看着手持电话上的时间，仅仅过了八分钟，来了一辆老爷车，我拦下了，我甚至还来不及请求，开车的老人就对我招了招手，我便赶紧跑过去，打开后车门坐在了后排座位上。不用问也知道，这个须发皆白的老人肯定是个画家，看样子还在富良野住了不短的时间：他身边的座位和整整一排后座上都堆满了已经完成的油画，此外还有不少空画框，应该是买了带回家继续用的，富良野这边用榉木做的画框原本就十分有名气。

我便在满车的画框里蜷缩着，闻着刺鼻的油画颜料味道，和这个老画家有一句没一句地聊着什么，主要是他说话，我则实在没有心思。

"我说小子。"快到札幌的时候，老画家叫了我一声，"这么晚你还到札幌来干什么？"

我心不在焉地应了一句："……打算去东京。"

"哦？"他哈哈笑了起来，"这么晚通宵火车可是没有了啊，去东京赴女友的约会？"

我想都没想，便说："是。"

"不要怪我多嘴啊——"他继续笑着问，"很长时间不见了吗？"

"是。"我还是想都没有想便告诉他，"很长时间不见了，不过，这次我一定能见上。"

"我说小子，我的雪茄完了，给我支烟吧。"他说。我赶紧找了一支烟，点上火后递给了他，他接过去后大大吸了一口，"七星烟抽起来也不错嘛，以后我就抽它了。我说小子，你怎么不问我这是要去哪里？"

我也正在点火，听罢他的话便停下来茫然看着他，问道："难道是去东京？"

"哈哈，你小子不笨嘛！我就是要回东京，可以送你去想去的地方。怎么，没想到深更半夜我一个老头子开车回东京吧。"

"是。"我干脆老实回答，还是忍不住疑惑，"可是，老先生——"

我的话还没说完，这位须发皆白的老人就打断了："叫我大猩猩吧，我的朋友都这么叫我。我虽然快八十岁了，自己可是一点也不觉得老啊。奇怪我为什么这么好心送你去你要去的地方吧，很简单，六十年前我比你更疯狂，为了喜欢的女孩子，半夜里醒来了，想得不行，就马上到码头上去坐到上海的客船，哈哈。"

"……"

"小子，坐稳了，我可要加速了！"我还在恍惚着的时候，老画家，哦不，是大猩猩，已经提高了车速，老爷车犹如离弦之箭般疾驶而去。车速提起来之后，他又哈哈大笑了起来。

几年之后，我从报纸上偶然看见了大猩猩辞世的消息，终于得知：他的原名叫山下镜花，是日本油画界的泰斗级人物。

也是和今天一般的清晨，也是和今天一般的雾气，我终于看到了那个小站台，可是，那面可口可乐广告牌之下却没有你，扣子。说实话，扣子，直到此刻为止，我才第一次真正感到：你的一生里，我的一生里，我们再也没有见面的那一天了。大猩猩把老爷车停在站台对面的铁路边，我发疯地盯着站台上的一景一物，发疯地绝望，忘记了下车。

"小子。"大猩猩转过头来问我，"怎么不下车？是那个女孩子没来吗？"

于是，我梦游般地下了车，梦游般地往站台上走。走到铁轨中间时，大猩猩叫住了我："小子，为女孩子哭可不是什么丢人的事。"一语既毕，我便再也忍不住了，想了又想，还是仰面在铁轨上倒下了。

我的小小水妖。我的小小母亲。

扣子，这些，你断然是不知道的。好了，掌嘴，不说这些了，要说就说现在吧。可是，现在，我们真的不得不分开了：包裹了我的弥天大雾正在消散，天际处的一团光晕正在撞破云层，扣子，你知道，那就是太阳。你那边也有太阳吗？你那边也起了雾吗？

我还记得，筱常月死去之后的好长一段时间，北海道每天早晨都会起铺天盖地的大雾。我在大雾里长跑，顺着"景观之路"一直跑到札幌，汗流浃背，几乎虚脱，却一点都不觉得累。是啊，就是不想让自己的身体闲下来。

除了喂马、放马和在工厂里做工之外，我一下子又多做了好几份工作，最主要的就是发报纸。说起来，这倒是我的老本行。日之出农场是富良野这边最大的农场之一，所以，发报纸并不是轻松的差使，一趟报纸发下来，大半个上午也就过去了。闲下来的时候，我也和别人一起出海，归航时，坐在堆成了山的大马哈鱼中间，看着追船逐浪的鸥鸟，只要头脑里浮出半点东京的模样，我就掌自己的嘴。只要不出海，每天晚上，我还是要像早晨一样长跑到札幌，有时候，在跑的路上心猿意马了，我就把手持电话拿出来狠狠地攥，狠狠地攥，如此这般，便总是能平静下来，继续往前跑。总之，不让自己的身体闲下来。

日子也就这么一天天往下过。

八月五日，我出海回来，刚刚下了船，接到了自来北海道之后接到的第二个电话。电话接通之后，对方说是东京的新宿警视厅，问我是不是某某人，我暗暗奇怪他们会有什么事情找到我，却也点头称是。对方便找我要现在的通信地址，我也如实告诉了。

结果，正要问他们找我所为何事的时候，话筒里传来一阵噪音，听上去似乎有什么紧急事件，电话便戛然而止了。等我再打电话过去，却是无人接听，连打了几次都是无人接听。

一个星期后，我喂完马从马厩里出来，接到了自来北海道之后的第二封信，信封上的落款是新宿警视厅。打开来，信是这样写的：

> 本年度八月二日，新宿车站南口发生车祸，一不明身份女子当场死亡，遗物为一只亚麻布背包，包中计有手持电话一只、现金三百五十元、卫生棉一袋。因该女子手持电话中储存有阁下电话号码，特致函阁下核实该名女子身份，热忱期待阁下回音。

扣子，已经是早上八点钟了，雾气照常散去，太阳照常升起，广场对面的爱尔兰酒吧也照常开了门。扣子，我也要走了，真的要走了。

不过，我不会走得太远，离这里稍微远一点就可以。我要找个地方坐下来，看着金英爱的骨灰被送到这里，看着你们做邻居，看着你们一起被尘沙掩盖，浇上水泥，盖上花岗岩石块，看着你永远从我的视线里消失。

可以告诉你的是，我的心并不会跟随你一起被尘沙掩盖，它就在我的身上。我知道，这也正是你要叮嘱我的。你放心，我会让你保佑它，让它控制我。以后我要好好喂马，好好发报纸，机缘到了，我大概也会去读大学，就在北海道读。你看怎么样？你知道为什么吗？算了，为了不让你训斥我，我还是不打自招：原因就是我把你埋在了东京，而我还打算回北海道去——无论我在哪里，每隔一段时间，我总会来一趟东京看你，由此，我和东京，我和身边的世界，也就算是有了关系了。

我和这个世界终于有了关系了。

从明天起，我要做一个幸福的人：喂马，劈柴，关心蔬菜；我还要建一所房子：面朝大海，春暖花开。

只是扣子，一个多星期了，还是经常忍不住去想你那边的世界究竟是什么样子。总也想不清楚，像过去一样，到头来就是一串不相干的画面——先是你一个人在一所空旷的房子里请碟仙，有人来敲门，打扰了你，你怒气冲冲地开门，将亚麻布背包砸到对方身上，然后再将门狠狠关上；不知怎么，突然就有一大群人在一片茵波花海之中纵情歌舞，你自在其中，不过既不唱也不跳，只懒洋洋地喝着啤酒；之后，你和金英爱，还有阿不都西提，一起来到了一条河上，划了一只船，行至奈何桥，叫上了在奈何桥上徘徊着的筱常月，再一起往前划，此时，岸上好像有一个马戏团的小丑正在表演，你看了一会儿，哈哈大笑起来，笑得连腰都直不起来了，连连说："靠，真是 I 服了 You!"

扣子，我还想问你一个问题，一只画眉，一丛石竹，一朵烟花，它们，都是有来生的吗？我不问它们的前世，我只问它们的来生。呵呵，你又要戳穿我的阴谋诡计了吧，是的，我其实是想问你和我的来生。在来生里，上天会安排我们在哪里见第一次面？是在中国，还是在日本？是在东京秋叶原的那条巷子，还是在遥远的北海道富良野？

上天还会让我们在来生里再见面吗？

你快说呀，扣子。

手捧金英爱骨灰的人已经走过来了!

快说呀,扣子。

你不说就由我来说吧,我希望是——表参道,没想到吧?

我希望是这样:我抽着七星烟,喝着冰冻过的啤酒,在夜幕下的表参道上闲逛着,逛过了一路上的画廊、咖啡馆和"降临法国"大楼,在茶艺学校的门口,时间刚过晚上九点,突然有一根手指在背后抵住了我的脑袋,与此同时,背后响起了一个压抑住了笑意的声音:"放下武器,缴枪不杀。"

图书在版编目（CIP）数据

滴泪痣 / 李修文著. -- 上海 : 上海文艺出版社,
2025. -- ISBN 978-7-5321-9253-3

Ⅰ. I247.5

中国国家版本馆CIP数据核字第20258V4E43号

责任编辑：庞　莹
装帧设计：汐和 at compus studio

书　　　名：	滴泪痣
作　　　者：	李修文
出　　　版：	上海世纪出版集团　上海文艺出版社
地　　　址：	上海市闵行区号景路159弄A座2楼 201101
发　　　行：	上海文艺出版社发行中心
	上海市闵行区号景路159弄A座2楼206室 201101 www.ewen.co
印　　　刷：	上海盛通时代印刷有限公司
开　　　本：	1194×889 1/32
印　　　张：	12
插　　　页：	5
字　　　数：	269,000
印　　　次：	2025年4月第1版 2025年4月第1次印刷
Ｉ Ｓ Ｂ Ｎ：	978-7-5321-9253-3/I.7259
定　　　价：	78.00元

告 读 者：如发现本书有质量问题请与印刷厂质量科联系　T: 021-37910000